POESÍA HISPANOAMERICANA COLONIAL
HISTORIA Y ANTOLOGÍA

COMITÉ ASESOR:

NICASIO SALVADOR MIGUEL
SANTOS SANZ VILLANUEVA

Poesía hispanoamericana colonial
HISTORIA Y ANTOLOGÍA

*Selección, estudio y notas
de*
ANTONIO R. DE LA CAMPA
y
RAQUEL CHANG-RODRÍGUEZ

Primera edición, 1985

© EDITORIAL ALHAMBRA, S. A.
R. E. 182
28001 Madrid. Claudio Coello, 76

Delegaciones:

08008 Barcelona. Enrique Granados, 61
48014 Bilbao. Iruña, 12
18009 Granada. Pza. de las Descalzas, 2
15005 La Coruña. Pasadizo de Pernas, 13
28002 Madrid. Saturnino Calleja, 1
33006 Oviedo. Avda. del Cristo, 9
38004 Santa Cruz de Tenerife. General Porlier, 14
41012 Sevilla. Reina Mercedes, 35
46003 Valencia. Cabillers, 5
47014 Valladolid. Gavilla, 3
50005 Zaragoza. Concepción Arenal, 25

México
 Editorial Alhambra Mexicana, S. A.
 Avda. División del Norte, 2412
 03340 México, D.F.

Argentina
 EDICLE
 Juncal, 4649/51
 1425 Buenos Aires

n c 13020370

ISBN 84-205-1088-2

Depósito legal: M. 2709-1985

© Selección, estudio y notas de A. R. de la Campa y R. Chang-Rodríguez

 Reservados todos los derechos. Ni la totalidad, ni
 parte de este libro pueden reproducirse o transmitirse,
 utilizando medios electrónicos o mecánicos, por
 fotocopia, grabación, información, anulado, u otro
 sistema, sin permiso por escrito del editor.

 Cubierta: Labranza ritual, en
  El primer nueva corónica y buen gobierno (1615),
  de Felipe Guamán Poma de Ayala
 Fotocomposición: Monocomp, S. A.
 Fotomecánica: La Unión, S. A.
 Impresión: Lavel, S. A.
 Papel: Kanguros
 Encuadernación: Gómez Pinto, S. A.

Impreso en España - Printed in Spain

Lavel, S. A. - Los Llanos, nave 6 - Humanes (Madrid)

ÍNDICE

Capítulos	Páginas
Presentación	VII

ESTUDIO PRELIMINAR

I	Los forjadores del canto	3
II	Formación de la cultura colonial	8
III	La poesía del siglo XVI	20
IV	El barroco en Hispanoamérica	27
V	Barroco, rococó y neoclasicismo	36
VI	Bibliografía	43
VII	Nuestra edición	47

ANTOLOGÍA

La lírica precolombina	51
El siglo XVI (1492-1598)	69
El siglo XVII (1598-1701)	135
El siglo XVIII (1701-1808)	292
Índice de autores y poemas	365

Una escena de danza. Cerámica Mochica (Perú). (Archivo Guillén, Inc., Perú.)

PRESENTACIÓN

Este libro ofrece al estudiante universitario y al lector general una visión panorámica de los poetas más sobresalientes de la literatura hispanoamericana colonial. Incluye también referencias históricas, culturales y estéticas con el fin de situar los textos escogidos para su mejor comprensión. En la selección de autores y obras se ha seguido el criterio de elegir las figuras más importantes de la época, conscientes de las limitaciones subjetivas impuestas por tal opción. No se ha tratado de abarcar la producción total de la poesía colonial hispanoamericana, pues al presentar a los creadores más significativos se ha propiciado una ilustración en profundidad del nivel alcanzado por esta modalidad expresiva en Hispanoamérica. En cuanto a la elección de los textos, se ha seguido una pauta a nuestro parecer correcta, pero a veces difícil de realizar: ofrecer lo más representativo y logrado. Los poetas se han dispuesto en orden cronológico de fechas de nacimiento. Cuando ha sido posible conocer con exactitud la fecha original de redacción de las obras mencionadas, dicha fecha se ha colocado entre paréntesis junto al título. Como se sabe, algunas de estas composiciones han llegado a nuestros días en compilaciones reunidas frecuentemente muchos años después de la fecha inicial de redacción. Seguidamente de cada selección se indica la fuente de donde ella proviene. En los casos posibles, hemos utilizado las ediciones más fidedignas. Con todo, sabemos que cualquier empeño antológico sobre una manifestación literaria o periodo corre un riesgo. La poesía hispanoamericana colonial es un campo vasto y difícil de abarcar. Este libro desea ser una introducción hacia ella, y, por tanto, no se presenta como el resultado de una selección valorativa única, absoluta e indiscutible.

El estudio preliminar, de carácter histórico-crítico, dividido en cinco apartados, pretende esclarecer la particular problemática de las literaturas indígenas precolombinas y la formación de la cultura colonial así como los diferentes periodos y estilos en el campo de la poesía. En el primer epígrafe, «Los forjadores del canto», se explica cómo llegaron a nuestros días antiguos testimonios de la lírica prehispánica y cuál es su importancia y valor en la definición de la personalidad cultural hispanoamericana. «Formación de la cultura colonial», el segundo apartado, ofrece una visión de conjunto de la época destacando instancias particulares. Se ha puesto especial énfasis aquí en señalar la coyuntura social propiciadora del desarrollo de las letras en las Indias españolas y no en ofrecer un estudio detallado de cada siglo colonial. Dentro del ámbito de una periodización tradicional está ubicado el tercer apartado, «La poesía del siglo xvi». Se señalan allí las diversas tendencias y temas que conformaron estos inicios líricos. «El barroco en Hispanoamérica», el cuarto epígrafe, enfoca el problema de la recepción y particularidades de esa escuela. En esta presentación, más que contestar a la pregunta tantas veces formulada de cómo el barroco hispanoamericano se diferencia del español, se ha optado por subrayar su persistencia y vitalidad. Cierra este apartado una breve formulación sobre la integración de esta tendencia al actual debate sobre la índole específica de la cultura y literatura hispanoamericanas. El último epígrafe, «Barroco, rococó y neoclasicismo», presenta estos tres estilos en sus figuras más sobresalientes a lo largo del siglo xviii. A través de esta exposición se hace evidente la coexistencia de diversas corrientes literarias y cómo se entrecruzan para, a veces, ofrecer productos culturales muy diferentes del modelo original.

    Quisiéramos expresar, finalmente, nuestro sincero agradecimiento a José Olivio Jiménez por el constante aliento y la generosa ayuda que nos ofreció en la preparación de la presente antología. Nuestra gratitud a William C. Bryant, Antonio Cornejo Polar, Regina Harrison, Daniel R. Reedy y Stuart Siegelman por su asistencia en diferentes etapas de la redacción de este libro.

* * *

PRESENTACIÓN

Tanto en la bibliografía como en las notas a pie de página se han empleado algunas abreviaturas que detallamos:

B.A.E.: *Biblioteca de Autores Españoles.*
B.H.: *Bulletin Hispanique.*
B.I.C.C.: *Boletín del Instituto Caro y Cuervo.*
C.A.: *Cuadernos Americanos.*
C.H.: *Cuadernos Hispanoamericanos.*
C.S.I.C.: Consejo Superior de Investigaciones Científicas.
F.: *Filología* (Buenos Aires).
F.C.E.: Fondo de Cultura Económica.
H.R.: *Hispanic Review.*
N.R.F.H.: *Nueva Revista de Filología Hispánica* (México).
R.F.E.: *Revista de Filología Española.*
R.F.H.: *Revista de Filología Hispánica* (Buenos Aires).
R.H.M.: *Revista Hispánica Moderna* (New York).
R.I.: *Revista Iberoamericana.*
R.U.N.C.: *Revista de la Universidad Nacional de Córdoba.*
U.N.A.M.: Universidad Nacional Autónoma de México.

También se han abreviado los terminos edición (ed.), introducción (intr.), notas (n.), prólogo (pról.) y selección (sel.).

NOTA DEL EDITOR

El presente libro se centra, fundamentalmente, en la lírica hispanoamericana del periodo colonial. No obstante, tanto en la parte de antología como en el estudio preliminar, se ofrece cumplida noticia de la lírica precolombina, de tal modo que el volumen presenta un panorama abarcador de la poesía anterior al descubrimiento y de la correspondiente a la época colonial. Sin embargo, a la hora de rotular el libro hemos preferido el título *Poesía hispanoamericana colonial* en atención a lo que constituye su núcleo más extenso.

El rey Chac Zutz recibe los emblemas de poder en la Lápida de los Esclavos de Palenque.

ESTUDIO PRELIMINAR

Santa Rosa de Lima, a quien le canta el poeta religioso de Córdoba del Tucumán (Argentina), Luis de Tejeda. (Archivo Guillén, Inc., Perú.)

I. LOS FORJADORES DEL CANTO

La conquista de América fue percibida y sentida por los pueblos precolombinos como un terrible cataclismo. En efecto, el empeño de los europeos en destruir las creencias, tradiciones y normas de vida indígenas dejaron indelebles huellas en la memoria colectiva de los antiguos americanos. Pero es necesario subrayar enseguida que también hubo quienes se interesaron en estudiar y conservar la cultura de los pueblos amerindios. Los esfuerzos más persistentes se dieron en el territorio del antiguo imperio azteca. Destaca allí la obra de dos frailes: Andrés de Olmos y Bernardino de Sahagún. El primero recogió los *tlatoani* o discursos de las grandes ocasiones; el segundo organizó una detallada investigación basada en cuestionarios. Ayudado por informantes nativos, entrenados por él en el Colegio de Santa Cruz de Tlatelolco, acumuló Sahagún una impresionante documentación. Utilizó parte de ella en la redacción de su *Historia general de las cosas de Nueva España*, inédita hasta el siglo XIX; sin embargo, el material en lengua náhuatl, fruto de este esfuerzo de Sahagún y sus colaboradores, fue confiscado por orden de Felipe II. Una parte se conserva hoy en la Biblioteca Laurenciana de Florencia *(Códice Florentino)*, y otra en las Bibliotecas del Real Palacio y de la Academia de la Historia en Madrid *(Códices Matritenses)*.

La labor pionera de Sahagún, a quien se le considera el fundador de los estudios etnográficos modernos, tuvo disímiles repercusiones. Quizá la más significativa sea el interés que el franciscano despertó en varios discípulos indígenas de continuar por cuenta propia la tarea iniciada por su maestro. Utilizando el alfabeto latino, ellos escribieron en náhuatl colecciones de cantares e historias. En el campo de la poesía fueron así recopilados la *Colección de cantares mexicanos* y el *Manuscrito de los romances de los señores de la Nueva España* con centenares de composiciones, algunas adscritas a poetas específicos. Por transcribir una serie de diálogos ocurridos en 1524 entre los primeros doce frailes que llegaron a Nueva España y los más célebres sabios y sacerdotes de la zona azteca, es igualmente importante el *Libro de los coloquios*. En el área maya la situación es diferente. En sus campañas de catequización, los frailes destruyeron los antiguos códices y mandaron matar a quienes sabían interpretarlos. Con todo, el pueblo maya aprovechó después el alfabeto importado para escribir en su lengua libros donde se narra la historia antigua así como las experiencias de la conquista. De estos variados documentos, hay sólo una muestra lírica: los *Cantares de Dzitbalché*, un conjunto de composiciones sobre temas variados recogidos en el siglo XVIII y descubiertos en 1942, en el pueblo así nombrado del estado mexicano de Campeche. A pesar del interés eclesiástico inicial en el aprendizaje del quechua, las guerras civiles entre los europeos establecidos en el territorio del antiguo Incario, el afán del virrey Francisco de Toledo (1569-1581) de desacreditar a los gobernantes andinos y las campañas de extirpación de las idolatrías que contradictoriamente nos dan uno de los documentos más importantes —*Dioses y hombres de Huarochirí* (1608)— sobre la cosmogonía de la zona, no permitieron el desarrollo en el Perú de una obra semejante a la efectuada por Sahagún en México. Muestras de la lírica incaica fueron recogidas en la obra escrita por españoles, indios y mestizos conocedores tanto del quechua como del castellano y entrenados algunos de ellos para servir en la catequización. Se destacan Juan de Betanzos, autor de *Suma y narración de los Incas* (1551); Cristóbal de Molina, el Cuzqueño, y su *Relación de fábulas y ritos de los Incas* (c. 1576); el Inca Garcilaso de la Vega, autor de los conocidos *Comentarios reales* (1.ª parte, 1609; 2.ª parte, 1617); y los cronistas indígenas Juan de Santacruz Pachacuti Yamqui Salcamaygua y Felipe Guamán Poma de Ayala que han dejado respectivamente *Relación de las antigüedades deste Reyno del Pirú* (1613) y *Primer nueva corónica y buen gobierno* (1615). La recopilación más variada se encuentra en esta última obra.

Vale resaltar que el interés por lo indígena en tanto recuperación e incorporación de su testimonio cultural no surgió hasta las primeras décadas del siglo XX. En el Perú, la labor cuestionadora de José Carlos Mariátegui (1894-1930), así como la fundación de la revista *Amauta* (1926-1930) por el propio Mariátegui y sus seguidores, fueron hitos en el debate sobre la cultura nacional. En México, Manuel Gamio (1883-1960) reconoció la importancia y presencia del legado prehispánico y así lo hizo constar en los ensayos recopilados después en su *Forjando patria* (1916). Se abocaron a esta tarea de investigación, imprescindible para reconstruir y conocer el pasado americano y así recomponer la personalidad nacional, entre otros estudiosos, Julio C. Tello, J. Uriel García, Luis E. Valcárcel y José María Arguedas, en el Perú; Alfonso Caso, Angel María Garibay y Miguel León-Portilla, en México.

Pronto se hizo evidente que en las tres áreas —maya, náhuatl, quechua— las composiciones líricas, en su mayoría, se representaban y cantaban en fiestas y reuniones; así mismo, tanto ellas como la danza y el canto eran vehículos de relación entre los dioses y el hombre. De ahí que la lírica de las tres regiones muestre rasgos estilísticos comunes: afán de reiteración, preferencia por la yuxtaposición, uso del estribillo[1]. Si bien en el Incario se crearon composiciones para celebrar diversos acontecimientos, en los testimonios conservados predomina la poesía imperial religiosa. En el área andina, la poesía oral desarrollada tanto en la Colonia como en la República se articula en su concepción del mundo con testimonios prehispánicos en parte por el aislamiento de la población indígena. Además, durante el periodo republicano han aumentado también los cantos de ausencia y amor porque el sentimiento de desarraigo de indios y mestizos se ha agudizado con el paso de los siglos[2]. En el área maya la escasez de muestras impide profundizar en el estudio de su lírica. La presencia en la zona náhuatl de un buen número de composiciones permite mayores precisiones. En efecto, para los antiguos mexicanos la poesía tuvo importancia singular pues era vista como vía hacia la inmortalidad y como

---

[1] Miguel León-Portilla, *Literatura del México antiguo*, Caracas, Biblioteca Ayacucho, 1978, pp. 117-120.
[2] José María Arguedas, «Prólogo» a *Poesía y prosa quechua*, sel. de Francisco Carrillo, Lima, Ediciones de la Biblioteca Universitaria, 1968, pp. 6-7.

reflexión divina. Se creía que sus cultores poseían el *yolteotl* o «corazón endiosado», y funcionaban como enlace entre los humanos y las diversas fuerzas del universo. La habilidad de interiorización y al mismo tiempo de proyección exterior expresada en la poesía, era un don sagrado otorgado al hombre para relacionar lo terrenal y lo divino, y encontrar así la buscada armonía. Esta percepción ha sido denominada por Miguel León-Portilla «la visión de Nezahualcóyotl» en honor del famoso rey-poeta, gobernante de Texcoco, importante ciudad de la Triple Alianza política formada por ella con Tenochtitlán y Tlacopan. En oposición a esta percepción, en el último periodo azteca y especialmente en Tenochtitlán, capital del imperio, se difundió «la visión de Tlacaelel», el poderoso consejero de varios soberanos. Ésta postulaba el contacto con la divinidad no a través de la «palabra florida» —la poesía— sino por medio de la entrega del corazón en el altar de los sacrificios. Fundamentada en una visión cosmogónica particular —el universo estaba regulado por idénticos principios de movimiento al cuerpo humano y por eso el cielo debía ser alimentado con aquello que producía el dinamismo de cada persona— poco a poco esta interpretación se perfeccionó y difundió para dar la *xochiyaoyotl* o «guerra florida», el sacrificio humano ritual que tanto horrorizó a los europeos[3].

Con la llegada de los conquistadores, la lírica no desapareció pero sí se transformó a medida que se impusieron los patrones culturales europeos. La persistencia del legado indígena es notable en la obra de destacados escritores contemporáneos como Miguel Ángel Asturias, José María Arguedas, Carlos Fuentes, sólo para mencionar nombres mayores[4]. Como tan acertadamente ha expresado Miguel León-Portilla, el estudio y disfrute de las literaturas precolombinas concierne por igual a todos los iberoamericanos «porque de un modo o de otro, tienen ellos en lo indígena una de sus raíces culturales, en algunos casos, la de mayor profundidad». Al

---

[3] Birgitta Leander, *In xochitl in cuicatl. Flor y canto, la poesía de los aztecas*, México, Instituto Nacional Indigenista, 1972, pp. 38-66.
[4] Para un panorama general véase el importante trabajo de Juan Adolfo Vázquez, «El campo de las literaturas indígenas latinoamericanas», *R.I.*, XLIV, núms. 104-105, 1978, pp. 313-349.

referirse a la literatura del México antiguo, este investigador
añade que, sin privilegiar ningún origen, los interesados en
manifestaciones de alta cultura hallarán en ella «los testimonios de gentes que, en términos de su propia visión del
mundo, lograron atisbos en verdad dignos de valoración y
análisis»[5]. Tal aseveración puede ampliarse para abarcar las
otras dos áreas señaladas, la maya y la quechua. Dentro de
esta tradición se insertan los antiguos poetas americanos
cuando forjan el canto y difunden su palabra para mostrar-
nos por ella la raíz y la flor de una cultura.

---

[5] León-Portilla, ob. cit., p. x.

II. FORMACIÓN DE LA CULTURA COLONIAL

Durante los siglos XVI, XVII y XVIII, Hispanoamérica vivió un intenso periodo de transculturación. De tal proceso surgió una sociedad cuyo ideario e instituciones llevan las señas tanto de lo europeo como de lo americano. Que tal amalgama no fraguó en una síntesis ideal es bien sabido por todos. Un somero análisis de los elementos integradores de la sociedad colonial muestra una estratificación de acuerdo al linaje, la riqueza y el color de la piel: en el ápice de esta pirámide están las autoridades peninsulares y en su base los antiguos americanos[1]. El desarrollo económico estimulado por la élite, su rechazo al trabajo manual y la integración de las Indias a la órbita económico-política europea durante los siglos XVI y XVII, propiciaron la importación de esclavos africanos, la progresiva utilización de los indios en múltiples labores, así como la incorporación de los mestizos a la nueva sociedad en calidad de obreros, artesanos y comerciantes de menor escala. Posteriormente, y ya en el siglo XVIII, bajo la dominación de los Borbones, los mestizos experimentaron un moderado progreso económico[2]. Esta compleja problemática repercute en las relaciones entre los nacidos en América y los recién llegados de España.

Para comienzos del siglo XVII los hijos de los conquistadores solían llevar la existencia muelle descrita por autores coetáneos. Fray Diego de Hojeda (1571-1615), en su poema épico-religioso *La Cristiada* (1611), relata la vida descansada de esta primera generación criolla:

---

[1] Stanley J. Stein y Barbara Stein, *The Colonial Heritage of Latin America*, New York, Oxford University Press, 1970, p. 57.
[2] Magnus Mörner, «La reorganización imperial en Hispanoamérica», *Iberomankst*, núm. 1, 1969, p. 28.

> [...] *los holgazanes*
> *de sangre noble, pero mal gastada*
> *que hijos de bravos capitanes*
> *y padre son de vida regalada*
> [...]
> *Vosotros, vida y sangre derramando,*
> *mostrastéis invencibles corazones*
> *y aquestos, en batallas deliciosas,*
> *solas victorias buscan amorosas*[3].

Sin embargo, para mediados del siglo XVII, ya los conquistadores y sus descendientes habían pasado a un plano secundario[4]. Fueron reemplazados por funcionarios prebendados, venidos en su mayoría de España, capaces de pagar por los cargos más importantes. Ya un anónimo poeta del Cuzco del primer cuarto del siglo había notado que los administradores coloniales regresaban a España «cargados de barras [de oro y plata] / y cargadas las conciencias», después de hacer caso omiso a los reclamos de los criollos[5], a todos los cuales calificaban de incapaces[6]. Estas rivalidades se manifiestan desde muy temprano en la literatura satírica colonial. Con el paso de los años la separación entre ambos grupos se profundizará, en gran parte debido al obstinado hábito de despreciar al criollo por su posible sangre mezclada[7]. Las luchas entre americanos y peninsulares ocurridas en conventos y colegios virreinales muestran bien estas desavenencias. Por ejemplo, en Lima, en 1680, el nombramiento de un sacerdote español para un cargo importante suscita la rebelión de los franciscanos criollos. Tales desórdenes produ-

---

[3] *La Cristiada*, ed. Cayetano Rossell, Madrid, BAE, 1851, p. 409. Mariano Picón Salas llamó a este grupo «generación del disfrute». Véase su *De la Conquista a la Independencia*, México, F.C.E., 1969[4], p. 48.
[4] José Durand, *La transformación social del conquistador*, Lima, Nuevos Rumbos, 1958[2].
[5] Para un estudio del vocablo criollo y sus diversas implicaciones véase José J. Arrom, *Certidumbre de América*, Madrid, Gredos, 1971[2], pp. 11-26.
[6] Pedro Henríquez Ureña en *Las corrientes literarias en la América Hispánica*, trad. Joaquín Díez-Canedo, México, F.C.E., 1954[2], p. 29, apunta lo siguiente sobre el carácter del conquistador: «Todo aquel que había tomado parte en la conquista, todo el que llegó a enriquecerse después, se sentía merecedor de cuantas distinciones pudieran otorgársele; y a veces no esperaba que se le otorgaran.»
[7] Stein y Stein, ob. cit., p. 64.

jeron varios muertos y numerosos heridos. Ante estas presiones el español abandonó Lima mientras el virrey dictaba órdenes para apaciguar a la población[8].

Pese a las leyes en su favor dadas por la Corona y a los esfuerzos de teólogos y misioneros de avanzada, los indios eran considerados por la mayoría «entes sin razón». De poco valió la popularidad de *Reloj de príncipes o libro áureo del emperador Marco Aurelio* (1529), de Antonio de Guevara (1480?-1545), donde el erudito escritor cuestiona el derecho de sus compatriotas en Indias, o la divulgación de la *Historia natural y moral de las Indias* (1590), del jesuita español José de Acosta (1540-1600), que detallaba las ideas más avanzadas sobre el Nuevo Mundo y sus habitantes, pues lo contrario también fue cierto, ya que se escribieron y publicaron muchas obras denigratorias del indígena donde se especulaba sobre su supuesta incapacidad. Vale destacar libros apologéticos de la conquista como *Elegía de varones ilustres de Indias* (1589), de Juan de Castellanos (1522-1607), y poemas como *Argentina y conquista del Río de la Plata con otros acontecimientos de los Reynos del Perú, Tucumán y Estados del Brasil* (1602), de fray Martín del Barco Centenera (1544-1605?), donde aparecía un tipo sanguinario de indio. En el siglo XVIII *El lazarillo de ciegos caminantes* (1775?), atribuido por Marcel Bataillon al visitador español Alonso Carrió de la Vandera (c. 1715-1783)[9], reitera esta percepción cuando el autor justifica la posición inferior de los indios en la base de la estratificada pirámide social. Las múltiples rebeliones indígenas y la formación de «palenques» o colonias de esclavos fugitivos, llamados también «cimarrones», testimonian la resistencia ofrecida por estos grupos a la dominación europea.

La división política colonial se erigió en torno a dos ciudades: Lima, capital del Virreinato de Nueva Castilla, fundado en 1543, y México, capital del Virreinato de Nueva España, fundado en 1535. Después se establecieron otros dos virreinatos: Nueva Granada en 1739, y el del Río de la Plata

---

[8] Felipe Barreda Laos, *Vida intelectual del Virreinato del Perú*, Buenos Aires, Talleres Gráficos Argentinos, 1937, pp. 188-189.
[9] Marcel Bataillon, «Introducción a Concolorcorvo y su itinerario de Buenos Aires a Lima», *C.A.*, CXI, núm 4, 1960, pp. 197-216.

en 1776. La belleza y la sofisticación de México —de la antigua Tenochtitlán ya había dicho Bernal Díaz del Castillo: «parecía a las cosas de encantamiento que cuentan en el libro de Amadís»— fueron ponderadas tempranamente por sus escritores. Bernardo de Balbuena (1562?-1627), entre otros, alabó en su *Grandeza Mexicana* (1604), la hermosura de esa capital virreinal llamándola «el primor del mundo». Efectivamente, el México del siglo XVII, visto a través de autores de la época, resulta ser, junto con Lima, un centro cultural importante donde se desarrolla un gran interés por las artes, las letras y las ciencias. Este estilo de vida se refleja en la ornamentación de los edificios, en los diversos colegios y universidades, en la obra de notables escritores y eruditos de ambos virreinatos como Juan del Valle Caviedes (1625-1698?), don Carlos de Sigüenza y Góngora (1645-1700), la Décima Musa, sor Juana Inés de la Cruz (1651-1695) y Pedro de Peralta Barnuevo (1663-1743). El gusto por el adorno abundante, evidente en la fachada de edificios coloniales, la inclinación al boato y las ceremonias, la existencia de bibliotecas privadas, reflejan la vida descansada y opulenta de las clases privilegiadas.

Pero no todas las ciudades americanas gozaban del apogeo económico y cultural de México y Lima. El gobierno de Santa Fe de Bogotá, sede de Audiencia bajo la jurisdicción de Nueva Castilla, se caracterizó por el desorden y la corrupción descritos por el criollo Juan Rodríguez Freile (1566-1640?) en su fascinante crónica *El Carnero* (1638)[10]. Así mismo, en la Capitanía General de Chile, también bajo la jurisdicción de Lima, había rivalidades entre miembros de la Audiencia, la alta jerarquía eclesiástica y el gobernador. A menudo disputaban sobre quién debía tener la preferencia en ceremonias y procesiones. Frecuentemente los pleitos entre los obispos y los oidores llegaron hasta el Consejo de Indias de donde eran remitidos al rey. Muchas veces las decisiones

---

[10] La dinastía borbónica trató de poner orden en el reino de Nueva Granada y en 1717 creó un virreinato que abarcaba lo que hoy es Colombia, Panamá, Ecuador y Venezuela. Después de tres años de continuos esfuerzos, las autoridades españolas se dieron cuenta de su fracaso, y el virreinato peruano continuó rigiendo esa zona hasta 1739 en que fue creado, esta vez con éxito, el Virreinato de Nueva Granada. Véase E. Fagg, *Latin America: A General History*, Nueva York, MacMillan, 1963, p. 362.

de la Corona o del Consejo de Indias arribaban mucho después del fallecimiento de los funcionarios o cuando ocupaban puestos en otras partes del imperio. El antagonismo entre españoles y criollos en Chile, como en otras partes de América, se recrudecía durante la elección del alcalde por el cabildo. Ambos grupos deseaban el puesto por su prestigio y los resultantes ascensos para el elegido y sus partidarios. Dos viajeros científicos, Jorge Juan (1713-1793) y Antonio de Ulloa (1716-1795) comentaron posteriormente en sus *Noticias secretas de América* (1748) que la ambición por estos cargos se convirtió en fuente de odios y discordias entre el grupo criollo y el español. La vida de esta dependencia austral del Virreinato de Nueva Castilla estaba marcada por la llegada de tropas que ayudaban a los colonizadores en su prolongada guerra contra los araucanos (c. 1553-1653). Por eso las letras chilenas, desde sus inicios, llevan el signo de estos conflictos.

Pedro Henríquez Ureña ya notó que «uno de los principios que en los tiempos de la Colonia guiaba a aquella sociedad, después de la religión, era la cultura intelectual y artística», porque su cultivo «suponía la coronación de la vida social»[11]. Por eso no debe sorprender el pronto auge literario evidente en las ciudades más importantes de la América española. Cabe destacar que, si bien por mucho tiempo críticos e historiadores han relacionado la ausencia del género novelístico en América con decretos reales prohibitorios de libros de entretenimiento, ni esos decretos se cumplieron ni se dejaron de escribir novelas en Hispanoamérica[12]. Una de las razones aludidas para explicar el florecimiento intelectual de las Indias es el gran número de hombres solteros que, por estar empleados por la Corona y por su estado civil, se dedicaron casi exclusivamente al estudio[13].

---

[11] Henríquez Ureña, ob. cit., p. 45.
[12] Irving A. Leonard, *Books of the Brave*, Nueva York, Gordian Press, Inc., 1964², p. 84; Cedomil Goiĉ da pruebas contundentes de la existencia del género en «Novela hispanoamericana colonial», en *Historia de la literatura hispanoamericana. Época colonial*, coord. Luis Íñigo Madrigal, Madrid, Ediciones Cátedra, 1982, t. I, pp. 369-406 (en adelante se cita *Historia... colonial)*..
[13] Bernard Moses, *Spanish Colonial Literature in South America*, Nueva York, The Hispanic Society of America, 1922, p. 26.

Aunque es imposible aislar una causa para explicar fenómeno tan complejo, vale indicar que el interés en la literatura se evidencia también en el productivo comercio americano de libros que trajo tanta prosperidad a Jacobo Cromberger, impresor de ascendencia alemana establecido en Sevilla desde 1500. A su muerte se encontraron en su almacén muchísimas obras que, por el número de copias existentes, indican el extenso intercambio entre el Viejo y el Nuevo Mundo. Así, *La Celestina, El Quijote, El Lazarillo de Tormes, El libro áureo del emperador Marco Aurelio, El Cid, Amadís de Gaula*, junto con numerosos tratados de religión, geografía y medicina, llegaron a América tanto para enriquecer diversas bibliotecas como para moldear los gustos literarios en consonancia con la metrópoli. Las ventas se intensificaron en el siglo XVII cuando se enviaron a ultramar ediciones piratas de los tan populares dramas y de obras escritas por autores de segundo orden que se atribuían a escritores renombrados[14]. Debido a este rápido intercambio, el teatro español del Siglo de Oro pasó a las colonias americanas casi simultáneamente al momento de su auge madrileño. Para principios del siglo XVII, la ciudad de México contaba con tres compañías teatrales mientras que Lima tenía dos.

Efectivamente, con el afianzamiento del régimen colonial que hacía recaer el trabajo sobre los menos privilegiados, las capitales virreinales se fueron convirtiendo en centros culturales donde sus habitantes —españoles y criollos pertenecientes a la *élite*— seguían los modelos literarios europeos. En Indias como en la Península el cultivo de las letras pronto se convirtió en estimado ejercicio cuyo prestigio rivalizó y superó a la peligrosa carrera de las armas[15]. Con los libros llegados de España y las pocas obras impresas en América, comenzaron a formarse bibliotecas[16]. El mexicano Melchor

---
[14] Leonard, *Books...*, ob cit., pp. 95-99.
[15] Moses, ob. cit., p. 6.
[16] Aunque para 1584 había dos imprentas en México y una en Lima, la escasez de papel, el alto costo de publicación y los muchos permisos necesarios para hacerlo, dificultaban la publicación de libros. Además, las imprentas coloniales se concentraron en producir catecismos, diccionarios y manuales religiosos para llevar adelante la conversión de los infieles, conducirlos a las reducciones o pueblos y eventualmente ocuparlos en diversas labores.

Pérez de Soto (1606-1655), laico de modestos recursos, coleccionó una importante biblioteca, prueba de los diversos intereses literarios y científicos que inquietaban a los residenciados en América. Este ávido lector fue acusado ante el Santo Oficio de prácticas no católicas (tratar de adivinar el porvenir por medio de horóscopos). En su biblioteca confiscada por la Inquisición, se encontraban obras de Dante, Petrarca, Sannazaro, Ariosto, Tasso, Castiglione, junto a los libros de Santa Teresa de Ávila, San Juan de la Cruz, fray Luis de León y fray Luis de Guevara. Contenía también novelas de caballería y picarescas, así como obras de astronomía y libros del humanista holandés Erasmo. Debido a los inexactos conteos del Santo Tribunal y al deseo de la esposa de Soto de proteger a su marido ocultando ciertos tomos, es difícil precisar el número de volúmenes pertenecientes a este lector novohispano del siglo XVII[17].

Como consecuencia de este interés en la literatura, propiciado en parte por el ocio de las clases altas y el auge económico, aumentaron los certámenes literarios. Generalmente éstos tenían lugar en Lima y México, enmarcados por el boato y la ceremonia característicos de los espectáculos coloniales. Ellos muestran el hincapié en las apariencias y el gusto por lo exterior, tan típico de una sociedad colonial aspirante a ser igual y aun superior a la metrópoli. Sin duda, para la aristocracia virreinal estos torneos literarios ofrecían ocasión de manifestar sus cultivadas preferencias a través de una forma de expresión más refinada, el verso. Para los poetas y poetastros representaban una manera de alcanzar fama y reconocimiento a través del ejercicio literario. Vale destacar que muchas de las composiciones galardonadas en estos concursos han quedado sepultadas en el olvido con el paso de los años. Con todo, los certámenes poéticos llenaron un vacío en la vida social e intelectual de la colonia por

---

[17] Irving A. Leonard, *Baroque Times in Old Mexico*, Ann Arbor, University of Michigan Press, 1959, pp. 93-98. Sobre el tema debe consultarse el valioso trabajo de Luis Jaime Cisneros y Pedro Guibovich, «Una biblioteca cuzqueña del siglo XVII», *Histórica* (Lima), VI, núm. 2, 1982, pp. 141-171; en cuanto al siguiente siglo véase Pablo Macera, «Bibliotecas peruanas del siglo XVIII», en su *Trabajos de historia*, Lima, Instituto Nacional de Cultura, 1977, t. I, pp. 283-312.

ofrecer a los poetas la oportunidad de ser escuchados por un público interesado en las letras y, al mismo tiempo, eran pretexto para tertulias y reuniones[18]. Es interesante notar que, a imitación de lo practicado en situaciones similares en España, en estos certámenes la noche de la entrega de premios, se leían también los «vejámenes», versos satíricos destinados a ridiculizar algún aspecto de la fisonomía, de los modales, o de la historia académica de los participantes. El erudito sabio y literato Carlos de Sigüenza y Góngora, asiduo participante en estas justas poéticas, también fue objeto de la burla de sus compañeros a través de los conocidos «vejámenes»[19]. Junto con las mascaradas, los desfiles y los autos de fe, los certámenes ocupaban un lugar importante entre los espectáculos coloniales. A pesar de sus limitaciones, fueron actividad clave en el desarrollo de la vida literaria y cultural durante los tres siglos de dominación española.

Además del intercambio propiciado por los certámenes, los escritores y aficionados a las letras se reunían en torno a virreyes y mecenas, ansiosos de prestigiar su corte y casa con el brillo otorgado por el ejercicio literario. A este respecto interesa recordar la escurridiza *Academia Antártica* que funcionó en Lima durante la última década del siglo XVI y la primera del XVII, el grupo reunido en torno al poeta y virrey del Perú, Marqués de Montesclaros (1607-1615), el círculo encabezado por otro virrey-poeta de Nueva Castilla, el Príncipe de Esquilache (1615-1621) y, finalmente, la academia patrocinada por Manuel de Oms Santa Pau, Marqués de Castell-dos-Rius y virrey del Perú (1707-1710). Las actas que describen las sesiones palaciegas amparadas por este último fueron conservadas y publicadas en 1899 con prólogo de Ricardo Palma. Gracias a ellas hoy sabemos cómo se procedía en estas reuniones. Primeramente se escuchaba música y los concurrentes participaban de un agasajo ofrecido por el anfitrión. Después, el propio Marqués de Castell-dos-Rius,

---

[18] Leonard, *Baroque Times*..., cit., pp. 134-142. Sigüenza y Góngora recogió los versos de dos de estos certámenes en *Triunfo Parténico*, publicado con prólogo de José Rojas Garcidueñas, México, Xóchitl, 1945.
[19] Irving A. Leonard, *Don Carlos de Sigüenza y Góngora: A Mexican Savant of the Seventeenth Century*, Berkeley, University of California Press, 1929, pp. 24-27.

buen prosista pero «desdichado» versificador, proponía los temas a discutir y elaborar: comentario de sucesos de actualidad, la redacción de composiciones anagramáticas, la escritura de versos siguiendo metros específicos, la traducción de fábulas[20]. Tanto los certámenes poéticos como las academias palaciegas muestran un arte de minorías, caracterizado por una erudición a veces ridícula e inútil. Con todo, el trabajo verbal, la minuciosa atención al detalle, el evidente deseo de igualar y superar, terminan por subvertir el modelo peninsular e imprimirle una tensión única a la escritura hispanoamericana colonial.

La conquista, además de propósitos políticos y económicos, tuvo un objetivo religioso. Por eso con los soldados y colonizadores llegaron representantes de diversas órdenes religiosas cuya principal tarea habría de ser la conversión y evangelización de los antiguos americanos considerados «niños en la fe católica». Con el paso de los años muchas órdenes se establecieron en casas que se destacaban por su primor arquitectónico para competir entre sí por los puestos más importantes, el control de la educación e influencia en la corte virreinal. Así, conventos y monasterios formaban parte esencial de la vida colonial y más de una aventura y muchas intrigas se forjaron al amparo de sus claustros. Algunos de ellos se convirtieron en centro de refugio para damas de la clase elevada deseosas de una vida semirretirada. Frecuentemente las monjas recibían visitas de amigos y familiares a quienes obsequiaban en sus celdas. Fray García Guerra, arzobispo y posteriormente virrey de Nueva España, tenía como una de sus distracciones favoritas visitar a dos reclusas del convento de Jesús y María en la ciudad de México[21]. En 1625 un viajero inglés, Thomas Gage, describe asombrado la habilidad culinaria y musical de las monjas de la ciudad de México y conjetura que quizá los feligreses asistían a misa más por la música que por la devoción[22]. Sor Juana Inés de

---

[20] Mireya Camurati, «Academias y fábulas barrocas», *Memorias del XVII Congreso del Instituto Internacional de Literatura Iberoamericana. El barroco en América*. Madrid, Ediciones Cultura Hispánica, 1978, t I. pp. 57-62.

[21] Leonard, *Baroque...*, cit., pp. 12-13.

[22] A. P. Newton, ed., *Thomas Gage: A New Survey of the West Indies*, Nueva York, Robert M. McBride & Co., 1929, p. 90.

la Cruz profesó en un convento jerónimo de México y poseyó una cuantiosa biblioteca así como instrumentos científicos y musicales; por su locutorio desfilaban influyentes personajes e importantes escritores de su tiempo.
Como es de esperarse, la Inquisición fue una presencia notable en Indias. Los autos de fe eran un popular espectáculo colonial; servían tanto de advertencia a los espectadores como de jolgorio. La vestimenta religiosa también expresaba en Hispanoamérica el gusto por el lujo desproporcionado. Adornos de encajes y de plata, cuyo uso estaba restringido en Europa a misas y ocasiones solemnes, en América se llevaban diariamente. La Iglesia controlaba la educación a través de los diversos colegios que llegaban a competir con las universidades. Al mismo tiempo, entre las órdenes religiosas ocupadas en la docencia hubo pleitos y rencores extendidos a los alumnos. Particularmente en Lima, la Universidad de San Marcos trató de contrarrestar la influencia de los diversos colegios patrocinados por las órdenes religiosas. Por eso consintió en que éstas crearan en la universidad cátedras de teología moral, dogma y Sagrada Escritura, con la única obligación de traer a sus alumnos durante las horas de clase. Esta política acrecentó la rivalidad entre las congregaciones pues cada una deseaba poseer el mayor número de cátedras universitarias. A consecuencia de las trifulcas entre ellas, se formaron «partidos» teológicos deseosos de hacer prevalecer la filosofía de sus adalides, Santo Tomás, San Agustín, San Buenaventura[23].
En Hispanoamérica colonial muy pronto se establecieron universidades. A la de Santo Tomás de Aquino (Santo Domingo) se le concedió licencia para ser fundada en 1538, aunque no funcionó hasta 1558. Por eso la más antigua resulta ser la de San Marcos (Lima) establecida en 1552, pocos meses antes que la Universidad de México. En estas instituciones enseñaban clérigos y laicos; sería injusto clasificarlas de simples seminarios teológicos. Con todo, la instrucción impartida en ellas se caracterizó por su afición a la retórica y a la teología con el consecuente menosprecio de las ciencias de observación y análisis. Ni el indio ni el negro

---
[23] Barreda Laos, ob. cit., pp. 180-186.

tenían oportunidad de asistir a estos altos centros de estudio, aunque la pureza de sangre y la legitimidad de nacimiento eran requisitos a veces olvidados, particularmente si el interesado tenía interés y aptitud para la carrera eclesiástica[24]. Para fines del siglo XVII ya había varias universidades en Hispanoamérica. Pero no fue hasta mediados del siglo XVIII, bajo la influencia de los Borbones, cuando las ideas ilustradas comenzaron a transformar lentamente la manera de pensar. Surgió entonces un interés por la experimentación y la aplicación del método deductivo, en franco contraste con la pedagogía anterior[25]. Así mismo, las expediciones científicas, entre las cuales se destaca la de Alejandro von Humboldt (1769-1859) a diversas regiones de América, promovieron el interés por la flora y la fauna; contribuyeron ellas al desarrollo de la poesía descriptiva interesada ahora en detallar y alabar la belleza y utilidad de la naturaleza americana. Tal corriente alcanzará su apogeo en el siglo XIX con la obra de Andrés Bello (1781-1865).

En suma, los siglos coloniales son para Hispanoamérica un periodo de intensa transculturación (se destruyeron los cimientos e instituciones de las antiguas civilizaciones precolombinas, o se reordenaron y desfiguraron para servir los propósitos de la cultura hegemónica). Se formó así una sociedad dividida de acuerdo con el poderío económico, el abolengo y el color de la piel. Las distinciones impuestas por tal estratificación acrecientan las diferencias entre los nacidos en América y los españoles llamados peyorativamente «chapetones» y «gachupines». Indios, mestizos y africanos proveían la mano de obra barata. Gracias a esta distribución laboral la *élite* colonial obtuvo el tiempo libre necesario para el cultivo de las letras. El interés literario de la aristocracia virreinal se manifiesta en los poemas presentados en los certámenes o leídos en las academias palaciegas, en el ejercicio del mecenazgo, en las obras en prosa y verso que circularon mayormente manuscritas por estar dirigidas a una exigua minoría, además de por la dificultad de impresión. El gusto literario colonial se moldeaba con las últimas noveda-

---

[24] Eugenio Chang-Rodríguez, *Latinoamérica: su civilización y su cultura*, Rowley, Mass., Newbury House Publishers, Inc., 1983, pp. 90-92.
[25] E. Chang-Rodríguez, ob. cit., pp. 94-95.

des europeas que libreros peninsulares, ansiosos de buena ganancia, enviaban con prontitud a América. Si bien el reducido grupo de escritores nacidos o residenciados en Indias imitaba las letras peninsulares, sus obras frecuentemente se ocupan de acontecimientos y temas americanos a la vez que exhiben los defectos y virtudes de la sociedad colonial. En ellas encontramos la crítica junto a la alabanza y al deseo de superar a congéneres europeos; en su mismo afán de autodefinición y de superación tal escritura revela el signo distintivo de su dependencia y a la vez remite a la fractura de la otredad americana.

III. LA POESÍA DEL SIGLO XVI

La conquista española, con sus múltiples y disímiles consecuencias para América y Europa, saturó el siglo XVI. Si bien en líneas generales con el sometimiento de los imperios azteca (1521) e incaico (1533) tal empresa se terminó antes de mediar la centuria, ella quedó presente en el recuerdo y la imaginación de quienes la efectuaron y de sus descendientes. Así, no es de extrañar que dos de las grandes obras inspiradas por aquellos acontecimientos se escriban o aparezcan muy avanzado el siglo: la *Verdadera historia de la conquista de la Nueva España* de Bernal Díaz del Castillo, cuyo manuscrito se considera terminado para 1568, y las *Elegías de varones ilustres de Indias*, de Juan de Castellanos, cuya primera parte se publicó en 1589. En Chile, donde nació el más sincero y vivo de los poemas épicos del Siglo de Oro español, *La Araucana* (1.ª, 1569; 2.ª, 1578; y 3.ª, 1589, partes), de Alonso de Ercilla, todavía la sujeción de sus indómitos habitantes era un proceso inconcluso al entrar el siglo XVII. Por eso el título del otro gran poema surgido de aquellas luchas, el *Arauco domado* (1596), de Pedro de Oña (1540-1673), deviene irónico aunque tal no fuese la intención del autor. Si bien para los antiguos americanos ésta fue la época de la destrucción y del cataclismo, para los españoles fue éste un siglo hazañoso donde se creía posible superar las proezas contadas por las novelas de caballería.

Por ello no sorprende que los europeos sintieran la necesidad de dejar constancia de su heroicidad y dar cuenta de ese inédito y fabuloso territorio. Las crónicas nacieron de este impulso; sin duda, como tantas veces se ha repetido, en ellas se encuentra la verdadera poesía del descubrimiento y la conquista de América. Pero aunque esos años demandaron la entrega a una labor histórica de mayor urgencia —la formación de la sociedad colonial— la lírica fluye en seis vertientes diversas: la popular, la culta (italo-renacentista)[1], la histórico-narrativa, la satírica, la descriptiva y la religiosa. El señalamiento de estas direcciones representa una distinción más obediente a una necesidad didáctica que a una verdad preceptiva e histórica. En principio, para sólo citar un ejemplo de tal limitación, debe decirse que utilizando formas no populares se escribieron narraciones, sátiras y descripciones con lo cual tres de aquellas corrientes poéticas enunciadas se confunden desde los inicios. Por eso es oportuno aclarar enseguida que poesía culta equivale, en este deslinde, a poesía de tema lírico o subjetivo. Lamentablemente, es un apartado abierto para acoger sólo a pocos poetas dignos de recordación.

En el estudio de la lírica colonial es necesario puntualizar que los primeros versos castellanos, escuchados todavía como parte de una tradición oral, fueron romances, villancicos, coplas, muestras de la poesía popular traída por los conquistadores y primeros colonizadores, o bien versiones de conocidos y antiguos romances ahora modificados para reflejar nuevas y disímiles situaciones[2]. En este sentido es oportuno recordar aquella copla enviada secretamente al gobernador de Panamá por un quejoso soldado de Pizarro: «Pues, señor Gobernador / Mírelo bien por entero, / que allá va el Recogedor [Diego de Almagro] / y acá queda el Carnicero [Francisco Pizarro].» Pronto, sin embargo, comenzaron a ensayarse las formas de la poesía culta. En España esas formas eran los metros y tipos estróficos importados de Italia y castellanizados por Boscán y Garcilaso de la Vega. En América, esos patrones habrían de aplicarse, en los mejores casos, a la expresión de un lirismo intimista, mantenido por fuerza dentro de los rigores de la retórica petrarquista. Esto significa que la asimilación en las colonias de los productos culturales más descollantes de Europa fue sin duda rapidísima, pues, junto a poetas nacidos en España y trasladados a

---

[1] Sobre la influencia e imitaciones de Petrarca en América véase Alicia de Colombí-Monguió, «Las visiones de Petrarca en la América virreinal», *R.I.*, XLVIII, núms. 120-121, 1982, pp. 563-586.
[2] Véanse Ramón Menéndez Pidal, *Los romances de América y otros estudios*, Buenos Aires, Espasa-Calpe, 1939 y del mismo autor, *Romancero hispánico. Teoría e historia*, Madrid, Espasa-Calpe, 1953, 2 vols.

ultramar —recordemos a Juan de la Cueva, Gutierre de Cetina—, habrán de consignarse muy temprano otros ya criollos, nacidos en América. Y hasta, como cuenta Juan de Castellanos, algún conquistador letrado —Gonzalo Jiménez de Quesada, por ejemplo— se interesó y participó a su modo en las disputas entre las formas tradicionales castellanas, centradas en el octosílabo, y las modernas, tomadas de Italia. Como se sabe, estas discusiones eran muy frecuentes entonces en los círculos poéticos peninsulares.

Del gran número de versificadores dan cuenta las compilaciones reunidas por aquellos años, especialmente hacia fines del XVI, así como las menciones elogiosas, casi siempre hiperbólicas, a autores de la época, abundantes en obras a manera de catálogo. Vale recordar de Cervantes «El canto de Calíope» *(La Galatea*, 1585), de Lope de Vega el *Laurel de Apolo* (1630) y, sobre todo, el famoso *Discurso en loor de la poesía* (1608) atribuido a una anónima dama novocastellana. Como es de esperarse, los dos centros virreinales, Nueva España (México) y Nueva Castilla (Perú), abrigaron el mayor número de poetas cultivadores del verso nuevo. Esto ocurrió hasta tal punto que un bardo y comediógrafo español ya acriollado en México, Fernán González de Eslava (1533?-1601), comentó, en frase repetida muchas veces por su valor de gráfico testimonio, que por entonces había en esa corte «más poetas que estiércol». De esa peyorativa pero probablemente correcta comparación, se libran en México el citado González de Eslava, español cultivador por igual de formas tradicionales e italianizantes y, sobre todo, el primer poeta de lengua castellana nacido en Hispanoamérica de quien se conserva una obra escasa pero estéticamente lograda: Francisco de Terrazas (1525?-1600?). Por su producción literaria conocida es evidente que Terrazas manejó con habilidad el soneto, el terceto y la octava. También demostró estar cómodamente imbuido de la tradición petrarquista tal y como se practicaba en la lírica culta del Renacimiento[3].

Este ejercicio de nuevos metros y estrofas ayudó a afinar el instrumento técnico para el momento en que el gran tema

---

[3] Alfredo A. Roggiano, «La poesía en la Nueva España durante el siglo XVI», y «La poesía en la Nueva Castilla o Virreinato del Perú», *En este aire de América*, México, Cultura, 1966, pp. 27-66; 67-80.

de la conquista pasó de la prosa al verso. Surge así la poesía histórico-narrativa, rápidamente elevada a la dignidad épica. El Nuevo Mundo ofreció materia fresca para alimentar una de las formas más características —independientemente de lo amanerada y artificiosa que parezca al gusto actual— de la poesía renacentista europea, la épica. En la Península, este género en sus dos manifestaciones hispanas más importantes, la de tema religioso y la de tema histórico, habría de vivir su tardío periodo áureo entre 1580 y 1630, con el propio Lope de Vega y su *Jerusalén conquistada*, con Juan Rufo (1547?-1620?), autor de *La Austriada*, con Juan de la Cueva, y con otros autores incluidos también en las letras hispanoamericanas (Bernardo de Balbuena y Diego de Hojeda). América como tema se adelanta, en términos cronológicos y estéticos, en la obra de un español, Alonso de Ercilla, quien con su excepcional poema, *La Araucana*, se gana todos los derechos de figurar en las historias literarias de ambas orillas del Atlántico. Lamentablemente, las obras de intención épica escritas en América durante el siglo XVI se reducen a los límites de verdaderas crónicas en verso, aunque en algunas de ellas puedan encontrarse pasajes de cierto interés poético[4].

Sobre el candente tópico de las guerras del Arauco, tan prestigiado por Ercilla, se compusieron varios poemas extensos como *Purén indómito* de Hernando Álvarez de Toledo (1550-1633) y *Guerras de Chile* (1610), atribuido a Juan de Mendoza Monteagudo (?-1619). El *Arauco domado* de Pedro de Oña se salva por diversos motivos de la mecánica imitación impuesta por el modelo de Ercilla, y por ello encaja mejor en el espíritu del siglo XVII. Otras muestras del género, en cambio, a pesar de que por sus fechas de redacción o publicación corresponderían a ese siglo, fueron concebidas estrictamente dentro de los moldes estéticos del XVI, esto es, exentas de barroquismo. Destacan, por ejemplo, *Argentina* (1602), de Martín del Barco Centenera, y *Armas antárticas* (1615), de Juan de Miramontes Zuázola. Escrita en el Perú entre 1608 y 1615, el contenido de esta última desborda el periodo de la conquista para ocuparse de las guerras civiles

---

[4] Pedro Piñero ofrece mayores precisiones en «La épica hispanoamericana colonial», *Historia... colonial*, ob. cit., I, pp. 161-186.

novocastellanas y de otros sucesos históricos en una órbita geográfica extendida desde el Mar Caribe hasta el Estrecho de Magallanes. Por corresponderles este exacto lugar, no pueden dejar de citarse aquí las ya mencionadas *Elegías de varones ilustres de Indias* de Juan de Castellanos. Tampoco pueden omitirse los fallidos intentos realizados en México por cantar con tono épico las victorias de Hernán Cortés: los fragmentos conservados de *Nuevo Mundo y conquista* de Francisco de Terrazas, *Cortés valeroso* (1588) y *Mexicana* (1594) de Gabriel Lobo Lasso de la Vega, y la *Historia de la Nueva México* (1610) de Gaspar García de Villagrá. Tal es, en suma, la trayectoria del poema de tema histórico y de propósito narrativo, tan abundante en tierras de América durante el siglo XVI. Constituyen en su mayor parte crónicas rimadas y por ello pocas se salvan del prosaísmo inherente a una simple narración en verso.

Pronto la conquista y los beneficios que de ella se esperaban se convirtieron en móvil de reacciones personales e interesadas. Por eso no tardan en aparecer, principalmente en las capitales virreinales, manifestaciones de poesía satírica. En principio, esta modalidad fue alimentada por los reclamos de los mismos conquistadores y de sus hijos contra la Corona; pero más frecuentemente fue nutrida por protestas ante injustas recompensas otorgadas por los jefes inmediatos. Después siguieron vitriólicos ataques, indicativos de los primeros resentimientos entre peninsulares y criollos. Por obvias razones, la mayor parte de esta poesía fue anónima; seguramente estaría destinada a la circulación clandestina en forma oral o manuscrita. Por eso, con pocas excepciones, hoy día apenas puede ofrecerse de ella una somera mención histórica. A estas formas versificadas de circunstancia tan próximas a la oralidad, esta asociado un nombre de interés, Mateo Rosas de Oquendo (1559?-1612?). Este curioso bardo paseó sus desavenencias y disgustos por muy distintos lugares del Nuevo Mundo —Córdoba del Tucumán, Lima, México— dejando en cada uno de ellos testimonio de su vocación satírica.

Como ya quedó dicho, en Nueva España la vida cultural centrada en la corte virreinal era sofisticada e intensa. Se ensayó allí la poesía descriptiva, que con el tiempo se convirtió en una modalidad constante de la lírica mexicana.

El impresionante paisaje y las magníficas riquezas de la capital novohispana estimularon desde un principio la inspiración de quienes llegaban desde la metrópoli. Juan de la Cueva, el conocido precursor del teatro lopista, escribió en México su «Epístola al licenciado Sánchez de Obregón», para ponderarle la extrañeza de aquellas «mil cosas de que carece España» contempladas por él en la opulenta ciudad. Algún tiempo después el también español Eugenio de Salazar de Alarcón, en su *Epístola* dirigida a Fernando de Herrera donde describe la laguna de México, va cediendo de una artificiosa visión clásico-renacentista del paisaje poblada todavía de los inevitables exotismos mitológicos, a una impresión más inmediata y fuerte de la naturaleza americana. El primer granado producto de esta actitud laudatorio-descriptiva habría de darse muy pronto en la famosa *Grandeza Mexicana* (1604), de Bernardo de Balbuena.

Otra posible dirección de la lírica del siglo XVI, como ya se anunció, sería la religiosa. Esta modalidad, sin embargo, no aparece claramente definida hasta fines de esa centuria con la obra de Fernando de Córdoba Bocanegra (1565-1589), el único poeta distinguido de esta corriente en la Nueva España. En el otro gran centro colonial, Nueva Castilla, la poesía religiosa no ofrece obras de gran interés hasta la aparición de *La Cristiada* de Diego de Hojeda en 1611. A pesar de su tema religioso, generalmente esta obra se incluye y valora dentro de la épica.

Para compendiar el desarrollo del proceso histórico-poético resumido, debe recordarse que los primeros conquistadores no dedicaron mucho tiempo al cultivo de la poesía; prefirieron ellos detallar sus hazañas y reclamos, así como describir el Nuevo Mundo valiéndose de la prosa. De los poetas de aquella época inicial apenas se conservan hoy día breves menciones y unos pocos nombres. En efecto, habrá que esperar hasta bien avanzado el siglo para encontrar figuras de importancia y obras conservadas, ya en la generación de Terrazas, Castellanos y Ercilla. Con estos tres nombres se inaugura la historia de la poesía colonial hispanoamericana. Y además, lo cual es aún más significativo, en sus muestras aparece, bajo matices muy diversos, una actitud de acercamiento, comprensión y permeabilidad hacia las nuevas tierras y los nuevos temas. Por ello, aunque la mayoría de estos autores sean españoles de nacimiento, los productos de su quehacer literario llevan de algún modo la impronta americana, y de ahí lo legítimo de su inclusión en una antología de la poesía hispanoamericana colonial.

Con todo propósito se ha colocado esta sección bajo una denominación genérica y cronológica poco comprometida: la poesía del siglo xvi. En rigor, los autores mencionados podrían incluirse bajo un epígrafe tal como «poetas del Renacimiento» pues, en efecto, lo son. Pero ese término evocaría de inmediato el primero de los siglos de oro vividos por España así como a poetas de tan alta estatura como Garcilaso de la Vega, fray Luis de León, San Juan de la Cruz y Fernando de Herrera. Y bajo tan brillantes fulgores la poesía hispanoamericana coetánea se vería muy deslucida. Por eso es más indicado un rótulo modesto y sin pretensiones. Muy pronto, sin embargo, al entrar el siglo xvii y aun en los últimos años del xvi, se comenzará en Indias el trabajo creador a partir de la recombinación y sustitución de modelos para dar paso a voces poéticas más auténticas, proceso que culmina en el caso de sor Juana Inés de la Cruz. Ya entonces —dentro de muy poco— no habrá que utilizar un despersonalizado epígrafe cronológico y se podrá hablar de una lírica enmarcada dentro del barroco y en busca de un carácter definitorio.

IV. EL BARROCO EN HISPANOAMÉRICA

En un conocido ensayo José Lezama Lima explica que por el «heroísmo y conveniencia» de la expresión barroca pueden los hispanoamericanos aproximarse a las manifestaciones de cualquier estilo sin acomplejarse, sin resbalar, «siempre que insertemos allí los símbolos de nuestro destino y la escritura con que nuestra alma anegó los objetos»[1]. La influencia descollante del barroco, tanto en las letras como en las artes plásticas del Nuevo Mundo, ha sido ampliamente comentada por los críticos del arte y la literatura[2]. Varios han planteado que las expresiones artísticas de los antiguos americanos llevaban en sí modalidades coincidentes con el barroco europeo: el movimiento, la tensión, la ruptura del equilibrio, la tendencia a la ornamentación y la hipérbole. Así, la desrealización sucede porque el artífice y el vate indígenas no deseaban reproducir la realidad, sino desentrañar lo profundo e intangible («ver no sólo las caras, sino también lo corazones», como cantó un poeta náhuatl). Las culturas precolombinas, particularmente la azteca y la maya, remiten a un lenguaje mítico y transformador, con poder para ser por sí mismo, sometido únicamente a sus propias leyes, y de ahí los símbolos desentrañables sólo por los iniciados.

A este Nuevo Mundo inventado para Europa por marinos, conquistadores y colonizadores —recordemos los pájaros sin patas, los cerdos con el ombligo en el lomo, los hombres enloquecidos al contemplar su propio rostro, des-

---

[1] «La curiosidad barroca», *La expresión americana*, Madrid, Alianza Editorial, 1969, p. 77.
[2] Para un buen resumen véase Alfredo A. Roggiano, «Acerca de dos barrocos: el de España y el de América», *Memorias del XVII Congreso*, cit.; t. I, pp. 39-47.

critos por el navegante florentino Francisco Antonio de Pigafetta (1491-1534) en su *Primer viaje en torno al mundo*— llegaron también los esclavos africanos procedentes, como los antiguos americanos, de culturas ágrafas donde la palabra ocupaba un lugar privilegiado y la tradición y el saber se transmitían oralmente. La presencia negra sirvió, pues, para reforzar y afirmar la vigencia del mito. La santería, el vudú, los disímiles cantos y bailes transmitidos por este mundo subterráneo resisten y marcan la cultura hegemónica a la vez que envían a un territorio inasible, donde la realidad —el horror de la travesía transatlántica y de la esclavitud— era momentáneamente transformada y subvertida por la magia del verbo. Coinciden entonces en América una serie de circunstancias —presencia de las culturas indígenas y africanas, coexistencia de diversas tendencias literarias, aislamiento de la metrópoli, proceso de transculturación— que, además de la evidente influencia de modelos peninsulares, le otorgarán al barroco literario de Indias un signo diverso y quizá difícil de definir y caracterizar[3].

Por eso no es casual que el siglo XVII produzca el *Discurso en loor de la poesía* (1608), alabanza de tono y estilo renacentista escrita por una anónima poeta de Nueva Castilla, ni que sor Juana Inés de la Cruz (1651-1695), la figura cimera del barroco hispánico, haya reconocido la importancia y el aporte de las culturas indígenas así como de la presencia africana en la Nueva España. En la loa del auto sacramental *El Divino Narciso* la monja se aprovechó magistralmente de un rito religioso azteca para, a través de él, anticipar el misterio de la Eucaristía. Cuando lo hace, liga indisolublemente la vieja y la nueva cultura hallándoles puntos convergentes en el corazón mismo de sus creencias religiosas. Igualmente, los afromexicanos aparecen como actores en seis de los doce juegos completos de villancicos escritos por la Décima Musa y en cinco de los atribuidos a ella por Alfonso Méndez Plancarte. A primera vista estos personajes que cantan y bailan parecen ser simples figuras humorísticas incluidas para añadir una nota extraña y festiva a estas

---

[3] Para otras precisiones véase Emilio Carilla, *La literatura barroca en Hispanoamérica*, Nueva York, Anaya Book Co. Inc., s. f., y Picón Salas, ob. cit., pp. 133-146.

composiciones, tal y como hacían Quevedo y Góngora siguiendo el gusto por lo novedoso puesto de moda por la estética barroca en la Península. Pero en las de sor Juana, su actuación así como el uso de onomatopeyas, repetición de vocablos, preguntas y respuestas, y aliteraciones, les otorgan carácter bailable a los villancicos. La entrega a la diversión asumida por estos protagonistas sorjuaninos postula el abandono al trabajo, el rechazo al régimen laboral impuesto por los amos y, en última instancia, la negación de los principios reguladores de la sociedad novohispana. Pero hay más. La entrega al ritmo y a la música es también el retorno, aun a través del ritual católico, a lo ancestral, a la tradición negada por la cultura dominante[4]. Vista así esta escritura aparece doblemente barroca: por el trabajo desrealizador del *logos* y por su teatral despliegue donde la apariencia de las exóticas figuras y el encanto de la palabra encubren y disfrazan la fractura, el signo disyuntivo de la sociedad colonial.

Es a partir de este poder de la palabra —que remite tanto a los esfuerzos avanzados por Góngora de transformar la poética renacentista, como a los trabajos de quienes escriben desde el ámbito colonial, conscientes de su marginación y descentramiento, y por tanto, dados a excesos en su afán de búsqueda y originalidad—, desde el que se debe convocar el nombre de Bernardo de Balbuena. Tal es la importancia de su obra poética que, en juicio quizá exagerado, Menéndez Pelayo hace datar el nacimiento de la poesía hispanoamericana a partir de *Grandeza Mexicana* (1604), pues allí se recrea a través del artificio verbal, y para convertirla en asunto poético, una realidad americana: la ciudad de México. Efectivamente, Balbuena alaba a los señores de la capital y escoge lo más grandioso y admirable de ella para embellecerlo y elevarlo. Opacados por el aristocratismo y la cortesanía barrocos, atrás quedan lo modesto, lo oscuro, el «indio feo», en fin, todo lo humilde. La preferencia por el detalle ornamental, la profusión y riqueza de las descripciones y la

---

[4] Para una discusión más amplia de la presencia afromexicana en los villancicos de sor Juana véanse Rosa Valdés Cruz, «La visión del negro en Sor Juana», *Memorias del XVII Congreso*, cit., t. I, pp. 207-216 y Raquel Chang-Rodríguez, «Mayorías y minorías en la formación de la cultura virreinal», *University of Dayton Review*, XVI, núm 2, 1983, pp. 23-34.

desencadenada hipérbole, reflejan una fuerte voluntad de originalidad, o sea, de olvidar la «historia» para lograr la «invención verosímil» tal y como anunció el mismo autor en el prólogo a su importante obra, *El Bernardo* (1624). Como tan acertadamente explicó Ángel Rama, en Balbuena encontramos una escritura «de lleno entregada a la visión interior»[5]. La obra del abad de Jamaica y obispo de Puerto Rico, ya sea ubicada dentro del manierismo o del barroco, es representativa de ese esfuerzo consciente y quizá desmesurado de avanzar el trabajo de la lengua en una dirección seguramente aristocratizante. Dentro de tal vertiente se sitúan también Pedro de Oña y su *Arauco domado* (1596). Por su tono laudatorio, la transformación del escenario natural y la atención al detalle, la obra trasciende el carácter épico para colocarse dentro del intento barroco de falsificación y recreación a través de la palabra. Aunque *Espejo de paciencia* (1608), poema de intención épica donde Silvestre de Balboa Troya (1563-1647?) narra el secuestro y rescate del obispo de Santiago de Cuba, también encajaría por su organización y tono dentro del siglo XVI, es necesario apuntar su ruptura con la retórica paisajística para ofrecer en su lugar una relación de flores y frutos caribeños y mostrar así un gusto por la acumulación y la novedad que resulta ser anunciador modesto del barroco. Así mismo, la inclusión de un protagonista negro provee un detalle exótico a la vez que refuerza vínculos con la realidad americana, pluriétnica y pluricultural.

Junto al tono cortesano y elevado, a geografías exóticas vistas tanto en la obra de Balbuena como en la «Epístola» dedicada a Lope de Vega por la incógnita «Amarilis» y a la elaboración del tema del desengaño y de la falsedad de las apariencias por Matías de Bocanegra (1612-1688), hallamos la veta popular anunciada desde el siglo anterior por los versos desmitificadores de Mateo Rosas de Oquendo. Ahora subtendida la estética barroca por estos vínculos evidentes en la lírica colonial desde sus inicios, adquiere ella un signo

---

[5] «Fundación del manierismo hispanoamericano por Bernardo de Balbuena», *University of Dayton Review*, XVI, núm. 2, 1983, p 16. No usamos el rótulo «manierismo» en nuestro deslinde pues consideramos que faltan precisiones sobre esta tendencia respecto a la literatura hispanoamericana. Seguramente ayudará en este trabajo el libro de Emilio Carilla, *Manierismo y barroco en las literaturas hispánicas*, Madrid, Gredos, 1983.

diverso. El uso del humor, de lo soez, del chiste, se hace diferente cuando lo marca el genio criollo, producto en Indias de razas y civilizaciones diferentes que utilizaron tal lenguaje para criticar e impugnar, es decir, como única vía de resistencia a la cultura hegemónica que por medio de la castellanización y el sometimiento intentaba inaugurar una falsa homogeneidad en sus dominios ultramarinos. La obra del español limeñizado Juan del Valle Caviedes (1625-1698?) es una reacción contra lo aristocratizante y culto. En su *Diente del Parnaso* (c. 1689) desfilan médicos farsantes, mujeres hermosas, sacerdotes pecadores, todos vistos como actores en el «gran teatro del mundo», pues se comportan contrariamente a lo propugnado por su profesión y vestimenta. Las burlas y críticas de Caviedes violentan el lenguaje para producir personajes deformados, fantoches ridículos que, sin embargo, tienen mucho en común con las calles, palacios y señores de *Grandeza Mexicana* en tanto ambas escrituras remiten al artificio del lenguaje y a la transformación, ya embellecedora ya caricaturesca. Pero si la atención tanto de Balbuena como del colombiano Hernando Domínguez Camargo (1606-1659) a ese «paisaje interior», que convierte a México en maravilla y al arroyo de Chillo en desbocado potro, postula un escapismo muy colonial, las crueles burlas del limeño y su habilidad para aprovecharse de los defectos físicos de otros en su poesía, objetivan un «mundo al revés» donde impera el desengaño, patente espiritual del barroco. La «guerra» verbal evidente en su palabra desconstructora pinta y despinta para devenir la única realidad pues, al fin y al cabo, ni los médicos curan ni los sacerdotes salvan. Pero quizá en este desengaño, en esta visión ruinosa que en Hispanoamérica traspasa los límites cronológicos del barroco para perdurar hasta bien entrado el siglo XVIII —recordemos *Lima por dentro y fuera* (1792) de Esteban de Terralla Landa (17??-1797?)— se halle cifrado un mensaje para el futuro: tal mundo ha de cesar; ¿podrá construirse sobre sus escombros otro mejor y más equitativo? La escritura de Caviedes se abre y dilata hacia el porvenir para denotar sus múltiples valencias. Tuvo menos éxito en sus recreaciones de ritmos y acentos presuntamente populares el ecuatoriano Jacinto de Evia (1629-?). No pudo el jesuita guayaquileño evadir la imitación mecánica, ni el uso de gastadas técnicas expresivas; con todo, su obra poética revela la persistencia del barroco y el fervor con que su estética fue seguida en ultramar. Que «ningún otro artista sufrió y expresó» como sor Juana Inés de la Cruz «el drama de artificialidad y represión» postulado por el barroco americano ya fue señalado por Mariano Picón Salas y recientemente dilucidado por Octavio Paz[6]. La Décima Musa, en su afán de estudiar y comprenderlo todo, se representa la vida como ejercicio intelectual; así, sufrió ella la envidia y la persecución de quienes, sospechosos de su inteligencia, belleza y simpatía, la forzaron a abandonar tal derrotero. En efecto, la obra de la monja mexicana, en desusado compendio, amalgama y subsuma los diversos acentos del barroco (la nota popular y americana en los villancicos; el trabajo de la metáfora y el juego antitético en sonetos, romances, redondillas y endechas; el uso de la retórica en la *Respuesta a sor Filotea de la Cruz*, 1691; la pasión intensificada por el intelecto en *Primero sueño*, 1692). Pero es en *El sueño* donde sor Juana «alcanza su plenitud y la plenitud del idioma poético en sus días»[7]. Con falsa modestia, ella misma aconseja en la autocrítica de su obra aparecida en la *Respuesta a sor Filotea* que de sus escritos se lea un «papelillo» intitulado *El sueño*. Aunque la monja, valiéndose de la tradición retórica, empequeñece su poema a través del diminutivo, y a la vez reconoce la influencia de Góngora, cuyas *Soledades* conscientemente desea imitar, el «viaje» propuesto por la mexicana adquiere caracteres distintivos: la amplia sabiduría exhibida por el poema sorjuanino y bordada siempre sobre la realidad inmediata, remite al mundo de la conciencia y del conocimiento en tanto oblitera la reconocida genealogía literaria en la cual se apoya (la tensión y la llama del verbo que destruyen y recomponen el original)[8]. Más que nada él refleja la ambición de la autora por llegar a la intuición total del universo —frustrado deseo y consecuente desengaño elaborados por sor Juana para resaltar no ya la importancia de hallar, de llegar a la meta, sino de caminar hacia ella. Por eso *Primero sueño* glosa la biografía de la

---

[6] *De la Conquista a la Independencia*, ob. cit., p. 146; Octavio Paz, *Sor Juana Inés de la Cruz o las trampas de la fe*, México, F.C.E., 1982.
[7] Lezama Lima, ob. cit., p. 63.
[8] Lezama Lima, ob. cit., p. 46.

monja; pero, además, es cifra de los trabajos del artista indiano, quien, en fáustica carrera, busca no ya aprehenderlo todo, sino encontrar, desde la marginalidad colonial, una voz y un lenguaje propios. Como ya se ha visto, la vida religiosa en la colonia tuvo caracteres diferentes a la de la Península. El esfuerzo de conversión avanzado por campañas de catequización y extirpación de idolatrías que fueron muchas veces sangrientas, la redacción de diccionarios y manuales religiosos, la representación de autos sacramentales que aprovechaban tradiciones escénicas precolombinas, la recolección de mitos y creencias por las órdenes más progresistas, dejó menos tiempo para la meditación y el recogimiento. Por eso la literatura religiosa hispanoamericana es pobre si se la compara con la obra de San Juan de la Cruz, fray Luis de León o Santa Teresa de Jesús (la figura más auténtica, la Madre Castillo, no aparecerá hasta el siglo XVIII). Con todo, dentro de esta línea cabe destacar la obra del vate de Córdoba del Tucumán (Argentina), Luis de Tejeda (1604-1680), recogida en su *Libro de varios tratados y noticias* (c. 1663). En el trabajo formal del lenguaje poético, ese texto muestra la huella conceptista, pero sus fuentes están en la Biblia y los místicos españoles. Más notable en la obra del tucumano, sin embargo, es la mezcla de la vertiente religiosa y la autobiográfica, tan importante esta última en crónicas y relaciones. Pero la más alta expresión de la literatura religiosa escrita en Hispanoamérica durante el siglo XVII y, como ya se ha indicado, situada dentro de la épica, es *La Cristiada* (1611). Aunque la organización de este poema donde Diego de Hojeda (1571-1615) narra la pasión de Cristo desde la Última Cena hasta la Crucifixión y el Entierro, es de factura renacentista, el lenguaje poético, sin embargo, es barroco por la utilización de exagerados recursos de estilo donde predomina el juego antitético. Entre los escritores coetáneos que cultivaron igualmente la poesía profana y la religiosa sobresale el mexicano Luis de Sandoval Zapata (¿-?) cuyo soneto dedicado a la Virgen de Guadalupe está repleto, a juicio de Octavio Paz, de «imágenes memorables»[9]. Su obra, aunque escasa,

---
[9] *Anthology of Mexican Poetry*, Bloomington, Indiana University Press, 1958, p. 28.

muestra otra preferencia barroca frecuente entre los escritores hispanoamericanos, la expresión del ingenio.

La recepción y persistencia del barroco en la literatura hispanoamericana puede precisarse con mayor exactitud si se toman en cuenta: 1), la tardía defensa de Góngora hecha por Juan de Espinosa Medrano (Calcauso, Perú, 1632-Cuzco, 1688); 2), su presencia en la cultura hispanoamericana actual; y 3), el debate acerca de su impacto y proliferación suscitado en diversos círculos críticos. En efecto, Espinosa Medrano, un mestizo cuzqueño apodado «El Lunarejo», escribió el *Apologético en favor de don Luis de Góngora, Príncipe de los poetas líricos de España* (1662) en respuesta a un ataque lanzado años atrás al poeta cordobés por el portugués Manuel Faria y Souza (1590-1649). Al hacerlo, este lejano admirador de Góngora produjo una de las primeras y más enérgicas defensas de la autonomía de la palabra en la creación de un lenguaje poético. Se remonta el cuzqueño a la etimología de «verso» para destacar que, por definición, indica «revolver los términos, invertir el estilo y entreverar las voces». Como el arte, explica «El Lunarejo», es creación humana necesita «de una sal, de un concepto, de un donaire o gracia» para transformarse en tal[10]. Que haya defendido a Góngora años después del ataque de Faria y Souza, y que lo haya hecho con tal vehemencia y despliegue de erudición, muestra tanto su condición de escritor colonial como la vitalidad del barroco en una época donde ya asomaban en Europa los signos de cambio hacia otras preferencias. Hoy día muchos son los escritores, críticos e historiadores que otorgan, sobre todo, a la literatura hispanoamericana y más específicamente a la narrativa actual, el rótulo de barroca o neo-barroca. Harto conocidos son los planteamientos en esta dirección de Octavio Paz, José Lezama Lima, Alejo Carpentier y Severo Sarduy, para mencionar unos pocos. Y en este sentido se perfila el debate sobre el actual signo de las letras y la cultura hispanoamericanas. Para el escritor cubano Severo Sarduy ser barroco hoy día:

---

[10] Sobre Góngora y Espinosa Medrano véanse Luis Jaime Cisneros, «Huellas de Góngora en los sermones del Lunarejo», *Lexis* (Lima), VI, núm. 2, 1982, pp. 141-159 y Eduardo Hopkins R., «Imagen de don Luis de Góngora en el *Apologético* de Juan de Espinosa Medrano», *Revista de la Universidad Católica* (Lima), núms. 11-12, 1982, pp. 33-51.

significa amenazar, juzgar y parodiar la economía burguesa, basada en la administración tacaña de los bienes, en su centro y fundamento mismo: el espacio de los signos, el lenguaje, soporte simbólico de la sociedad, garantía de su funcionamiento, de su comunicación. Malgastar, dilapidar, derrochar lenguaje únicamente en función de placer —y no, como en el uso doméstico, en función de información— es un atentado al buen sentido, moralista y «natural» —como el círculo de Galileo— en que se basa toda la ideología del consumo y la acumulación. El barroco subvierte el orden supuestamente normal de las cosas, como la elipse —ese suplemento de valor— subvierte y deforma el trazo, que la tradición idealista supone perfecto entre todos, el círculo[11].

Se vale Sarduy del rótulo «barroco de revolución» para definir un tipo de escritura liberadora cuyo modelo más descollante lo ejemplificaría la obra de su compatriota José Lezama Lima. Desde una vertiente opuesta, otros críticos destacan el carácter foráneo de esta escuela y explican cómo se utilizó en Indias para reafirmar la ideología de la cultura hegemónica en tanto la colonización se intensificaba por las letras[12]. Vistos en este contexto, los signos distintivos del barroco en América serían la enajenación, el disfraz y la represión[13]. Así, el debate sobre el barroco queda abierto; se proyecta hacia el futuro para marcar el pasado y, a la vez, mostrar las tensiones de una cultura siempre en busca de una voz auténtica para expresar las valencias de una realidad diversa, plurilingüe y pluriétnica.

---

[11] *Barroco*, Buenos Aires, Editorial Sudamericana, 1974, p. 99. Véase también del mismo autor, «Barroco y neobarroco», en *América Latina y su literatura*, coordinación e intr. de César Fernández Moreno, México, UNESCO & Siglo XXI, 1978[5], pp. 167-184.
[12] Véanse Leonardo Acosta, «El barroco americano y la ideología colonialista», *Revista Unión* (La Habana), XI, núms. 2-3, 1972, pp. 30-63; Jaime Concha, «La literatura colonial hispanoamericana: problemas e hipótesis», *Neohelicon* (Budapest), IV, núms. 1-2, 1976, pp. 31-50 y más recientemente John Beverly, «Sobre Góngora y el gongorismo colonial», *R.I.*, XLVII, núms. 114-115, 1981, pp. 33-44.
[13] Beverly, ob. cit. p. 43.

V. BARROCO, ROCOCÓ Y NEOCLASICISMO

Cuando se examina la poesía hispanoamericana del siglo XVIII, se hace evidente de modo inmediato que no hay una sucesión precisa sino una superposición de estilos carente de una estricta delimitación cronológica. Más de un siglo y cuarto después de la muerte de Góngora, el barroco sigue en boga aunque desvitalizado y mecánico; el neoclasicismo sólo llega a triunfar plenamente a finales de esa centuria. Las corrientes estéticas, explica Silvio Zavala, llegaban tardíamente a América y persistían más que en la Península. Por tanto, coexistían viejas y nuevas tendencias y así ocurría una reinterpretación de la cultura:

> Las dificultades en el uso de la terminología [concerniente a estas corrientes] son un indicio de la peculiaridad de las situaciones americanas, que comienza a traslucirse desde el descubrimiento (literatura de Indias diversa de la de España, dificultad de entender al indiano en la metrópoli, otro escenario, cronología y mentalidad nuevas)[1].

El siglo XVIII ejemplifica mejor que ningún otro el entrecruzamiento y mutua fertilización de diversas tendencias. Por eso no debe sorprender que en esta época a la vez se enlacen y distingan tres estilos principales: el barroco, dominante en la primera mitad del siglo; el rococó, cuyo auge se sitúa pasados los primeros cincuenta años de la centuria; y el neoclasicismo, predominante hacia fines de este periodo.

Como ejemplo de la persistencia del barroco, podemos citar la obra del jesuita ecuatoriano Juan Bautista Aguirre (1727-1786). Comprende ésta composiciones líricas, filosófico-morales, religiosas y versos satírico-festivos. Así mismo,

---

[1] «Etapas de recepción de influencias y eclecticismos en la cultura colonial de América», *R.H.M.*, núms. 1-4, 1965, p. 452.

acusa la influencia de Rioja y Quevedo en lo ingenioso, de Calderón en el conceptismo lírico y de Góngora en el léxico. Su poesía tiende a las reflexiones morales; tanto en «Carta a Lizardo» como en «A una tórtola que lloraba la ausencia de su amante» el tema es la fugacidad de la vida. «A unos ojos hermosos» muestra bien los juegos antitéticos tan gustados por los seguidores de Góngora. También Aguirre es capaz de crear composiciones más ligeras —ya de estilo rococó— cuando celebra la belleza femenina en el romance «A una dama imaginaria» y en el «minuet» «Afectos de un amante perseguido». En la línea del barroco también se inscribe la obra del mexicano Francisco Ruiz de León (1683-?) cuyo largo poema heroico, *La Hernandía, triunfo de la fe y gloria de las armas españolas* (1755), canta las hazañas de Hernán Cortés y muestra al poeta como ardiente defensor de la estética barroca. Compendian la cultura colonial en su instancia barroca y en sus contradicciones, la vida y la obra del erudito limeño Pedro de Peralta Barnuevo (1664-1743). Su poema *Lima fundada o conquista del Perú* (1732), es una prueba más de la supervivencia del barroco; sin embargo, su interés por las ciencias y su cultura enciclopédica delatan ya la universalidad de la mentalidad neoclásica. Y obsérvese que, glosando brevemente la obra de sólo dos ingenios del siglo —Aguirre y Peralta Barnuevo— se ha tenido que acudir a etiquetas o rótulos que designan aquellos tres módulos artísticos anunciados en el principio de este apartado.

Como se sabe, en Europa el estilo rococó triunfa en la primera mitad del siglo XVIII, pero en Hispanoamérica apareció más tarde, suavizado por la misma lentitud de su arribo. Enrique Anderson Imbert ha contrastado con claridad ambas líneas literarias:

> La aparatosidad, la magnificencia, la pesadez, ... del barroco, se convierten en un estilo amable, juguetón, alado, danzarín, brillante, ingenioso, delicado, aparentemente frívolo y licencioso, siempre distinguido, siempre refinado, suave en sus ondulaciones y trémulo de gracia en sus diminutos detalles. Si el barroco expresaba una visión desesperada de la vida, el rococó expresa una visión de la vida como alegría y voluptuosidad[2].

---

[2] *Historia de la literatura hispanoamericana*, México, F.C.E., 1951[3], t. I, p. 151.

Entonces, el estilo barroco se difumina en el rococó, como lo hace evidente la obra del colombiano Francisco Antonio Vélez Ladrón de Guevara (1721-1781?) y la del mexicano Joaquín Velázquez de Cárdenas y León (1732-1786), buenos ejemplos de esta tendencia tan cortesana. A medida que avanza el siglo xviii, se va afianzando la estética neoclásica[3] y con ella surge una nueva modalidad poética, la fábula. Abundan también ahora los versos satíricos y los descriptivos. José J. Arrom explica así la aparición de estas variadas direcciones poéticas durante el periodo neoclásico:

> Filosóficamente, el neoclasicismo se armoniza con el racionalismo... dentro de ese estilo, porque los tiempos son polémicos, aumenta en volumen la sátira; porque es una época racionalista y moralizadora, aparece la fábula, y porque ha madurado definitivamente el sentimiento patrio, bajo la fría superficie de los versos descriptivos palpita la amorosa contemplación de lo propio de estas tierras[4].

Las grandes ciudades, con su habitual combinación de falso esplendor y lacras sociales, han sido lugares propicios para la sátira. Así ocurrió en los tiempos coloniales en México y Lima, capitales de los dos virreinatos más antiguos. Como se recordará, Lima contaba ya con una tradición satírica iniciada por Mateo Rosas de Oquendo en el siglo xvi, y continuada por Juan del Valle Caviedes en la siguiente centuria. No es de extrañar entonces la aparición ahora de otro escritor dentro de esta misma línea, el andaluz limeñizado Esteban de Terralla Landa. La parte mordaz y corrosiva de su pluma se evidencia en el punzante cuadro de la vida limeña del xviii que bajo el título de *Lima por dentro y fuera* publicó en 1792. Aunque la descripción no es rica ni en extensión ni en profundidad, la obra alcanzó rápida difusión. El blanco principal de sus ataques fueron las mujeres, a quienes llama «las madamitas de allí, de acá y de otras partes». El libro está compuesto por dieciocho romances o «descansos», en los cuales un amigo le da consejos a otro que

---

[3] Son importantes las precisiones ofrecidas por Emilio Carilla en «La lírica hispanoamericana colonial», *Historia... colonial*, I, pp. 225-274.
[4] *Esquema generacional de las letras hispanoamericanas*, Bogotá, Instituto Caro y Cuervo, 1977[2], p. 120.

desea abandonar México para ir a Lima; el objetivo, sobra decirlo, es hacerlo desistir de tal propósito. Los versos fluyen sueltos y ágiles, marcados por los elementos barrocos de construcción: antítesis, retruécanos, equívocos, juegos de palabras. Es inevitable colocar a su autor dentro de la influencia quevedesca, ya debilitada pero todavía persistente. Otro ejemplo de poesía satírica se encuentra en la obra de Francisco del Castillo (1714?-1770), curioso repentista limeño. Más conocido como el Ciego de la Merced, escribió picantes y divertidos versos sobre pintorescos tipos y sucesos de la capital novocastellana.

La poesía descriptiva es una de las formas sobresalientes de este periodo pues se convierte muy poco después en expresión del nacionalismo. La obra del argentino Manuel de Lavardén (1754-1809) ejemplifica esta corriente. Su conocida «Oda al majestuoso río Paraná» es una tentativa de poesía descriptiva americanista con rasgos de color local donde se mezclan diversas tendencias. Dentro del estilo barroco está su uso mitológico del dios del río junto a imágenes plásticas de gran sensorialidad. La tendencia neoclásica está presente en su intención didáctica así como en la visión utilitaria de la naturaleza. Paradójicamente, el poeta insiste en temas americanos, pero también recuerda y saluda a los reyes españoles. Otro ejemplo de esta modalidad lírica es la oda bucólica «A la piña» del cubano Manuel de Zequeira Arango (1764-1846). Allí el autor deja sentir una clara admiración por la geografía de la Isla cuando describe la naturaleza con un sentido de orgullo y amor patrio. Idéntica expresión se encuentra en la obra de su compatriota Manuel Justo de Rubalcava (1769-1805), autor de una silva intitulada «Las frutas de Cuba».

Aunque no se destaquen muchos fabulistas por su mérito literario, este género didáctico ha desempeñado un papel importante en el desarrollo de la poesía neoclásica. Uno de los fabulistas más conocidos de Hispanoamérica es el ecuatoriano-guatemalteco Rafael García Goyena (1766-1823), cuyas composiciones no fueron recopiladas hasta dos años después de su muerte, en 1825. En ellas se nota la influencia de Iriarte y de Samaniego, renombrados cultivadores de este género. También el guatemalteco fray Matías de Cuervo (1768-1828) compuso fábulas caracterizadas por una moral de generosidad y perdón, en contraste con la filosofía utilitaria evidente en la poesía de La Fontaine y Samaniego. Así mismo, incursionó en este género el peruano Mariano Melgar (1791-1815), cuya obra se comentará dentro de la poesía popular porque su contribución más importante cae dentro de esta vena.

En el siglo XVIII se da una de las voces más auténticas en la expresión religiosa hispanoamericana: sor Francisca Josefa de la Concepción Castillo y Guevara (1671-1742), más conocida como la Madre Castillo. Aunque la mejor parte de su obra fue escrita en prosa, se debe destacar dentro de su lírica el «Afecto 45» («Deliquios del Divino Amor»). En el cuadro de la poesía religiosa de esta época, es pertinente mencionar al limeño Pablo de Olavide Jáuregui (1725-1803). Nos dejó el *Salterio español* (1800), obra más sobresaliente por su defensa de la fe y la moral que por sus valores poéticos. Lo mismo ocurre con sus *Poemas cristianos* (1797). Dentro de esta corriente, hay que incluir también al mexicano fray José Manuel Martínez de Navarrete (1768-1809). Ocupa un lugar destacado en la poesía novohispana con posterioridad a la muerte de sor Juana, aunque esa época no se distinguió por el brillo de la lírica. Su variada aunque poco extensa obra se publicó póstumamente bajo el título de *Entretenimientos poéticos* (1823); testimonia ella las diversas tendencias que pueden señalarse en la lírica de la segunda mitad del XVIII. Esta diversidad y entrecruzamiento de estilos no es de extrañar en la literatura colonial. Además, en el siglo XVIII se viven momentos críticos de cambio donde encontradas corrientes pugnan por imponerse. Todo ello se refleja en la obra del fraile mexicano así como en la de otros poetas de este periodo cuyas contribuciones bien podrían ser incluidas bajo diversos epígrafes.

Una manifestación aislada, pero muy comprensible dentro del espíritu del neoclasicismo, es la obra de un grupo de jesuitas que escribía en latín. Conviene precisar enseguida que esta poesía no produjo un gran impacto en el desarrollo de la lírica hispanoamericana, pues la influencia más directa le viene a ella de los neoclásicos españoles tales como Luzán, Meléndez Valdés, Cadalso, Moratín, Iriarte y Samaniego. El poeta más destacado de este grupo, mayormente radicado en México, que era por entonces un importante centro de estudios humanísticos, es Rafael Landívar (1731-1792) cuya obra *Rusticatio mexicana* (1781-1782) describe en latín, en más de cinco mil hexámetros, el paisaje de México y Guatemala. Desterrado en Italia debido a la expulsión de los jesuitas (1767) de todos los dominios españoles, el padre Landívar muestra en su obra la añoranza y el cariño por su tierra americana cuando traza cuadros minuciosos de los trabajos agrícolas y de las costumbres campesinas. Uno de los aspectos más novedosos de *Rusticatio mexicana* es la visión de la sociedad como mundo estable. En franco espíritu neoclásico, el poeta idealiza a la tierra, abastecedora de la humanidad, y al hombre, cuyo trabajo cotidiano ve como gesto heroico. Traducida al castellano con el título de *Por los campos de México*, la obra ofrece una feliz combinación de evocación lírica y de idealización del futuro.

Como se ha notado, desde los inicios brotó en la literatura hispanoamericana una corriente de poesía popular, pero su carácter oral así como el desprecio hacia ella por la clase culta han contribuido poco a su conservación. En las postrimerías del periodo colonial hubo en la región del Río de la Plata una poesía oral cuya existencia dependía del cantor, después llamado gauderio o gaucho. Combinó esa poesía elementos líricos y narrativos tanto como los rasgos estilísticos propios de la expresión oral. Sin embargo, los modos estróficos, los recursos formales y la versificación eran de concreto origen español. Así, el amor y los sucesos de la vida del cantor se expresaban en versos octosílabos o hexasílabos y en estrofas correspondientes a la cuarteta o a la redondilla españolas. También a fines del periodo colonial fueron apareciendo, desde la tradición culta ahora, las décimas, romances y seguidillas que conformaron las «vidalitas» y los «cielitos», de tanto sabor popular. La «payada» o diálogo en que competían los cantores, presupone una etapa avanzada en el desarrollo de esta vertiente poética. Por razones cronológicas, el estudio de este tipo de poesía gauchesca ha de cumplirse dentro del siglo xix. En Chile la poesía popular surge como parte de las fiestas campesinas. El guaso-cantor versificaba sobre diversos temas; en esta lírica pueden señalarse tres líneas principales: la tonada, de carácter amoroso; el corrido, sobre un héroe o hecho memorable; y la palla —payada fuera de Chile—, diálogo sobre diferentes asuntos, en el que los cantores tratan de vencer al contrario con preguntas y respuestas rebuscadas. Esta poesía es ingeniosa, divertida y carente de sentimentalismo. Sus manifestaciones abundan a fines del siglo xviii.

Aunque los poetas de esta época no sobresalen en la utilización de lo popular, para completar el cuadro de la lírica en el siglo xviii hispanoamericano hay que señalar varias tentativas del uso del elemento popular en la poesía culta. La primera es la del clérigo argentino José Baltasar Maziel (1727-1788) cuya obra ayuda a comprender la antigüedad de la poesía rural en la zona rioplatense. La producción del peruano Mariano Melgar (1790-1815) ejemplifica bien el entrecruzamiento y a veces la confluencia y amalgama de diversas tendencias, tan característica de la literatura colonial. Este traductor de los *Remedios de amor* de Ovidio, escribió versos patrióticos rimbombantes, desesperada poesía amorosa y mediocres fábulas; a la vez, combina en su obra postulados neoclásicos con ideas y temas románticos. Pero a Melgar le dan justa fama literaria sus yaravíes, breves canciones amorosas surgidas de un antiguo patrón andino y claramente influidas por la poesía culta española. Estos versos para ser cantados muestran su raigambre popular en la manera tierna y sencilla de expresar sentimientos amorosos. El triste lamento de los yaravíes subraya el desarraigo tan vivo en sectores indios y mestizos de la población. En su recomposición y adaptación de patrones andinos y europeos, los yaravíes subvierten modelos originales para señalar un rumbo diferente a la literatura hispanoamericana; sin duda, tal dirección tendría que ser la asumida por los productos culturales de una sociedad pluriétnica y conflictiva. Así, la obra de Mariano Melgar nos devuelve a los orígenes, acoge el presente y apunta ya hacia una realidad y porvenir distintos.

VI. BIBLIOGRAFÍA

ACOSTA, L., «El barroco americano y la ideología colonialista», *Revista Unión* (La Habana), XI, núms. 2-3, 1972, pp. 30-63.
ADÁN, M. [Rafael de la Fuente Benavides], *De lo barroco en el Perú*, Lima, Universidad Nacional Mayor de San Marcos, 1968.
ALDRICH, A. OWEN, ed., *The Ibero-American Enlightenment*, Urbana, The University of Illinois Press, 1971.
ANDERSON IMBERT, E., *Historia de la literatura hispanoamericana*. México, F.C.E., 1951[3], 2 vols.
ARGUEDAS, J. M., *Formación de una cultura nacional indoamericana*, sel. y pról. de Angel Rama, México, Siglo XXI, 1975.
ARIAS-LARRETA, A., *Literaturas aborígenes de América: azteca, incaica, maya-quiché*, Buenos Aires, Editorial Indoamérica, 1968.
ARROM, J. J., *Historia del teatro hispanoamericano (época colonial)*, México, Ediciones de Andrea, 1967.
——, *Esquema generacional de las letras hispanoamericanas*, Bogotá, Instituto Caro y Cuervo, 1977[2].
BARREDA LAOS, F., *Vida intelectual del virreinato del Perú*, Lima, Universidad Nacional Mayor de San Marcos, 1966.
BAUDOT, G., *Les lettres précolombiennes*, Préface de Jacques Soustelle, Toulouse, Edouard Privat, 1976.
BELLINI, G., *Storia delle relazioni letterarie tra l'Italia e l'America di lingua spagnola*, Milano, Istituto Editoriale Cisalpino-La Goliardica, 1977.
BEVERLY, J., «Sobre Góngora y el gongorismo colonial», *R.I.*, XLVII, núms. 114-115, 1981, pp. 33-44.
BUXÓ, J. P., *Góngora en la poesía novohispana*, México, U.N.A.M., 1960.
CARILLA, E., *Estudios de literatura argentina: siglos XVI-XVII*, Tucumán, Universidad Nacional de Tucumán, 1968.
——, *La literatura de la independencia hispanoamericana: neoclasicismo y prerromanticismo*, Buenos Aires, EUDEBA, 1968.
——, *Hispanoamérica y su expresión literaria*, Buenos Aires, EUDEBA, 1969.
——, *El barroco literario hispánico*, Buenos Aires, Editorial Nova, 1969.
——, *Manierismo y barroco en las literaturas hispánicas*, Madrid, Gredos, 1983.
——, *La literatura barroca en Hispanoamérica*, New York, Anaya Book Company Inc., s. f.
CISNEROS, L. J., y L. LOAYZA, «Un inventario de libros del siglo XVII», *Mercurio Peruano*, XXXV, núm. 339, 1955, pp. 428-431.
——, y P. GUIBOVICH, «Una biblioteca cuzqueña del siglo XVII», *Histórica* (Lima), VI, núm. 2, 1982, pp. 141-171.

COMETTA MANZONI, A., *El indio en la poesía de la América española*, Buenos Aires, Joaquín Torres, 1939.
CONCHA J., «La literatura colonial hispano-americana: problemas e hipótesis», *Neohelicon* (Budapest), IV, núms. 1-2, 1976, pp. 31-50.
CHANG-RODRÍGUEZ, R., *Violencia y subversión en la prosa hispanoamericana colonial: siglos XVI y XVII*, Madrid, J. Porrúa Turanzas, 1982.
——, ed., *Cancionero peruano del siglo XVII*, Lima, Pontificia Universidad Católica del Perú, 1983.
DIFFIE, BAILEY W., *Latin American Civilization: Colonial Period*, Nueva York Octagon Books, 1967.
DURAND, J.: *La transformación social del conquistador*, Lima, Nuevos Rumbos, 1958².
ENGSTRAND, IRIS H. W., *Spanish Scientists in the New World. The Eighteenth Century Expeditions*, Seattle, University of Washington Press, 1981.
FERNÁNDEZ MORENO, C., coordinación e intr., *América Latina en su literatura*, México, UNESCO y Siglo XXI, 1978⁵.
FURLONG, G., *La cultura femenina en la época colonial*, Buenos Aires, 1951.
GARIBAY, A. M., *Historia de la literatura náhuatl*, México, Editorial Porrúa, 1953-1954, 2 vols.
GERBI, A.: *La disputa del Nuevo Mundo. Historia de una polémica (1750-1900)*, trad. Antonio Alatorre, Mexico, F.C.E., 1960.
——, *La naturaleza de las Indias nuevas. De Cristobal Colón a Gonzalo Fernández de Oviedo*, trad. Antonio Alatorre, México, F.C.E., 1978.
GREENLEAF, RICHARD E., y LEWIS HANKE, eds., *The Roman Catholic Church in Colonial Latin America*, Nueva York, Alfred A. Knopf, 1971.
HENRÍQUEZ UREÑA, P., *Historia de la cultura en la América Hispánica* (1947), México, F.C.E., 1975.
——, *Las corrientes literarias en la América hispánica*, Trad. J. Díez-Canedo, México, F.C.E., 1954².
HERNÁNDEZ SÁNCHEZ-BARBA, M., *Historia y literatura en Hispanoamérica (1492-1868)*, Madrid, Castalia, 1978.
ÍÑIGO MADRIGAL, L., coord., *Historia de la literatura hispanoamericana. Época colonial*, Madrid, Cátedra, t. I. 1982.
JOHNSON, J. G., *Women in Colonial Spanish American Literature. Literary Images*, Westport, Conn., Greenwood Press, 1983.
KELEMEN, P., *Baroque and Rococo in Latin America*, New York, MacMillan, 1951.
LANNING, JOHN T., *Academic Culture in the Spanish Colonies*, Oxford y Nueva York, Oxford University Press, 1940.
LAVRÍN, A., ed., *Latin American Women: Historical Perspectives*, Westport, Conn., Greenwood Press, 1978.
LEA, C. H., *The Inquisition in the Spanish Dependencies*, Nueva York, 1908.
LEANDER, B., *Herencia cultural del mundo náhuatl a través de la lengua*, México, Ediciones de Andrea, 1961.
LEONARD, IRVING A., *Baroque Times in Old Mexico. Seventeenth Century Persons, Places and Practices*, Ann Arbor, University of Michigan Press, 1957. (*La época barroca en el México colonial*, trad. Agustín Escurdia, México, F.C.E., 1974).
——, *Books of the Brave*. (1949)², Nueva York, Gordian Press, 1964 (*Los libros del conquistador*, trad. Mario Monteforte Toledo, México, F.C.E., 1953).

——, ed., *Colonial Travelers in Latin America*, Nueva York, Alfred A. Knopf, 1972.
LEÓN-PORTILLA, M., *El reverso de la conquista*, México, Joaquín Mortiz, 1964.
LEZAMA LIMA, J., *La expresión americana*, Madrid, Editorial Alianza, 1969.
LOHMANN VILLENA, G., «Los libros españoles en Indias». *Arbor* (Madrid), II, 1946, pp. 221-249.
——, «Libros, libreros y bibliotecas en la época colonial». *Fénix* (Lima), núm. 21, 1971, pp. 17-24.
MACERA, P.: «Bibliotecas peruanas del siglo XVIII», en *Trabajos de historia*, Lima, Instituto Nacional de Cultura, 1977, t. I, pp. 283-312.
MARTÍ, S., *Canto, danza y música precortesianos*, México, F.C.E., 1961.
MÉNDEZ PLANCARTE, A., ed., *Poetas novohispanos*, México, U.N.A.M., 1942, 1944, 1945, 3 vols.
——, *San Juan de la Cruz en México*, México, F.C.E., 1959.
MENÉNDEZ PELAYO, M., *Historia de la poesía hispanoamericana*, Madrid, C.S.I.C., 1948, 2 vols.
MIRÓ QUESADA y SOSA, A., *El primer virrey-poeta en América (Don Juan de Mendoza y Luna, Marqués de Montesclaros)*, Madrid, Gredos, 1962.
——, «Fray Luis de Granada en el Perú», *Revista de la Universidad Católica* (Lima), núms. 11-12, 1982, pp. 13-20.
MONGUIÓ, L., *Sobre un escritor elogiado por Cervantes: los versos del perulero Enrique Garcés y sus amigos*, Berkeley, University of California Press, 1960.
MORENO FRAGINALS, M., relator, *África en América Latina*, México, UNESCO y Siglo XXI, 1977.
MÖRNER, M., *The Expulsion of the Jesuits from Latin America*, Nueva York, Alfred A. Knopf, 1965.
——, *Race Mixture in the History of Latin America*, Boston, Little, Brown and Co., 1967.
O'GORMAN, E., *La invención de América*, México, F.C.E., 1958.
OTS CAPDEQUÍ, J. M., *España en América. Las instituciones coloniales*, Bogotá, Universidad Nacional de Colombia, 1952[2].
PAZ, O., *El laberinto de la soledad*, México, F.C.E., 1950.
PEDRO, V. DE, *América en las letras españolas del Siglo de Oro*, Buenos Aires, Editorial Sudamericana, 1954.
PEISER, W., «El barroco en la literatura mexicana», *R.I.*, VI, núm 11, 1943, pp. 77-93.
PIERCE, F., *La poesía épica del Siglo de Oro*, trad. J. C. Cayol de Bethencourt, Madrid, Gredos, 1968[2].
PUPO-WALKER, E., *La vocación literaria del pensamiento histórico en América. Desarrollo de la prosa de ficción: siglos XVI, XVII, XVIII y XIX*, Madrid, Gredos, 1982.
ROGGIANO, ALFREDO A., *En este aire de América*, México, Editorial Cultura, 1966.
ROSALDO, R., ed., *Flores de varia poesía, un cancionero inédito mexicano de 1577*, México, Ábside, 1952.
ROSENBLAT, A., *La población indígena y el mestizaje en América*, Buenos Aires, Editorial Nova, 1954, 2 vols.
SÁNCHEZ, L. A., *Los poetas de la Colonia y de la Revolución*. Lima, Editorial Universo, 1974[3].

Sarduy, S., *Barroco*, Buenos Aires, Editorial Sudamericana, 1974.
Schons, D., «The Influence of Góngora on Mexican Literature during the Seventeenth Century», *H. R.*, VII, núm. 1, 1939, pp. 22-34.
Sibirsky, S., *Letras y cultura de la promesa*, Quito, Editorial Universitaria, 1966.
Sola, S., *El diablo y lo diabólico en las letras americanas*, Madrid, Castalia, 1973.
Stein, Stanley J., y Barbara H., Stein, *The Colonial Heritage of Latin America. Essays on Economic Dependance in Perspective*, Nueva York, Oxford University Press, 1970.
Torre Revello, J., *El libro, la imprenta y el periodismo en América durante la dominación española*, Buenos Aires, Instituto de Investigaciones Históricas, 1940.
Valbuena Briones, A., «El barroco, arte hispánico», *B.I.C.C.*, XV, 1960, pp. 235-246.
Valdano Morejón, J., «Arte barroco y sociedad colonial», *El Guacamayo y la Serpiente* (Cuenca, Ecuador), núm. 14, 1977, pp. 3-37.
Vázquez, J. A., «El campo de las literaturas indígenas latinoamericanas». *R.I.*, XLIV, núms. 104-105, 1978, pp. 313-349.
Vigil, J. M., *Poetisas mexicanas, siglos XVI, XVII, XVIII y XIX*, Ed. facsimilar, 1893. Rpt. México, Imprenta Universitaria, 1977.
Woodbridge, Hensley C., y Lawrence S. Thompson, *Printing in Colonial Spanih America*, Troy, Nueva York, Whitston Publishing Co., 1974.
Zavala, S., «Etapas de recepción de influencias y eclecticismos en la cultura colonial de América». *R.H.M.*, núms. 1-4, 1965, pp. 452-454.
——, *El mundo americano en la época colonial*, México, Porrúa, 1967, 2 vols.

VII. NUESTRA EDICIÓN

En las líneas de presentación a este libro se han indicado ya los criterios que se han seguido en la selección de los textos, por lo que no insistiremos de nuevo en ello. Solamente quisiéramos resaltar ahora puntos concretos.

Cada poeta antologado va precedido por una breve introducción que pretende situarlo dentro de su momento histórico. Se destacan, asimismo, los temas principales, las características de su obra y el significado de ella en el determinado periodo de la lírica hispanoamericana colonial en que se ubica.

En una poesía nutrida de vertientes tan diversas como la lírica hispanoamericana colonial, son indispensables ciertas aclaraciones para facilitar en lo posible su lectura e interpretación. Por eso se han explicado a pie de página aquellas alusiones de carácter mitológico o legendario que pudieran resultar difíciles para el lector moderno. También se han comentado referencias geográficas e históricas, así como las voces y expresiones de marcado tono regional que dificultan a veces la comprensión del texto.

Se incluyen dos bibliografías: una particular y otra general. Aquélla aparece después de cada selección poética pertinente. Se consignan allí las ediciones más fidedignas y asequibles, sin pretensiones de brindar un compendio exhaustivo. Ya que nuestro deseo ha sido subrayar los juicios más recientes sobre la obra poética de cada autor, a continuación se ofrece un resumen de los últimos estudios críticos. Por tanto, de los libros, colecciones y artículos lejanos y de difícil acceso sólo se han indicado los títulos de interés más permanente. La bibliografía general, de carácter selectivo, se incluye al final del «Estudio preliminar». Con pocas excepciones, contiene títulos no referidos específicamente a los poetas incluidos, pero que brindan información sobre diferentes aspectos de la literatura, historia y cultura coloniales a quienes deseen profundizar su conocimiento de este periodo. no se consignan ni historias ni antologías particulares de escritores o de países.

Iglesia de San Agustín en Arequipa, Perú, ciudad natal de Mariano Melgar. (Archivo Guillén, Inc., Perú.)

ANTOLOGÍA

Don García Hurtado de Mendoza, capitán general de Chile durante la estancia de Alonso de Ercilla en esa zona. (Archivo Guillén, Inc., Perú.)

LA LÍRICA PRECOLOMBINA

Poesía maya

La literatura y cultura mayas han sido conocidas y estudiadas a través de los Libros de Chilam Balam de diferentes poblados de la península de Yucatán, y el Popol Vuh o Libro del consejo, *escrito en lengua quiché y procedente de Santa Cruz del Quiché en Guatemala. El primero recibe su nombre de un sacerdote que vivió poco antes de la conquista española y predijo la llegada de los europeos y de una religión diferente así como el fin de la antigua forma de vida. Su nombre está compuesto por dos vocablos,* chilan, «*el que es boca*», *y* balam, «*jaguar o brujo*», *y, por tanto, puede traducirse como «brujo profeta». Los varios* Libros de Chilam Balam *(Chumayel, Tizimín, Maní, etc.), recopilan escritos religiosos, cronológicos, históricos, literarios y astronómicos, procedentes de diversas épocas. El* Popol Vuh *se inicia con el relato de la creación del hombre hecho de masa de maíz y presenta también la historia de los grupos quichés. Ambos textos fueron escritos después de la conquista española pero siguiendo la antigua tradición de los caracteres jeroglíficos en piedra, estuco, madera, cerámica, jade, y de los códices hechos con tiras de papel de amate o piel de venado a través de los cuales los mayas dejaban constancia de sus amplios conocimientos científicos y de su preocupación por el hombre. Como poseían una concepción cíclica del universo donde los astros y el tiempo eran vistos como dioses, no sería desacertado suponer que su interés científico nació de la necesidad de conocer mejor a estas divinidades para facilitar la vida terrenal. De ahí el deseo de dejar constancia y preservar este saber.*

Profundamente ligada a su religión estaban las danzas, los cantos y las representaciones donde los baldzam *o «farsantes» jugaban un importante papel. El* Diccionario de Motul *(c. 1577) registra el título de nueve piezas representadas así como un extenso vocabulario relacionado con el teatro, el baile, el canto y la poesía. En el género lírico se conservan los* Cantares de Dzitbalché, *un conjunto de composiciones recopiladas en el siglo XVIII y descubiertas en 1942 en el pueblo así nombrado del estado de Campeche, México. Hasta hoy es la única muestra conocida de este tipo de literatura en el área maya. Los cantares tocan diversos temas (religión, consejos a los jóvenes, amores, orfandad). Algunos son relatos o explicaciones escritos en columnas numeradas a manera de versos; otros se asemejan a oraciones.* La portada lleva una aclaración («*El libro de las Danzas de los Hombres Antiguos, que era costumbre hacer acá en los pueblos cuando aún no llegaban los blancos*») que permite pensar que seguramente las composiciones eran cantadas mientras se bailaba.

CANTAR 11

El canto del juglar

    El día se hace fiesta
    para los pobladores.
    Va a surgir
    la luz del sol
    en el horizonte.
    Va y va
    así por el sur
    como por el norte;
    así por oriente
10 como por el poniente.

    Viene su luz
    sobre la tierra
    oscura
    a dar...
    Las cucarachas y
    los grillos y las pulgas
    ...y las mariposas nocturnas
    corren a sus habitáculos.

    Las chachalacas y las palomas
20 y las tórtolas y las perdices
    las pequeñas codornices
    las mérulas y los sinsontes!
    Mientras las hormigas rojas
    corren a...
    Estas aves silvestres
    comienzan su canto
    porque el rocío
    origina felicidad.

    La Bella Estrella
30 refulgente encima
    de los bosques «humea»;
    desvanecientemente
    viene a morir la luna
    sobre el verdor de los bosques.

        Alegría
        del día en fiesta aquí
        en el poblado,
        porque un nuevo
        sol viene a alumbrar
   40   a todos los hombres
        que viven unidos
        aquí en el poblado.

CANTAR 13

Canción de la danza del arquero flechador

        Espiador, espiador de los árboles,
        a uno, a dos
        vamos a cazar a orilla de la arboleda
        en danza ligera hasta tres.

        Bien alza la frente,
        bien avizora el ojo;
        no hagas yerro
        para coger el premio.

        Bien aguzado has la punta de tu flecha,
   10   bien enastada has la cuerda
        de tu arco; puesta tienes buena
        resina de *catsim*[1] en las plumas
        del extremo de la vara de tu flecha.

        Bien untado has
        grasa de ciervo macho
        en tus bíceps, en tus muslos,
        en tus rodillas, en tus gemelos,
        en tus costillas, en tu pecho.

        Da tres ligeras vueltas
   20   alrededor de la columna pétrea pintada
        aquella donde atado está aquel viril

---

[1] *Catsim:* planta leguminosa *(Prosopis chilensis)* muy frecuente en Yucatán. Su resina se utiliza medicinalmente; parece ser era usada antiguamente para pegar las plumas a las flechas.

muchacho, impoluto, virgen, hombre.
Da la primera; a la segunda
coge tu arco, ponle su dardo

apúntale al pecho; no es necesario
que pongas toda tu fuerza para
asaetearlo, para no
herirlo hasta lo hondo de sus carnes
y así pueda sufrir
30 poco a poco, que así lo quiso
el Bello Señor Dios.
A la segunda vuelta que des a esa
columna pétrea azul[2], segunda vuelta
que dieres, fléchalo otra vez.

Eso habrás de hacerlo sin
dejar de danzar, porque
así lo hacen los buenos
escuderos peleadores hombres que
se escogen para dar gusto
40 a los ojos del Señor Dios.
Así como asoma el sol
por sobre el bosque al oriente,
comienza, del flechador arquero,
el canto. Aquellos escuderos
peleadores, lo ponen todo.

CANTAR 15

Cantar sin título

II

Poneos vuestras bellas ropas;
ha llegado el día de la alegría;

peinad la maraña de vuestra cabellera;
poneos la más bella
de vuestras ropas; poneos vuestro bello calzado;

---

[2] Las víctimas del sacrificio a los dioses, así como la columna a la que eran atadas, se tenían de añil.

colgad vuestros grandes
pendientes en los pendientes de vuestras orejas[3]; poneos
buena toca; poned los galardones

de vuestra bella garganta; poned lo que enroscais y
10   reluce en la parte rolliza de vuestros brazos.

Preciso es que seais vista
cómo sois bella cual
ninguna, aquí en el asiento
de Dzitbalché pueblo. Os amo

bella Señora. Por esto
quiero que seais vista en verdad
muy bella, porque

habréis de pareceros a la humeante

estrella; porque os deseen hasta
20   la luna y la flores de los campos.

Pura y blanca blanca es vuestra ropa, doncella.
Id a dar la alegría de vuestra risa;
poned bondad en vuestro corazón, porque hoy
es el momento de la alegría de todos los hombres
que ponen su bondad en vos.

Trad. Alfredo Barrera Vásquez, *Libro de los cantares de Dzitbalché*, en *Literatura maya*, cit. en bibliografía.

BIBLIOGRAFÍA. **Obra:** *Libro de los cantares de Dzitbalché*, ed. Alfredo Barrera Vásquez, México, Instituto Nacional de Antropología e Historia, 1965. *Literatura maya*, Compilación y pról. de Mercedes de la Garza, cronología de Miguel León-Portilla, Caracas, Biblioteca Ayacucho, 1980. **Estudios:** ALFREDO BARRERA VÁSQUEZ, «La danza entre los antiguos mayas», *Ochil* (Mérida), I, núm. 1, 1959. CHARLES GALLENKAMP, *Maya, the Riddle and Rediscovery of a Lost Civilization*, With drawings by Dolona Roberts, New York and Middlesex, Penguin Books, 1981[2]. Mercedes de la Garza. *La conciencia histórica de los antiguos mayas*, México, U.N.A.M., 1975. Mercedes de la Garza. *El hombre en el pensamiento religioso náhuatl y maya*, pról. de Miguel León-Portilla, México, U.N.A.M., 1978. DEMETRIO SODI, *La literatura de los mayas*, México, J. Mortiz, 1964.

---

[3] Lóbulos.

Poesía náhuatl

La poesía náhuatl tiene antiquísimas raíces pero probablemente la mayor parte de las composiciones que se conocen fueron concebidas en el siglo anterior a la conquista española, pues durante el reinado de Itzcoatl *(1428-1440)*, cuarto señor de Tenochtitlán, se ordenó destruir la documentación precedente para que la historia futura comenzara a partir de su triunfo. *Aunque quizá entonces se destruyeron muchos documentos pictográficos, es bueno recordar que éstos sólo servían de apoyo a la memoria, pues tanto la historia como los conocimientos se transmitían oralmente de generación en generación. En la cultura náhuatl éstos se fijaban en forma poética y se cantaban acompañados de música y baile. Los signos pictográficos, ideográficos y fonéticos de los códices o libros pintados ayudaban a recordar el contenido de los cantos. Como en ellos para «leer» se marcaban con el dedo los signos mientras se entonaba el poema correspondiente, a este acto se le llamaba «cantar pinturas». Los jóvenes se educaban en* calmecac *o escuelas para nobles,* telpochcalli *o escuelas para el pueblo y* cuicacalli *o escuelas dedicadas a la enseñanza de cantos y danzas, en reconocimiento del aspecto fundamental que la poesía y las artes complementarias a ella desempeñaban en una sociedad poseedora de una visión cosmogónica centrada en el movimiento de los astros y la actividad humana. La voz del poeta recogía el sentimiento de la colectividad ante los acontecimientos y los poderes que los controlaban. Como el autor del poema exponía el sentir colectivo, carecía de importancia como individuo. Esto ha hecho suponer que las personalidades reales a quienes se han atribuido diversos poemas sean sumas de varios individuos cuya obra se ha ido filtrando hasta ser recogida posteriormente a la conquista. Por otro lado, hay quienes sostienen que debido a la importancia de la actividad poética en la sociedad nahua, reyes y nobles se dedicaron a ella. Si esta hipótesis se probara correcta, los nombres de los poetas corresponderían a las figuras históricas conocidas. Entre los más de treinta y tres vates nahuas identificados destacan Nezahualcóyotl, su hijo Nezahuapilli, Motecuhzoma, el soberano azteca en el momento de la conquista, y Macuilxochitl, una de las pocas mujeres de que hay noticias a pesar de que las damas de la corte practicaban este arte.*
    La poesía náhuatl es casi inconfundible por su estilo característico. En ella abundan las reiteraciones, muy particulares símbolos e imágenes, la insistencia en ciertas palabras y frases cortas, así como el uso de metáforas y comparaciones fijas. Las reiteraciones son explicables

por el carácter oral de la tradición y por el sistema de cantar los poemas. Las imágenes poéticas más usadas remiten a aves de rica plumería y diversos colores, flores polícromas de exóticas formas y enervantes perfumes, metales nobles y piedras preciosas entre los que destacan el oro, el jade y las esmeraldas, para constituir un lenguaje que reserva sus refinados deleites a quienes han aprendido a decodificarlo. En esta curiosa polivalencia las flores evocadas pueden sugerir tanto lo delicado y efímero como referirse a la vida humana, al arte, la poesía o el corazón de los prisioneros sacrificados. Valiéndose de partículas interjectivas, estribillos, «palabras broches», paralelismos y expresiones redundantes («la flor y el canto» = poesía; «el rostro y el corazón» = la personalidad; «la tinta negra y roja» = sabiduría; «la greda y las plumas» = sacrificio) los nahuas lograron un sofisticado grado de expresión. Su poesía se ocupa de temas variados y universales: la fugacidad del tiempo y de la vida, lo inevitable de la muerte, el hombre frente a lo divino, la posibilidad de trascender y perdurar a través de la «flor y el canto». Sorprendentemente el tema del amor sentimental, tan tratado en la lírica occidental, está ausente en la náhuatl. A su vez, las composiciones se clasificaban temáticamente: dentro de la lírica destacan el xochicuicatl o «canto florido» y el icnocuicatl o «canto de desolación»; existían también el cueceuchcuicatl, «canto cosquilloso» o travieso, el yaocuicatl o «canto de guerra», el teocuicatl, «canto de dioses» o religioso y el melahuacuicatl, «canto verdadero» o llano, una forma épica muy cercana a la prosa. También se conocen manifestaciones de poesía dramática aunque ésta no recibía un nombre especial, pues no había mucha diferenciación entre ella y la forma en que se presentaban los cantos, acompañados de música y baile. Los discursos didácticos tenían un estilo similar a los poemas, pero un sentido diverso pues recibían el nombre de «pláticas» o conversaciones. Con la llegada de los conquistadores la poesía náhuatl no desapareció, pero, como es de esperarse, sí se transformó a medida que los europeos impusieron su religión y conceptos culturales.

Lo comprende mi corazón

Por fin lo comprende mi corazón:
escucho un canto,
contemplo una flor:
¡Ojalá no se marchiten!

Trad. Miguel León-Portilla, Nezahualcóyotl, de *Romances de los señores de Nueva España*, en *Literatura del México antiguo*. Los textos en lengua náhuatl, cit. en bibliografía.

No acabarán mis flores...

No acabarán mis flores,
No cesarán mis cantos.
Yo cantor los elevo,
se reparten, se esparcen.
5 Aun cuando las flores
se marchitan y amarillecen,
serán llevadas allá,
al interior de la casa
del ave de plumas de oro.

Trad. Miguel León-Portilla, de Nezahualcóyotl, *Cantares mexicanos*, en *Literatura del México antiguo*, cit.

Yo lo pregunto

Yo, Nezahualcóyotl lo pregunto:
¿Acaso de veras se vive con raíz en la tierra?
No para siempre en la tierra:
sólo un poco aquí.
5 Aunque sea de jade se quiebra,
aunque sea de oro se rompe,
aunque sea plumaje de quetzal se desgarra.
No para siempre en la tierra:
sólo un poco aquí.

Trad. Miguel León-Portilla, de Nezahualcóyotl, *Cantares mexicanos*, en *Literatura del México antiguo*, cit.

Valor del sacrificio

¡Esmeraldas son: turquesas
tu greda y tus plumas,
oh dador de la vida!
Dicha y riqueza de los príncipes
5   es la muerte al filo de la obsidiana,
la muerte en la guerra.

> Trad. Ángel María Garibay, de *Romances de los señores de Nueva España*, en *La literatura de los aztecas*, ed. Ángel María Garibay, México, Joaquín Mortiz, 1964.

La amistad

Cual pluma de quetzal, fragante flor,
la amistad se estremece:
como plumas de garza, en galas se entreteje.
Un ave que rumora cual cascabel es nuestro canto:
5   ¡Qué hermoso lo entonáis!
Aquí, entre flores que nos forman valla,
entre ramas floridas los estáis cantando.

> Trad. Ángel María Garibay, de Tecayehuatzín, *Cantares mexicanos*, en *La literatura de los aztecas*, cit.

Después de la derrota

Y todo esto pasó con nosotros.
Nosotros lo vimos,
nosotros lo admiramos.
Con esta lamentosa y triste suerte
nos vimos angustiados.

En los caminos yacen dardos rotos,
los cabellos están esparcidos.
Destechadas están las casas,
enrojecidos tienen sus muros
10   Gusanos pululan por calles y plazas,
y en las paredes están salpicados los sesos.
Rojas están las aguas, están como teñidas,
y cuando las bebimos,
es como si bebiéramos agua de salitre.

Golpeábamos, en tanto, los muros de adobe,
y era nuestra herencia una red de agujeros.
Con los escudos fue su resguardo,
pero ni con escudos puede ser sostenida su soledad.

Hemos comido palos de colorín,
20 hemos masticado grama salitrosa,
piedras de adobe, lagartijas,
ratones, tierra en polvo, gusanos...

Comimos la carne apenas,
sobre el fuego estaba puesta.
Cuando estaba cocida la carne,
de allí la arrebataban,
en el fuego mismo, la comían.

Se nos puso precio.
Precio del joven, del sacerdote,
30 del niño y de la doncella.
Basta: de un pobre era el precio
sólo dos puñados de maíz,
sólo diez tortas de mosco;
sólo era nuestro precio
veinte tortas de grama salitrosa.

Oro, jades, mantas ricas,
plumajes de quetzal,
todo eso que es precioso,
en nada fue estimado...

Trad. Ángel María Garibay, de *Anónimo de Tlatelolco*, en *Flor y canto*, cit. en bibliografía.

BIBLIOGRAFÍA. **Obra:** Ángel María Garibay K., ed., *Xochimapictli, colección de poemas nahuas*, México, Ediciones Culturales Mexicanas, 1959. Angel María Garibay K., *Poesía náhuatl*, 3 vols. México, U.N.A.M., 1964-1968. *Literatura del México antiguo. Los textos en lengua náhuatl*, ed., estudios introductorios y versiones de textos de Miguel León-Portilla, Caracas, Biblioteca Ayacucho, 1978. **Estudios:** BIRGITTA LEANDER, *Poesía náhuatl, función y carácter*, Göteborgs Etnografiska Museum, Serie «Etnologiska Studier», 31, 1971, Gotemburgo. BIRGITTA LEANDER, *Flor y canto*, México, Instituto Nacional Indigenista, 1972. MIGUEL LEÓN-PORTILLA, *Los antiguos mexicanos a través de sus crónicas y cantares*, Dibujos de Alberto Beltrán, México, F.C.E., 1961. MIGUEL LEÓN-PORTILLA, *Literaturas precolombinas de México*, México, Editorial Pormaca, 1964. MIGUEL LEÓN-PORTILLA, *Nezahualcóyotl: poesía y pensamiento, 1402-1472*, México, Biblioteca Enciclopédica del Estado de México, 1979. MIGUEL LEÓN-PORTILLA, *Trece poetas del mundo azteca*, México, SepSetentas, 1972. IRENE NICHOLSON, *Firefly in the Night. A Study of Mexican Poetry and Symbolism*, Londres, 1961. ANDREW O. WIGET, «Aztec Lyrics: Poetry in a World of Continually Perishing Flowers», *Latin American Indian Literatures*, IV, núm. 1, 1980, pp. 1-11.

Poesía quechua

Como los nahuas del imperio azteca, los incas otorgaron gran importancia a la poesía: estaba presente en las faenas agrícolas, ceremonias fúnebres, trabajos colectivos y celebraciones oficiales. Los amautas o sabios consejeros, historiadores y filósofos tuvieron a su cargo la épica y el teatro. Puesto que formaban parte del séquito imperial crearon composiciones para exaltar las victorias guerreras, la ascensión al trono del nuevo Inca, los hechos más importantes de su reinado, así como himnos religiosos a través de los cuales los gobernantes y el pueblo invocaban a sus deidades. Junto a ellos estaban los haravicus o «inventores de poesía» quienes muchas veces declamaban sus versos acompañados del público. Igual que en el México antiguo, estas composiciones se cantaban y representaban, pues la poesía estaba ligada a la música y a la danza además de servir para conservar la memoria de los acontecimientos. Inicialmente se utilizó un metro simple, el hararec, pero éste fue cambiando para dar lugar a una versificación más amplia y facilitada a su vez por las características lingüísticas del quechua, que posee, por ejemplo, muchas palabras con igual terminación. Quizá por la misma idiosincrasia del runasimi o lengua general del Tawantinsuyu, casi nunca los versos de la poesía incaica sobrepasan las diez sílabas aunque los hay de cuatro, cinco, seis y ocho sílabas con las combinaciones métricas correspondientes.

Existieron varias modalidades líricas. Entre las muestras conservadas resalta la dialogada donde hay un cantor central y el coro responde con una exclamación, estribillo o simplemente el último verso de la estrofa. En esta vena destaca el wawaki, cantado por coros de ambos sexos en las fiestas a los dioses o en las ceremonias rituales de trabajo. Sobresalen además, el aymoray, escuchado en faenas agrícolas; la huanca, de función invocatoria; la poesía ritual, dedicada exclusivamente al culto religioso; el haylle o «canto regocijado» que resume el sentimiento colectivo en los acontecimientos más importantes; y el urpi donde se vuelca la amplia temática de la lírica amatoria. Vale destacar que erróneamente a esta modalidad se la denomina harawi, palabra derivada de haravicus. Quizá la confusión resida en que el harawi sentimental, canción triste donde amantes ausentes lamentan su destino, es la raíz de la canción mestiza llamada hoy día yaraví. En contraste con la producción del México precortesiano, las escasas muestras de poesía incaica conservadas corresponden a la modalidad imperial religiosa. En El Primer nueva corónica y buen gobierno (1615), obra del cronista peruano de ascendencia indígena,

Felipe Guamán Poma de Ayala, se encuentran las composiciones más abundantes y variadas. El Inca Garcilaso de la Vega (1539-1616), dedicó un capítulo de los Comentarios reales *(1.ª parte, 1609; 2.ª parte, 1617) a discutir «La poesía de los Incas amautas, que son filósofos y harauicus, que son poetas» (Libro II, cap. XXVII). Vale la pena reproducir aunque parcialmente su testimonio por corresponder al de un quechua hablante que escuchó de fuentes primarias la definición y función de este arte en el Incario: «De la poesía alcanzaron otra poca, porque supieron hacer versos cortos y largos, con medida de sílabas; en ellos ponían sus cantares amorosos con tonadas diferentes, como se ha dicho. También componían en verso las hazañas de sus Reyes y otros famosos Incas y curacas principales, y los enseñaban a sus descendientes por tradición, para que se acordasen de los buenos hechos de sus antepasados y los imitasen. Los versos eran pocos, porque la memoria los guardase, empero muy compendiosos, como cifras.»*

Viracocha

Es Viracocha
señor del origen.
«Sea esto hombre,
sea esto mujer»,
De la fuente sacra
supremo juez,
de todo cuanto hay
enorme creador.
¿Dónde estás?
10 ¿No te veré acaso?
¿Hállase arriba,
tal vez abajo
o al través,
tu regio trono?
¡Háblame!
Te lo ruego.
Lago en lo alto
extendido.
Lago abajo situado.
20 Creador de la tierra,
de hombres procreador.
¡He aquí:
las cosas
que hacen de ti
gran señor!
Mis ojos en blanco
hacia ti,
yo quiero verte.
Cuando yo vea
30 y sepa,
cuando yo comprenda
y conjeture,
entonces me verás
y me conocerás.
Es que el sol
y la luna,
el día,
y la noche,
la maduración

40 y el estío
no son en vano;
caminan,
según lo ordenado,
hacia su destino;
llegarán,
a su término mensurado.
El cetro real
me lo enviaste tú.
¡Háblame!
50 Te lo ruego.
¡Escúchame!
Te lo suplico,
cuando quizá
todavía no me canse,
todavía no me muera.

Trad. Edmundo Bendezú, de Joan de Santacruz Pachacuti Yamqui Salcamaygua, *Relación de las antigüedades deste reyno del Pirú* (1613), en *Literatura quechua*, cit. en bibliografía.

CON REGOCIJADA BOCA

Con regocijada boca,
con regocijada lengua,
de día
y esta noche llamarás.
Ayunando
cantarás con voz de calandria,
y quizá
en nuestra alegría,
en nuestra dicha,
10 desde cualquier lugar del mundo,
el creador del hombre,
el Señor Todopoderoso,
te escuchará.
¡Jay! te dirá,
y tú
donde quiera que estés,
y así para la eternidad,
sin otro señor que él
vivirás, serás.

Trad. José María Arguedas, de Santacruz Pachacuti, *Relación de las antigüedades deste reyno del Pirú*, en *Literatura quechua*, cit.

Harawi

Morena mía,
morena,
tierno manjar,
sonrisa del agua,
tu corazón no sabe
de penas
y no saben de lágrimas
tus ojos.

Porque eres la mujer más bella,
10   porque eres reina mía
porque eres mi princesa,
dejo que el agua del amor
me arrastre en su corriente,
dejo que la tormenta
de la pasión me empuje
allí donde he de ver la manta
que ciñe tus hombros
y la saya resuelta
que a tus muslos se abraza.

20   Cuando es de día,
ya no puede llegar la noche;
de noche, el sueño me abandona
y la aurora no llega.

Tú, reina mía,
señora mía,
¿ya no querrás
pensar en mí
cuando el león y el zorro
vengan a devorarme
30   en esta cárcel,
ni cuando sepas
que condenado estoy
a no salir de aquí, señora mía?

Trad. Jesús Lara, de Felipe Guamán Poma de Ayala, *Primer nueva corónica y buen gobierno* (1615), en *Literatura quechua*, cit.

BIBLIOGRAFÍA. **Obra:** *Poesía quechua*, sel. y presentación de José María Arguedas, Buenos Aires, Editorial Universitaria de Buenos Aires, 1965. *Poesía y prosa quechua*, pról. de José María Arguedas, selección de Francisco Carrillo, Lima, Ediciones de la Biblioteca Universitaria, 1968[2]. *Literatura quechua*, ed., pról. y cronología de Edmundo Bendezú Aybar, Caracas, Biblioteca Ayacucho, 1980. **Estudios:** EDMUNDO GUILLÉN GILLÉN. *Versión inca de la conquista*. Lima, Editorial Milla Batres, 1974. REGINA HARRISON, «The Quechua Oral Tradition: From Waman Puma to Contemporary Ecuador», *Review* (New York), núm 28, 1981, pp. 19-22. RAFAEL OSUNA, *Introducción a la lírica prehispánica: quechua y náhuatl*, Caracas, Librería Editorial Salesiana, 1972[2]. JOHN H. ROWE, «Inca Culture at the Time of the Spanish Conquest», *Handbook of South American Indians*, vol. 2, *The Andean Civilizations*, Ed. Julian H. Steward, Washington D. C., Smithsonian Institution, 1946. Robert Stevenson, *The Music of Peru*, Washington, Pan American Union, 1960.

EL SIGLO XVI (1492-1598)

Juan de Castellanos
(Sevilla, 1522-Tunja, Colombia, 1607)

Después de una existencia animada y pintoresca como soldado, pescador de perlas y sacristán, entre otras profesiones, Juan de Castellanos acabó por recibir órdenes sacerdotales y asentarse en la recóndita ciudad neogranadina de Tunja en calidad de cura y beneficiado. Hacia 1554 comenzó su obra a la que dedicó reposadamente más de cincuenta años si se toman en cuenta los inicios en prosa (c. 1554) y correcciones hechas en 1607. Ella constituye un vasto mural histórico de los descubrimientos, desde el mismo Colón, y de las exploraciones y conquistas de los españoles por islas y tierras caribeñas así como por importantes ciudades del Nuevo Reino de Granada. Castellanos llevaba muy adelantada una versión original en prosa cuando arrastrado por «la dulcedumbre del verso de D. Alonso de Ercilla» —tal fue de rápida la difusión y estimación alcanzada por La Araucana— decidió verter lo ya escrito al molde de la poesía épica, la octava real. Resultaron sus Elegías de varones ilustres de Indias, con más de quince mil versos. La obra, el más extenso poema escrito en lengua española, tiene como lejano modelo los Claros varones de Castilla, de Hernando del Pulgar, secretario y cronista de los Reyes Católicos.

Las Elegías están agrupadas en cuatro partes cuyo contenido se declara en el prólogo «A los lectores». De ellas sólo la primera fue publicada (Madrid, 1589) en vida del autor. Con todo, las diversas partes carecen de unidad e integración pues son una serie de cuadros narrativos minuciosos y realistas, ligados únicamente por el recuerdo de quien los evoca. Su fuente principal es la experiencia vivida por el andariego sevillano. Cuando ésta es insuficiente, la suplirán los testimonios de otros conquistadores, especialmente de Gonzalo Fernández de Oviedo y Gonzalo Jiménez de Quesada, así como las informaciones de amigos y compañeros. La intención inicial pudo ser elegíaca, y por eso el título: lamentar la muerte de tantos conquistadores llamados a la gloria por sus hazañas americanas. El propio Castellanos lo promete en los primeros versos del poema: «A cantos elegíacos levanto / con débiles acentos voz anciana [...].» Pero pronto

sobre este inicial propósito se impone el verdadero impulso de todo cronista, narrar. Por eso alternan, aun en los títulos de las divisiones de cada una de las cuatro partes, las «elegías» con los «elogios» y las «relaciones». Básicamente Castellanos fue un narrador documentado, entusiasta y tenaz. En conjunto, sus Elegías no son otra cosa que la más ambiciosa de las muchas crónicas rimadas o narraciones versificadas que por entonces se compusieron en América.
   Al autor le faltaba el sostenido talento poético exigido por tan gigantesca empresa. Por ello es evidente un general tono sencillo en la expresión. La versificación, aunque por lo común ágil y suelta, adolece a veces de desmayos e imperfecciones (endecasílabos duros o que simplemente no lo son por exceso, por defecto o por vacilaciones en la acentuación). Naturalmente, dentro de una masa tan impresionante de versos es fácil espigar alguno de verdadero aliento, o estrofas ligeras y bien construidas. O incluso encontrar pasajes enteros valiosos por la animación coloreada del relato, el dramatismo conseguido, la emoción de la situación captada y el cúmulo de observaciones sagaces. Tales momentos, sin embargo, no redimen el verismo prosaico prevalente. En cambio, ciertas notas de humor esperan oportunamente, como reflejo tal vez de la personalidad del autor. Interesa más la actitud de simpatía y comprensión afectuosa hacia lo americano, producto de los muchos años vividos por Castellanos en este continente.
   La crítica ha sido siempre severa con las Elegías como creación estética, aunque su importancia como documento histórico nunca haya sido negada. Con todo, estudiosos del poema como José M. Rivas Sacconi, Isaac Pardo, Eduardo Camacho Guizado y Giovanni Meo-Zilio han tratado de valorarlo desde puntos de vista diferentes para destacar su sentido heroico, claridad de visión, realismo, habilidad métrica, riqueza léxica y erudición.

ELEGÍAS DE VARONES ILUSTRES DE INDIAS (1589)
(Fragmentos)

DISPUTA DE COLÓN CON SU GENTE

Pues como fuesen temples más ardientes
de los de nuestras tierras y regiones,
algunos se sentían ya dolientes,
otros meneaban mil alteraciones;
comienzan a nacer inconvenientes,
murmuraciones hay de los Colones,
e uno de vergüenza descompuesto
al Cristóbal Colón le dijo esto:

«Dudo que pueda ser hombre nacido
10 en todas las naciones conocidas,
que sin ser agraviado ni ofendido
procure ver el fin de tantas vidas,
sino sois vos que nos habéis vendido,
por patente verdad cosas fingidas;
quien tiene, pues, a tantos en tan poco,
menos tiene de cuerdo que de loco.

. . . .

«No deja, pues, de ser gran osadía
teniendo por verdad aquesta traza,
sacar de vuestra vana fantasía
20 tan vanas opiniones a la plaza,
y que perseveréis en la porfía
adonde no podemos matar caza,
y donde, según vemos de presente,
no tiene de quedar hombre viviente.

«Vos con vuestros hermanos y cuadrilla
traéis la redondez alborotada,
ingleses burlan desta maravilla,
no quiso Portugal daros armada,
y quiso nuestra reina de Castilla,
30 para creeros menos recatada;
y el bien que sacará de aqueste hecho
será crecida costa sin provecho.

«Con ser favorecido de los vientos
el tiempo que tenemos navegado,
no acaban de llegar los cumplimientos

        de lo que nos habéis certificado;
        faltan a más andar los bastimentos,
        está todo podrido y estragado,
        ábrense los navíos como viejos,
40   las jarcias se quebrantan y aparejos.

        «Y pues sabemos bien el paradero
        de las ignotas tierras que buscamos,
        o por mejor decir: el matadero
        do nuestras tristes vidas fenezcamos,
        una, dos y tres veces os requiero,
        dejemos el camino que llevamos,
        que bien claro se ve que devanea
        quien lo que nunca fue quiere que sea».

        A muchos la razón pareció buena
50   de todos los dotores alegados,
        y Cristóbal Colón recibió pena
        de términos que tuvo mal criados;
        y ansí mandó colgallo del entena
        por alborotador de sus soldados;
        mas como fuesen muchos en liballo
        paró la furia con estropeallo.

        Pasadas ya las furias y accidente
        de aquel alborotado movimiento,
        movíanse las ondas mansamente
60   sin las alborotar furia de viento;
        Colón, vista sazón tan conviniente,
        de principales hizo llamamiento,
        y llegados adonde los esperaba,
        a todos les habló desta manera.

        «Entre todas las cosas desta vida,
        que pretenden regir humanas gentes,
        ninguna puede ser más mal regida
        que donde mandan muchos diferentes;
        lo cual por esperiencia conocida
70   suele parir cien mil inconvenientes,
        y más adonde hay entendimientos
        que se suelen mudar a todos vientos.

        «Dígolo por los hombres importunos,
        maestros de la grita sucedida,
        que a los que de buen seso son ayunos
        han hecho fácilmente dar caída:
        de cuya causa ya piensan algunos

        que están en el remate de su vida,
        y que por hallar tanto mar en medio
 80   totalmente carecen de remedio.

        «Espántanme mudanzas tan estrañas,
        y tan alborotadas condiciones,
        y que el valor y ser de las Españas
        engendre tan enfermos corazones,
        temblando de sus hechos y hazañas
        los más feroces bríos de naciones,
        por hechos que hicieron afamados
        .en los siglos presentes y pasados.

        «No deja, pues, de ser trabajo fuerte,
 90   que siendo todos ellos animosos,
        cayesen en las manos de mi suerte
        los que de la tener están quejosos;
        e ya con pensamientos de la muerte
        quieren menospreciar nuevos reposos:
        insinias son de viles pecadores
        temer do faltan causas de temores.

        «No hizo hechos dignos de memoria
        aquel que se cebó de blanda cama,
        ni alcanzará ninguno la victoria,
 100   opreso de los brazos de su dama;
        no gozan hombres flojos de la gloria,
        ni cobran los cobardes buena fama;
        trabajos son las alas y los vuelos
        con que cristianos suben a los cielos.

        «Cuanto más que por toda la jornada
        no vistes desventura sucedida;
        la gente si se siente fatigada,
        todos (bendito Dios) tenemos vida;
        el agua no la damos limitada,
 110   ni navegamos faltos de comida;
        los navíos están bien preparados
        y estancos de las quillas y costados.

        «No como los pintó nuestro soldado
        con oración más suelta que fundada,
        la cual pusiste en más alto grado
        que si fuera por ángel pronunciada;
        aunque yo como viejo más cursado,
        de cierta ciencia sé que dijo nada,
        y entiendo bien que sus autoridades
 120   son ajenas y faltas de verdades.

. . . .

«Quiero decir un encarecimiento
que con dificultad será creído:
y es que fuera del santo nacimiento,
y Dios de humanidad andar vestido,
es este caso de mayor momento
desde la creación acontecido,
estraña cosa de las más estrañas,
suma de humanos hechos y hazañas.

«Si aquesto tengo yo por cosa cierta,
130 como claro veremos, Dios mediante,
mal hago si me vuelvo de la puerta,
y vos peor si no pasáis delante;
enfermos hay, mas no persona muerta,
ni tal enfermedad que nos espante;
y que sucedan muertes destos males,
no somos los humanos inmortales.

«Do quiera se rodea la caída,
do no pensáis halláis una tormenta,
no sé del mundo yo cosa nacida
140 que pueda de la muerte ser exenta;
guerra mortal es toda nuestra vida,
y la guerra de hombres se sustenta,
y todos los achaques desta guerra
también corren la mar como la tierra.

«¿Estoy yo por ventura bien dispuesto
el tiempo que vosotros estáis malos?
si por angustia grandes tenéis esto,
¿halláisme rodeado de regalos?
Si tanto trabajar os es molesto,
150 ¿está de mí más largos intervalos?
bien claro conocéis de mis porfías
que no paro las noches ni los días.

«Los ásperos trabajos son mi cebo,
vigilias de las noches son mis fiestas,
sobre mis afligidos hombros llevo
el peso de los días y sus siestas;
ya para mí no es negocio nuevo
llevar las pesadumbres a mis cuestas,
las cuales de otros males son defensa,
160 por esperar bastante recompensa.

«Todos me conocéis por marinero,
en negocios de mar bien instruido,
y porque no dudéis agora quiero
decir lo que jamás habéis oído:
debéis saber que yo soy el primero
que por adonde vais se vio perdido;
lo cual es infalible conjetura
según pintan los grados del altura.

....

«Perdía muchas veces la paciencia
170 en no conocer tierra semejante;
sabido pues habéis de cierta ciencia
que no soy destas cosas ignorante,
y no tan sin vigor de suficiencia
que muchos no me tengan por bastante,
también sé que sabéis que yo vivía
de hacer *mapas mundi* que vendía.

«Y en efeto, por dalles adiciones,
vi cómo convenía hacer lista
de nuevas y admirables relaciones
180 que puse de la tierra nunca vista;
porque no me faltaban intenciones
de procurar volver a su conquista;
pues por entonces no me convenía
llegar allá con poca compañía.

....

«Estas cosas y otras contemplando
cerca de los peligros en que estaba,
el sol iba sus rayos aportando,
y a más andar el viento refrescaba;
y mi cansada gente descansando
190 que uno ni ninguno recordaba,
llamélos no sin voces ni denuestos,
y mandéles que todos estén prestos.

«Levántanse los flacos navegantes
a poner en efeto lo mandado,
los ojos de dormidos inorantes
de todo lo que tengo razonado;
dan velas a los vientos como antes
para desnavegar lo navegado,
y fue servido Dios omnipotente
200 que nos sirviese viento conviniente.

«Fueron nuestras jornadas más tardías
por impedirme calmas la carrera,
y ansí tardamos número de días
en volver a la ínsula Madera;
con gran debilidad de fuerzas mías,
mi peregrina nave mal entera,
salimos todos flacos, macilentos,
con falta de salud y bastimentos.

«Holgámonos de ver cristianas gentes
210 y amigos conocidos en el puerto;
salimos mal parados y dolientes,
pero (bendito Dios) ninguno muerto;
los marineros todos inocentes
de lo que, como veis, he descubierto,
ni hasta ya me ver en estos mares
quise cosas tratar particulares.

«Porque desde este cielo nos volvimos
según me certifica conjetura,
por suma diligencia que tuvimos
220 por asentar los grados del altura;
ansí que, de la tierra que decimos
estar puede mi gente bien segura,
firmísimos en esta confianza
que no puede ser mucha la tardanza.

«Por tanto cese vano sentimiento
en flaco corazón y alborotado,
y por un poco más de sufrimiento
no quiera perder bien tan deseado;
pues ansí me dé Dios todo contento,
230 que esto no fue fingido ni soñado,
sino cosa real, clara, patente
y negocio que pasa realmente.

«Podéis seguros ir a los navíos,
porque lo dicho presto lo veremos,
y con sombrías plantas, frescos ríos,
de los cansados cuerpos recreemos;
con gran cuidado ya, señores míos,
porque soplan los vientos que queremos,
velando cada cual por los cuarteles,
240 y llévense por popa los bateles.»

La fuente de eterna juventud

Entre los más antiguos desta gente
había muchos indios que decían
de la Bimini[1], isla prepotente,
donde varias naciones acudían,
por las virtudes grandes de su fuente,
do viejos en mancebos se volvían,
y donde las mujeres más ancianas
deshacían las rugas[2] y las canas.

Bebiendo de sus aguas pocas veces,
10 lavando las cansadas proporciones,
perdían fealdades de vejeces,
sanaban las enfermas complexiones;
los rostros adobaban y las teces,
puesto que no mudaban las faiciones[3];
y por no desear de ser doncellas
del agua lo salían todas ellas.

Decían admirables influencias
de sus floridos campos y florestas;
no se vían aun las apariencias
20 de las cosas que suelen ser molestas,
ni sabían qué son litispendencias[4],
sino gozos, placeres, grandes fiestas:
al fin nos la pintaban de manera
que cobraban allí la edad primera.

Estoy agora yo considerando,
según la vanidad de nuestros días,
¡qué de viejas vinieran arrastrando
por cobrar sus antiguas gallardías,
si fuera cierta como voy contando
30 la fama de tan grandes niñerías!
¡cuán rico, cuán pujante, cuán potente
pudiera ser el rey de la tal fuente!

---

[1] Cayo al noroeste de las Bahamas. Se creía que la Fuente de la Juventud, buscada por Ponce de León y otros exploradores, estaba en uno de estos cayos.
[2] *Rugas:* arrugas.
[3] *Faiciones:* facciones.
[4] *Litispendencias:* pleitos, estado litigioso ante otro juez o tribunal del asunto o cuestión.

¡Qué de haciendas, joyas y preseas[5]
por remozar vendieran los varones!
¡Qué grita de hermosas y de feas
anduvieran aquestas estaciones!
¡Cuán diferentes trajes y libreas
vinieran a ganar estos perdones!
Cierto no se tomara pena tanta
40 por ir a visitar la tierra santa.

La fama, pues, del agua se vertía
por los destos cabildos y concejos,
y con imaginar que ya se vía[6]
en mozos se tornaron muchos viejos:
prosiguiendo tan loca fantasía
sin querer ser capaces de consejos;
y ansí tomaron muchos el camino
de tan desatinado desatino.

. . . .

En *Elegías de varones ilustres de Indias*, ed, Isaac J. Pardo, cit. en bibliografía.

BIBLIOGRAFÍA. **Obra:** *Obras de Juan de Castellanos*, pról. de Caracciolo Parra de León, Caracas, Editorial Sur América, 1930-1932. *Elegías de varones ilustres de Indias*, Madrid, B.A.E., 1944. *Elegías de varones ilustres de Indias*, ed. y pról. de Miguel Antonio Caro, Bogotá, Editorial *ABC*, 1955, 4 vols. *Juan de Castellanos*. «*Elegías de varones ilustres de Indias*», ed. Isaac J. Pardo, Caracas, Academia Nacional de Historia, 1962. **Estudios:** MANUEL ALVAR LÓPEZ, *Juan de Castellanos. Tradición española y realidad americana*, Bogotá, Instituto Caro y Cuervo, 1972. ORLANDO ARAUJO, *Juan de Castellanos o el afán de expresión*, Caracas, Editorial Cuadernos Literarios de la Asociación de Escritores Venezolanos, 1960. ANTONIO CURCIO ALTAMAR, «El elemento novelesco en el poema de Juan de Castellanos», *B.I.C.C.*, 1952, pp 81-95. MARÍA ROSA LIDA DE MALKIEL, «Huella de la tradición grecolatina en el poema de Juan de Castellanos», *R.F.H.*, VIII, núms. 1-2, pp. 111-120. GIOVANNI MEO-ZILIO, *Estudio sobre Juan de Castellanos*, Firenze, Valmartina Editore, 1972. GIOVANNI MEO-ZILIO, «Juan de Castellanos», *Historia... colonial*, I, pp. 205-214. ANDRÉS MESANZA, «Juan de Castellanos. Cronología», *Boletín de Historia y Antigüedades*, XXIX, núm. 327, 1942, pp. 11-15. ISAAC J. PARDO, *Juan de Castellanos. Estudio de las* «*Elegías de varones*

---

[5] *Preseas:* alhaja o cosa preciosa.
[6] *Vía:* veía.

ilustres de Indias», Caracas, Universidad Central de Venezuela, Instituto de Filología «Andrés Bello», 1961. ULISES ROJAS, *El beneficiado don Juan de Castellanos, cronista de Colombia y Venezuela. Estudio crítico-biográfico*, Tunja, Biblioteca de Autores Boyacenses, 1958. MARIO ROMERO GERMÁN, *Joan de Castellanos, un examen de su vida y de su obra*, Bogotá, Banco de la República, Biblioteca Luis Ángel Arango, 1964. MARIO GERMÁN ROMERO, *Aspectos literarios de la obra de don Joan de Castellanos*, Bogotá, Editorial Kelly, 1978.

Francisco de Terrazas
(México, 1525?-1600?)

Es el primer poeta de lengua castellana nacido en México y quizá en toda Hispanoamérica de nombre conocido. La fama de Terrazas trascendió su país, pues Cervantes lo cita elogiosamente en el «Canto de Calíope», parte de La Galatea *(1585)*. De él se conservan, en lo estrictamente lírico, nueve sonetos (cinco de los cuales aparecen en la colección Flores de varia poesía, compilada en México posiblemente por Juan de la Cueva en 1577), una epístola amatoria en tercetos y dos composiciones en décima de nulo valor pues sólo contienen un diálogo o disputa en verso con el poeta y dramaturgo Hernán González de Eslava. Según puede apreciarse, casi todas estas composiciones fueron escritas en los metros y formas estróficas de origen italiano que Boscán y Garcilaso habían introducido en el castellano a principios del siglo XVI. Lo mejor de la producción de Terrazas son los sonetos de factura cuidadosa y asuntos variados, pero siempre dentro de la retórica temática de la época.

No pareció poseer Terrazas una personalidad muy original si bien sobre este punto debe recordarse que las exigencias del Renacimiento —y Terrazas es un poeta plenamente renacentista— eran generosas y lejanas al estricto concepto moderno de la originalidad. Lo más interesante de este autor es verlo ya situado, con comodidad y hasta con soltura y perfección, en la tradición italo-petrarquesca-renacentista por entonces novedosa en la lengua poética española y pasada a América, como se ve, en tan temprana etapa de la colonización. En esta tradición, las influencias que más pesan en el poeta son las impuestas por la «escuela de Sevilla». Ellas debieron recibirse en México a través de Gutierre de Cetina (1520?-1577?) que allí residió y murió. Por eso en los sonetos y en la epístola de Terrazas encontramos el amor en su imagen platónica tal y como se da en el petrarquismo: la mujer idealizada, trasunto de la «angélica natura», y de la cual el poeta canta sus excelencias espirituales y físicas de origen divino, a la vez que se queja de sus desdenes e ingratitudes. Junto a ello se halla el laborioso trabajo de la forma según el prurito tan propio de Fernando de Herrera de hacer de la lengua poética un objeto refinado y distante del lenguaje vulgar. No sorprenden tampoco en su obra los conceptistas juegos de ingenio vistos en la poesía de los cancioneros medievales y que se prodigarán nuevamente en ciertas direcciones del barroco ya próximo.

También ensayó Terrazas el poema épico-histórico, como tantos *otros peninsulares y criollos anhelosos de inmortalizar las hazañas españolas cercanas aún.* Bajo el artificioso y no cumplido título de Nuevo Mundo y Conquista *se conservan unos veinte fragmentos sueltos de un poema inconcluso y aparentemente destinado a relatar sólo, a pesar del título, las empresas conquistadoras de Hernán Cortés en México. Estas muestras se han conservado dentro de una obra de carácter histórico y genealógico compuesta por Baltasar Dorantes de Salazar en México entre 1601 y 1604; hoy se la conoce como* Sumaria historia de las cosas de Nueva España. *Por lo que se puede inferir de esos fragmentos, Terrazas intentaba seguir el modelo, rápidamente hecho clásico, de* La Araucana *de Ercilla, pero por su temperamento, dado más bien a las suaves efusiones de la lírica intimista, carecía del temple sobrio y recio requerido por el tono épico. Por eso los pasajes que de este esbozo de poema se citan son aquellos cuyos méritos residen en la capacidad del autor para el relato vivo y animado —por ejemplo, el episodio de la pesca del tiburón y la historia de Jerónimo de Aguilar—, o aquellos notables por la delicadeza lírica del verso como el bello idilio de Huítzel y Quétzal. También se ha señalado cómo, dentro de un general paisaje idealizado, en momentáneos vislumbres, la naturaleza americana acaba por imponerse sobre esquemas convencionales y retóricos de la descripción.* Tiene Nuevo Mundo y Conquista *el interés de haber sido el primero de los esfuerzos por historiar en verso la conquista del Anáhuac, seguido de inmediato por* El peregrino indiano *(Madrid, 1599), de Antonio de Saavedra Guzmán, obra que no rebasa los límites de una sencilla crónica rimada. En general, los hechos de Hernán Cortés y sus compañeros de aventura en tierra mexicana tuvieron más fortuna literaria en prosa que en verso.*

Soneto

Dejad que la hebras de oro ensortijado
que el ánima me tienen enlazada,
y volved a la nieve no pisada
lo blanco de esas rosas matizado.

Dejad las perlas y el coral preciado
de que esa boca está tan adornada;
y el cielo —de quien sois tan envidiada—
volved los soles que les habéis robado.

La gracia y discreción que muestra ha sido
del gran saber del celestial maestro,
volvédselo a la angélica natura;

Y todo aquesto así restituido,
veréis que lo que os queda es propio vuestro:
ser áspera, crüel, ingrata y dura.

A una dama que despabiló[1]
una vela con los dedos

El que es de algún peligro escarmentado,
suele temerle más que quien lo ignora;
por eso temí el fuego en vos, señora,
cuando de vuestros dedos fue tocado.

Mas, ¿vistes qué temor tan excusado
del daño que os hará la vela agora?
Si no os ofende el vivo que en mí mora,
¿cómo os podrá ofender luego pintado?

Prodigio es de mi daño, Dios me guarde
ver al pabilo en fuego consumido,
y acudirle al remedio vos tan tarde:

Señal de no esperar ser socorrido
el mísero que en fuego por vos arde,
hasta que esté en ceniza convertido.

---

[1] *Despabiló:* quitó la mecha o pabilo quemado a una vela.

Soneto

Soñé que de una peña me arrojaba
quien mi querer sujeto a sí tenía,
y casi ya en la boca me cogía
una fiera que abajo me esperaba.

Yo, con temor, buscando procuraba
de dónde con las manos me tendría,
y el filo de una espada la una asía
y en una yerbezuela la otra hincaba.

La yerba a más andar la iba arrancando,
la espada a mí la mano deshaciendo,
yo más sus vivos filos apretando...

¡Oh mísero de mí, qué mal me entiendo,
pues huelgo verme estar despedazando
de miedo de acabar mi mal muriendo!

Soneto

Royendo están dos cabras de un nudoso
y duro ramo seco en la mimbrera,
pues ya les fue en la verde primavera
dulce, süave, tierno y muy sabroso.

Hallan extraño el gusto y amargoso,
no hallan ramo bueno en la ribera,
que —como su sazón pasada era—
pasó también su gusto deleitoso.

Y tras de este sabor que echaban menos,
de un ramo en otro ramo van mordiendo
y quedan sin comer de porfïadas.

Memorias de mis dulces tiempos buenos,
así voy tras vosotras discurriendo
sin ver sino venturas acabadas!

En *Poetas novohispanos. Primer siglo (1521-1621)*, cit. en bibliografía.

BIBLIOGRAFÍA. **Obra:** *Poesías*, ed., pról. y n. de Antonio Castro Leal, México, Librería Porrúa, 1941. *Poetas novohispanos. Primer siglo (1521-1621)*, est., sel. y n. de Alfonso Méndez Plancarte, México, U.N.A.M., 1942, I. **Estudios:** J. AMOR y VÁZQUEZ, «Terrazas y su *Nuevo Mundo y Conquista* en los albores de la mexicanidad». *N.R.F.H.*, XVI, 1962, pp. 395-415. EMILIO CARILLA «La lírica hispanoamericana colonial», en *Historia colonial*, cit., vol. I, pp. 245-246. JOAQUÍN GARCÍA ICAZBALCETA, *Francisco de Terrazas y otros poetas del siglo XVI*, Madrid, Porrúa, 1962. PEDRO HENRÍQUEZ UREÑA, «Nuevas poesías atribuidas a Terrazas», *F.F.E.*, V. 1918, pp. 49-56. ALFREDO A. ROGGIANO, «La poesía en la Nueva España durante el siglo XVI», *En este aire de América*, México, Ed. Cultura, 1966, pp. 27-66.

Alonso de Ercilla y Zúñiga
(Madrid, 1533-1594)

Alonso de Ercilla y Zúñiga, paje de Felipe II, poeta y soldado, llegó a Chile en 1577 e intervino en las guerras del Arauco durante aproximadamente dos años. Deseoso de cantar «el valor, los hechos, las proezas / de aquellos españoles esforzados», pero, sobre todo, entusiasmado por el arrojo con que los araucanos defendían su tierra y su libertad, comenzó en los mismos campos de batalla a componer La Araucana. *Por ello, este largo y magnífico poema es el más vivo y actual de cuantos produjo la poesía épica española del Renacimiento, pues no es el resultado de una culta y artificiosa recreación sino que nació de la inmediata experiencia vivida por el autor. A su vez, y utilizando una caracterización de Andrés Bello, Ercilla convierte a Chile en el único país moderno cuya fundación se ve inmortalizada por una epopeya. De regreso a España, el poeta-soldado concluye y publica su obra en tres partes aparecidas sucesivamente en 1569, 1578 y 1589.*

La realidad histórica provee el primero y más sostenido de los niveles que encontramos en La Araucana —«*es relación sin corromper sacada / de la verdad, cortada a su medida», dice Ercilla muy al principio— y esa realidad se traduce en la presentación de una serie interminable de batallas, emboscadas, escaramuzas y encuentros personales, desde la rebelión primera de los araucanos contra su inicial conquistador, Pedro de Valdivia, hasta el suplicio y muerte del jefe indio Caupolicán. Todo ello contado con un arte frecuentemente elevado a momentos de gran intensidad épica, pero que en su conjunto, por lo repetido de las situaciones y la prolijidad de su tratamiento, no puede salvarse de una impresión general de monotonía. El poeta mismo tenía conciencia de laborar con materia seca, estéril, desierta, como la denominó tantas veces. Por esto, aunque en el Prólogo de la Parte II promete «no mudar de estilo», desde allí entra moderadamente la fantasía a dar variedad al tema central. Unas veces lo hará mediante episodios de alguna manera relacionados con los personajes del poema, por ejemplo, los idilios de Tegualda y Crepino, y de Glaura y Cariolano. En otras ocasiones introducirá digresiones más inconexas aprovechándose de los recursos de la «máquina épica» como se ve en la descripción del triunfo español en San Quintín o la batalla naval de Lepanto, o en la exposición de la doctrina moral de la guerra y el alegato sobre los derechos de Felipe II al trono de Portugal incluidos al final de la obra. Tampoco faltan alusiones autobiográficas como la visión en sueños de su esposa o su desgraciado incidente con Juan de Pineda que le valió a Ercilla sentencia de muerte, después conmutada a destierro por don García Hurtado de Mendoza, joven jefe del ejército español en Chile. No escasean momentos de cierto lirismo recatado representativos del poeta renacentista que había en Ercilla. Pero lo que da peso y proyección universal al poema, apartando las continuas referencias a temas como la variabilidad de la Fortuna, es la base moral que explícitamente lo sostiene: sus censuras a la codicia y crueldad de los españoles y la exaltación de la lección ética ofrecida por el aguerrido pueblo araucano. En este sentido son ejemplares las palabras de Bello cuando señala cómo domina en* La Araucana «*el amor a la humanidad, el culto a la justicia, una admiración generosa del patriotismo y denuedo de los vencidos*».

Durante el siglo XIX los estudiosos españoles comenzaron a fijar la crítica del poema. Manuel José Quintana señaló la habilidad del autor en el arte de contar así como la perfección de las caracterizaciones y descripciones; Francisco Martínez de la Rosa reparó en la excelencia de las comparaciones de Ercilla tomadas mayormente de la naturaleza y en su imponderable aire homérico; Marcelino Menéndez Pelayo recogió y matizó estos juicios. Después vendrán principalmente críticos chilenos y americanos en general; algunos de ellos se han limitado a repetir valoraciones ya señaladas. Pero de manera directa u oblicua todos se han planteado el problema del protagonista: ¿Es La Araucana *un poema acéfalo? ¿Existe un protagonista múltiple? En este caso, tal papel correspondería a algunos de los caciques araucanos pues las figuras españolas aparecen muy borrosamente. ¿O parecería justo —y esto es, sin duda, lo más exacto— hablar de un protagonista colectivo dual, de españoles y araucanos?*

De la vida del autor se ha ocupado documentadamente el historiador chileno José Toribio Medina. Para una revisión crítica de las variadas opiniones vertidas a lo largo de los siglos sobre La Araucana *tanto como para una definición precisa del modo personal que la epopeya toma en Ercilla, son informativas las páginas dedicadas al tema por Fernando Alegría en su libro* La poesía chilena, orígenes y desarrollo del siglo XVI al XIX *(1954). Indiscutiblemente,* La Araucana *fija el tipo de poema épico sobre la conquista. Fue una obra llamada a promover un abundante número de continuaciones e imitaciones; salvo alguna excepción, éstas se mantuvieron a gran distancia estética del original.*

LA ARAUCANA

(1569, 1578 y 1589)

Prólogo

Si pensara que el trabajo que he puesto en esta obra me había de quitar tan poco el miedo de publicarla sé cierto de mí que no tuviera ánimo para llevarla al cabo. Pero considerando ser la historia verdadera y de cosas de guerra, a las cuales hay tantos aficionados, me he resuelto en imprimirla, ayudando a ello las importunaciones de muchos testigos que en lo más dello se hallaron, y el agravio que algunos españoles recibirían quedando sus hazañas en perpetuo silencio, faltando quien las escriba, no por ser ellas pequeñas, pero porque la tierra es tan remota y apartada y la postrera que los españoles han pisado por la parte del Pirú, que no se puede tener della casi noticia, y por el mal aparejo y poco tiempo que para escribir hay con la ocupación de la guerra, que no da lugar a ello; y así, el que pude hurtar, le gasté en este libro, el cual, porque fuese más cierto y verdadero, se hizo en la misma guerra y en los mismos pasos y sitios, escribiendo muchas veces en cuero por falta de papel, y en pedazos de cartas, de algunos tan pequeños que apenas cabían seis versos, que no me costó después poco trabajo juntarlos; y por esto y por la humildad con que va la obra, como criada en tan pobres pañales, acompañándola el celo y la intención con que se hizo, espero que será parte para poder sufrir quien la leyere las faltas que lleva. Y si alguno le pareciere que me muestro algo inclinado a la parte de los araucanos, tratando sus cosas y valentías más estendidamente de lo que para bárbaros se requiere, si queremos mirar su crianza, costumbres, modos de guerra y ejercicio della, veremos que muchos no les han hecho ventaja, y que son pocos los que con tan gran constancia y firmeza han defendido su tierra contra tan fieros enemigos como son los españoles. Y, cierto, es cosa de admiración que no poseyendo los araucanos más de veinte leguas de término, sin tener en todo él pueblo formado, ni muro, ni casa fuerte para su reparo, ni armas a lo menos defensivas, que la prolija guerra y españoles las han gastado y consumido, y en tierra no áspera, rodeada de tres pueblos españoles y dos plazas fuertes en medio della, con puro valor y porfiada determinación hayan redimido y sustentado su libertad, derramando en sacrificio della tanta sangre así suya como de españoles, que con verdad se puede decir haber pocos lugares que no estén della teñidos y poblados de huesos, no faltando a los muertos quien les suceda en llevar su opinión adelante; pues los hijos, ganosos de la venganza de sus muertos padres, con la natural rabia que los mueve y el valor que dellos heredaron, acelerando el curso de los años, antes de tiempo tomando las armas y se ofrecen al rigor de la guerra. Y es tanta la falta de gente por la mucha que ha muerto en esta demanda que para hacer más cuerpo y henchir los escuadrones, vienen también las mujeres a la guerra y peleando algunas veces como varones, se entregan con grande ánimo a la muerte. Todo esto he querido traer para prueba y en abono del valor destas gentes, digno del mayor loor del que yo le podré dar con mis versos. Y pues, como dije arriba, hay agora en España cantidad de personas que se hallaron en muchas cosas de las que aquí escribo, a ellos remito la defensa de mi obra en esta parte, y a los que la leyeren se la encomiendo.

CANTO PRIMERO

EL CUAL DECLARA EL ASIENTO Y DESCRIPCIÓN DE LA PROVINCIA DE CHILE Y ESTADO DE ARAUCO, CON LAS COSTUMBRES Y MODOS DE GUERRA QUE LOS NATURALES TIENEN; Y ASIMISMO TRATA EN SUMA LA ENTRADA Y CONQUISTA QUE LOS ESPAÑOLES HICIERON HASTA QUE ARAUCO SE COMENZÓ A REBELAR

    No LAS damas, amor, no gentilezas
de caballeros canto enamorados,
ni las muestras, regalos y ternezas
de amorosos afectos y cuidados;
mas el valor, los hechos, las proezas
de aquellos españoles esforzados,
que a la cerviz de Arauco no domada
pusieron duro yugo por la espada.

    Cosas diré también harto notables
10 de gente que a ningún rey obedecen,
temerarias empresas memorables
que celebrarse con razón merecen,
raras industrias, términos loables
que más los españoles engrandecen
pues no es el vencedor más estimado
de aquello en que el vencido es reputado.

Suplícoos, gran Felipe[1], que mirada
esta labor, de vos sea recebida,
que, de todo favor necesitada,
20 queda con darse a vos favorecida.
Es relación sin corromper sacada
de la verdad, cortada a su medida,
no despreciéis el don, aunque tan pobre,
para que autoridad mi verso cobre.

Quiero a señor tan alto dedicarlo
porque este atrevimiento lo sostenga,
tomando esta manera de ilustrarlo
para que quien lo viere en más lo tenga;
y si esto no bastare a no tacharlo
30 a lo menos confuso se detenga
pensando que, pues va a Vos dirigido,
que debe de llevar algo escondido.

Y haberme en vuestra casa yo criado,
que crédito me da por otra parte,
hará mi torpe estilo delicado
y lo que va sin orden, lleno de arte;
así de tantas cosas animado,
la pluma entregaré al furor de Marte:
dad orejas, Señor, a lo que digo,
40 que soy de parte dello buen testigo.

Chile, fértil provincia y señalada
en la región antártica famosa,
de remotas naciones respetada
por fuerte, principal y poderosa;
la gente que produce es tan granada,
tan soberbia, gallarda y belicosa,
que no ha sido por rey jamás regida
ni a estranjero dominio sometida.

Es Chile norte sur de gran longura,
50 costa del nuevo mar, del Sur[2] llamado,
tendrá del leste a oeste de angostura
cien millas, por lo más ancho tomado;
bajo del polo Antártico en altura

---

[1] Felipe II (1527-1598), rey de España que ocupó el trono de 1556 a 1598.
[2] Hoy océano Pacífico; cinco versos más abajo lo llama «chileno».

de veinte y siete grados, prolongado
hasta do el mar Océano³ y chileno
mezclan sus aguas por angosto seno.

    Y estos dos anchos mares que pretenden,
pasando de sus términos, juntarse,
baten las rocas y sus olas tienden,
60 mas esles impedido el allegarse,
por esta parte al fin la tierra hienden
y pueden por aquí comunicarse.
Magallanes, Señor, fue el primer hombre
que abriendo este camino le dio nombre.

    Por falta de pilotos, o encubierta
causa, quizá importante y no sabida,
esta secreta senda descubierta
quedó para nosotros escondida;
ora sea yerro de la altura cierta,
70 ora que alguna isleta, removida
del tempestuoso mar y viento airado,
encallando en la boca, la ha cerrado.

    Digo que norte sur corre la tierra,
y báñala del oeste la marina,
a la banda de leste ve una sierra
que el mismo rumbo mil leguas camina;
en medio es donde el punto de la guerra
por uso y ejercicio más se afina.
Venus y Amón⁴ aquí no alcanzan parte,
80 sólo domina el iracundo Marte.

    Pues en este distrito demarcado,
por donde su grandeza es manifiesta,
está a treinta y seis grados el Estado
que tanta sangre ajena y propia cuesta;
éste es el fiero pueblo no domado
que tuvo a Chile en tal estrecho puesta,
y aquel que por valor y pura guerra
hace en torno temblar toda la tierra.

    Es Arauco, que basta, el cual sujeto
90 lo más deste gran término tenía

---

³ El océano Atlántico.
⁴ Hijo de Lot concebido en una relación incestuosa con su hija menor; personificación del amor impuro. En otras ediciones aparece Amor reemplazando a Amón.

con tanta fama, crédito y concreto,
que del un polo al otro se estendía,
y puso al español en tal aprieto
cual presto se verá en la carta mía;
veinte leguas contienen sus mojones,
poséenla diez y seis fuertes varones.

  De diez y seis caciques y señores
es el soberbio Estado poseído,
en militar estudio los mejores
100 que de bárbaras madres han nacido:
reparo de su patria y defensores,
ninguno en el gobierno preferido;
otros caciques hay, mas por valientes
son éstos en mandar los preeminentes.

  . . . .

  En fin, el hado y clima desta tierra,
si su estrella y pronósticos se miran,
es contienda, furor, discordia, guerra
y a solo esto los ánimos aspiran;
todo su bien y mal aquí se encierra:
110 son hombres que de súbito se aíran,
de condición feroces, impacientes,
amigos de domar estrañas gentes.

  Son de gestos robustos, desbarbados,
bien formados los cuerpos y crecidos,
espaldas grandes, pechos levantados,
recios miembros, de niervos[5] bien fornidos;
ágiles, desenvueltos, alentados,
animosos, valientes, atrevidos,
duros en el trabajo y sufridores
120 de fríos mortales, hambres y calores.

  No ha habido rey jamás que sujetase
esta soberbia gente libertada,
ni estranjera nación que se jatase
de haber dado en sus términos pisada,
ni comarcana tierra que se osase
mover en contra y levantar espada:
siempre fue esenta, indómita, temida,
de leyes libre y de cerviz erguida.

---

[5] *Niervos:* nervios.

       El potente rey Inga, aventajado
130　en todas las antárticas regiones,
　　　fue un señor en estremo aficionado
　　　a ver y conquistar nuevas naciones,
　　　y por la gran noticia del Estado
　　　a Chile despachó sus orejones;
　　　mas la parlera fama desta gente
　　　la sangre les templó y animó ardiente.

　　　 Pero los nobles Ingas valerosos
　　　los despoblados ásperos rompieron,
　　　y en Chile algunos pueblos belicosos
140　por fuerza a servidumbre lo trujeron,
　　　a do leyes y edictos trabajosos
　　　con dura mano armada introdujeron,
　　　haciéndolos con fueros disolutos
　　　pagar grandes subsidios y tributos.

　　　. . . . .

　　　 El Estado araucano, acostumbrado
　　　a dar leyes, mandar y ser temido,
　　　viéndose de su trono derribado
　　　y de mortales hombres oprimido,
　　　de adquirir libertad determinado,
150　reprobando el subsidio[6] padecido,
　　　acude al ejercicio de la espada,
　　　ya por la paz ociosa desusada,

　　　. . . . .

---

[6] *Subsidio:* aflicción.

CANTO II

PÓNESE LA DISCORDIA QUE ENTRE LOS CACIQUES DE ARAUCO HUBO SOBRE LA ELECCIÓN DEL CAPITÁN GENERAL, Y EL MEDIO QUE SE TOMÓ POR EL CONSEJO DEL CACIQUE COLOCOLO, CON LA ENTRADA QUE POR ENGAÑO LOS BÁRBAROS HICIERON EN LA CASA FUERTE DE TUCAPEL, Y LA BATALLA QUE CON LOS ESPAÑOLES TUVIERON

MUCHOS hay en el mundo que han llegado
a la engañosa alteza desta vida,
que Fortuna[7] los ha siempre ayudado
y dádoles la mano a la subida
para después de haberlos levantado,
derribarlos con mísera caída
cuando es mayor el golpe y sentimiento
y menos el pensar que hay mudamiento.

No entienden con la próspera bonanza
10 quel contento es principio de tristeza
no miran en la súbita mudanza
del consumidor tiempo y su presteza;
mas con altiva y vana confianza
quieren que en su fortuna haya firmeza;
la cual, de su aspereza no olvidada,
revuelve con la vuelta acostumbrada.

Con un revés de todo se desquita,
que no quiere que nadie se le atreva,
y mucho más que da siempre les quita,
20 no perdonando cosa vieja y nueva;
de crédito y de honor los necesita,
que en el fin de la vida está la prueba,
por el cual han de ser todos juzgados
aunque lleven principios acertados

Del bien perdido, al cabo, ¿qué nos queda
sino pena, dolor y pesadumbre?
Pensar que en él Fortuna ha de estar queda,

---

[7] Divinidad alegórica, personificación de la suerte, de la casualidad, de lo imprevisto, del capricho de los acontecimientos. Generalmente se la representa con los ojos vendados y sobre una rueda que se mueve continuamente.

antes dejará el sol de darnos lumbre:
que no es su condición fijar la rueda,
30 y es malo de mudar vieja costumbre;
el más seguro bien de la fortuna
es no haberla tenido vez alguna.

    Esto verse podrá por esta historia
ejemplo dello aquí puede sacarse
que no bastó riqueza, honor y gloria
con todo el bien que puede desearse
a llevar adelante la vitoria;
que el claro cielo al fin vino a turbarse,
mudando la fortuna en triste estado
40 el curso y orden próspera del hado.

    La gente nuestra ingrata se hallaba
en la prosperidad que arriba cuento,
y en otro mayor bien que me olvidaba,
hallado en pocas casas, que es contento:
de tal manera en él se descuidaba
(cierta señal de triste acaecimiento)
que en una hora perdió el honor y estado
que en mil años de afán había ganado.

    Por dioses, como dije, eran tenidos
50 de los indios los nuestros; pero olieron
que de mujer y hombre eran nacidos
y todas sus flaquezas entendieron
viéndolos a miserias sometidos
el error inorante conocieron,
ardiendo en viva rabia avergonzados
por verse de mortales conquistados.

    No queriendo a más plazo defirirlo
entrellos comenzó luego a tratarse
que, para en breve tiempo concluirlo
60 y dar el modo y orden de vengarse,
se junten a consulta a difinirlo
do venga la sentencia a pronunciarse,
dura, ejemplar, cruel, irrevocable,
horrenda a todo el mundo y espantable.

    Iban ya los caciques ocupando
los campos con la gente que marchaba
y no fue menester general bando,
que el deseo de la guerra los llamaba

```
            sin promesas ni pagas, deseando
70          el esperado tiempo que tardaba
            para el decreto y áspero castigo
            con muerte y destruición del enemigo.
            De algunos que en la junta se hallaron
            es bien que haya memoria de sus nombres,
            que, siendo incultos bárbaros, ganaron
            con no poca razón claros renombres,
            pues en tan breve término alcanzaron
            grandes vitorias de notables hombres,
            que dellas darán fe los que vivieren,
80          y los muertos allá donde estuvieren.
```

....

```
            Tomé y otros caciques se metieron
            en medio destos bárbaros de presto,
            y con dificultad los despartieron
            que no hicieron poco en hacer esto:
            de herirse lugar aun no tuvieron,
            y en voz airada, ya el temor pospuesto,
            Colocolo, el cacique más anciano,
            a razonar así tomó la mano.

            «Caciques del Estado defensores:
90          codicia de mandar no me convida
            a pesarme de veros pretensores
            de cosa que a mí tanto era debida:
            porque, según mi edad, ya veis, señores,
            que estoy al otro mundo de partida;
            mas el amor que siempre os he mostrado,
            a bien aconsejaros me ha incitado.

            «¿Por qué cargos honrosos pretendemos,
            y ser en opinión grande tenidos,
            pues que negar al mundo no podemos
100         haber sido sujetos y vencidos?
            Y en esto averiguarnos no queremos
            estando de españoles oprimidos,
            mejor fuera esa furia ejecutalla
            contra el fiero enemigo en la batalla.

            «¿Qué furor es el vuestro, ¡oh araucanos!,
            que a perdición os lleva sin sentillo?
            ¿Contra vuestras entrañas tenéis manos,
            y no contra el tirano en resistillo?
            Teniendo tan a golpe a los cristianos
```

110 ¿volvéis contra vosotros el cuchillo?
     Si gana de morir os ha movido,
     no sea en tan bajo estado y abatido.

     «Volved las armas y ánimo furioso
     a los pechos de aquellos que os han puesto
     en dura sujeción, con afrentoso
     partido, a todo el mundo manifiesto,
     lanzad de vos el yugo vergonzoso;
     mostrad vuestro valor y fuerza en esto:
     no derraméis la sangre del Estado
120 que para redemirnos ha quedado.

     «No me pesa de ver la lozanía
     de vuestro corazón, antes me esfuerza;
     mas temo que esta vuestra valentía
     por mal gobierno el buen camino tuerza
     que, vuelta entre nosotros la porfía,
     degolláis vuestra patria con su fuerza:
     cortad, pues, si ha de ser desa manera
     esta vieja garganta la primera.

     «Que esta flaca persona, atormentada
130 de golpes de fortuna, no procura
     sino el agudo filo de una espada,
     pues no la acaba tanta desventura.
     Aquella vida es bien afortunada
     que la temprana muerte le asegura;
     pero a nuestro bien público atendiendo,
     quiero decir en esto lo que entiendo.

     «Pares sois en valor y fortaleza;
     el cielo os igualó en el nacimiento;
     de linaje, de estado y de riqueza
140 hizo a todos igual repartimiento
     y en singular por ánimo y grandeza
     podéis tener del mundo el regimiento:
     que este gracioso don, no agradecido,
     nos ha al presente término traído.

     «En la virtud de vuestro brazo espero
     que puede en breve tiempo remediarse,
     mas ha de haber un capitán primero
     que todos por él quieran gobernarse;
     éste será quien más un gran madero
150 sustentare en el hombro sin pararse
     y pues que sois iguales en la suerte,
     procure cada cual de ser más fuerte.»

Ningún hombre dejó de estar atento
oyendo del anciano las razones;
y puesto ya silencio al parlamento
hubo entre ellos diversas opiniones:
al fin, de general consentimiento
siguiendo las mejores intenciones,
por todos los caciques acordado
160 lo propuesto del viejo fue acetado.
Podría de alguno ser aquí una cosa
que parece sin término notada,
y es que una provincia poderosa,
en la milicia tanto ejercitada,
de leyes y ordenanzas abundosa,
no hubiese una cabeza señalada
a quien tocase el mando y regimiento
sin allegar a tanto rompimiento.

 Respondo a esto que nunca sin caudillo
170 la tierra estuvo, electo del senado;
que, como dije, en Penco el Ainavillo
fue por nuestra nación desbaratado
y viniendo de paz, en un castillo
se dice, aunque no es cierto, que un bocado
le dieron de veneno en la comida
donde acabó su cargo con la vida.

Pues el madero súbito traído,
no me atrevo a decir lo que pesaba,
que era un macizo líbano[8] fornido
180 que con dificultad se rodeaba.
Paicabí le aferró menos sufrido
y en los valientes hombros le afirmaba;
seis horas lo sostuvo aquel membrudo
pero llegar a siete jamás pudo.

Cayocupil al tronco aguija presto
de ser el más valiente confiado,
y encima de los altos hombros puesto
lo deja a las cinco horas de cansado.
Gualemo lo probó, joven dispuesto,
190 mas no pasó de allí y esto acabado
Angol el grueso leño tomó luego;
duró seis horas largas en el juego.

---

[8] Se refiere a los famosos cedros del Líbano.

　　　　　Purén tras él lo trujo medio día
　　　　y el esforzado Ongolmo más de medio,
　　　　y cuatro horas y media Lebopía
　　　　que de sufrirlo más no hubo remedio;
　　　　Lemolemo siete horas le traía,
　　　　el cual jamás en todo este comedio
　　　　dejó de andar acá y allá saltando
200　　hasta que ya el vigor le fue faltando.

　　　　　Elicura a la prueba se previene
　　　　y en sustentar el líbano trabaja,
　　　　a nueve horas dejarle le conviene
　　　　que no pudiera más si fuera paja;
　　　　Tucapelo catorce lo sostiene
　　　　encareciendo todos la ventaja;
　　　　pero en esto Lincoya apercebido
　　　　mudó en un gran silencio aquel ruido.

　　　　　De los hombros el manto derribando
210　　las terribles espaldas descubría
　　　　y el duro y grave leño levantando
　　　　sobre el fornido asiento lo ponía;
　　　　corre ligero aquí y allí mostrando
　　　　que poco aquella carga le impedía,
　　　　era de sol a sol el día pasado
　　　　y el peso sustentaba aún no cansado.

　　　　　Venía aprisa la noche, aborrecida
　　　　por la ausencia del sol, pero Diana
　　　　les daba claridad con su salida
220　　mostrándose a tal tiempo más lozana.
　　　　Lincoya con la carga no convida
　　　　aunque ya despuntaba la mañana,
　　　　hasta que llegó el sol al medio cielo
　　　　que dio con ella entonces en el suelo.

　　　　　No se vio allí persona en tanta gente
　　　　que no quedase atónita de espanto,
　　　　creyendo no haber hombre tan potente
　　　　que la pesada carga sufra tanto;
　　　　la ventaja le daban juntamente
230　　con el gobierno, mando y todo cuanto
　　　　a digno general era debido
　　　　hasta allí justamente merecido.

　　　　　Ufano andaba el bárbaro y contento
　　　　de haberse más que todos señalado
　　　　cuando Caupolicán aquel asiento

sin gente, a la ligera, había llegado;
tenía un ojo sin luz de nacimiento
como un fino granate colorado
pero lo que en la vista le faltaba
240　en la fuerza y esfuerzo le sobraba.

　　Era este noble mozo de alto hecho
varón de autoridad, grave y severo,
amigo de guardar todo derecho,
áspero y riguroso, justiciero;
de cuerpo grande y relevado pecho,
hábil, diestro, fortísimo y ligero,
sabio, astuto, sagaz, determinado
y en casos de repente reportado.

　　Fue con alegre muestra recebido
250　—aunque no sé si todos se alegraron—:
el caso en esta suma referido
por su término y puntos le contaron.
Viendo que Apolo[9] ya se había escondido
en el profundo mar, determinaron
que la prueba de aquél se dilatase
hasta que la esperada luz llegase.

　　Pasábase la noche en gran porfía
que causó esta venida entre la gente:
cuál se atiene a Lincoya y cuál decía
260　que es el Caupolicano más valiente;
apuestas en favor e contra había:
otros, sin apostar, dudosamente
hacia el oriente vueltos aguardaban
si los febeos caballos asomaban.

　　Ya la rosada Aurora comenzaba
las nubes a bordar de mil labores
y a la usada labranza despertaba
la miserable gente y labradores
y a los marchitos campos restauraba
270　la frescura perdida y sus colores,
aclarando aquel valle la luz nueva
cuando Caupolicán viene a la prueba.

　　Con un desdén y muestra confiada
asiendo del troncón duro y ñudoso
como si fuera vara delicada

---

[9] El sol.

se le pone en el hombro poderoso.
La gente enmudeció maravillada
de ver el fuerte cuerpo tan nervoso;
la color a Lincoya se le muda,
280 poniendo en su vitoria mucha duda.

El bárbaro sagaz de espacio andaba,
y a todo prisa entraba el claro día;
el sol las largas sombras acortaba
mas él nunca descrece en su porfía;
al ocaso la luz se retiraba
ni por esto flaqueza en él había;
las estrellas se muestran claramente
y no muestra cansancio aquel valiente.

Salió la clara luna a ver la fiesta
290 del tenebroso albergue húmido y frío,
desocupando el campo y la floresta
de un negro velo lóbrego y sombrío,
Caupolicán no afloja de su apuesta,
antes con mayor fuerza y mayor brío
se mueve y representa de manera
como si peso alguno nó trujera.

Por entre dos altísimos ejidos
la esposa de Titón[10] ya parecía,
los dorados cabellos esparcidos
300 que de la fresca helada sacudía,
con que a los mustios prados florecidos
con el húmido humor reverdecía
y quedaba engastado así en las flores
cual perlas entre piedras de colores.

El carro de Faetón[11] sale corriendo
del mar por el camino acostumbrado,
sus sombras van los montes recogiendo
de la vista del sol y el esforzado
varón, el grave peso sosteniendo,
310 acá y allá se mueve no cansado
aunque otra vez la negra sombra espesa
tornaba a parecer corriendo apriesa.

---

[10] La aurora.
[11] Hijo de Helios (el Sol) y de la Aurora. Habiéndole dado permiso su padre para guiar el carro del sol durante un día, estuvo a punto, por su inexperiencia, de abrasar el universo.

La luna su salida provechosa
por un espacio largo dilataba;
al fin, turbia, encendida y perezosa,
de rostro y luz escasa se mostraba
paróse al medio curso más hermosa
a ver la estraña prueba en qué paraba
y viéndola en el punto y ser primero,
320 se derribó en el ártico hemisfero

Y el bárbaro, en el hombro la gran viga,
sin muestra de mudanza y pesadumbre,
venciendo con esfuerzo la fatiga
y creciendo la fuerza por costumbre.
Apolo en seguimiento de su amiga
tendido había los rayos de su lumbre
y el hijo de Leocán[12], en el semblante
más firme que al principio y más constante.

Era salido el sol cuando el inorme
330 peso de las espaldas despedía
y un salto dio en lanzándole disforme,
mostrando que aún más ánimo tenía;
el circunstante pueblo en voz conforme
pronunció la sentencia y le decía:
«Sobre tan firmes hombros descargamos
el peso y grave carga que tomamos.»

El nuevo juego y pleito definido,
con las más cerimonias que supieron
por sumo capitán fue recebido
340 y a su gobernación se sometieron;
creció en reputación, fue tan temido
y en opinión tan grande le tuvieron
que ausentes muchas leguas dél temblaban
y casi como a rey le respetaban.

Es cosa en que mil gentes han parado
y están en duda muchos hoy en día,
pareciéndoles que esto que he contado
es alguna fición y poesía
pues en razón no cabe que un senado
350 de tan gran disciplina y pulicía
pusiese una elección de tanto peso
en la robusta fuerza y no en el seso.

---

[12] Caupolicán.

Sabed que fue artificio, fue prudencia
del sabio Colocolo que miraba
la dañosa discordia y diferencia
y el gran peligro en que su patria andaba,
conociendo el valor y suficiencia
deste Caupolicán que ausente estaba,
varón en cuerpo y fuerzas estremado,
360   de rara industria y ánimo dotado.

Así propuso astuta y sabiamente,
para que la elección se dilatase,
la prueba al parecer impertinente
en que Caupolicán se señalase
y en esta dilación tan conveniente
dándole aviso, a la elección llegase,
trayendo así el negocio por rodeo
a conseguir su fin y buen deseo.

Celebraba con pompa allí el senado
370   de la justa eleción la fiesta honrosa
y el nuevo capitán, ya con cuidado
de dar principio a alguna grande cosa,
manda a Palta, sargento, que, callado,
de la gente más presta y animosa
ochenta diestros hombres aperciba
y a su cargo apartados los reciba.

. . . .

CANTO VII

LLEGAN LOS ESPAÑOLES A LA CIUDAD DE LA CONCEPCIÓN HECHOS PEDAZOS. ... SE RETIRAN EN LA CIUDAD DE SANTIAGO, ASIMISMO EN ESTE CANTO SE CONTIENE EL SACO [SAQUEO], INCENDIO Y RUINA DE LA CIUDAD DE LA CONCEPCIÓN

[...]
Si alguno hace protestos requiriendo
que no sea la ciudad desamparada,
responde el principal: «Yo no lo entiendo
ni de mi voluntad soy parte en nada.»
Pero el temor un viejo posponiendo
les dice: «¡Gente vil, acobardada,
deshonra del honor y ser de España!
¿Qué es esto?, ¿dónde vais?, ¿quién os engaña?»

No fue esta correción de algún provecho
10   ni otras cosas que el viejo les decía;
muestran todos hacerse a su despecho
y van al que más corre ya la vía.
Es justo que la fama cante un hecho
digno de celebrarse hasta el día
que cese la memoria por la pluma
y todo pierda el ser y se consuma.

Doña Mencía de Nidos, una dama
noble, discreta, valerosa, osada,
es aquella que alcanza tanta fama
20   en tiempo que a los hombres es negada.
Estando enferma y flaca en una cama,
siente el grande alboroto y esforzada,
asiendo de una espada y un escudo
salió tras los vecinos como pudo.

Ya por el monte arriba caminaban
volviendo atrás los rostros afligidos
a las casas y tierras que dejaban,
oyendo de gallinas mil graznidos;
los gatos con voz hórrida maullaban,
30   perros daban tristísimos aullidos.
Progne con la turbada Filomena[13]
mostraban en sus cantos grave pena.

Pero con más dolor doña Mencía,
que dello daba indicio y muestra clara,
con la espada desnuda los guiaba
y en medio de la cuesta y dellos para;
el rostro a la ciudad vuelto, decía:
«¡Oh valiente nación; a quien tan cara
cuesta la tierra y opinión ganada
40   por el rigor y filo de la espada!,

decidme ¿qué es de aquella fortaleza
que contra los que así teméis mostrastes?
¿Qué es de aquel alto punto y la grandeza
de la inmortalidad a que aspirastes?
¿Qués del esfuerzo, orgullo, la braveza
y el natural valor de que os preciastes?

---

[13] *Progne:* golondrina; *Filomena:* ruiseñor. Alude a la transformación de las dos hermanas en aves para escapar de Tereo, esposo de Progne que había violado y mutilado a Filomena.

¿Adónde vais, cuitados de vosotros,
que no viene ninguno tras nosotros?
     ¡Oh cuántas veces fuistes imputados
50 de impacientes, altivos, temerarios,
en los casos dudosos arrojados
sin atender a medios necesarios;
y os vimos en el yugo traer domados
tan gran número y copia de adversarios
y emprender y acabar empresas tales
que distes a entender ser inmortales!

     Volved a vuestro pueblo ojos piadosos,
por vos de sus cimientos levantado;
mirad los campos fértiles viciosos
60 que os tienen su tributo aparejado;
las ricas minas y los caudalosos
ríos de arenas de oro y el ganado
que ya de cerro en cerro anda perdido
buscando a su pastor desconocido.

     Hasta los animales que carecen
de vuestro racional entendimiento,
usando de razón, se condolecen
y muestran doloroso sentimiento;
los duros corazones se enternecen
70 no usados a sentir y por el viento
las fieras la gran lástima derraman
y en voz casi formada nos infaman.

     Dejáis quietud, hacienda y vida honrosa
de vuestro esfuerzo y brazos adquirida
por ir a casa ajena embarazosa
a do tendremos mísera acogida.
¿Qué cosa puede haber más afrentosa,
que ser huéspedes toda nuestra vida?
¡Volved, que a los honrados vida honrada
80 les conviene o la muerte acelerada!

     ¡Volved, no vais así desa manera
ni del temor os deis tan por amigos
que yo me ofrezco aquí, que la primera
me arrojaré en los hierros enemigos!
¡Haré yo esta palabra verdadera
y vosotros seréis dello testigos!
¡Volved, volved!», gritaba pero en vano
que a nadie pareció el consejo sano.

　　　　Como el honrado padre recatado
90　que piensa reducir con persuasiones
　　　al hijo del propósito dañado,
　　　y está alegando en vano mil razones;
　　　que al hijo incorregible y obstinado
　　　le importunan y cansan los sermones
　　　así al temor la gente ya entregada
　　　no sufre ser en esto aconsejada.
　　　　Ni a Paulo le pasó con tal presteza
　　　por las sienes la Jáculo serpiente
　　　sin perder de su vuelo ligereza,
100　llevándole la vida juntamente,
　　　como la odiosa plática y braveza
　　　de la dama de Nidos por la gente;
　　　pues apenas entró por un oído
　　　cuando ya por el otro había salido.

. . . .

　　　　Así era la verdad; que caminado
　　　habían los escuadrones vencedores
　　　hacia el pueblo español, desamparado
　　　de los inadvertidos moradores.
　　　La codicia del robo y el cuidado
　　　les puso espuelas y ánimos mayores;
　　　siete leguas del valle a Penco había
　　　y arribaron en sólo medio día.
　　　　A vista de las casas ya la gente
110　se reparte por todos los caminos
　　　porque el saco del pueblo sea igualmente
　　　lleno de ropa y falto de vecinos;
　　　apenas la señal del partir siente
　　　cuando cual negra banda de estorninos
　　　que se abate al montón del blanco trigo,
　　　baja al pueblo el ejército enemigo.
　　　　La ciudad yerma en gran silencio atiende
　　　el presto asalto y fiera arremetida
　　　de la bárbara furia que deciende
120　con alto estruendo y con veloz corrida;
　　　el menos codicioso allí pretende
　　　la casa más copiosa y bastecida,
　　　vienen de gran tropel hacia las puertas
　　　todas de par en par francas y abiertas.

Corren toda la casa en el momento
y en un punto escudriñan los rincones;
muchos por no engañarse por el tiento
rompen y descerrajan los cajones;
baten tapices, rimas y ornamento,
130 camas de seda y ricos pabellones
y cuanto descubrir pueden de vista
que no hay quien los impida ni resista.

    No con tanto rigor el pueblo griego
entró por el troyano alojamiento,
sembrando frigia sangre y vivo fuego,
talando hasta en el último cimiento,
cuanto de ira, venganza y furor ciego,
el bárbaro, del robo no contento,
arruina, destruye, desperdicia
140 y aun no puede cumplir con su malicia.

    Quién sube la escalera y quién abaja,
quién a la ropa y quién al cofre aguija,
quién abre, quién desquicia y desencaja,
quién no deja fardel ni baratija;
quién contiende, quién riñe, quién baraja,
quién alega y se mete a la partija
por las torres, desvanes y tejados
aparecen los bárbaros cargados.

    No en colmenas de abejas la frecuencia,
150 priesa y solicitud cuando fabrican
en el panal la miel con providencia,
que a los hombres jamás lo comunican
ni aquel salir, entrar y diligencia
con que las tiernas flores melifican
se pueden comparar, ni ser figura
de lo que aquella gente se apresura.

    Alguno de robar no se contenta
la casa que le da cierta ventura,
que la insaciable voluntad sedienta
160 otra de mayor presa la figura.
Haciendo codiciosa y necia cuenta
busca la incierta y deja la segura,
y llegando, el sol puesto, a la posada,
se queda, por buscar mucho, sin nada.

    También se roba entre ellos lo robado,
que poca cuenta y amistad había
si no se pone en salvo a buen recado,

        que allí el mayor ladrón más adquiría;
        cuál lo saca arrastrando, cuál cargado
170   va, que del propio hermano no se fía
        mas parte a ningún hombre se concede
        de aquello que llevar consigo puede.
           Como para el invierno se previenen
        las guardosas hormigas avisadas,
        que a la abundante troje van y vienen
        y andan en acarretos ocupadas;
        no se impiden, estorban, ni detienen,
        dan las vacías el paso a las cargadas
        así los araucanos codiciosos
180   entran, salen vuelven presurosos.

        . . . .

           Por alto y bajo el fuego se derrama,
        los cielos amenaza el són horrendo,
        de negro humo espeso y viva llama
        la infelice ciudad se va cubriendo;
        treme la tierra en torno, el fuego brama
        de subir a su esfera presumiendo;
        caen de rica labor maderamientos
        resumidos en polvos cenicientos.
           Piérdese la ciudad más fértil de oro
190   que estaba en lo poblado de la tierra
        y adonde más riquezas y tesoro
        según fama en sus términos se encierra.
        ¡Oh, cuántos vivirán en triste lloro,
        que les fuera mejor continua guerra!
        Pues es mayor miseria la pobreza
        para quien se vio en próspera riqueza.
           A quién diez y a quién veinte y a quién treinta
        mil ducados por años les rentara;
        el más pobre tuviera mil de renta,
200   de aquí ninguno dellos abajara;
        la parte de Valdivia era sin cuenta
        si la ciudad en paz se sustentara,
        que en torno la cercaban ricas venas
        fáciles de labrar y de oro llenas.
           Cien mil cansados súbditos servían
        a los de la ciudad desamparada;
        sacar tanto oro en cantidad podían
        que a tenerse viniera casi en nada;

esto que digo y la opinión perdían
por aflojar el brazo de la espada,
ganados, heredades, ricas casas
que ya se van tornando en vivas brasas.

    La grita de los bárbaros se entona;
no cabe el gozo dentro de sus pechos
viendo que el fuego horrible no perdona
hermosas cuadras ni labrados techos,
en tanta multitud no hay tal persona
que de verlos se duela así deshechos,
antes sospiran, gimen y se ofenden
porque tanto del fuego se defienden.

    Paréceles que es lento y espacioso
pues tanto en abrasarlos se tardaba
y maldicen al tracio[14] proceloso
porque la flaca llama no esforzaba;
al caer de las casas sonoroso
un terrible alarido resonaba,
que junto con el humo y las centellas
subiendo amenazaba las estrellas.

    Crece la fiera llama en tanto grado
que las más altas nubes encendía;
Tracio con movimiento arrebatado
sacudiendo los árboles venía
y Vulcano[15] al rumor, sucio y tiznado
con los herreros fuelles acudía,
que ayudaron su parte al presto fuego
y así se apoderó de todo luego.

    Nunca fue de Nerón el gozo tanto
de ver en la gran Roma poderosa
prendido el fuego ya por cada tanto,
vista sola a tal hombre deleitosa;
ni aquello tan gran gusto le dio cuanto
gusta la gente bárbara dañosa
de ver cómo la llama se estendía
y la triste ciudad se consumía.

    Era cosa de oír dura y terrible.
los estallidos y fornace estruendo,

---

[14] Viento huracanado del noroeste.
[15] Dios del Fuego y del Metal; era feo y deforme. Tenía sus fraguas bajo el monte Etna, donde trabajaba con los Cíclopes.

	el negro humo espeso e insufrible,
	cual nube en aire así se va imprimiendo;
	no hay cosa reservada al fuego horrible,
250	todo en sí lo convierte, resumiendo
	los ricos edificios levantados
	en antiguos corrales derribados.

	Llegado al fin el último contento
	de aquella fiera gente vengativa,
	aun no parando en esto el mal intento,
	ni planta en pie ni cosa dejan viva;
	el incendio acabado como cuento,
	un mensajero con gran priesa arriba
	del hijo de Leocán, y su embajada
260	será en el otro canto declarada.

CANTO XX

CUENTA TEGUALDA A [...] ERCILLA EL [...] PROCESO DE SU HISTORIA

	[...]
	La negra noche a más andar cubriendo
	la tierra, que la luz desamparaba,
	se fue toda la gente recogiendo
	según y en el lugar que le tocaba;
	la guardia y centinelas repartiendo,
	que el tiempo estrecho a nadie reservaba,
	me cupo el cuarto de la prima en suerte
	en un bajo recuesto junto al fuerte;

	donde con el trabajo de aquel día
10	y no me haber en quince desarmado,
	el importuno sueño me afligía
	hallándome molido y quebrantado;
	mas con nuevo ejercicio resistía,
	paseándome deste y de aquel lado
	sin parar un momento; tal estaba
	que de mis propios pies no me fiaba.

	No el manjar de sustancia vaporoso
	ni vino muchas veces trasegado,
	ni el hábito y costumbre de reposo
20	me habían el grave sueño acarreado:

que bizcocho negrísimo y mohoso
por medida de escasa mano dado
y la agua llovediza desabrida
era el mantenimiento de mi vida.

    Y a veces la ración se convertía
en dos tasados puños de cebada,
que cocida con yerbas nos servía
por la falta de sal, la agua salada;
la regalada cama en que dormía
30 era la húmida tierra empantanada,
armado siempre y siempre en ordenanza,
la pluma ora en la mano, ora la lanza.

    Andando, pues, así con el molesto
sueño que me aquejaba porfiando
y en gran silencio encargado puesto
de un canto al otro canto paseando,
vi que estaba el un lado del recuesto
lleno de cuerpos muertos blanqueando,
que nuestros arcabuces aquel día
40 habían hecho gran riza y batería.

    No mucho después desto, yo que estaba
con ojo alerto y con atento oído,
sentí de rato en rato que sonaba
hacia los cuerpos muertos un ruido,
que siempre al acabar se remataba
con un triste sospiro sostenido
y tornaba a sentirse, pareciendo
que iba de cuerpo en cuerpo discurriendo.

    La noche era tan lóbrega y escura
50 que divisar lo cierto no podía
y así por ver el fin desta aventura
(aunque más por cumplir lo que debía)
me vine, agazapado en la verdura,
hacia la parte que el rumor se oía,
donde vi entre los muertos ir oculto
andando a cuatro pies un negro bulto.

    Yo de aquella visión mal satisfecho,
con un temor que agora aun no le niego,
la espada en mano y la rodela al pecho,
60 llamando a Dios sobre él aguijé luego;
mas el bulto se puso en pie derecho
y con medrosa voz y humilde ruego

dijo: «Señor, señor, merced te pido,
que soy mujer y nunca te he ofendido.

«Si mi dolor y desventura estraña
a lástima y piedad no te inclinaren
y tu sangrienta espada y fiera saña
de los términos lícitos pasaren,
¿qué gloria adquirirás de tal hazaña
70 cuando los justos cielos publicaren
que se empleó en una mujer tu espada,
viuda, mísera, triste y desdichada?

«Ruégote pues, señor, si por ventura
o desventura, como fue la mía,
con amor verdadero y fe pura
amaste tiernamente en algún día,
me dejes dar a un cuerpo sepultura
que yace entre esta muerta compañía;
mira que aquel que niega lo que es justo
80 lo malo aprueba ya y se hace injusto.

«No quieras impedir obra tan pía
que aun en bárbara guerra se concede,
que es especie y señal de tiranía
usar de todo aquello que se puede.
Deja buscar su cuerpo a esta alma mía,
después furioso con rigor procede,
que ya el dolor me ha puesto en tal estremo
que más la vida que la muerte temo;

«que no sé mal que ya dañarme pueda
90 ni hay bien mayor que no le haber tenido;
acábese y fenezca lo que queda
pues que mi dulce amigo ha fenecido;
que aunque el cielo cruel no me conceda
morir mi cuerpo con el suyo unido,
no estorbará, por más que me persiga,
que mi afligido espíritu le siga.»

En esto con instancia me rogaba
que su dolor de un golpe rematase;
mas yo, que en duda y confusión estaba
100 aún, teniendo temor que me engañase,
del verdadero indicio no fiaba
hasta que un poco más me asegurase,
sospechando que fuese alguna espía
que a saber cómo estábamos venía.

Bien que estuve dudoso pero luego
(aunque la noche el rostro le encubría)
en su poco temor y gran sosiego
vi que verdad en todo me decía
y que el pérfido amor, ingrato y ciego,
110 en busca del marido la traía,
el cual en la primera arremetida,
queriendo señalarse, dio la vida.

Movido, pues, a compasión de vella
firme en su casto y amoroso intento,
de allí salido, me volví con ella
a mi lugar y señalado asiento
donde yo le rogué que su querella
con ánimo seguro y sufrimiento
desde el principio al cabo me contase
120 y desfogando la ansia descansase.

Ella dijo: «¡Ay de mí!, que es imposible
tener jamás descanso hasta la muerte,
que es sin remedio mi pasión terrible
y más que todo sufrimiento fuerte;
mas, aunque me será cosa insufrible,
diré el discurso de mi amarga suerte;
quizá que mi dolor, según es grave,
podrá ser que esforzándole me acabe.

«Yo soy Tegualda, hija desdichada
130 del cacique Brancol desventurado,
de muchos por hermosa en vano amada,
libre un tiempo de amor y de cuidado;
pero muy presto la fortuna, airada
de ver mi libertad y alegre estado,
turbó de tal manera mi alegría
que al fin muero del mal que no temía.

«De muchos fui pedida en casamiento
y a todos igualmente despreciaba,
de lo cual mi buen padre descontento,
140 que yo acetase alguno me rogaba;
pero con franco y libre pensamiento
de su importuno ruego me escusaba,
que era pensar mudarme desvarío
y martillar sin fruto en hierro frío.

«No por mis libres y ásperas respuestas
los firmes pretensores aflojaron,
antes con nuevas pruebas y requestas

en su vana demanda más instaron
y con danzas, con juegos y otras fiestas
150 mudar mi firme intento procuraron,
no les bastando maña ni artifico
a sacar mi propósito de quicio.
«Muy presto, pues, llegó el prostero día
desta mi libertad y señorío:
¡oh si lo fuera de la vida mía!
Pero no pudo ser, que era bien mío.
En un lugar que junto al pueblo había
donde el claro Gualebo, manso río,
después que sus viciosos campos riega,
160 el nombre y agua al ancho Itata entrega,

allí, para castigo de mi engaño,
que fuese a ver sus fiestas me rogaron
y como había de ser para mi daño,
fácilmente conmigo lo acabaron.
Luego, por orden y artificio estraño,
la larga senda y pasos enramaron,
pareciéndoles malo el buen camino
y que el sol de tocarme no era dino.

«Llegué por varios arcos donde estaba
170 un bien compuesto y levantado asiento,
hecho por tal manera que ayudaba
la maestra natura al ornamento,
el agua clara en torno murmuraba,
los árboles movidos por el viento
hacían un movimiento y un ruido
que alegraban la vista y el oído.

«Apenas, pues, en él me había asentado,
cuando un alto y solene bando echaron
y del ancho palenque y estacado
180 la embarazosa gente despejaron.
Cada cual a su puesto retirado,
la acostumbrada lucha comenzaron,
con un silencio tal que los presentes
juzgaran ser pinturas más que gentes.

«Aunque había muchos jóvenes lucidos
todos al parecer competidores,
de diferentes suertes y vestidos
y de un fin engañoso pretensores,
no estaba en cuáles eran los vencidos
190 ni cuáles habían sido vencedores,

buscando acá y allá entretenimiento
con un ocioso y libre pensamiento.

«Yo, que en cosa de aquellas no paraba,
el fin de sus contiendas deseando,
ora los altos árboles miraba
de natura las obras contemplando;
ora la agua que el prado atravesaba,
las varias pedrezuelas numerando,
libre a mi parecer y muy segura
200 de cuidado, de amor y desventura

....

«No con pequeña fuerza y resistencia,
por dar satisfacción de mí a la gente,
encubrí tres semanas mi dolencia
siempre creciendo el daño y fuego ardiente;
y mostrando venir a la obediencia
de mi padre y señor, mañosamente
le di a entender por señas y rodeo
querer cumplir su ruego y mi deseo

«diciendo que pues él me persuadía
210 que tomase parientes y marido.
al parecer según que convenía,
yo por le obedecer le había elegido:
el cual era Crepino, que tenía
valor, suerte y linaje conocido,
junto con ser discreto, honesto, afable,
de condición y término loable.

«Mi padre, que con sesgo y ledo gesto
hasta el fin escuchó el parecer mío,
besándome en la frente, dijo: —En esto
220 y en todo me remito a tu albedrío
pues de tu discreción e intento honesto
que elegirás lo que conviene fío,
y bien muestra Crepino de su crianza
ser de buenos respetos y esperanza.

«Ya que con voluntad y mandamiento
a mi honor y deseo satisfizo
y la vana contienda y fundamento
de los presentes jóvenes deshizo,
el infelice y triste casamiento
230 en forma y acto público se hizo.

Hoy hace justo un mes, ¡oh suerte dura,
qué cerca está del bien la desventura!

«Ayer me vi contenta de mi suerte
sin temor de contraste ni recelo;
hoy la sangrienta y rigurosa muerte
todo lo ha derribado por el suelo.
¿Qué consuelo ha de haber a mal tan fuerte?;
¿qué recompensa puede darme el cielo
adonde ya ningún remedio vale
240　ni hay que con tan grande mal se iguale?

«Este es, pues, el proceso; ésta es la historia
y el fin tan cierto de la dulce vida.
He aquí mi libertad y breve gloria
en eterna amargura convertida.
Y pues que por tu causa la memoria
mi llaga ha renovado encrudecida,
en recompensa del dolor te pido
me dejes enterrar a mi marido;

«que no es bien que las aves carniceras
250　despedacen el cuerpo miserable
ni los perros y brutas bestias fieras
satisfagan su estómago insaciable;
mas cuando empedernido ya no quieras
hacer cosa tan justa y razonable,
haznos con esa espada y mano dura
iguales, en la muerte y sepultura.»

Aquí acabó su historia y comenzaba
un llanto tal que el monte enternecía,
con una ansia y dolor que me obligaba
260　a tenerle en el duelo compañía,
que ya el asegurarle no bastaba
de cuanto prometer yo le podía,
sólo pedía la muerte y sacrificio
por último remedio y beneficio.

En gran congoja y confusión me viera
si don Simón Pereira, que a otro lado
hacía también la guardia, no viniera
a decirme que el tiempo era acabado
y espantado también de lo que oyera,
270　que un poco desde aparte había escuchado,
me ayudó a consolarla haciendo ciertas
con nuevo ofrecimiento mis ofertas.

Ya el presuroso cielo volteando
en el mar las estrellas trastornaba
y el Crucero[16] las horas señalando
entre el sur y sudueste declinaba
en mitad del silencio y noche, cuando
visto cuánto la oferta la obligaba,
reprimiendo Tegualda su lamento,
280 la llevamos a nuestro alojamiento

donde en honesta guarda y compañía
de mujeres casadas quedó, en tanto
que el esperado ya vecino día
quitase de la noche el negro manto.
Entretanto también razón sería,
pues que todos descansan y yo canto,
dejarlo hasta mañana en este estado,
que de reposo estoy necesitado.

En *La Araucana*, ed. y n. M. A. Morínigo, e I. Lerner, ... cit. en bibliografía.

BIBLIOGRAFÍA. **Obra:** *La Araucana*, ed. y n. de José Toribio Medina, Santiago de Chile, Imprenta Elzeviriana, 1910-1918, 5 vols. *La Araucana*, ed., intr. y n. de Marcos A. Morínigo e Isaías Lerner, Madrid, Castalia, 1980, 2 vols. **Estudios:** CARLOS ALBARRACÍN-SARMIENTO, «Arquitectura del narrador en *La Araucana*», *Studia Hispanica in Honorem R. Lapesa*, Madrid, Cátedra-Seminario Menéndez Pidal-Gredos, 1974, II, pp. 7-19. FERNANDO ALEGRÍA, «Ercilla y sus críticos», en *La poesía chilena, orígenes y desarrollo del siglo XVI al XIX*, México, F.C.E., 1954, pp. 1-55. FERNANDO ALEGRÍA, «Neruda y *La Araucana*», en *Estudios de literatura hispanoamericana en honor de José J. Arrom*, eds. Andrew P. Debicki y Enrique Pupo-Walker, Chapel Hill, North Carolina Studies in the Romance Languages and Literatures, 1973, pp. 193-200. AUGUST J. AQUILA, *Alonso de Ercilla y Zúñiga, a Basic Bibliography*, Londres, Grand y Cutler, 1975. CHARLES V. AUBRUN, «Poesía épica y novela: el episodio de Ylaura en *La Araucana* de Ercilla», *R.I.*, núms. 41-42, 1956, pp. 261-273. JUAN B. AVALLE ARCE, «El poeta en su poema: el caso Ercilla», *Revista de Occidente*, núm. 95, 1971, pp. 152-170. ANDRÉS BELLO, «*La Auraucana* de Alonso de Ercilla», en *Obras completas*, Caracas, Ministerio de Educación, 1956, IX. J. CAILLET-BOIS, «Hado y fortuna en *La Araucana*», *F.*, año 8, núm. 3, 1962, pp. 403-420. J. CAILLET-BOIS, *Análisis de «La Araucana»*, Buenos Aires, Centro Editor de América Latina, 1967. JAIME CONCHA, «Observaciones acerca de *La Araucana*»,

---

[16] Se refiere a la constelación austral llamada Cruz del Sur.

Estudios Filológicos (Valdivia, Chile), núm. 1, 1964, pp. 63-79. AGUSTÍN CUEVA «El espejismo heroico de la Conquista (Ensayo de interpretación de *La Araucana)*», *Casa de las Américas* (La Habana), núm. 110, 1978, pp. 29-40. ARNOLD CHAPMAN, «Ercilla y el "furor de Marte"», *C.A.*, núm. 6, 1978, pp. 87-97. JOSÉ DURAND, «Caupolicán, clave historial y épica de *La Araucana*», *Revue de Littérature Compareé*, núms. 2, 3 y 4, 1978, pp. 367-389. EUGENIO FLORIT «Los momentos líricos de *La Araucana*», *R.I.*, núm. 63, 1967, pp. 45-54. *Homenaje a Ercilla*, Concepción, Chile, Universidad de Concepción, 1969. *Inventor de Chile, don Alonso de Ercilla*, Barcelona, Ediciones Nueva Universidad, Universidad Católica de Chile-Pomaire, 1971. LUIS ÍÑIGO MADRIGAL, «Alonso de Ercilla y Zúñiga», *Historia... colonial*, cit., I, pp. 189-203. ISAÍAS LERNER «Dos notas al texto de *La Araucana*», *R.I.*, núm. 86, 1974, pp. 119-124. ISAÍAS LERNER «El texto de *La Araucana* de Alonso de Ercilla: observaciones a la edición de José Toribio Medina», *R.I.*, núm. 42, 1976, pp. 51-60. PATRICIO LERZUNDI, *Romances basados en «La Araucana»*, Madrid, Playor, 1978. HUGO MONTES, *Estudios sobre «La Araucana»*, Valparaíso, Chile, Universidad Católica de Valparaíso, 1966. MARCOS A. MORÍNIGO, «Españoles e indios en *La Araucana*», *F.*, XV, 1971, pp. 205-213. FRANK PIERCE, «History and Poetry in the Heroic Poem of the Golden Age», *H. R., XX*, núm. 4, 1952, 302-312. ANTONIO RODRÍGUEZ-MOÑINO, «Nueva cronología de los romances sobre *La Araucana*», *Romance Philology*, XXI, núm. 1, 1970, pp. 90-96. LÍA SCHWARTZ LERNER, «Tradición literaria y heroínas indígenas en *La Araucana*», *R. I.*, núm. 81, 1972, pp. 615-626. GERMÁN SEPÚLVEDA, «Retablo épico de *La Araucana*», *C.H.*, CCXXXIII, 1968, pp. 440-453. TOMÁS THAYER OJEDA, «Los héroes indígenas de *La Araucana*», *Revista Chilena de Historia y Geografía*, XV, 1915, pp. 306-364. JOHN VAN HORNE, «El mérito de *La Araucana*», *R.I.*, XXII, núm. 44, 1957, pp. 339-344. LUIS VARGAS SAAVEDRA, «Don Alonso de Ercilla y *La Araucana* vistos por Gabriela Mistral», *Mapocho*, XX, 1969, pp. 5-22. DANIEL WOGAN, «Ercilla y la poesía mexicana», *R.I.*, III, 1941, pp. 371-379.

Fernán González de Eslava

(España, 1533?-México, 1601?)

A pesar de las arduas pesquisas biográficas de J. García Icazbalceta y Amado Alonso todavía se ignora en qué ciudad de España nació González de Eslava y el año preciso de su fallecimiento. Las poquísimas noticias de su vida se han extraído de un proceso judicial a que se le sometió junto con otro poeta amigo, Francisco de Terrazas (1525?-1600?). Efectivamente, en 1574 los dos escritores fueron aprisionados por orden del virrey de Nueva España, don Martín Enríquez de Almanza, y permanecieron encarcelados diecisiete días. González de Eslava había compuesto unos entremeses satíricos en contra de la reorganización gubernamental del impuesto de la alcabala y los había intercalado en una pieza suya (Coloquios III) *representada en México en la consagración y toma del palio del arzobispo Pedro Moya de Contreras. Dichos entremeses hicieron «mal estómago» al virrey, según explicó en carta a Madrid. A los diez días de esta representación apareció en la puerta de la Catedral un pasquín clasificado de «libelo infamatorio» contra la majestad real. Recordando su paternidad de los críticos entremeses, a González de Eslava se le acusó de ser autor de lo escrito allí y fue encarcelado. Por las declaraciones del poeta durante el subsiguiente proceso judicial, sabemos que llegó a México cuando tenía veinticuatro años, o sea, alrededor de 1558. Fue ordenado sacerdote hacia 1575 pero no logró posiciones elevadas ni en la Iglesia ni en la corte virreinal. Vale destacar que ya antes (1563) unas décimas suyas en que debatía con Terrazas y Pedro de Ledesma la prioridad de la Ley Mosaica sobre la Ley Cristiana, habían acarreado conflictos con la Inquisición a uno de sus divulgadores. Éste fue llamado por el Santo Tribunal y, según apunta José Rojas Garcidueñas, «se sinceró, dejando en autos los versos que así han llegado hasta nosotros». Su amigo, el agustino fray Fernando Vello de Bustamante, publicó póstumamente la obra de González de Eslava con el título* Coloquios espirituales y Canciones divinas *(México, 1610). Lamentablemente, sus «obras a lo humano» cuya pronta aparición anuncia el impresor, se desconocen hasta hoy, excepto dos sonetos y una glosa en silva recogidos en el cancionero* Flores de varia poesía *(1577) y algunas composiciones laudatorias aparecidas en tratados y crónicas entre 1579 y 1596.*

En la literatura colonial hispanoamericana a Fernán González de Eslava se le reconoce como hábil versificador y principalmente como dramaturgo. Tanto por sus Coloquios *como por sus divertidos entre-*

meses salpicados de palabras de origen náhuatl y de menciones a sucesos, lugares y costumbres novohispanos, es una de las figuras centrales del naciente teatro del Nuevo Mundo. Sin embargo, dentro de su producción total no desmerecen los aportes líricos entre los que resaltan las muy gustadas Canciones divinas *y sus sonetos y liras influidos por la tendencia italianizante tan admirada por su amigo Francisco de Terrazas. Según ha comentado Emilio Carilla, «Fernán González de Eslava es una presencia firme en este primer siglo de las letras hispánicas en América. Valorado justamente como autor dramático, tal prioridad no borra el mérito de su obra lírica (sin olvidar lo que hay de lírico en sus* Coloquios*)».*

Liras

Glosando su propio soneto
«Columna de cristal»

  Espíritu del cielo,
sacado del divino que lo ha hecho;
beldad pura en el suelo
que al mundo ha satisfecho;
columna de cristal, dorado techo.
  El cielo diamantino
encima de los dos arcos triunfales,
do muestra el Rey divino
a todos los mortales
10 dos soles en un sol, y dos corales.
  Las rosas no tocadas
de quien toman valor las naturales
de color esmaltadas;
las puertas celestiales
que alumbran a las perlas orientales.
  Por ver los dos diamantes
está continuo Amor puesto en acecho
envidioso de amantes,
amando sin provecho
20 a quien el mundo todo ha de dar pecho.
  Marfil incomparable
do van los diez rubíes trecho a trecho;
y si esto es admirable,
cotejen que de hecho
atrás dejó a la nieve el blanco pecho.
  Atrás quedan las flores,
atrás queda el dulzor de los panales,
atrás quedan primores,
atrás ricos metales,
30 y más atrás el medio de mis males.
  ¿No os duele mi agonía
ni os duelen mis tormentos desiguales
con verme noche y día
en penas infernales,
ay, pecho guarnecido en pedernales?
  Si nunca os causé daño,
si nunca contra vos puse pertrecho,

si nunca os traté engaño,
   si nunca os dí despecho,
40 ¿por qué, pues sois mi bien, mal me habéis hecho?
   Mirad la pena fiera
   de quien la tierra y mar se condolece;
   mirad que, la gotera
   si siempre permanece,
   la piedra cava el agua y la enternece.
   Con flaca violencia,
   el agua muerta en peñas del desierto
   no halla resistencia,
   ni halla el rigor (cierto)
50 que halla en vos la vida que yo vierto.
   De benigna templanza
   por lustre, vuestro rostro resplandece;
   y mi seso no alcanza
   de qué causa recrece
   tan alta propiedad que os endurece.
   En cuanto habéis querido,
   de mi querer al vuestro me convierto;
   y viendo mi sentido
   regir con tal concierto,
60 vos, pecho, estáis cerrado, el mío abierto.
   En mí reina el quereros,
   en vos una ocasión que me aborrece;
   en mí el obedeceros,
   en vos lo que me empece:
   en mí crece el amor y en vos descrece.
   Estáis endurecido
   con verme de la muerte estar cubierto,
   para mi bien dormido,
   para mi mal despierto:
70 pues, pecho, ¿qué ganáis hiriendo a un muerto?

   De *Flores de varia poesía* (1577), en *Poetas novohispanos.
Primer siglo (1521-1621)*, cit., t. I.

CANCIÓN A NUESTRA SEÑORA

   Sois hermosa, aunque morena,
Virgen, y por vuestro amor
el tiempo abrevió el Señor
de nuestra gloria y su pena.

Al Sol, morena, anduvistes;
tanto, que en vos se encerró:
el Sol de vos se vistió
y vos del Sol os vestistes;
y por vos, linda morena,
rindiéndose a vuestro amor,
el tiempo abrevió el Señor
de nuestra gloria y su pena.
Sois morena en la apariencia,
de dentro hermoseada,
porque fuisteis preservada
de la general sentencia;
y viéndoos de gracia llena,
tanto pudo vuestro amor,
que el tiempo abrevió el Señor
de nuestra gloria y su pena.
Y si os quiere por Esposa
Dios, para hacernos bien,
decid, morena graciosa:
«Nigra[1] soy, mas soy hermosa,
hijas de Jerusalén».

Coloquios espirituales y sacramentales y poesías sagradas, cit. en bibliografía.

BIBLIOGRAFÍA. **Obras:** *Coloquios espirituales y sacramentales y poesías sagradas*, ed. e intr. de J. García Icazbalceta, México, Antigua Librería, Imprenta de Francisco Díaz de Léon, 1877. *Coloquios espirituales y sacramentales*, ed., pról y n. de José Rojas Garcidueñas, México, Editorial Porrúa, 1958, 2 vols. **Estudios:** AMADO ALONSO, «Biografía de Fernán González de Eslava», *R.F.H.*, II, núm. III, 1940, pp. 213-321. EMILIO CARILLA, «La lírica hispanoamericana colonial», *Historia... colonial*, cit., I, pp. 237-274. RAÚL H. CASTAGNINO, «Reencuentro de González de Eslava», *Escritores hispanoamericanos desde otros ángulos de simpatía*, Buenos Aires, 1971, pp. 25-38. FRIDA WEBER DE KURLAT, *Lo cómico en el teatro de Fernán González de Eslava*, Buenos Aires, Instituto de Literatura Española, Monografías y Estudios de la Universidad de Buenos Aires, 1963.

---

[1] *Nigra:* negra. Es tópico tradicional en la lírica la mujer cuya tez se oscurece por haber estado al sol; sin embargo, es probable que aquí el autor aluda al color de la Virgen del Tepeyac o Guadalupe.

La sátira: sonetos anónimos mexicanos

La literatura de intención satírica floreció de inmediato en las recién creadas provincias de ultramar. Las circunstancias que la alimentaron fueron semejantes o muy parecidas, lo cual hace pensar que en toda la América se escribieron versos satíricos no conservados. Pero era natural, sin embargo, que el descontento y la censura se hicieran sentir con más fuerza en aquellos centros que atrajeron mayor número de colonizadores y lograron un rápido desarrollo, los virreinatos de Nueva España (México) y Nueva Castilla (Perú). En México, la conquista se convirtió muy pronto de hecho glorioso y memorable en motivo de reclamaciones y protestas por parte de los conquistadores mismos y de sus descendientes directos a quienes les parecía injusta la distribución de las riquezas y beneficios logrados en la empresa. Muy conocida es aquella anécdota que nos presenta al propio Hernán Cortés respondiendo, con igual procedimiento, a los ataques en verso que sus compañeros de aventura iban escribiendo en las paredes de los edificios públicos. El conquistador quiso poner fin a la polémica con un verso lapidario, «Pared blanca, papel de necios». Ciertamente la disputa no terminó.

Con el paso del tiempo, otros hechos vinieron a añadirse como materia satírica. Entre ellos resaltan los agravios de los nativos de América, es decir, los criollos, que resentían cómo el poder político y los privilegios económicos iban sistemáticamente a manos de los «gachupines» o recién llegados peninsulares. Cuando los nacidos en España ensayan la sátira, muchos pintan una sociedad colonial pobre, atrasada y sin muchos horizontes. En idéntica actitud, los criollos pondrán énfasis en caricaturizar al peninsular como hombre tosco, ambicioso, presuntuoso y mal agradecido. Ambas posturas están ejemplificadas en tres sonetos anónimos escritos en México, aparentemente hacia finales de la primera centuria colonial. Menéndez Pelayo los considera de un mismo autor y los juzga «de bastante donaire» como prueba del «resquemor criollo» contra quienes «se iban alzando con todos los provechos». Estos sonetos se han conservado en aquella misma Sumaria relación de las cosas de la Nueva España, compuesta por Baltasar Dorantes de Carranza hacia principios del siglo XVII, donde también sobrevivieron los fragmentos del poema Nuevo Mundo y Conquista de Francisco de Terrazas. Tienen, sobre todo, el interés de mostrar, aun en fecha tan temprana, la radical escisión entre criollos y españoles ahondada a lo largo de la época colonial.

I

Minas sin plata, sin verdad mineros,
mercaderes por ella codiciosos,
caballeros de serlo deseosos,
con mucha presunción bodegoneros.
　　Mujeres que se venden por dineros,
dejando a los mejores más quejosos;
calles, casas, caballos muy hermosos,
muchos amigos, pocos verdaderos.
　　Negros que no obedecen a sus señores,
señores que no mandan en su casa,
jugando sus mujeres noche y día.
　　Colgados del Virrey mil pretensores,
tianguez[1], almoneda[2], behetría[3],
aquesto, en suma, en esta ciudad pasa.

II

Niños soldados, mozos capitanes,
sargentos que en su vida han visto guerra,
generales en cosas de la tierra,
almirantes con damas muy galanes.
　　Alféreces de bravos ademanes,
nueva milicia que la antigua encierra,
hablar extraño, parecer que atierra,
turcos rapados, crespos alemanes.
　　El favor manda y el privado crece,
muere el soldado desangrado en Flandes
y el pobre humilde en confusión se halla.
　　Seco el hidalgo, el labrador florece,
y en este tiempo de trabajos grandes,
se oye, se mira, se contempla y calla.

---

[1] *Tianguez:* voz azteca; significa mercado.
[2] *Almoneda:* venta en pública subasta.
[3] *Behetría:* población cuyos vecinos podían tomar por señor a quien quisiesen; se alude así al desorden imperante.

III

Viene de España por el mar salobre
a nuestro mexicano domicilio
un hombre tosco, sin algún auxilio,
de salud falto y de dinero pobre.
Y luego que caudal y ánimo cobre,
le aplican en su bárbaro concilio
otros como él, de César y Virgilio
las dos coronas de laurel y robre[4].
Y el otro, que agujetas y alfileres
vendía por las calles, ya es un Conde
en calidad, y en cantidad un Fúcar[5]:
Y abomina después el lugar donde
adquirió estimación, gusto y haberes,
y tiraba la jábega[6] en Sanlúcar[7].

En Marcelino Menéndez Pelayo, *Historia de la poesía hispanoamericana*, Madrid, C.S.I.C., 1948, I.

---

[4] *Laurel y robre:* laurel y roble. Otorgan reputación de cultura y digno de honor por sus méritos.
[5] Hombre muy rico; de la familia Fugger, célebres banqueros de Carlos I de España.
[6] *Jábega:* especie de red grande que se tira desde tierra para pescar. Alude a los orígenes humildes de los recién llegados a México.
[7] Puerto de España cercano a Cádiz. De allí salió Colón en su tercer viaje hacia el Nuevo Mundo.

Mateo Rosas de Oquendo
(Sevilla, 1559?-México, 1612?)

Los pocos datos disponibles sobre la azarosa vida de Mateo Rosas de Oquendo los encontramos esparcidos a través de su obra. Aunque se ha aceptado 1559 como año de su nacimiento y por el tono burlón de sus poemas Rubén Vargas Ugarte lo juzga oriundo de Andalucía, hasta hoy no se han encontrado pruebas documentales de tales asertos. Muy joven entró en la milicia y participó en varias campañas europeas donde conoció las ciudades de Génova y Marsella. Después partió para Indias (1585) y llegó al Río de la Plata probablemente siguiendo la ruta del Perú, o sea, atravesando el istmo de Panamá por tierra para después continuar la travesía marítima por el Mar Pacífico. Sí sabemos con certeza que se hallaba en Córdoba del Tucumán para abril de 1593, pues entonces declaró que hacía unos tres años había comenzado a escribir un poema hoy perdido, La Famantina, sobre la «descripción, conquista y allanamiento» de esa provincia del noroeste argentino en cuya empresa había participado. Como recompensa a sus servicios, Rosas de Oquendo recibió encomiendas pero seguramente sus tierras no le rindieron mucho pues en ese mismo año de 1593 las abandonó para sentar plaza en Lima, capital del virreinato de Nueva Castilla que por entonces abarcaba toda Sudamérica española. Allí entró por algún tiempo al servicio del virrey, don García Hurtado de Mendoza (1589-1596), con quien aparentemente no tuvo buenas relaciones según se colige por sus críticas a este personaje, a la virreina y al hermano de ésta en La Peruntina, composición burlona sobre la victoria naval (1594) de don Beltrán de Castro y de la Cueva, cuñado del virrey, contra piratas ingleses en el Mar del Sur. Para 1598 Rosas de Oquendo se había trasladado a Nueva España donde permaneció por varios años para probablemente volver a la Península a comienzos del siglo siguiente. En Lima había dejado dos hijas, y por eso en su «Sátira a las cosas que pasan en el Perú, año de 1598», se lamenta de que haya quedado allí, «entre la escoria», este «oro de tantos quilates». Sin embargo, a pesar de sus duras críticas a la sociedad virreinal peruana y su mala fortuna en la zona austral, en el romance de su «Conversión» el poeta, quizá irónicamente, explica: «O mi Pirú, mal pagado, / perdóname ilustre Reino / que habiendo sido mi abrigo, / vine yo a pagarte fuego».

La obra poética del andariego Rosas de Oquendo no se dio a conocer hasta 1906 y 1907 en que Antonio Paz y Melia publicó algunos versos suyos encontrados en un cartapacio de la Biblioteca

Nacional en Madrid que había pertenecido al conocido bibliófilo don Pascual Gayangos. En esta curiosa compilación cuyo colector se ignora —¿habrá sido el mismo Rosas de Oquendo?— se hallan, además de composiciones suyas, poemas anónimos y algunos firmados por otros vates. Posteriormente, trabajos de Alfonso Reyes, Rubén Vargas Ugarte y Pablo Cabrera han ampliado el conocimiento de la obra de este curioso escritor y conquistador. La importancia de la no muy extensa producción literaria de Rosas de Oquendo radica en la descripción burlona unas veces, pero en su mayoría ácidamente crítica que hace del Nuevo Mundo y particularmente de Lima y sus habitantes. Aunque comentarios tan acerbos no se evidencian en sus poemas referentes a la Nueva España —quizá tuvo mejor fortuna en México— ésta es la vena predominante en su obra poética conocida. Es de notar que en algunas de las piezas satíricas escritas en la capital novohispana intentó —parece que por primera vez en América— parodiar el español hablado por los indios. En su estada allí cultivó también una cierta línea de poesía más intimista, atenta a la hermosura del paisaje físico y de mayor cuidado en la expresión artística como el «Indiano volcán famoso», donde se pueden comprobar las dotes poéticas de Mateo Rosas de Oquendo.

En contraste con crónicas y relaciones donde los autores realzan las bondades del Nuevo Mundo tanto como sus propias hazañas para conseguir privilegios y mercedes, Rosas de Oquendo ofrece una visión desmitificadora de estos hechos y de la participación bélica de españoles y criollos. Así, presenta la conquista del noroeste argentino como fácil casualidad, pues sus habitantes no «se defendieron» sino que «dieron la tierra / con muy buenas voluntades» compartiendo con los peninsulares «hacienda y ajuares» sin derramamientos de sangre. Reserva sus más vitriólicos ataques para las limeñas a quienes juzga hipócritas, indecentes e interesadas, y para los falsos nobles capaces de inventar linajes y haciendas cuando antes de cruzar el Atlántico «rabiaban de hambre». Rosas de Oquendo juzga y condena a la sociedad virreinal ofreciendo, desde los inicios poéticos indianos, una veta satírica que si bien tiene conocidos antecedentes peninsulares, arraigará en América produciendo después sobresalientes cultivadores entre los cuales se destaca Juan del Valle Caviedes.

Soneto a Lima

Un visorrey con treinta alabarderos,
por hanegas medidos los letrados,
clérigos ordenantes y ordenados[1]
vagamundos, pelones caballeros.

Jugadores sin número y coimeros,
mercaderes del aire levantados,
alguaciles, ladrones muy cursados,
las esquinas tomadas de pulperos.

Poetas mil de escaso entendimiento,
cortesanas de honra a lo borrado,
de cucos y cuquillos[2] más de un cuento,

De rábanos y coles lleno el gato[3],
el sol turbado, pardo el nacimiento,
aquesta es Lima y su ordinario trato.

En *Rosas de Oquendo y otros*, cit. en bibliografía.

Sátira a las cosas que pasan en el Perú [,] año de 1598

(Fragmentos)

Sepan cuantos esta carta
de declaraciones graves
y descargos de conciencia
vieren, como el otorgante
Mateo Rosas de Oquendo,
que otro tiempo fue Juan Sánchez[4],

---

[1] En Lima, por ser sede de audiencia y arzobispal, había muchos letrados y clérigos.

[2] *Cucos y cuquillos:* tahures y coimeros, abundantes en las casas de juego.

[3] *Gato:* o *Catu.* Según Vargas Ugarte, es palabra indígena para denominar los mercados. También se ha transcrito como *hato* y *bato.*

[4] Otro nombre usado por el autor. ¿Utilizó Oquendo este otro nombre y apellido porque huía de la justicia o de enemigos?

vecino de Tucumán,
donde oí un curso de Artes
y aprendí nigromancia
10 para alcanzar cosas grandes,
puesto ya el pie en el estribo
para salir destas partes,
a tomar casa en el mundo,
dejando los arrabales,
en lugar de despedida,
determino confesarme
y descargar este pecho
antes que vaya a embarcarme,
porque si en la mar reviento,
20 al tiempo de marearme
para salir de sus ondas
será pequeña la nave.
Dejen todos sus oficios
y vengan luego a escucharme:
. . . .
Oiganme con atención,
ninguno tosa ni parle
que en cada razón que pierden
pierden un amigo grande.
Desengaños provechosos
30 de un experto navegante
que a las barrancas del mundo
quiso el cielo que llegase,
mojada el alma y el cuerpo
de las duras tempestades,
donde estuvieron los dos
bien a pique de anegarse.
Soy del templo de fortuna
la ridiculosa imagen
que adoró el Pirú soberbio
40 tan rico como ignorante.
Derribóme el propio cielo
que el mundo no fue bastante,
porque a prueba de sus tiros
fabriqué mi baluarte.
Diome fortuna su cumbre
y al tiempo del derribarme
dejóme sin bien ni bienes
ni amigos a quien quejarme.
Pasé por siglo de oro
50 el golfo de adversidades,

ayer cortesano ilustre,
hoy un pobre caminante.
Pasando por la memoria
aquel riguroso trance,
me olvidó de compasión
dio voces a la otra parte.
Nueve años he callado,
tiempo será de que hable;
Dios ponga tiento en mi lengua
60 para que no se desmande.
No haya alguno que se enoje
y me sacuda algún cabe,
que han rompido las mentiras
la represa de verdades:
que no hay hombre que las diga
ni quien las quiera de balde;
si alguno desto se siente,
enmiéndese y no me ataje,
que esta postema del pecho
70 ha comenzado a ablandarse
y si se derrama dentro
no hay purga que le dé alcance.
¡Oh qué de cosas he visto,
si todas han de contarse
en este mar de miserias
a do pretendo arrojarme!
¡Qué de casas hoy cerradas
y sus dueños en la calle!
¡cuántos dispiertos dormidos,
80 cuántos duermen sin echarse,
cuántos sanos en unciones,
cuántos galos sin curarse,
cuántos pobres visten seda,
cuántos ricos cordellate[5],
cuántos ricos comen queso,
cuántos pobres cenan aves,
cuántos pobres se almidonan,
cuántos ricos sin lavarse,
cuántos pies sin escarpines,
90 y cuántas manos con guantes!
¡Cuántos se pasean a mula
que pudieran apearse,

---

[5] *Cordellate:* tejido basto de lana, cuya trama forma cordoncillo.

cuántos padres, ay, sin hijos
cuántos huérfanos con padres,
cuántos huérfanos se ahitan,
cuántos hijos mueren de hambre,
qué de cantos de sirenas,
qué de incautos navegantes,
qué de flotas anegarse,
100 qué de Caribdis y Zilas[6],
cuántas aguas del olvido
y cuántos ríos Jordanes,
cuántos triacos venenos,
cuántos venenos suaves!
¡Cuántas recámaras solas,
cuántos violados corrales!
qué de tapias obedientes,
qué de puertas arrogantes
qué de livianos de noche,
110 que a la mañana son graves.
Qué de casadas sin cuerdas,
qué de doncellas sin trastes,
qué de corderos de día
y de noche gavilanes;
de noche sin capirotes
y de día con disfraces,
de día con tirasol
y de noche sin tocarse.
¡Qué de soles, ay dañosos,
120 serenos medicinales,
que los toman las enfermas
a sombra de sus parrales,
con el otro caballero
que para desenfadarse,
para entretener la noche,
pidió licencia a la madre!
....

Qué de principios felices
paran en calamidades,
que el que más bienes adquiere,
130 ellos son amigos tales
que le suben a la cumbre
para sólo despeñarle;

---

[6] *Caribdis y Zilas:* Caribdis y Escila, nombres de un torbellino y un escollo del estrecho de Mesina; eran muy temidos por los navegantes.

que al que llevan al suplicio
todos van a acompañarle
y el verdugo que le sube
sirve después de arrojalle.
Cuántas doncellas pasean
para conocer las calles,
después que las madres duermen
140 si no las llevan las madres.
Qué de pareceres tienen
que es lícito lo que hacen
y cuántos les aconsejan
que sigan sus liviandades,
y por respeto del mundo
aunque paran, que no paren.
Qué de rostros amarillos,
qué de purgas y jarabes
cuántas por no poder más
150 dan billetes y mensajes
y otorgan sus escrituras
para el día que se casen.
Qué pocas ejecuciones
que pocas costas les hacen,
qué quejosos los maridos,
qué contentos los galanes,
qué de ladrones en rueda,
qué de justos en la cárcel:
. . . .

Mala pascua me dé Dios,
160 la primera que llegare,
si lo que Dios no permita
algún tiempo me casare;
si aunque mi suegra se muera
mi mujer la visitare.
El porqué yo me lo entiendo
y aun ellas también lo saben,
mas una que yo visito
me ha mandado que lo calle.
Qué de guitarrillas oigo,
170 qué de corrillos y bailes,
qué de balcones se rompen,
qué de ventanas se abren,
qué de pícaros son condes,
qué de condes ganapanes,
qué de niños que se mueren
y que de viejos que nacen.

Qué de espadas del perrillo[7],
perdidas por pabonarse[8],
que aunque más lo disimulen
180 no pueden acreditarse;
que el cuarto que se blanquea
a fe que quiere alquilarse.
Qué de feas son hermosas
a vista de sus caudales,
qué de mancebos que rondan,
qué de vírgenes que paren,
qué de viejos engañados,
sin querer desengañarse,
qué de miserias padecen,
190 qué de grandezas hacen,
qué de desnudos que visten,
qué de vestidos distraen,
qué de lisonjas que oyen,
qué de vueltas por la calle.
....

En *Rosas de Oquendo y otros*, cit.

Indiano volcán famoso[9]...

Indiano Volcán famoso,
cuyas encumbradas sienes
sobre tablas de alabastro
coronan copos de nieve:
así las cumbres más altas
con derechas puntas entren
a competir con los cielos
tus copados pinos verdes;
así tu menuda escarcha
cuajada en perlas se quede,
que des paso a mis suspiros
para que a su dueño alleguen.

---

[7] *Perrillo:* de poco valor.
[8] *Pabonarse:* pavonarse.
[9] Para Méndez Plancarte este poema inaugura la temática de los volcanes en la poesía mexicana, aunque quizá esté precedido por el «gran volcán de Jala» a que alude Bernardo de Balbuena en su *El Bernardo*. Véase *Poetas novohispanos. Primer siglo (1521-1621)*, México, Universidad Nacional Autónoma, 1942, I, 120.

Así el sol que te arrebola
tu fogoso azufre trueque
en vetas de plata y oro
por quien te adoren las gentes,
    dirás que un ausente firme
—que es mucho haber firme ausente—
quejoso ya de la vida
pide remedio a la muerte;
    que aunque el morir es tan triste
yo diré que muero alegre
con que reciba en su cielo
el alma que allá me tiene.
    Y vosotros, entretanto,
altos pinos, rocas fuertes,
sentid el mal que acaba,
si acaso acabarme puede.

En *Poetas novohispanos. Primer siglo (1521-1621)*, cit., t. I.

BIBLIOGRAFÍA. **Obras:** Alfonso Reyes, «Rosas de Oquendo en América», *Capítulos de literatura española*, México, La Casa de España en México, 1939, pp. 21-71 (posteriormente recogido en *Obras completas*, México, F.C.E., 1957, VI, pp. 25-53). Rubén Vargas Ugarte, S. J., ed. *Rosas de Oquendo y otros*, Lima, Clásicos Peruanos, 1955. **Estudios:** PABLO CABRERA, «Mateo Rosas de Oquendo, el poeta más antiguo de Tucumán», *Revista de la Universidad Nacional de Córdoba*, IV, 1917, pp. 90-97. PABLO CABRERA, «*El Famantina* de Mateo Rosas de Oquendo (un poema perdido)», *Revista de la Universidad Nacional de Córdoba*, Año 8, núms. 8, 9 y 10, 1921, pp. 41-58. EMILIO CARILLA, «Rosas de Oquendo». *Literatura argentina. Palabra e imagen*, Buenos Aires, Editorial Universitaria de Buenos Aires, 1969, I, pp. 25-33. LUIS LEAL, «Picaresca hispanoamericana: de Oquendo a Lizardi», *Estudios de literatura hispanoamericana en honor a José J. Arrom*, cit. pp. 47-58. ANTONIO PAZ Y MELIA, «Cartapacio de diferentes versos a diversos asuntos compuestos o recogidos por Mateo Rosas de Oquendo», *B.H.*, VIII, 1906, pp. 255-278; IX, 1907, pp. 154-178. MARGARITA PEÑA «Mateo Rosas de Oquendo; poeta y pícaro encabalgado entre dos mundos», *Memorias del XXII Congreso del Instituto Internacional de Literatura Iberoamericana*, París, UNESCO, en prensa.

EL SIGLO XVII (1598-1701)

Discurso en loor de la poesía (1608)

Para fines del siglo XVI, Lima, capital del virreinato de Nueva Castilla, era un centro cultural importante. Allí escritores conocidos y desconocidos, experimentados y neófitos, buenos y malos, formaban tertulias para intercambiar ideas a la vez que leían sus composiciones en certámenes poéticos tan aplaudidos en esa ciudad como en México. Estas tempranas peñas literarias seguían fielmente la estética peninsular traída a América por escritores españoles e importada en obras despachadas al Nuevo Mundo por libreros ansiosos de pingües ganancias. Destacados escritores del Siglo de Oro conocieron y alabaron a los bardos novocastellanos: Cervantes en su «Canto de Calíope» (1585) elogia a once de ellos; Lope de Vega en el Laurel de Apolo (1630), alaba a trece. Sin embargo, de los variados elogios prodigados a estos vates, el «Discurso en loor de la poesía», prólogo al Parnaso Antártico (Sevilla, 1608), de Diego Mexía de Fernangil, es el que más ha intrigado por el misterio en torno a su autora, a una temprana peña literaria —la Academia Antártica— y a la obra de casi todos los poetas novocastellanos mencionados ahí. Hasta ahora no se ha podido identificar a la «señora principal deste Reino, muy versada en la lengua toscana, y portuguesa» que el poeta sevillano Mexía de Fernangil presenta como autora del culto prólogo a su traducción de Las Heroidas de Ovidio. Para algunos críticos la poeta no existió: fue una creación de Mexía y sus amigos para halagar al autor del Parnaso Antártico; otros estudiosos la han identificado con una monja. Hay quienes cuestionan su género o sostienen erróneamente que ella y la «Amarilis», autora de la famosa «Epístola a Belardo» dirigida a Lope de Vega, son la misma persona. Inclusive, se la ha bautizado con el nombre de «Clarinda» después transformado en «Clarisa». Si bien hay varias hipótesis en cuanto a quién es la autora del «Discurso», casi todos los críticos coinciden en cuanto a su lugar de nacimiento: es oriunda de América y quizá sea limeña.

Los versos de esta incógnita poeta han permanecido como testimonio de su amplio conocimiento y a la vez como homenaje a sus colegas novocastellanos y a la poesía en general. Indiscutiblemente el «Discurso» es un documento fascinante donde la autora, basándose en lo expuesto por los más divulgados preceptistas de entonces —el Marqués de Santillana, Juan del Enzina, Alonso López Pinciano—, explica el origen divino de la poesía, su dignidad y utilidad, al mismo *tiempo que discute sin mucho acierto la función de la inspiración y la técnica en el arte.* Escrito en tercetos endecasílabos, metro favorecido entonces para tratar materias largas y serias, el poema se desarrolla de acuerdo a los sistemas tópicos de los elogios de las artes y sigue principios retóricos ciceronianos. La poeta —que no es la única en Nueva Castilla según ella misma nota: «*aun yo conozco en el Perú tres damas / que han dado en la Poesía heroicas muestras*»— se lamenta de no poder nombrar a todos los vates «*por ser los del Perú tantos, que exceden /a las flores que Tempe da en verano*». El «Discurso en loor de la poesía» reafirma cuán bien se conocían e imitaban en América las modas literarias peninsulares. Además, subraya que en el ambiente cultural americano había mujeres capaces de competir y aun superar a bardos del sexo opuesto en el ejercicio literario. En este contrapunto de una escritura que proclama su semejanza en intención y práctica a lo mejor de la Península, pero que a su vez se vierte sobre sí misma para hablar de la otredad americana, es que se comienza a discernir el proceso de transculturación y la lucha con la lengua sostenida por quienes escriben desde América.

Discurso en loor de la poesía

(Fragmentos)

[...]
    Es la Poesía un piélago abundante[1]
de provechos al hombre; y su importancia
no es sola para un tiempo ni un instante.

    Es de provecho en nuestra tierna infancia,
porque quita y arranca de cimiento,
mediante sus estudios, la ignorancia.

    En la virilidad es ornamento,
y a fuerza de vigilias y sudores
pare sus hijos nuestro entendimiento.

10   En la vejez alivia los dolores,
entretiene la noche mal dormida,
o componiendo o revolviendo autores.

    Da en lo poblado el gusto sin medida,
en el campo acompaña y da consuelo,
y en el camino a meditar convida.

    De ver un prado, un bosque, un arroyuelo,
de oír un pajarito, da motivo
para que el alma se levante al cielo.

    Anda siempre el poeta entretenido
20 con su Dios, con la Virgen, con los Santos,
o ya se baja al centro denegrido.

    De aquí proceden los heroicos cantos
las sentencias y ejemplos virtuosos
que han corregido y convertido a tantos.

    Y si hay poetas torpes y viciosos,
el don de la Poesía es casto y bueno,
y ellos los malos, sucios y asquerosos.

---

[1] Después de discutir los fines de la poesía y destacar cómo ella deleita y da provecho, la anónima enumera sus servicios al hombre utilizando como fuente la oración *Pro Archia* de Cicerón.

    El lirio, el alhelí del prado ameno
son saludables; llega la serpiente,
30 y hace de ellos tósigo y veneno.

    Por esto el ignorante y maldiciente,
tanta seguida viendo, y zarabanda,
infame introducción de infame gente,

    la lengua desenfrena y se desmanda
a condenar a fuego a la Poesía
como si fuese herética o nefanda.

    Necio: ¿también será la Teología
mala, porque Lutero el miserable
quiso fundar en ella su herejía?

40 Acusa a la Escritura venerable,
porque la tuerce el mísero Calvino,
para probar su intento abominable.

    Quita los templos donde al Rey divino
le ofrecen sacrificios, porque en ellos
comete un desalmado un desatino.

    Del oro y plata, dos metales bellos,
condena el Hacedor, excelso y sabio,
pues tantos males causa el pretendellos.

    Contra todas las cosas mueve el labio,
50 pues todas, si de todas hay mal uso,
hacen a Dios ofensa, al hombre agravio.

    Si dices que te ofende y trae confuso
ver en la Iglesia llenos los poetas
de dioses que el gentil en aras puso,

    las causas son muy varias y secretas,
y todas aprobadas por católicas,
y así en las condenar no te entremetas.

    Las unas son palabras metafóricas,
y aunque mujer indocta me contemplo,
60 sé que también hay otras alegóricas.

    No es esto para ti: por un ejemplo
me entenderás. Ya has visto en cualquier fiesta
colgado con primor un santo templo.

    Allí habrás visto por nivel dispuesta,
rica tapicería y tela de oro
por más grandeza a trechos interpuesta.

Habrás visto doseles, y un tesoro
grande de joyas y otros mil ornatos,
con traza insigne y con igual decoro.

70   Habrás visto poner muchos retratos,
y aun es el aderezo más vistoso
en semejantes pompas y aparatos.

Cual sería de Alcides[2] el famoso,
otro de Marte y de la Cipria diosa,
y cual del niño ciego riguroso[3].

La prosapia de Césares famosa
y el turco Solimán[4] allí estaría,
y la bizarra turca, dicha Rosa[5].

Pues ¿cómo en templo santo, en santo día
80   y entre gente cristiana de almas puras,
y donde está la sacra Eucaristía,

se permiten retratos y figuras
de los dioses profanos y de aquellos
que están ardiendo en cárceles obscuras?

Permítense poner, y es bien ponellos
como trofeos de la Iglesia: y ella
con esto muestra que se sirve de ellos.

Así esta dama[6], ilustre cuanto bella,
de la Poesía, cuando se compone
90   en honra de su Dios que pudo hacella,

con su divino espíritu dispone
de los dioses antiguos, de tal suerte,
que a Cristo sirven y a sus pies los pone.

Más razones pudiera aquí traerte,
oh ignorante; mas siéntote turbado,
que es fuerte la verdad como la muerte.

Oh poético espíritu enviado
del cielo empíreo a nuestra indigna tierra,
gratuitamente a nuestro ingenio dado,

---

[2] Hércules.
[3] Cupido.
[4] Solimán II, el Magnífico (1485-1566).
[5] Probablemente favorita y luego esposa de Solimán II.
[6] Se refiere a la poesía, por entonces nombrada como señora o dama.

100   tú eres, tú, el que hace dura guerra
al vicio y al regalo, dibujando
el horror y el peligro que en sí encierra.

Tú estás a las virtudes encumbrando
y enseñas con dulcísimas razones
lo que se gana la virtud ganando.

Tú alivias nuestras penas y pasiones,
y das consuelo al ánimo afligido
con tus sabrosos metros y canciones.

Tú eres el puerto al mar embravecido
110 de penas, donde olvida sus tristezas
cualquiera que a tu abrigo se ha acogido.

Tú celebras los hechos, las proezas
que aquellos que por armas y ventura
alcanzaron honores y riquezas.

Tú dibujas la rara hermosura
de las damas, en rimas y sonetos,
y el bien del casto amor y su dulzura.

Tú explicas los intrínsecos concetos
de la alma y los ingenios engrandeces,
120 y los acendras y haces más perfetos.

¿Quién te podrá loar como mereces?
¿y cómo a proseguir seré bastante,
si con tu luz me asombras y enmudeces?

Y dime, oh Musa, ¿quién de aquí adelante,
de la Poesía viendo la excelencia,
no la amará con un amor constante?

¿Qué lengua habrá que tenga ya licencia
para la blasfemar, sin que repare,
teniéndole respeto y reverencia?

130 ¿Y cuál será el ingrato que alcanzare
merced tan alta, rara y exquisita,
que en libelos y en vicios la empleare?

¿Quién la olorosa flor hará marchita,
y a las bestias inmundas del pecado
arrojará la rica margarita?

Repara un poco, espíritu cansado,
que sin aliento vas, yo bien lo veo,
y está muy lejos de este mar el vado.

140
Y tú, Mexía[7], que eres del Febeo
bando el príncipe, acepta nuestra ofrenda,
de ingenio pobre y rica de deseo.

Y pues eres mi Delio, ten la rienda
al curso con que vuelas por la cumbre
de tu esfera, y mi voz y metro enmienda
para que dignos queden de tu lumbre[8].

En *El apogeo de la literatura colonial*, cit. en bibliografía.

BIBLIOGRAFÍA. **Obra:** *El apogeo de la literatura colonial*, Biblioteca de Cultura Peruana, la Serie, núm. 5, ed. Ventura García Calderón, París, Desclée de Brouwer, 1938. *Discurso en loor de la poesía*, Estudio y ed. de Antonio Cornejo Polar, Lima, Universidad Nacional Mayor de San Marcos, 1964. **Estudios:** LUIS JAIME CISNEROS, «Sobre literatura virreinal peruana (asedio a Dávalos y Figueroa)», *Anuario de Estudios Americanos*, XII, 1955, pp. 219-252. RAQUEL CHANG-RODRÍGUEZ «Epístola inédita de Pedro de Carvajal, poeta de la Academia Antártica», *Homage to Irving A. Leonard: Essays on Hispanic Art, History and Literature*, eds. Raquel Chang-Rodríguez y Donald A. Yates, East Lansing, Michigan, Latin American Studies Center of Michigan State University, 1977, pp. 83-92. ALBERTO TAURO, *Esquividad y gloria de la Academia Antártica*, Lima, Huascarán, 1948.

---

[7] Diego Mexía de Fernangil, poeta sevillano autor del *Parnaso Antártico* (1608).
[8] Se ha confrontado la edición crítica del *Discurso* preparada por Antonio Cornejo Polar (Lima: Universidad Nacional Mayor de San Marcos, 1964), donde el editor conservó la ortografía de la edición príncipe con pocas excepciones.

Bernardo de Balbuena
(Valdepeñas, 1562?-San Juan de Puerto Rico, 1627)

La crítica moderna sigue ratificando la situación dual de Bernardo de Balbuena, a quien Menéndez Pelayo había visto como «el verdadero patriarca de la poesía americana» y, a un tiempo, «uno de los más grandes poetas castellanos». Su pertenencia a las letras de América le está asegurada en principio por su larga estadía en el continente: de España vino muy pequeño y vivió sucesivamente en México, Jamaica, Santo Domingo y Puerto Rico. Pero lo que más le garantiza un importante lugar en la historia temprana de la poesía de Hispanoamérica es su obra más lograda y original, Grandeza Mexicana (1604), larga epístola descriptiva en tercetos endecasílabos dirigida a una ilustre dama mexicana, doña Isabel de Tovar y Guzmán, para darle cuenta pormenorizada y entusiasta de todas las bellezas y cosas dignas de elogio de la gran ciudad. El plan se formula con precisión en la octava inicial y se desarrolla en los ocho capítulos y el «Epílogo y capítulo último del texto». Así surge por primera vez en la poesía del Nuevo Mundo una realidad geográfica americana directamente observada y convertida en asunto poético. En Ercilla había aparecido antes algo de la naturaleza de América, pero no como motivo sino en calidad del fondo necesario de los hechos. Y esa realidad es captada ahora con una pupila distinta, de signo barroco. Ello se revela, ante todo, por la posición laudatoria de quien escribe: un sacerdote de un oscuro pueblo provinciano de México que desea halagar a los grandes de la capital donde aspira a residir. Condicionada por esta circunstancia, se descubre igualmente una actitud idealizadora o embellecedora (voluntad de dignificar por el lenguaje hermoso cuanto ven en los ojos pero que elige sólo lo grandioso y admirable para dejar en sombras la vida humilde y cotidiana de la ciudad). La cortesanía o arte de alabanza y el aristocratismo, definidores de ciertas inclinaciones de la estética barroca, ya se dan así en esta concepción otorgada por Balbuena al contenido de su poema.

Se avanza, además, en esa nueva dirección por el camino del lenguaje poético. Pedro Henríquez Ureña señaló en Balbuena su «manera nueva de barroquismo», no basada en la complicación de la imagen ni en la del concepto, sino en la profusión de adornos: metáforas, epítetos, sinestesias, alegorías, mitologías y juegos con el valor fónico de las palabras. En efecto, el gusto por el detalle ornamental, rico y abundante, es el rasgo exterior más llamativo en el estilo de Balbuena. Ahora bien, ese gusto no borra un propósito básico *de construcción racional e inteligente, visible en la distribución armónica del contenido temático en capítulos y aun en el desarrollo discursivo de los mismos. Las líneas del pensamiento no se pierden. Así la realidad queda resaltada por el adorno, no oculta por el boscaje decorativo. Barrocos son también la naturaleza misma de esos adornos —sutilmente sensoriales aunque menos sensuales que en Oña—, su amor a las geografías idealizadas o fabulosas, y la capacidad como de orfebre para extraer de un verso aislado la mayor belleza plástica, rítmica o de sugerencias de sentido. Es de notar la exacta coincidencia cronológica de Balbuena con Góngora, el poeta español que más avanzó en el trabajo formal del verso. Otorgó él renovadas fuerzas al ideal de una lengua poética aristocráticamente alejada del lenguaje común.*

Balbuena escribió otras obras —Siglo de oro en las selvas de Erífile *(1604) y* El Bernardo o Victoria de Roncesvalles *(1624)—, pero no con igual éxito. La primera, escrita con anterioridad a* Grandeza Mexicana, *aunque publicada después, es una novela pastoril con poesías intercaladas al gusto de la época. En esas interpolaciones en verso se pueden encontrar, en términos de estricta poesía, las muestras del mejor lirismo de Balbuena; lirismo modelado con frecuencia sobre los recursos estilísticos de la retórica petrarquista pero que otras veces resuena con un acento más sencillo, auténtico y personal.* El Bernardo, *poema heroico erudito en la línea de la épica caballeresco-fantástica, se ocupa del personaje histórico-legendario Bernardo del Carpio. Sus cuatro mil versos justifican las obligadas desigualdades que la crítica le ha reprochado.*

GRANDEZA MEXICANA (1604)

(Fragmentos)

Capítulo I

De la famosa México el asiento

[...]

1 Bañada de un templado y fresco viento,
donde nadie creyó que hubiese mundo
goza florido y regalado asiento.

Casi debajo el trópico fecundo,
que reparte las flores de Amaltea[1]
y de perlas empreña el mar profundo,

dentro en la zona por do el sol pasea,
y el tierno abril envuelto en rosas anda,
sembrando olores hechos de librea;

10 sobre una delicada costra blanda,
que en dos claras lagunas se sustenta,
cercada de olas por cualquiera banda,

labrada en grande proporción y cuenta
de torres, capiteles, ventanajes,
su máquina soberbia se presenta.

Con bellísimos lejos y paisajes,
salidas, recreaciones y holguras,
huertas, granjas, molinos y boscajes,

alamedas, jardines, espesuras
20 de varias plantas y de frutas bellas
en flor, en cierne, en leche, ya maduras.

No tiene tanto número de estrellas
el cielo, como flores su guirnalda,
ni más virtudes hay en él que en ellas.

---

[1] Cabra que crió a Júpiter; uno de sus cuernos fue después el cuerno de la abundancia.

Capítulo II

Origen y grandeza de edificios

[...]

1   Oh ciudad bella, pueblo cortesano,
    primor del mundo, traza peregrina,
    grandeza ilustre, lustre soberano;

    fénix de galas, de riquezas mina,
    museo de ciencias y de ingenios fuente,
    jardín de Venus, dulce golosina;

    del placer madre, piélago de gente,
    de joyas cofre, erario de tesoro,
    flor de ciudades, gloria del poniente;

10 de amor el centro, de las musas coro;
    de honor el reino, de virtud la esfera,
    de honrados patria, de avarientos oro;

    cielo de ricos, rica primavera,
    pueblo de nobles, consistorio justo,
    grave senado, discreción entera;

    templo de la beldad, alma del gusto,
    Indias del mundo, cielo de la tierra;
    todo esto es sombra tuya, oh pueblo augusto,
    y si hay más que esto, aun más en ti se encierra.

Capítulo V

Regalos, ocasiones de contento

[...]

1   México hermosura peregrina,
    y altísimos ingenios de gran vuelo,
    por fuerza de astros o virtud divina;

    al fin, si es la beldad parte del cielo,
    México puede ser cielo del mundo,
    pues cría la mayor que goza el suelo.

    ¡Oh ciudad rica, pueblo sin segundo,
    más lleno de tesoros y bellezas
    que de peces y arena el mar profundo!

10 ¿Quién podrá dar guarismo a tus riquezas,
número a tus famosos mercaderes,
de más verdad y fe que sutilezas?

¿Quién de tus ricas flotas los haberes,
de que entran llenas y se van cargadas,
dirá, si tú la suma dellas eres?

En ti están sus grandezas abreviadas:
tú las basteces de oro y plata fina;
y ellas a ti de cosas más preciadas.

En ti se junta España con la China,
20 Italia con Japón, y finalmente
un mundo entero en trato y disciplina.

En ti de los tesoros del Poniente
se goza lo mejor; en ti la nata
de cuanto entre su luz cría el Oriente.

Aquí es lo menos que hay que ver la plata,
siendo increíble en esto su riqueza,
y la cosa que en ella hay más barata.

Que a do está la beldad y gentileza
de sus honestas y bizarras damas,
30 y de sus ciudadanos la nobleza,

de mil colosos digna y de mil famas,
tratar de causa menos generosa
es olvidar la fruta por las ramas.
[...]

Capítulo VI

Primavera inmortal y sus indicios

Los claros rayos de Faetonte[2] altivo
sobre el oro de Colcos[3] resplandecen,
que al mundo helado y muerto vuelven vivo.

Brota el jazmín, las plantas reverdecen,
y con la bella Flora y su guirnalda
los montes se coronan y enriquecen.

---

[2] El hijo del sol.
[3] Cólquide, país de Asia. Allí fueron Jasón y los argonautas a robar el vellocino de oro.

Siembra Amaltea las rosas de su falda,
el aire fresco amores y alegría,
los collados jacintos y esmeralda.

10 Todo huele a verano, todo envía
suave respiración, y está compuesto
del ámbar nuevo que en sus flores cría.

Y aunque lo general del mundo es esto,
en este paraíso mexicano
su asiento y corte la frescura ha puesto.

Aquí, señora, el cielo de su mano
parece que escogió huertas pensiles,
y quiso él mismo ser el hortelano.

Todo el año es aquí mayos y abriles,
20 temple agradable, frío comedido,
cielo sereno y claro, aires sutiles.

Entre el monte Osa[4] y un collado erguido
del altísimo Olimpo, se dilata
cierto valle fresquísimo y florido,

donde Peneo[5], con su hija ingrata,
más su hermosura aumentan y enriquecen
con hojas de laurel y ondas de plata.

Aquí las olorosas juncias crecen
al son de blancos cisnes, que en remansos
30 de frío cristal las alas humedecen.

Aquí entre yerba, flor, sombra y descansos,
las tembladoras olas entapizan
sombrías cuevas a los vientos mansos.

Las espumas de aljófares se erizan
sobre los granos de oro y el arena
en que sus olas hacen y deslizan.

En blancas conchas la corriente suena,
y allí entre el sauce, el álamo y carrizo
de ovas verdes se engarza una melena.

40 Aquí retoza el gamo, allí el erizo
de madroños y púrpura cargado
bastante prueba de su industria hizo.

---

[4] Montaña de Tesalia, famosa en la poesía antigua.
[5] Río de Tesalia que riega el valle de Tempe entre el Osa y el Olimpo.

Aquí sueña un faisán, allí enredado
el ruiseñor en un copado aliso
el aire deja en suavidad bañado.

Al fin, aqueste humano paraíso,
tan celebrado en la elocuencia griega,
con menos causa que primor y aviso,

es el valle de Tempe, en cuya vega
se cree que sin morir nació el verano,
y que otro ni le iguala ni le llega.

Bellísimo sin duda es este llano,
y aunque lo es mucho, es cifra, es suma, es tilde,
del florido contorno mexicano.

Ya esa fama de hoy más se borre y tilde,
que comparada a esta inmortal frescura,
su grandeza será grandeza humilde.

Aquí entre sierpes de cristal segura
la primavera sus tesoros goza,
60 sin que el tiempo le borre la hermosura.

Entre sus faldas el placer retoza,
y en las corrientes de los hielos claros,
que de espejos le sirven se remoza.

Florece aquí el laurel, sombra y reparos
del celestial rigor, grave corona
de doctas sienes y poetas raros;

y el presuroso almendro, que pregona
las nuevas del verano, y por traerlas
sus flores pone a riesgo y su persona;

70 el pino altivo reventando perlas
de transparente goma, y de las parras
frescas uvas y el gusto de cogerlas.

Al olor del jazmín ninfas bizarras,
y a la haya y el olmo entretejida
la amable yedra con vistosas garras.

El sangriento moral, triste acogida
de conciertos de amor, el sauce umbroso,
y la palma oriental nunca vencida;

el funesto ciprés, adorno hermoso
80 de los jardines, el derecho abeto,
sustento contra el mar tempestuoso;

el liso boj, pesado, duro y neto,
el taray junto al agua cristalina,
el roble bronco, el álamo perfeto;

con yertos ramos la nudosa encina,
el madroño con púrpura y corales,
el cedro alto que al cielo se avecina;

el nogal pardo, y ásperos servales,
y el que ciñe de Alcides[6] ambas sienes
90   manchado de los humos infernales;

el azahar nevado, que en rehenes
el verano nos da de su agriduce,
tibia esperanza de dudosos bienes;

entre amapolas rojas se trasluce
como granos de aljófar en la arena,
por el limpio cristal del agua duce;

la rosa a medio abrir de perlas llena,
el clavel fresco en carmesí bañado,
verde albahaca, sándalo y verbena;

100 el trébol amoroso y delicado,
la clicie o girasol siempre inquieta,
el jazmín tierno, el alhelí morado;

el lirio azul, la cárdena violeta,
alegre toronjil, tomillo agudo,
murta, fresco arrayán, blanca mosqueta;

romero en flor, que es la mejor que pudo
dar el campo en sus yerbas y sus flores,
cantuesos rojos y mastranzo rudo;

fresca retama hortense, dando olores
110 de ámbar a los jardines, con las castas
clavellinas manchadas de colores;

verdes helechos, manzanillas bastas,
junquillos amorosos, blando heno,
prados floridos, olorosas pastas;

el mastuerzo mordaz de enredos lleno,
con campanillas de oro salpicado,
común frescura en este sitio ameno;

---

[6] Otro nombre de Hércules.

y la blanca azucena, que olvidado
de industria se me había, entre tus sienes
120   de donde toma su color prestado;

jacintos y narcisos, que en rehenes
de tu venida a sus vergeles dieron
como esperanzas de floridos bienes;

alegres flores, que otro tiempo fueron
reyes del mundo, ninfas y pastores,
y en flor quedaron porque en flor se fueron;

aves de hermosísimos colores,
de vario canto y varia plumería,
calandrias, papagayos, ruiseñores,
130   que en sonora y suavísima armonía,
con el romper del agua y de los vientos,
templan la no aprendida melodía;

y en los fríos estanques con cimientos
de claros vidrios las nereidas tejen
bellos lazos, lascivos movimientos.

Unas en verde juncia se entretejen,
otras por los cristales que relumbran
vistosas vueltas tejen y destejen.

Las claras olas que en contorno alumbran,
140   como espejos quebrados alteradas,
con tembladores rayos nos deslumbran,

y con la blanca espuma aljofaradas
muestras por trasparentes vidrieras
las bellas ninfas de marfil labradas.

Juegan, retozan, saltan placenteras
sobre el blando cristal que se desliza
de mil trazas, posturas y maneras.

Una a golpes el agua crespa eriza,
otra con sesgo aliento se resbala,
150   otra cruza, otra vuelve, otra se enriza.

Otra, cuya beldad nadie la iguala,
con guirnaldas de flores y oro a vueltas
hace corros y alardes de su gala.

Esta hermosura, estas beldades sueltas
aquí se hallan y gozan todo el año
sin miedos, sobresaltos ni revueltas,

en un real jardín, que sin engaño
a los de Chipe vence en hermosura,
y al mundo en temple ameno y sitio extraño;

160 sombrío bosque, selva de frescura,
en quien de abril y mayo los pinceles
con flores pintan su inmortal verdura.

Al fin, ninfas, jardines y vergeles,
cristales, palmas, yedra, olmos, nogales,
almendros, pinos, álamos, laureles,

hayas, parras, ciprés, cedros, morales,
abeto, boj, taray, robles, encinas,
vides, madroños, nísperos, servales,

azahar, amapolas, clavellinas,
170 rosas, claveles, lirios, azucenas,
romeros, alhelís, mosqueta, endrinas,

sándalos, trébol, toronjil, verbenas,
jazmines, girasol, murta, retama,
arrayán, manzanillas de oro llenas,

tomillo, heno, mastuerzo que se enrama,
albahacas, junquillos y helechos,
y cuantas flores más abril derrama,

aquí con mil bellezas y provechos
las dio todas la mano soberana.
Este es su sitio, y estos sus barbechos,
180 y ésta la primavera mexicana.

Epílogo y capítulo último

Todo en este discurso está cifrado

[...]
es México en los mundos de occidente
una imperial ciudad de gran distrito,
sitio, concurso y poblazón de gente.

Rodeada en cristalino circuito
de dos lagunas, puesta encima dellas,
con deleites de un número infinito;

huertas, jardines, recreaciones bellas,
salidas de placer y de holgura
por tierra y agua a cuanto nace en ellas.

10 En veintiún grados de boreal altura,
    sobre un delgado suelo y planta viva,
    calles y casas llenas de hermosura;

    donde hay alguna en ellas tan altiva,
    que importa de alquiler más que un condado,
    pues da treinta mil pesos arriba.

    Tiene otras calles de cristal helado,
    por donde la pasea su laguna,
    y la tributa de cuanto hay criado.

    Es toda un feliz parto de fortuna,
20 y sus armas una águila engrifada
    sobre las anchas hojas de una tuna;

    de tesoros y plata tan preñada,
    que una flota de España, otra de China
    de sus sobras cada año va cargada.

    ¿Qué gran Cairo o ciudad tan peregrina,
    qué reino hay en el mundo tan potente,
    qué provincia tan rica se imagina,

    que baste a tributar continuamente
    tantos millones, como desta sola
30 han gozado los reinos del poniente?

    Es centro y corazón desta gran bola,
    playa donde más alta sube y crece
    de sus deleites la soberbia ola.

    Cuanto en un vario gusto se apetece
    y al regalo, sustento y golosina
    julio sazona y el abril florece,

    a su abundante plaza se encamina;
    y allí el antojo al pensamiento halla
    más que la gula a demandarle atina.

40 Sólo aquí el envidioso gime y calla,
    porque es fuerza ver fiestas y alegría
    por más que huya y tema el encontralla.

    Es ciudad de notable policía[7]
    y donde se habla el español lenguaje
    más puro y con mayor cortesanía,

---

[7] De notable *policía:* se refiere a la cortesía, buena crianza y urbanidad en el trato.

vestido de un bellísimo ropaje
que le da propiedad, gracia, agudeza,
en casto, limpio, liso y grave traje.

50 Su gente ilustre, llena de nobleza,
en trato afable, dulce y cortesana,
de un ánimo sin sombra de escaseza.

Es toda una riquísima aduana;
sus plazas una hermosa alcaicería[8]
de sedas, joyas, perlas, oro y grana,

adonde entrar en número podía,
si le tuviera, la menuda junta
de tiendas que le nacen cada día.

. . . .

Está, al fin, esta ilustre ciudad llena
de todas las grandezas y primores,
60 que el mundo sabe y el deleite ordena,

. . . .

En *Grandeza mexicana*, ed. de F. Monterde, cit. en bibliografía.

BIBLIOGRAFÍA. **Obras:** *Siglo de Oro en las Selvas de Erífile*, Edición corregida por la Real Academia Española, Madrid, Ibarra, Impresor de Cámara de S. M., 1821. *Grandeza Mexicana*, Ed. crítica de John van Horne, Urbana, the University of Illinois Press, 1930. *El Bernardo*, en *Poemas épicos*, Colección dispuesta con notas biográficas y una advertencia preliminar por Cayetano Rossell, Madrid, Ediciones Atlas, 1948. «*Grandeza Mexicana*» *y fragmentos del* «*Siglo de Oro*» *y* «*El Bernardo*», ed. y pról. de Francisco Monterde, México, U.N.A.M., 1963[3]. **Estudios:** JOSÉ PASCUAL BUXÓ, *La dispersión del manierismo*, México, U.N.A.M., 1980. FRANK PIERCE, *El Bernardo* of Balbuena, a Baroque Fantasy», *H.R.*, XIII, 1945, pp. 1-23. FRANK PIERCE, «L'allegoire poétique au XVIe. siècle. Son évolution et son traitment par Bernardo de Balbuena», *B.H.* LI, núm. 4, 1948-1949, pp. 381-406; LII, núm. 3, 1950, pp. 191-228. ANGEL RAMA, «Fundación del manierismo hispanoamericano por Bernardo de Balbuena». *The University of Dayton Review*, XVI, núm. 2, 1983, pp. 13-22. ALFREDO A. ROGGIANO, «Instalación del barroco hispánico en América: Bernardo de Balbuena», *Homage to Irving A. Leonard.*, cit., pp. 61-74. ALFREDO A. ROGGIANO,

---

[8] *Alcaicería:* barrio en que se vende la seda.

«Bernardo de Balbuena». *Historia... colonial*, cit., I, pp. 215-224. J. ROJAS GARCIDUEÑAS, *Bernardo de Balbuena, la vida y la obra*, México, Instituto de Investigaciones Estéticas, U.N.A.M., 1958. JORGE IGNACIO RUBIO MAÑÉ, «Bernardo de Balbuena y su *Grandeza Mexicana*», *Boletín del Archivo General de la Nación* (México), 2.ª serie, 1, 1960, pp. 87-100. LUIS ALBERTO SÁNCHEZ, «Bernardo de Balbuena», en *Escritores representativos de América*, Madrid, Gredos, 1957, I, pp. 41-51. JOHN VAN HORNE, «*El Bernardo*» *de Bernardo de Balbuena. A Study with Particular Attention to its Relations to the Epics of Boiardo and Ariosto and to its Significance in the Spanish Renaissance*, Urbana, The University of Illinois Press, 1927. JOHN VAN HORNE, *Bernardo de Balbuena. Biografía crítica*, Guadalajara, México, Ediciones Etcétera, 1972².

Silvestre de Balboa Troya
(Gran Canaria, 1563-Camagüey, Cuba, 1647?)

La partida bautismal de Silvestre de Balboa Troya consigna la fecha y lugar de su nacimiento: Las Palmas de Gran Canaria en 1563. Si bien se conocen con exactitud estos datos, se ignora cuándo Balboa llegó a Cuba ni dónde vivió hasta que fijó su residencia en Puerto Príncipe, actual ciudad de Camagüey, en 1608. Para 1624 era allí escribano de cabildo. Por la detallada descripción de personas y lugares de Bayamo ofrecida en su obra, Espejo de paciencia (c. 1608), se ha concluido que por 1604 Balboa vivió allí. Asimismo, por diferentes menciones al autor en documentos de la época, se calcula que murió entre 1647 y 1649. Este canario debe su fama a Espejo de paciencia, poema épico-histórico en octavas reales juzgado por Max Henríquez Ureña «el monumento más antiguo de la literatura cubana». Su obra ha llegado hasta nosotros porque el obispo de Santiago de Cuba, Pedro Agustín Morell de Santa Cruz, la incluyó en su Historia de la isla y catedral de Cuba (1760), cuyo manuscrito se conservó en la Sociedad Económica de Amigos del País de La Habana; antes de que fuera destruido completamente por acción del tiempo, el historiador José Antonio Echeverría lo copió y después, en 1927, fue publicado en su totalidad en la segunda edición de la Bibliografía cubana de los siglos XVII y XVIII.

Seguramente el éxito de La Araucana animó a otros escritores a imitar a Ercilla y a darle categoría épica, inclusive a sucesos menores como los narrados por Balboa en su poema. Efectivamente, el primer canto explica cómo el obispo de Cuba, fray Juan de las Cabezas Altamirano, fue hecho prisionero cerca de Manzanillo en 1604 por el pirata francés Gilberto Girón, y por qué se pagó una alta suma para rescatarlo. El segundo canto relata la victoria de Gregorio Ramos, quien con veinticuatro compañeros venció al pirata y llevó su cabeza a Bayamo. Espejo de paciencia concluye con un motete cantado en la iglesia de esa ciudad después de la llegada del obispo y la derrota de los franceses. En juicio de Max Henríquez Ureña este motete es «la más antigua composición poética escrita en Cuba de que se tiene noticia».

No se ha podido precisar con exactitud qué influencias literarias recibió Balboa aunque el lenguaje artificioso de sus versos sí delata la lectura de los clásicos de moda por entonces, y también el conocimiento de los poetas del grupo de Antequera y especialmente de la «Fábula del Genil», escrita por su director, Pedro de Espinosa (1578-1650).

Con seguridad la importancia de Espejo de paciencia *no radica en su elaboración del lenguaje poético o de modelos épicos, sino, al contrario, en la ruptura con cánones literarios prevalentes y de modo más específico, la retórica paisajística. Porque Balboa no vacila en ubicar junto a náyades y ninfas, las flores tropicales más hermosas y los frutos más sabrosos de Cuba. A su vez, europeos, criollos, indios y africanos, combaten al enemigo común. Emerge héroe el esclavo africano Salvador para quien el autor pide la libertad en premio a su hazaña. Posteriormente, un descendiente de este personaje fundacional será protagonista de* Concierto barroco *(1974), la conocida novela de Alejo Carpentier (1904-1980).* Espejo de paciencia *es, pues, un importante documento histórico-literario por su ruptura con esquemas tradicionales y su asunción tanto de la flora y fauna caribeñas como de los diversos grupos étnicos integradores y forjadores de la cultura cubana e hispanoamericana.*

Espejo de paciencia (c. 1608)

(Fragmentos)

[...]
Estaba el buen obispo muy sentido
de las pobres ovejas de esta villa,
porque del triste caso sucedido
pensó que tenían culpa no sencilla:
mas viéndolas delante, conmovido
del natural amor con que se humilla,
no sólo no mostro queja ninguna,
pero las abrazó de una en una.

Así como el pastor pisó de Yara
10 las verdes yerbas y pintadas flores,
alegres ojos y contenta cara
mostró de allí adelante a sus dolores.
Fue desechando de fortuna avara
el trabajo pasado y sinsabores;
y así recuperó sin demasía
el gusto, la salud, y la alegría.

Sálenlo a recibir con re[g]ocijo
de aquellos montes por allí cercanos,
todos los semicapros del cortijo,
20 los sátiros, faúnos, y silvanos.
Unos le llaman padre, y otros hijo;
y alegres de rodillas, con sus manos
le ofrecen frutas con graciosos ritos,
guanábanas, gegiras[1] y caimitos.

Vinieron de los pastos las napeas[2],
y al hombro trae cada una un pisitaco,
y entre cada tres de ellas dos bateas[3]
de flores olorosas de navaco[4].

---

[1] *Gegiras:* jijira *(Cereus pellucidus)*, especie de cacto cilíndrico, estriado y con diez o doce lomos; es muy espinoso y produce una flor blanca e inodora.
[2] *Napeas:* ninfas que residían en los bosques.
[3] *Bateas:* artesa hecha de duelas con forma circular. Empleada para lavar la ropa o bañarse. En este caso está llena de flores.
[4] *Navaco:* nabaco *(Faramea odoratisima)*, arbusto silvestre de unos quince pies de elevación con flores blancas y muy olorosas en forma de campanillas. También se lo conoce como júgano o «café cimarrón».

De los prados que cercan las aldeas
30 vienen cargadas de mehí y tabaco,
mameyes, piñas, tunas y aguacates,
plátanos; y mamones[5] y tomates.

Bajaron de los árboles en nagua[6]
las bellas amadríades[7] hermosas,
con frutas de siguapas[8] y macaguas[9]
y muchas pitajayas[10] olorosas.
De virijí[11] cargadas y de jaguas[12]
salieron de los bosques cuatro diosas,
Dríades[13] de valor y fundamento,
40 que dieron al pastor grande contento.

De arroyos y de ríos a gran prisa
salen náyades puras, cristalinas,
con mucho jaraguá[14], dajao[15] y lisa,
camarones, viajacas[16] y guabinas[17];

---

[5] *Mamones:* mamón *(Annona humboltiana)*, árbol y fruta de la familia de las anonáceas, muy común en las Antillas. A una de sus variedades se le aplica en Cuba el nombre peruano de chirimoya.

[6] *Naguas:* faldas de algodón, atadas a la cintura y que llegaban hasta las rodillas; de este vocablo proviene la palabra enaguas.

[7] *Amadríades:* ninfas de cada árbol; se creía que nacían y morían con ellos.

[8] *Siguapas:* ave nocturna *(Otus siguapa d'Orb)*, de la familia del búho o lechuza. Sin embargo, en el texto aparece como fruta.

[9] *Macaguas:* árbol muy común en Cuba *(Pseudolmedia Spuria gris)*, de madera gruesa muy usada en la carpintería; su fruto de color rojizo era utilizado para alimentar a los cerdos.

[10] *Pitajayas:* vegetal silvestre, una especie de cacto cuyo tallo herbáceo es del grueso de una pulgada. Tiene hermosas flores de suave olor; en la parte interior del cáliz cambian en un fruto de color anaranjado, sabor dulce y muchas semillas.

[11] *Virijí:* birijí, árbol silvestre de la familia de las mirtáceas.

[12] *Jaguas:* árbol que produce un fruto carnoso de color pardo, empleado para hacer compotas y refrescos.

[13] *Dríades:* o dryades, ninfas de las selvas o montañas.

[14] *Jaraguá:* jaragua, en la parte oriental de Cuba, donde ocurre la acción del poema, llaman así a un árbol-arbusto de cinco varas de elevación; es de madera muy dura y compacta.

[15] *Dajao:* pez de río; se parece a la lisa y tiene lomo oscuro y vientre plateado.

[16] *Viajacas:* biajacas *(Acara tetracanthara)*, pez abundante en ríos arroyos y lagunas; alcanza unas diez pulgadas de largo.

[17] *Guabinas:* pez de río *(Philipmos dormitor)* de color oscuro y carne agradable.

y mostrando al pastor con gozo y risa
de las aguas mil cosas peregrinas,
se le ofrecieron, y con gran prudencia
le hizo cada cual la reverencia.
   Luego sin detenerse un punto apenas
50 vienen efedríades de las fuentes;
y con mil diferencias de verbenas,
coronadas las sienes y las frentes,
esparcen por el aire las melenas,
mas que el oro de Arabia relucientes;
y con plática dulce y regalada
le dan el parabién de su llegada.

   Luego de los estanques del contorno
vienen las lumníades tan hermosas,
que casi en el donaire y rico adorno
60 quisieron parecer celestes diosas;
y por regaladísimo soborno
le traen al buen obispo, entre otras cosas,
de aquellas hicoteas[18] de Masabo[19],
que no las tengo y siempre las alabo.

   Centauros y silvestres sagitarios
vienen saltando por el verde llano,
diciendo a gritos con acentos varios.
¡Viva nuestro pastor Altamirano!
Mil géneros de caza extraordinarios
70 colgando traen del cinto y de la mano,
y en rudo frásis, cual mejor supieron,
la bienvenida al buen obispo dieron.

   Las hermosas oréades, dejando
el gobierno de selvas y montañas,
a Yara van alegres, y cazando
como suelen diversas alimañas.
Y viendo al santo príncipe, humillando
su condición, y abiertas sus entrañas,
le ofrecieron con muchas cortesías
80 muchas iguanas[20], patos, y jutías[21].

---

[18] *Hicotea:* jicotea.
[19] *Masabo:* ¿Lugar donde abunda el árbol llamado masa?
[20] *Iguana:* reptil o lagarto grande con una cresta escamosa dentada y como sierra en todo el espinazo y la cola; es de color pardo.
[21] *Jutías:* uno de los pocos cuadrúpedos encontrados por los españoles en Cuba. Existen diversas variedades de diferente color y tamaño; se parece algo a la rata.

Después que la silvestre compañía
hizo al santo pastor su acatamiento,
y cada cual le dio lo que traía
con amor, voluntad, gozo, y contento,
al son de una templada sinfonía,
flautas, zampoñas y rabeles ciento
delante del pastor iban danzando,
mil mudanzas haciendo y vueltas dando.
    Era cosa de ver las ninfas bellas
90 coronadas de varias laureolas,
y aquellos semicapros junto a ellas
haciendo diferentes cabriolas.
Danzan con los centauros las más de ellas;
y otros de dos en dos cantan a solas:
suenan marugas[22], albogues[23], tamboriles,
tipinaguas, y adufes[24] ministriles.
    De esta manera el príncipe cristiano
llegó de Yara al sitio deleitoso,
adonde con la vista de aquel llano
100 dio al cuerpo fatigado algún reposo.
Aquí le dejaremos libre y sano,
en tanto que el buen Ramos, deseoso
de vengar la prisión de su prelado,
recoge los monteros de aquel prado.

[...]
    Andaba entre los nuestros diligente
un etíope digno de alabanza,
llamado Salvador, negro valiente,
de los que tiene Yara en su labranza,
hijo de Golomón, viejo prudente:
110 el cual, armado de machete y lanza,
cuando vido a Gilberto andar brioso,
arremete contra él cual león furioso.

---

[22] *Marugas:* esfera hueca, con piedrecillas dentro de donde sale un mango para sacudirlo y que produzca sonido. Después se les llamó maracas, conocido instrumento musical hoy día.
[23] *Albogues:* instrumento musical pastoril de viento. Está formado por dos cañas paralelas con agujeros, un pabellón de cuerno y una embocadura donde hay dos cañitas con lengüeta. Todo está sostenido por una armadura de madera.
[24] *Adufes:* pandero morisco.

　　　　Don Gilberto que vido al etïope,
　　　　se puso luego a punto de batalla,
　　　　y se encontraron; más quedó del golpe
　　　　desnudo el negro, y el francés con malla.—
　　　　¡Oh tú, divina musa Caliope[25]
　　　　permite, y tú bella ninfa Aglaya[26],
　　　　que pueda dibujar la pluma mía
　120　deste negro el valor y valentía!—
　　　　Andaba don Gilberto[27] ya cansado,
　　　　y ofendido de un negro con vergüenza;
　　　　que las más veces vemos que un pecado
　　　　al hombre trae a lo que nunca piensa
　　　　y viéndolo el buen negro desmayado,
　　　　sin que perdiese punto en su defensa,
　　　　hízose afuera y le apuntó derecho,
　　　　metiéndole la lanza por el pecho.

　　　　Mas no la hubo sacado, cuando al punto
　130　el alma se salió por esta herida,
　　　　dejando el cuerpo pálido y difunto,
　　　　pagando las maldades que hizo en vida.
　　　　Luego uno de los nuestros que allí junto
　　　　estaba con la mano prevenida,
　　　　le corta la cabeza, y con tal gloria
　　　　a voces aclamaron la victoria.

　　　　¡Oh, Salvador criollo, negro honrado!
　　　　¡Vuele tu fama, y nunca se consuma;
　　　　que en alabanza de tan buen soldado
　140　es bien que no se cansen lengua y pluma!
　　　　Y no porque te doy este dictado,
　　　　ningún mordaz entienda ni presuma
　　　　que es afición que tengo en lo que escribo
　　　　a un negro esclavo, y sin razón cautivo.

　　　　Y tú, claro Bayamo peregrino,
　　　　ostenta ese blasón que te engrandece;
　　　　y a este etïope, de memoria digno,
　　　　dale la libertad pues la merece.

---

[25] Musa de la poesía épica y de la elocuencia.
[26] Aglae, la más joven de las Tres Gracias, deidades paganas que personificaban la belleza; las otras dos son Talía y Eufrosine.
[27] Gilberto Girón, pirata francés secuestrador del obispo de Cuba, Juan de las Cabezas Altamirano, alrededor de cuyo rescate se teje la trama del poema.

De las arenas de tu río divino
150 el pálido metal que te enriquece
saca, y ahorra[28] antes que el vulgo hable,
a Salvador el negro memorable[29].
[...]

En *Espejo de paciencia*, ed. facsímil cit. en bibliografía.

BIBLIOGRAFÍA. **Obras:** *Espejo de paciencia*, ed. facsímil y crítica a cargo de Cintio Vitier, La Habana, Comisión Cubana de la UNESCO, 1962. *Espejo de paciencia*, Las Palmas de Gran Canaria, Edirca, 1981. **Estudios:** FERNANDO BURGOS, «Conexiones: barroco y modernidad», *Escritura* (Caracas), VI, núm. 11, 1981, pp. 153-162. JOSÉ MARÍA CHACÓN y CALVO, «El primer poema escrito en Cuba», *R.F.E.*, VIII, 1921. ÁNGEL APARICIO LAURENCIO, «El *Espejo de paciencia*, primer poema épico-histórico de las letras cubanas», *C.H.*, núm. 228, 1968, pp. 707-730. OTTO OLIVERA, *Cuba en su poesía*, México, Colección Studium, 1965, pp. 25-33. FELIPE PICHARDO MOYA, «Estudio crítico a su edición de *Espejo de paciencia* (1942)», en edición facsímil, cit., pp. 27-40. ENRIQUE SAINZ DE LA TORRIENTE. *Silvestre de Balboa y la literatura cubana*, La Habana, Editorial Letras Cubanas, 1982.

---

[28] Ahorrar: dar libertad al esclavo.
[29] En la preparación de las notas se ha consultado el vocabulario de «Voces cubanas», Apéndice 1 de la edición crítica preparada por Cintio Vitier y auspiciada por la UNESCO, ver pp. 123-124 de la edición citada.

Pedro de Oña
(Angol, Chile, 1570-Lima?, c. 1643?)

El Arauco domado *(1596)* de Pedro de Oña ocupa el lugar más importante en la larga serie de imitaciones y continuaciones inspiradas por La Araucana de Ercilla. Esto ha conducido a comparaciones inevitables con la obra del poeta español y ha permitido puntualizar ciertos rasgos esenciales en el poema de Oña. El autor reduce la acción de su larga composición —más de dieciséis mil versos distribuidos en diecinueve cantos— a una serie de episodios que corresponden sólo a la Segunda Parte de La Araucana y que no llegan ni al suplicio de Caupolicán, con lo cual no cumple lo anunciado en el título. La falta de proporción entre la extensión del poema y su reducida materia temática nos revela uno de sus riesgos mayores, las largas y numerosas digresiones. En Oña a veces éstas son históricas: la expedición contra Quito para dominar la rebelión iniciada allí contra el Virrey del Perú, la derrota del pirata inglés Hawkins; otras son literarias: el idilio de Caupolicán y Fresia, las aventuras de Tucapel y Gualema. Pero la actitud general del poeta es diferente. Oña asume una posición laudatoria, propia de la poesía barroca, para dirigir continuas alabanzas a don García Hurtado de Mendoza, hijo del Virrey del Perú y jefe del grupo que partió de Lima para sofocar la insurrección de los araucanos y cuya presencia, por enemistades personales, había quedado opacada en el poema de Ercilla. En suma, el tono es claramente distinto: en Ercilla, fuerte, ceñido, heroico, como producto de un impulso épico; en Oña, más blando, suave, con mayores dosis de lirismo y con un trabajo minucioso y personal de la forma artística.

El Arauco domado *inaugura en la historia literaria de Hispanoamérica el estilo barroco en poesía. Ante todo lo logra en la concepción básica del poema, en la libre fabulación idealizadora que, en general, domina el escenario natural y aun la unidad y veracidad de los hechos y personajes. Pero es más notable en la lengua poética, elaborada a base de metáforas de gran originalidad y dinamismo, de la captación finísima del detalle minúsculo y pintoresco y de una exaltada sensorialidad. Hasta la variación de rimas que introduce en la octava (ABBAABCC) en vez del esquema tradicional en la octava real de la poesía épica (ABABABCC) revela, y a plena conciencia del autor, un evidente propósito de laxitud y suavidad. Se define así un espíritu barroco en el que necesariamente se diluye el ímpetu de la antigua épica. Por eso es difícil comparar el* Arauco domado *con obras más representativas del género.*

Desde la nueva apreciación de Oña avanzada en los últimos años, es posible evaluar también el punto más atacado por la crítica: la ausencia de la naturaleza del Nuevo Mundo en un texto de tema y autor americanos. Este criterio puede resumirse en el divulgado juicio de Menéndez Pelayo, quien ve el poema como un ejemplar único «de la tiranía ejercida por los libros y de la general ausencia de sentimiento de la naturaleza». El conocidísimo idilio de Caupolicán y Fresia sería la ilustración mejor de cómo la imagen convencional de un paisaje literario se ha impuesto sobre la genuina recreación del contorno inmediato tan bien conocido por el autor. No obstante, si se le mira desde un ángulo estrictamente artístico, es, a la vez, muestra de una voluntad de creación barroca donde la realidad queda convertida en objeto estético deslumbrador. En este sentido Arauco domado es una muestra muy anterior a la divulgación en el nuevo continente de las extremas creaciones gongorinas, y aun a la definición concreta de esa misma voluntad barroca de estilo.

   De menor interés son las otras obras de Oña: El Ignacio de Cantabria *(1639)*, sobre la vida de Ignacio de Loyola, y El vasauro, inédito hasta *1941*, donde se cuentan las hazañas de los Reyes Católicos hasta la toma de Granada. Este último es también, a su modo, un poema laudatorio: los Reyes Católicos le habían regalado a Andrés Cabrera, antecesor del Virrey del Perú, un vaso de oro como premio a sus servicios, y por eso el título. Oña también es autor de un poema menor, Temblor de Lima *(1609)*, y de varios sonetos y canciones.

ARAUCO DOMADO (1596)

(Fragmentos)

Canto I

[...]
Ya suena de las armas el estruendo,
ya toda Lima es tráfago y bullicio,
rumor confuso y áspero ejercicio.

Ya desde los balcones descogidas
tremolan con el aire las banderas,
y quiérenlo abrazar de mil maneras,
con verse de sus manos sacudidas;
mil aguas hacen cotas enlucidas,
rayos de fuego brotan las cimeras,
10   ya la pajiza pluma, y roja banda
jugando por cabeza y pechos anda.

Ya salen de las tiendas los brocados,
y sedas mil, distintas en colores,
ya sacan vistosísimas labores,
vestidos y jaeces recamados;
por otra parte petos acerados,
y adargas, ya de cuadros, ya de flores,
venablos, lanzas, picas, y ginetas,
mosquetes, arcabuces y escopetas.

20   Ya luchan con el viento los penachos,
encima de argentados morriones,
y mozos levantados fanfarrones
mirándose, retuercen los mostachos;
ya todos echan velas, y velachos,
en sobrevistas, galas, invenciones;
acero, plata, y oro por doquiera
espejos son si Apolo reverbera.

El bélico frisón[1] se lozanea
del ronco tarantántara[2], incitado,

---

[1] *Frisón:* caballo de Frisia, Holanda.
[2] *Tarantántara:* toque de trompeta.

30 y el polvo con la pata levantado
el espumoso rostro polvorea;
en bello alarde a guisa de pelea
se representa el práctico soldado,
y el mílite bisoño se señala,
para llevar la joya de la gala.

. . . .

Ya Lima con soberbia, fausto y pompa
se hincha, se levanta, se engrandece,
y deshacer su fábrica parece,
o que de todo punto se corrompa;
40 al son de caja, pífano, y de trompa,
el aire, el mar, la tierra se ensordece,
y cuanto con sus términos encierra
es un tumulto, y máquinas de guerra.

El cano y turbio Rímac[3] resonante,
que de vejez en urna se recuesta,
su ronca voz levanta sobrepuesta
con este son de guerra disonante;
mas aunque se desgañe no es bastante
para ganar el viejo lo que apuesta,
50 porque el murmullo y bélico ruido
le tiene su murmurio ensordecido.

. . . .

Lucidas van escuadras y cuarteles
con tan hermosos visos y colores,
cual suelen por abril estar las flores
en los amenos prados y vergeles:
ya están a recibirlas los bateles,
sonando dentro flautas y atambores,
cornetas, sacabuches y clarines,
a cuyo son se duermen los delfines.

60 Al pedregoso límite llegados
la tropa y el caudillo don García[4]
con una religiosa compañía
de clérigos y frailes consagrados,

---

[3] Río del Perú; atraviesa la ciudad de Lima.
[4] Se refiere a don García Hurtado de Mendoza que luchó contra los araucanos y es el protagonista del poema. Después fue virrey del Perú (1589-1596).

empiezan nuevamente los soldados
a descubrir la gala y bizarría
con otros vistosísimos arreos,
airosos y gallardos contorneos.

. . . .

       Mas ya llegado el tiempo favorable,
confusamente fueron apiñados
70 el nuevo general con los soldados
en la Nereida margen agradable:
los barcos, por el agua deleznable
de mil pimpollos verdes coronados,
al término marítimo vinieron,
do a todos en sus vientres recibieron.

       Y a la marina estéril renunciando
con algaraza, júbilo y contento,
a descansada boga, y paso lento
se van las aguas líquidas cortando
80 cual garza, el vuelo raudo levantando
si ve de la borrasca el mal intento:
levanta agora el suyo don García,
por ver la tempestad que en Chile había.

       Caminan pues al son de varios sones,
y al paso de chalupas entramadas,
que, de los bravos Césares preñadas,
los paren en soberbios galeones,
a do con salva espesa de cañones,
con festivales voces, y algaradas,
90 fueron del marinaje recibidos,
y de la dulce patria despedidos.

       Cuán bien desde la tierra parecían
las flámulas tendidas por el viento,
y tantos gallardetes que contento
causaban con las ondas que hacían;
parece que con ansia pretendían
soltarse todos a una de su asiento,
por irse tras el aire libremente,
llevados del amor de su corriente.

100   Bien como si el arroyo cristalino
a su raudal entrega la ramilla
que estaba remirándole en su orilla,
sin ver por dónde, o cómo el agua vino,
veréis que por llevarla de camino,

él hace su poder por desasilla,
y ella según se tiende, y se recrea,
parece que otra cosa no desea.

    Lo mismo hace el viento delicado
con todos los gallardos tremolantes
110   llevándolos tan sesgos y volantes
que no se mueven a uno ni otro lado:
pues vista la sazón por don Hurtado,
de aquellos instrumentos rebombantes
mandó que a recoger tocasen uno
para marchar a cuestas de Neptuno.

    La gente con el tiro recogida
por bordos y jaretas derramada,
mira la dulce tierra y mar salada
deseando la señal de su partida;
120   pues no le fue más tiempo diferida,
que con caloma[5] el áncora levada,
y repitiendo el nombre de Cañete[6]
largo la capitana su trinquete.

    Al punto comenzó la blanca vela
a recoger al céfiro en su seno,
y con el soplo de él hinchado y lleno
rompe el naval caballo por la tela;
el aire va sirviéndole de espuela,
el sólido timón en vez de freno
130   con que fogoso, rápido y lozano
seguramente corre el mar insano.

    El cual agora está tranquilo y manso
alzando unas ampollas no de fuego,
que sin hacer espuma quiebran luego,
como si fuera el piélago remanso.
Parece Tetis[7] cama de descanso
cubierta con un plácido sosiego,
según que manifiesta su bonanza
sin rastro ni sospecha de mudanza.

140   Así del puerto sale nuestra flota
dejando boquiabiertos los Tritones
de ver los poderosos galeones

---

   [5] *Caloma:* calma.
   [6] Se refiere al Marqués de Cañete, Andrés Hurtado de Mendoza, virrey del Perú (1556-1561).
   [7] Diosa del mar.

y su feliz y próspera derrota:
la baja tierra ya se ve remota,
ya rompen alta mar los espolones,
y a más andar Favonio refrescando,
va recio las escotas estirando.

Sacaron las cabezas prestamente
alzando sierras de agua por sus bocas,
150 delfines velocísimos, y focas,
por ver y dar solaz a nuestra gente,
y el gran señor del húmedo tridente,
en cuya mano están las altas rocas,
con Doris, Arethusa y Melicerta[8],
la sale a recibir hasta la puerta.

Sesgando van así las mansas olas
por medio de marinas potestades,
que muestran sus alegres voluntades
haciendo sobre el agua cabriolas;
160 y no las que refiero vienen solas,
porque otras mil incógnitas deidades
que en el cerúleo piélago se bañan,
las poderosas naves acompañan.

Pues vayan, como van, ganando tierra
por el salado mar, y blanca espuma,
que quiero adelantarme con la pluma
saltando desde aquí primero en tierra,
diré lo que sucede en paz, y en guerra,
haciendo de uno y otro breve suma,
170 mas porque estoy, señor, de aliento falto,
dejádmele tomar para este salto.
[...]

Canto V

Estaba a la sazón Caupolicano
en un lugar ameno de Elicura,
do por gozar el sol en su frescura,
se vino con su palla mano a mano;
merece tal visita el verde llano,
por ser de tanta gracia y hermosura;
que allí las flores tienen por floreo
colmalle las medidas al deseo.

---

[8] Son las hijas de Tetis y del Océano, conocidas como Nereidas.

       Allí jamás entró el septiembre frío,
10 nunca el templado abril estuvo fuera;
       allí no falta verde primavera
       ni asoma crudo invierno y seco estío.
       Allí, por el sereno y manso río,
       como por transparente vidriera,
       las náyades están a su contento
       mirando cuanto pasa por el asiento.
       Tal vez del rojo sol se están burlando,
       que por colar allí su luz febea,
       con los tejidos árboles pelea,
20 que al agua están mirándose, mirando;
       tal vez de ver que el viento respirando
       a los hojosos ramos lisonjea,
       tal vez de que los dulces ruiseñores
       cantando les descubran sus amores.
       Entre una y otra sierra levantada,
       que van a dar al cielo con las frentes,
       y al suelo con sus fértiles vertientes,
       la deleitosa vera está fundada.
       Oh, quién tuviera pluma tan cortada,
30 y versos tan medidos y corrientes,
       que hicieran el vestido deste valle
       cortado a la medida de su talle.
       En todo tiempo el rico y fértil prado
       está de yerba y flores guarnecido,
       las cuales muestran siempre su vestido
       de trémulos aljófares bordado;
       aquí veréis la rosa de encarnado;
       allí, al clavel de púrpura teñido;
       los turquesados lirios, las violas,
40 jazmines, azucenas, amapolas.
       Acá y allá, con soplo fresco y blando,
       los dos, Favonio y Céfiro[9], las vuelven,
       y ellas, en pago de esto, los envuelven
       del suave olor que están de sí lanzando;
       entre ellas, las abejas, susurrando,
       que el dulce pasto en rubia miel resuelven,
       ya de jacinto, ya de croco[10] y clicie[11],
       se llevan el cohollo y superficie.

---

[9] Vientos suaves y favorables entre los romanos.
[10] *Croco:* planta semejante al azafrán.
[11] *Clicie:* girasol.

```
                Revuélvese el arroyo sinüoso,
     50     hecho de puro vidrio una cadena,
            por la floresta plácida y amena,
            bajando desde el monte pedregoso,
            y con murmurio grato sonoroso
            despacha al hondo mar la rica vena,
            cruzándola y haciendo en varios modos,
            descansos, paradillas y recodos.
                Vense por ambas márgenes poblados
            el mirto, el sauce, el álamo, el aliso,
            el sauco, el fresno, el nardo, el cipariso[12],
     60     los pinos y los cedros encumbrados,
            con otros frescos árboles copados
            traspuestos del primero Paraíso,
            por cuya hoja el viento en puntos graves,
            el bajo lleva al tiple de las aves.
                También se ve la yedra enamorada,
            que, con su verde brazo retorcido,
            ciñe lasciva el tronco mal pulido
            de la derecha haya levantada,
            y en conyugal amor se ve abrazada
     70     la vid alegre al olmo envejecido,
            por quien sus tiernos pámpanos prohija,
            con que lo enlaza, encrespa y ensortija.
                En corros andan juntas, y escondidas,
            las Dríadas, Oréades, Napeas[13],
            y otras ignotas mil silvestres Deas
            de Sátiros y Faunos perseguidas:
            en álamos lampecies[14] convertidas,
            y en verdes lauros Vírgenes Peneas[15],
            que son (por conocerse tan hermosas)
     80     selváticas, esquivas, desdeñosas.
                Por los frondosos, débiles ramillos,
            que con el blando Céfiro bracean
            en acordada música gorjean
            mil coros de esmaltados pajarillos:
            cuyos acentos dobles y sencillos,
```

---

[12] *Cipariso:* ciprés.
[13] *Napeas:* ninfas de los bosques.
[14] *Lampecies:* álamos de color blanco. De Lampecia, quien al morir fue transformada en álamo blanco.
[15] *Peneas:* de Peneo, hoy Pinios, río de Tesalia.

sus puntos y sus cláusulas recrean
de tal manera al ánima, que atiende,
que se arrebata, eleva y se suspende.
    Entre la verde juncia, en la ribera,
90 veréis al blanco cisne paseando,
y alguna vez en dulce voz mostrando
haberle ya llegado la postrera;
sublimes por el agua, el cuerpo fuera
veréis a los patillos ir nadando,
y cuando se os esconden y escabullen,
qué lejos los veréis de do zabullen.
    Pues por el bosque espeso y enredado,
ya sale el jabalí cerdoso y fiero,
ya pasa el gamo tímido y ligero,
100 ya corren la corcilla y el venado,
ya se atraviesa el tigre variado,
ya penden sobre algún despeñadero
las saltadoras cabras montesinas,
con otras agradables salvajinas.
    La fuente, que con saltos mal medidos
por la frisada, tosca y dura peña
en fugitivo golpe se despeña,
llevándose de paso los oídos;
en medio de los árboles floridos,
110 y crespos de la hojosa y verde greña
enfrena el curso oblicuo y espumoso,
haciéndose un estanque deleitoso.
    Por su cristal bruñido y transparente
las guijas y pizarras del arena,
sin recibir la vista mucha pena,
se pueden numerar distintamente;
los árboles se ven tan claramente
en la materia líquida y serena,
que no sabréis cuál es la rama viva,
120 si la que está debajo o la de arriba.
. . . .
    Descienden al estanque juntamente,
que los está llamando su frescura,
y Apolo, que también los apresura,
por se mostrar entonces más ardiente.
El hijo de Leocán[16] gallardamente

---

[16] Caupolicán.

descubre la corpórea compostura,
espalda y pechos anchos, muslo grueso,
proporcionada carne y fuerte hueso.
　　　Desnudo, al agua súbito se arroja,
130　la cual con alboroto encanecido
al recibirle forma aquel ruido,
que el árbol, sacudiéndose la hoja;
el cuerpo en un instante se remoja,
y esgrime el brazo y músculo fornido;
supliendo con el arte y su destreza
el peso que le dio naturaleza
　　　Su regalada Fresia, que lo atiende,
y sola no se puede sufrir tanto,
con ademán airoso lanza el manto,
140　y la delgada túnica desprende;
las mismas aguas frígidas enciende,
al ofuscado bosque pone espanto,
y Febo de propósito se para,
para gozar mejor su vista rara.
　　　Abrásase, mirándola, dudoso,
si fuese Dafne[17] en lauro convertida
de nuevo al ser humano renacida
según se siente de ella codicioso;
descúbrese un alegre objeto hermoso,
150　bastante causador de muerte y vida,
que el monte y valle, viéndolo se ufana,
creyendo que despunta la mañana.
　　　Es el cabello, liso y ondeado;
su frente, cuello y mano son de nieve;
su boca de rubí, graciosa y breve;
la vista garza, el pecho relevado,
de torno el brazo, el vientre jaspeado,
columna a quien el Paro parias debe[18];
su tierno y albo pie por la verdura
160　al blanco cisne vence en la blancura.
　　　Al agua sin parar saltó ligera,
huyendo de mirarla, con aviso

---

[17] Ninfa metamorfoseada en laurel en el momento de rechazar a Apolo cuando quería poseerla.
[18] Se refiere a la isla de Paros, una de las Cícladas, famosa por sus mármoles.

de no morir la muerte que Narciso[19],
si dentro la figura propia viera:
mostrósele la fuente placentera,
poniéndose en el temple que ella quiso;
y aún dicen que de gozo, al recibirla
se adelantó del término y orilla.

170 Va zabullendo[20], el cuerpo sumergido,
que muestra por debajo el agua pura
del cándido alabastro la blancura,
si tiene sobre sí cristal bruñido;
hasta que da en los pies de su querido,
adonde con el agua a la cintura
se enhiesta, sacudiéndose el cabello,
y echándole los brazos por el cuello.

Los pechos, antes bellos que velludos,
ya que se les prohíbe el penetrarse,
procuran lo que pueden estrecharse
180 con reciprocación de ciegos ñudos;
no están allí los Géminis[21] desnudos
con tan fogosas ansias de juntarse,
ni Sálmacis[22] con Troco el zahareño,
a quien por verse dueña amó por dueño.

Alguna vez el nudo se desata,
y ella se finge esquiva y se escabulle;
mas el galán, siguiéndola, zambulle,
y por el pie nevado la arrebata;
el agua salta arriba vuelta en plata,
190 y abajo la menuda arena bulle;
la tórtola envidiosa que los mira,
más triste por su pájaro suspira.

Estando en esto el uno y otro amante,
linfáticos haciendo ya del agua
a costa del amor chisposa fragua,
que a tanto suele ser amor bastante;

---

[19] Se enamoró de su propia imagen al mirarse en las aguas de una fuente, en el fondo de la cual se precipitó.
[20] *Zabullendo:* zambullendo.
[21] Los Gemelos (Cástor y Pólux), tercer signo del Zodiaco.
[22] La ninfa Sálmacis que se enamoró de Hermafrodito, hijo de Mercurio y Venus (Hermes y Afrodita). Como él permaneció insensible a su amor, Salmacia rogó a los dioses que unieran sus dos cuerpos en uno solo pero conservando las características de ambos sexos.

se les presenta súbito delante,
con que el presente gusto se les agua,
la disfrazada furia de Megera[23],
200 hablando al general desta manera:

«No es tiempo agora, príncipe araucano,
de darte a pasatiempos y placeres,
ni rendirte al pie de las mujeres,
pendiendo todo el reino de tu mano.
¿No ves el nuevo ejército cristiano,
que, sin respeto alguno de quien eres,
su huella imprime ya en la tierra tuya,
con vana presunción de hacerla suya?»

Quedó Caupolicán alborotado
210 oyendo novedad tan espantosa,
y Fresia despulsada y pavorosa,
su blanco velo en pálido trocado;
él la miraba atónito y pasmado
sin que decir pudiese alguna cosa,
y ella entre sí, mirándole, decía:
«¡Esto era lo que tanto yo temía!»

La furia[24], como tiempo ve oportuno,
de las que a mano están sobre la frente,
dos víboras arranca prestamente,
220 llenas de más que tósigo importuno,
y escóndeles la suya a cada uno,
que sin acuerdo están del accidente
allá en lo más intrínseco del seno,
do siembran su mortífero veneno.

Deslízanse revueltas por los pechos
do la ponzoña pésima vomitan,
y con aguda lengua solicitan
mortales iras, rabias y despechos;
con que en furor diabólico deshechos
230 ya lo infieles ánimos se irritan,
ya rabian, ya se culpan, ya se enfrentan,
ya, del veneno hinchándose, revientan.

Megera entonces, viéndolos dispuestos,
prosigue: «Torna en ti, Caupolicano;

---

[23] Nombre de una de las Furias.
[24] Las furias eran tres divinidades infernales que perseguían y atormentaban a los malvados.

que ser señor del mundo está en tu mano
si sabes acudir con pasos prestos
sabrás que cien cristianos descompuestos,
que perdonó el furor del mar insano
han levantado en Penco un flaco muro,
240 donde los tiene un joven mal seguro.

«Partióse del Pirú con vano intento
de ser la confusión de tu reinado,
y con desprecio loco del estado
ha fabricado a vista dél su asiento;
importa que, dejando atrás el viento,
vayas a que te pague de contado
su temerario y frívolo designo,
ya de tu indignación y enojo digno.

«Pero conviene hacerse de manera
250 que no le dé lugar la prisa tuya,
para que al espumoso mar se huya,
haciendo de sus ondas talanquera;
mas antes que el ejército que espera
tu gente desanime con la suya,
abrevies tanto el tiempo de asaltalle,
que aun para arrepentirse no le halle.

«Pues goza de tan buena coyuntura,
que no la habrá mejor según barrunto,
y vuela con tu fuerza y poder junto
260 a do te está llamando la ventura.
Mira que la victoria está segura
con solo que perder no quieras punto,
y que una dilación pequeña puede
negarte lo que el cielo te concede.

«¿Cómo? ¿Qué, tu soberbia frente altiva
podrá sufrir agora ver delante
que con desprecio della la levante
uno que en verdes años solo estriba,
y que con poca gente apenas viva
270 ose salir a puesto semejante,
a tiro de ponerse en tierra firme,
contigo rostro a rostro y firme a firme?

«¿De qué te sirve, ¡oh gran Caupolicano!,
lo mucho que en tu gloria tienes hecho,
si agora que subida está en el techo,
sufres que den con ella por lo llano,
y que a pesar del crédito araucano,

            un mozo advenedizo tenga pecho
            para que solo en fe del tierno suyo
280   se ponga al duro encuentro dese tuyo?

            «Cuando otra cosa nunca hacer pudiese
            que haberse en el lugar que digo puesto,
            aunque después medroso en curso presto
            al mar por donde vino se volviese,
            le fuera de grandísimo interese
            y a ti tan mal contado y mal honesto,
            que oscurecieras bien con este solo
            tus hechos claros más que el mismo Apolo.

            «En nombre de Pillán, te hago cïerto
290   que si padeces punto de tardanza,
            verás resuelta en humo tu esperanza,
            y contra ti la suerte al descubierto;
            pues la cerviz enhiesta y cuello yerto
            jamás a ley sujeta ni ordenanza,
            verás al yugo dellas sometida,
            si a bien librar quedares con la vida.

            . . . .

            «Mira, Caupolicán, que eres la base
            donde tan grande máquina se apoya;
            no quieras que se pierda como Troya,
300   por consentir que amor te desencase;
            traba de la ocasión antes que pase,
            porque si aquí te estás como la boya
            en amorosas aguas sobreaguado,
            serás en las de Lete[25]sepultado.»

            Con esto remató la furia horrible
            su caviloso encanto persuasivo,
            dejando al pecho bárbaro y altivo
            nadando en puro fuego inextinguible;
310   y haciéndose a sus ojos invisible,
            vuelve al estado el paso fugitivo,
            adonde su furor, veneno y llama
            por las médulas íntimas derrama.

    En *Arauco domado*, edición de J. T. Medina, 1917, cit. en bibliografía.

---

[25] Uno de los ríos del Infierno; quien probaba sus aguas olvidaba todo lo pasado.

BIBLIOGRAFÍA. **Obras:** *Temblor de Lima de 1609*, ed. José T. Medina, Santiago de Chile, Imprenta Elzeviriana, 1909. *Arauco domado*, ed. crítica de José T. Medina, Santiago de Chile, Imprenta Universitaria, 1917. *El vasauro*, ed. crítica de Rodolfo Oroz, Santiago de Chile, Universidad de Chile, 1941. *Arauco domado*, en *Poemas épicos*, colección dispuesta [...] por C. Rossell, cit. **Estudios:** CÉSAR A. ÁNGELES CABALLERO, «Los peruanismos en el *Arauco domado*», *Mercurio Peruano*, 37, 1965, pp. 468-502. SALVADOR DINAMARCA, *Estudio del «Arauco domado» de Pedro de Oña*, New York, Hispanic Institute, 1952. AMANCIO LABANDEIRA FERNÁNDEZ, «En torno a la historicidad de *El vasauro*», *Memorias del XVIII Congreso del Instituto Internacional de Literatura Iberoamericana. El barroco en América*, Madrid, Ediciones de Cultura Hispánica, 1978, I, pp. 149-171. ENRIQUE MOTTA VIAL, *El licenciado Pedro de Oña, estudio biográfico crítico*, Santiago de Chile, Imprenta Universitaria, 1924. RODOLFO OROZ, «Reminiscencias virgilianas en Pedro de Oña», *Atenea* (Concepción, Chile), XXXI, 1954, pp. 278-286. RODOLFO OROZ, «Pedro de Oña, poeta barroco y gongorista», *Primeras jornadas de lengua y literatura hispanoamericanas*, Salamanca, Universidad de Salamanca, 1956, I, pp. 69-90. RAÚL PORRAS BARRENECHEA, «Nuevos datos sobre la vida del poeta chileno Pedro de Oña», *Mercurio Peruano*, XXVII, 1952, pp. 524-557. VÍCTOR RAVIOLA MOLINA, «Observaciones sobre el *Arauco domado* de Pedro de Oña», *Stylo* (Temuco, Chile), núm. 5, 1967, pp. 71-113. JORGE ROMÁN-LAGUNAS, «Obras de Pedro de Oña y bibliografía sobre él», *Revista Interamericana de Bibliografía*, XXXI, 1981, pp. 345-365. GERARDO SEGUEL, *Pedro de Oña. Su vida y la conducta de su poesía*, Santiago de Chile, Ercilla, 1940.

Diego de Hojeda
(Sevilla, 1571?-Lima, 1615)

Llegado a América cuando tenía veinte años, la vida de este sacerdote dominico transcurre en el Perú. Allí compuso su famosa y tal vez única obra, La Cristiada *(1611), que puede ubicarse en el más alto sitio de la épica religiosa del Siglo de Oro hispánico. Su modelo parece haber sido un análogo intento del poeta latino moderno Jerónimo Vida, quien vivió en Italia en el siglo XVI. El tema de* La Cristiada *es la pasión de Cristo desde la Última Cena hasta la muerte en la Cruz y el entierro. Pero éste se amplifica con largas digresiones muy al gusto de la época, donde el poeta encuentra oportunidad para lograr versos de gran belleza. Esas digresiones se ajustan al desarrollo de motivos íntimamente ligados al tema central como, por ejemplo, la descripción de las vestiduras de Cristo donde se representan los múltiples pecados del mundo. Con todo, el autor no cae en lo periférico anecdótico y por eso el conjunto no pierde el orden ni la lucidez de sus líneas estructurales.* La Cristiada *está formada por doce libros iniciados cada uno por una octava donde el poeta expone el argumento. Esta organización racional y clara revela, en su base, una voluntad clásica o renacentista de forma. Esto también explica que, además de las esperadas fuentes religiosas —bíblicas, ascéticas, teológicas— evidentes en el poema, destaquen otras puramente literarias y de signo clásico, desde Virgilio hasta Tasso.*

Sin embargo, el tratamiento estilístico es ya de factura barroca. Abundan las metáforas coloristas y animadas tanto como los conocidos recursos de construcción —abundancia de epítetos, bimembración, antítesis, técnicas de dispersión y recapitulación, etc.— con que la poesía petrarquesca gustaba de estructurar el discurso y adornar el verso. Son recursos viejos pero aquí, como en todo el barroco, se intensifican y adensan en número. La inclinación, también barroca, al contraste se manifiesta en Hojeda con una continua alternación del plano humano y el divino, de la tierra y el cielo, del realismo directo y la delicada emoción lírica, todo ello en un incesante contrapunto dramático que concede al poema su mayor vitalidad interior. A La Cristiada *se le han señalado caídas del lenguaje a veces demasiado familiares y aun prosaicas, tanto como cierta ingenuidad en la concepción de algunos pasajes. A estos dos señalamientos se ha contestado, respectivamente, resaltando que Hojeda aspiraba a una lengua más viva que artística pues se proponía dotar a su héroe —Cristo— de una generosa dimensión humana y universal más allá de* cualquier erudita limitación. Con ello no hacía sino situarse en el espíritu mismo del arte religioso español de la contrarreforma y el barroco, con su tendencia a la vulgarización emocional de los temas sacros, y su deseo de conmover al pueblo. La crítica española del siglo XIX —Quintana, Menéndez Pelayo— inició la consideración y el interés por La Cristiada; después han seguido otros estudiosos —José de la Riva Agüero, Luis Alberto Sánchez, Rafael Aguayo Spencer, Frank Pierce— cuyas investigaciones han contribuido a la revaloración de este poema descuidado durante tanto tiempo.

LA CRISTIADA (1611)

(Fragmentos)

Libro primero

Argumento

Cena el señor con su devota escuela;
los pies le lava; ordena el Sacramento;
de Judas el pecado a Juan revela;
con tres se va y les dice su tormento;
duermen ellos, y Cristo se desvela,
y en la tierra se humilla al Padre atento;
y vestido de ajenas culpas ora,
ve su muerte y a Dios, y gime y llora.

Canto al Hijo de Dios, humano, y muerto
con dolores y afrenta por el hombre.
Musa divina, en su costado abierto
baña mi lengua y muévela en su nombre,
porque suene mi voz con tal concierto,
que, los oídos halagando, asombre
al rudo y sabio, y el cristiano gusto
halle provecho en un deleite justo.

    Diré también los pasos que obediente
10 desde el Huerto[1] al Calvario[2] Cristo anduvo,
preso y juzgado de la fiera gente
que, viendo a Dios morir, sin miedo estuvo;
y el edificio de almas eminente
que, cansado y herido, en peso tuvo;
de ilustres hijos el linaje santo,
del cielo el gozo y del infierno el llanto.

---

[1] Huerto de Getsemaní, donde se encontraba el Huerto de los Olivos. Jesucristo oró allí después de la Última Cena.
[2] Calvario o Gólgota donde fue crucificado Jesucristo.

Tú, gran Marqués[3], en cuyo monte claro
la ciencia tiene su lugar secreto,
la nobleza un espejo en virtud raro,
20 el Antártico mundo un sol perfecto,
el saber premio, y el estudio amparo,
y la pluma y pincel digno sujeto:
oye del Hombre Dios la breve historia,
infinita en valor, inmensa en gloria.

Verás clavado en cruz al Rey eterno:
míralo en cruz, y hallarás que aprendas;
que es una oculta senda el buen gobierno,
y en tu cruz quiere que a su cruz atiendas.
Aquí el celo abrasado, el amor tierno,
30 de rigor y piedad las varias sendas
por donde al cielo un príncipe camina,
te enseñaré con arte y luz divina.

Ya el santo Hijo del supremo Padre,
que, viendo su infinita hermosura,
por sacar un concepto que le cuadre,
con su esencia le infunde su figura,
nacido había de una Virgen Madre;
que madre casta pide y virgen pura
el Hombre Dios, y caminado había
40 su corta edad quien hizo el primer día;

Ya el sacro tiempo que en la Mente suma
con dedo eterno estaba señalado,
batido había su ligera pluma,
y por seis lustros, sin cesar, volado,
de la vida de Dios haciendo suma;
porque quiso con tiempo limitado
vivir, y con sagaz y oculta traza,
el que la inmensa eternidad abraza;

Ya, predicando su rëal grandeza,
50 su adorada persona y ser divino,
con voz clara a la pérfida rudeza
y con ejemplo de su fama digno,
había de su altísima nobleza
dado un modelo en gracia peregrino,
que apareció, cual Hijo de quien era,
de virtud lleno y de verdad entera;

---

[3] Don Juan de Espinosa y Luna, Marqués de Montesclaros y virrey del Perú (1607-1615), a quien está dedicado el poema.

Ya la esperada ley de paz dichosa,
en almas de profetas escondida,
y con buril[4] de santidad preciosa
60 por Dios en sabios pechos esculpida,
había dado a la ciudad famosa
en que dio a ciegos luz y a muertos vida;
y el colegio de apóstoles sagrado
había sobre santo amor fundado:

Cuando la Pascua[5], de misterios llena,
en sombras antes, pero ya en verdades,
llena de ansia y quietud, de gloria y pena,
varias, mas bien unidas propiedades,
se llegaba, y la noche de la cena
70 y aurora de las dulces amistades
entre Dios y los hombres, en que quiso
ser Dios manjar del nuevo paraíso.

Entonces el Señor que manda el cielo,
y franco a sus ministros de la tierra,
rico de amor y pobre de consuelo
el que en su mano el gozo eterno encierra,
y ardiendo en aquel santo y limpio celo
que desde que nació le hizo guerra,
ordenó con su noble apostolado
80 celebrar el Fasé[6], convite usado.

Era el Fasé la cena del cordero,
que el mayor Sacramento figuraba,
y allá en Egipto se comió primero
cuando el pueblo de Dios cautivo estaba;
y celebrarlo quiso el verdadero,
que en él como en imagen se mostraba,
para dar fin dichoso a la figura
con su sagrado cuerpo y sangre pura.

Puesta la mesa pues, y el manjar puesto,
90 y juntos los discípulos amados,
y por el orden del Señor dispuesto,
todos en sus lugares asentados,
su amor pretende hacerles manifiesto,
y los labios de gracia rocïados

---

[4] *Buril:* instrumento de acero usado por los grabadores.
[5] Pascua de Resurrección o Semana Santa.
[6] *Fasé:* banquete, festín.

muestra, y envuelve en caridad suave
estas palabras de su pecho grave:

«De comer con vosotros un deseo
eficaz y ardentísimo he tenido
en esta Pascua, y por mi bien lo veo,
100   primero que padezca, ya cumplido:
este regalo, amigos, este aseo,
de vuestras dulces manos recibido,
no lo tendré otra vez, hasta que llegue
al reino do glorioso en paz sosiegue.»

Dijo; y mirando a todos igualmente
con amorosa vista y blandos ojos,
y un suspiro del alma vehemente
(señal de pena, sí, mas no de enojos),
su plática prosigue conveniente,
110   y despliega otra vez sus labios rojos,
mientras come en su plato el falso amigo[7]
que ya su apóstol fue y es su enemigo.

«Y uno me ha de entregar, dice, a la muerte,
uno deste pequeño apostolado;
mas ¡ay de su infeliz y mala suerte!»
añadió luego en lágrimas bañado.
Una grande tristeza, un dolor fuerte,
de asombro lleno y de pavor cercado,
a todos los discípulos rodea,
120   medrosos de traición tan grave y fea.

Y cada cual pregunta despavorido:
«¿soy yo, por desventura, oh buen Maestro?»
y responde el Señor entristecido,
y en desdoblar fingidas almas diestro:
«Entregaráme aleve y atrevido,
del número dichoso y lugar vuestro,
el que conmigo mete aquí la mano,
y de mi plato ahora come ufano.

«Pero el Hijo del Hombre al fin camina,
130   como está de su vida y muerte escrito;
mas ¡ay del que su venta determina,
y fácil osa tan atroz delito!
¡Ay del triste que a Dios el pecho indigna,

---

[7] Alusión a Judas Iscariote.

siguiendo mal su bárbaro apetito!
no haber salido a luz mejor le fuera,
porque en ella su culpa no se viera.»

    Sobre tendidos lechos recostados
los nietos de Israel comer solían,
y en su seno los hijos regalados
140 o más caros discípulos tenían.
Así estaban por orden asentados
los que en la mesa con Jesús comían,
y en su seno el discípulo querido[8],
compuesto, acariciado y acogido.

    Pedro, que, cual pontífice supremo,
gozaba atento del lugar segundo,
notando en Cristo el admirable extremo
del decir grave y del callar profundo,
«Aunque bajeza tal de mí no temo
150 por mas que corra el tiempo y ruede el mundo,
al apóstol amado y amoroso,
dijo, sabed quién es el alevoso.»

    Juan a Cristo pregunta por el triste
que pretende hacer caso tan feo.
Tú en secreto, Señor, lo descubriste
para satisfacer a su deseo;
que avergonzar a Judas no quisiste,
que era oculto, si bien odioso reo,
su honor guardando al pérfido enemigo,
160 como si fuera santo y dulce amigo.

    Mas él, herida la feroz conciencia,
y estremecido el temeroso pecho,
ya de aquella rëal, sabia presencia,
ya de su enorme y temerario hecho,
con velo de fingida reverencia
cela su furia, cubre su despecho,
y «¿soy yo?» dice. Ved cómo se esconde;
y «tú lo dices», Cristo le responde.

    Otro quedara con razón pasmado;
170 la sangre al corazón se le huyera;
la vista ciega y el color robado,
ni hablar ni sentir ni estar pudiera;
mas él disimuló desvergonzado;

---

[8] El apóstol Juan.

que osa más libre la maldad más fiera,
y alma que vende a Dios, Dios no le asombra,
y atrévese en la luz como en la sombra.

    Pues acabada la primera cena,
y ya el cordero de la ley comido,
Cristo el más singular banquete ordena
180 que el mundo imaginó, ni el cielo vido:
con pecho sosegado y faz serena,
aunque por tal discípulo vendido,
gracioso de la mesa se levanta,
y otra les apercibe sacrosanta.

    Mas antes quiere con sus propias manos
los pies lavarles con sus manos bellas,
que adoran los supremos cortesanos,
viéndose indignos de tocar en ellas;
y despoja los miembros soberanos,
190 resplandecientes más que las estrellas,
de su vestido y ropas convivales,
al tiempo usadas de convites tales.

    Y sabiendo también que el Padre Eterno
en sus preciosas manos puesto había
del ancho mundo el general gobierno,
y del reino inmortal la monarquía,
humilde y amoroso, afable y tierno
fuego en las almas y agua en la vacía
echa, y para lavar los pies, en tierra
200 se postra el que en un puño el orbe encierra.

    Estaban todos en el orden puestos
que el Señor les trazó, y así ordenados,
con rostros bajos y ánimos honestos
al buen Jesús miraban asombrados:
a su divina voluntad dispuestos,
y della misma y dél avergonzados,
se encogían temblando, y Pedro solo
trató de resistir, y ejecutólo.

    Llegó pues Cristo, puso en tierra el vaso,
210 el lienzo apercibió, tendió la diestra,
y absorto Pedro de tan nuevo caso,
aun más no viendo que una simple muestra,
saltó animoso, dando atrás un paso
(que al osado el amor valiente adiestra),
y dijo: «¿Para aquesto me buscabas
Tú a mí, Señor? ¿Tú a mí los pies me lavas?»

          Cristo, de su discípulo piadoso
          el celo ponderando y la defensa,
          grave y sereno, dulce y amoroso
220   responde a Pedro, que excusarse piensa:
          «En este gran misterio religioso
          lo que yo intento y el amor dispensa
          ahora no lo sabes, y porfías;
          mas sabráslo después de algunos días.»

          Y Pedro le replica: «Eternamente
          no podré permitir que mis pies laves,
          ¡oh santo Dios, oh Rey omnipotente,
          que del bien y del mal tienes las llaves!
          que a tu inmenso valor es indecente,
230   y a mi vileza indigno (tú lo sabes)
          que a tales pies se humillen tales manos:
          ¡manos del mismo Dios a pies humanos!

          «Si me dieras lugar, yo los besara,
          y no hiciera mucho, con mi boca,
          con mi boca y las lumbres de mi cara;
          que a ti el honor y a mí el desprecio toca;
          y cuando yo a tus huellas me postrara,
          que a postrarme tu alteza me provoca,
          fuera la nada al mismo ser rendirse,
240   y así rendida, al ser perfecto unirse.

          «Pero, ¿tú a mí, Señor? Mira que abajas
          al hondo abismo tu valor supremo;
          cuando te humillas más y me agasajas,
          de un alto extremo vas a un bajo extremo;
          y si tu afrenta y mi favor no atajas,
          recelo con verdad, con razón temo
          que la naturaleza avergonzada
          se desprecie de ser por ti criada.

          «Toma, pues, ¡oh buen Dios! tu vestidura,
250   y deja ese lugar para tu siervo;
          honra en esto mi próspera ventura,
          y tus pies me concede ¡oh sacro Verbo!
          lavarlos para mí será dulzura,
          y que lo hagas tú es caso acerbo:
          dámelos, ¡oh Maestro soberano!
          mis pies olvida; ten, Señor, tu mano.»

          Aquesto dijo; y más consideraba
          Pedro, elevado en sí y en Dios absorto;

de si el no ser, de Dios el ser miraba,
260 largo en pensar, si bien en hablar corto.
Cristo su buen efecto contemplaba,
Y «a la obediencia y humildad te exhorto,
Añadió; que si no te lavo, amigo,
no has de tener jamás parte conmigo.»

Pedro, que estar en Dios, y no en sí mismo
quería, cual perfecto y noble amante,
por anegarse en el inmenso abismo
del ser y vida y bien más importante,
medroso ya, no rehusó el bautismo,
270 ni en afecto ni en voz pasó adelante;
y dijo: «Pies y manos y cabeza
me dejaré lavar pieza por pieza.»

Y respondió el Señor: «El que está limpio,
los pies no más, que puso entre los lodos,
limpiarse ha menester, y esos yo limpio;
que vosotros lo estáis, aunque no todos»;
y esto decía por notar al impío
que le vendió, y manchó por varios modos
su alma con pecados diferentes,
280 archivo de traiciones insolentes.

Lavó pues con sus manos amorosas
los pies a Pedro; con aquellas manos
blancas, suaves, puras y hermosas,
de linda tez y dedos sobrehumanos:
mostrándose las aguas religiosas,
de blanda espuma sus cristales canos
argentaban, alegres y festivas,
émulas de las fuentes de aguas vivas.

Las secas flores que en el vaso estaban,
290 tocadas del Señor, reverdecían;
de su beldad participaban,
y olor de sus olores recibían:
sus dulces manos con amor besaban
con las hojas o labios que fingían,
todas en ser primeras compitiendo
con envidia suave y mudo estruendo.

El agua que en sus palmas venerables
iba de puro gozo alborozada,
si no conceptos, voces admirables
300 formar quisiera, de ellas regalada;

y lavando los pies, en agradables
gotas o ricas perlas desatada,
se desdeñaba de tocar el suelo,
por ser agua que estuvo sobre el cielo.
Así lavó los pies a sus amigos,
que siempre amó, y al fin más dulcemente:
así los hizo de su amor testigos,
de su fe pura y de su celo ardiente:
regalo que a protervos enemigos
310   de inexorable pecho y dura frente
en suaves hermanos convirtiera,
y no amansó de Judas la alma fiera.
[...]

La oración en el huerto

Ya el Santo[9] ungido con virtud eterna
de gracia personal y unción divina,
todo abrasado en caridad interna,
al huerto sale: a padecer camina
el que la inmensa fábrica gobierna
que sobre el mundo temporal se empina;
a padecer camina, atormentado
de su mismo gravísimo cuidado.
El alma pura, el corazón suave
10   (que [al] sueño dulce de su cara esposa,
a quien ha dado de su amor la llave,
siempre en vigilia está, jamás reposa)
agora apenas en su pecho cabe,
con ansia reventando congojosa:
¡tanto un pavor y una tristeza estraña
le asombra el corazón y el pecho baña!
Con tardas huellas va, con paso lento,
de su amor y su pena combatido,
y su elevado y noble entendimiento
20   a su pasión y cruz y muerte asido:
la vista baja, el rostro macilento,
de lágrimas el suelo humedecido,
y el desalado suspirar, dan muestra
que a Dios teme su eterna y propia diestra.

---

[9] Jesucristo.

La noche oscura con su negro manto
cubriendo estaba el asombrado cielo,
que por ver a su Dios resuelto en llanto
rasgar quisiera el tenebroso velo;
y vestido de luz, lleno de espanto,
30 bajar con humildad profunda al suelo,
a recoger las lágrimas que envía
de aquellos tiernos ojos y alma pía.

La húmeda esfera con preñez oculta
tempestuoso parto amenazaba,
y a la dura, infiel, bárbara, inculta
Salén[10] con enemigo horror miraba:
que al mundo etéreo alguna vez resulta
un no sé qué de saña y fuerza brava
para vengar de su Criador la ofensa,
40 cuando menos el hombre en ella piensa.

Con silbo ronco el espantado viento
al eco tristes voces infundía,
y el agua con lloroso movimiento
las piedras que tocaba enternecía:
el valle, a su confusa voz atento,
suspiros de sus cuevas despedía:
suspira el valle, duerme el hombre; quiso
el valle al hombre dar un blando aviso.

Del soplo agudo las robustas plantas
50 con lastimado golpe sacudidas,
temblando, de su Dios las huellas santas,
mustias besar quisieran condolidas:
tanto respeto, inclinaciones tantas
mostraban copas y almas abatidas,
que por ellas juzgara el hombre ingrato
qué debe al Dios que compra tan barato.

Hombre dormido, advierte que velando
brama el buey, ladra el perro, el ave pía,
y a su buen Dios con lástima mirando,
60 reverencia la noche, huye el día,
y en amigo tropel y unido bando
se desvela por Dios cuanto Dios cría,
esfera, nubes, plantas, valle y monte,
cuevas y arroyo, y todo su horizonte.

---

[10] Jerusalén.

　　　　Mas ¡oh tú, Mente sacra, antigua ciencia
　　　　que el cerebro enriqueces soberano
　　　　de la infinita singular esencia,
　　　　y la ignorancia ves del seso humano!
　　　　la inaccesible luz de tu presencia
70　　templa con generosa y blanda mano,
　　　　y la mina de intentos admirable
　　　　me muestra de aquel pecho inescrutable.
　　　　[...]
　　　　Él se levanta, pues, con tierno celo,
　　　　y en buscar sus discípulos entiende[11]:
　　　　velos tendidos en el duro suelo,
　　　　durmiendo, y con amor los reprehende:
　　　　vuélvese a la oración con presto vuelo,
　　　　y en ella triste, a Dios y al hombre atiende,
　　　　y vuelto a la oración, gimiendo clama,
80　　y arde en santa, amorosa y viva llama.
　　　　[...]
　　　　Arde y suspira, y una muerte horrible
　　　　de bravo aspecto, de osamenta dura,
　　　　cuya fiera presencia y faz terrible
　　　　ser la muerte de Dios se le figura,
　　　　muerte de una grandeza inaccesible,
　　　　giganta de una altísima estatura,
　　　　muerte que ha de pasar se le presenta,
　　　　y con sola su vista le atormenta.

　　　　De espinas y de sangre coronada
90　　cerebro y sienes, y cabello y frente,
　　　　la venerable cara maltratada
　　　　de injurias viles de atrevida gente:
　　　　la boca con vinagre aheleada[12],
　　　　y del cuello un cordel grueso pendiente,
　　　　y otro en las manos, hórridos despojos,
　　　　al alma se le ofrece ante los ojos.

　　　　De burladora púrpura vestida,
　　　　y por mofa vestida se le ofrece,
　　　　y una caña por cetro recibida,
100　　con que el rostro le hieren, aparece:
　　　　es muerte que en la cruz venció a la vida,
　　　　y así la cruz en ella resplandece;

---

[11] *Entiende:* intención de hacer algo.
[12] *Aheleada:* amargor de hiel.

crucificada viene: ¡Oh muerte fiera!
Dios te ve, Dios te teme y Dios te espera.

    Trae clavados los pies y las espaldas
deshechas con azotes rigurosos,
de sangre llenas las tendidas faldas,
y a cuestas unos látigos furiosos;
y el amarillo gesto y manos gualdas,
110 a los pechos más bravos y animosos
pone pavor, y a Cristo se le pone;
que es la muerte que el Padre le dispone.

    «La Muerte soy, le dice, soy la Muerte,
a que tú mismo la garganta diste,
¡oh de la eterna vida brazo fuerte!
cuando a carne mortal unido fuiste:
contigo lucharé, y podré vencerte
en la naturaleza que naciste
segunda vez de humana y virgen Madre,
120 si no en la esencia de tu inmenso Padre.

    «Aquí me ves, a ti me represento
con vil corona y ásperos cordeles,
con grana infame y singular tormento
de duros clavos y asquerosas hieles;
cruz tengo sola, y sola te presento
cruz que abraces y des a tus fieles:
pesada cruz, tú la harás suave,
pues del gozo de Dios tienes la llave.»

    Dijo la Muerte, y con mirar severo,
130 más que con dilatada arenga, dijo;
pintó de sí un retrato verdadero,
breve en palabras y en acción prolijo:
a su rostro mortal y aspecto fiero
del Padre Eterno el soberano Hijo
sudó, tembló, cayó en tierra asombrado;
que aun Dios teme a la muerte y al pecado.

    En el polvo estampó la noble imagen
de su divino cuerpo casi frío;
bájase Dios porque los hombres bajen
140 su gran soberbia, su orgulloso brío.
Los serafines, buen Señor, atajen
con religioso amor, con dolor pío
de ver a Dios postrado, humildad tanta,
que enternece la tierra, el cielo espanta.

Humillado está Dios, y no le deja
la muerte horrenda, la feroz Sansona:
repite al Padre la segunda queja,
y su aflición y su demanda abona:
la voluntad humana se aconseja
150 con su grande pavor, y la persona
divina rige a la razón humana;
que es hombre Dios, y como tal se allana.

Y estando en la oración con luz interna,
ante los ojos de una ciencia clara,
aquella majestad de Dios eterna
con vivo resplandor se le declara:
el Rey que cielo y tierra y mar gobierna,
le muestra su hermosa y limpia cara,
y en ella sus grandezas no entendidas,
160 y en una perfeción cien mil unidas.

Aquel entendimiento levantado
con la divina esencia ve fecundo,
y en él, como en su causa, retratado
el mundo hecho, y el posible mundo.
De su Dios Padre allí se ve engendrado
verbo infinito y de saber profundo,
y por acción de amor inestimable
proceder el Espíritu inefable.

Las tres Personas mira y una esencia,
170 con solo un ser, con una bondad sola;
la eficaz y suave providencia
que deste mundo rige la gran bola,
y la infinita soberana ciencia,
do la ciencia más pura se acrisola,
que lo pasado alcanza y lo presente,
y lo que puede ser le está patente.
[...]

(LIBRO PRIMERO)

En *La Cristiada*, ed. M. H. P. Corcoran, cit. en bibliografía.

Bibliografía. **Obras:** *La Cristiada*, ed. crítica de Sor Mary Helen Patricia Corcoran, Washington D. C., The Catholic University of America, 1935. *La Cristiada*, ed. Rafael Aguayo Spencer, Lima, 1947. *Poemas épicos*, Colección dispuesta [...] por C. Rossell, cit. **Estudios:** ARTURO M. CAYUELA «Nuestro poema de la Redención». *Razón y Fe* (Madrid), CIII, 1933, pp. 99-127.

MARIO A. DI CESARE, *Vida's Christiad and Vergilian Epic*, New York y Londres, Columbia University Press, 1964. Sister MARY EDGAR MEYER, *The Sources of Hojeda's «La Cristiada»*. Ann Arbor, University of Michigan Press, 1953. SANTIAGO MONTOTO DE SEDAS, *Ingenios sevillanos del Siglo de Oro que vivieron en América*, Madrid, Compañía Ibero-Americana de Publicaciones, 1929. FRANK PIERCE, «*La Christiada* of Diego de Hojeda: A Poem of the Literary Baroque», *Bulletin of Spanish Studies*, XXVII, 1940, pp. 1-16 FRANK PIERCE, «Diego de Hojeda: Religious Poet», *Homenaje al profesor William L. Fichter*, eds. José Amor y Vázquez y col., Madrid, Castalia, 1971, pp. 585-599. FRANK PIERCE, «Diego de Hojeda», *Historia* [...] *colonial*, cit., I, pp. 225-234.

Amarilis
(Lima?, comienzos del siglo XVII?)

En 1621 Lope de Vega publicó La Filomena *donde está inserta la «Epístola a Belardo» dirigida al escritor español por «Amarilis», dama identificada como María de Figueroa, María de Alvarado, María Tello de Lara, María de Rojas y Garaya y Ana Morillo. Tal y como ha ocurrido con la autora del* Discurso en loor de la poesía, *hoy se ignora quién fue «Amarilis». En esta carta versificada la poetisa menciona a sus abuelos, fundadores de León de los Caballeros, actualmente la ciudad de Huánuco (Perú), el temprano fallecimiento de sus padres, cómo una tía cuidó de ella y de una hermana más joven, y también explica que aunque era hermosa y fácilmente se hubiera casado, escogió la vida conventual. Entonces, desde un claustro indiano la incógnita «Amarilis» le escribe a Lope para declararle su amor y pedirle que componga una biografía rimada de Santa Dorotea. Lope le respondió en* La Filomena *donde la llamó «Equinoccial Sirena» y «Amarilis Indiana»; también le confesó su amor pero no accedió a su petición. En esta misma obra el español elogió generosamente a los poetas novocastellanos:*

> Yo no lo niego, ingenios tiene España,
> libros dirán lo que su Musa luce,
> y en propia Rima, imitación extraña.
>
> Mas los que el Clima Antártico produce
> sutiles son, notables son en todo,
> lisonja aquí, ni emulación me induce.

El problema de la identificación de esta temprana poeta se complica después cuando en el Laurel de Apolo *(1630) Lope alude nuevamente a la «Amarilis Indiana», pero ahora residenciada en Bogotá.*
 Influida por las concepciones poéticas de la escuela italianizante, la «Epístola» revela el conocimiento de la autora de los bardos latinos y especialmente de Virgilio. Cosa rara en la poesía hispanoamericana de entonces, «Amarilis» no vacila en expresar su amor por Lope para sublimarlo en bellas metáforas. Por un cierto lirismo desesperado, la evidente sinceridad y los conocimientos desplegados por la autora, la «Epístola a Belardo» representa un momento sobresaliente de la lírica hispanoamericana colonial.

Epístola a Belardo (1621)

Tanto como la vista, la noticia
de grandes cosas suele las más veces
al alma tiernamente aficionarla
que no hace el amor siempre justicia,
ni los ojos a veces son jüeces
del valor de la cosa para amarla:
mas suele en los oídos retratarla
con tal virtud y adorno,
haciendo en los sentidos un soborno
10 (aunque distinto tengan el sujeto,
que en todo y en sus partes es perfecto),
que los inflama todos,
y busca luego artificiosos modos,
con que puede entenderse
el corazón, que piensa entretenerse,
con dulce imaginar para alentarse
sin mirar que no puede
amor sin esperanza sustentarse.

El sustentarse amor sin esperanza,
20 es fineza tan rara, que quisiera
saber si en algún pecho se ha hallado,
que las más veces la desconfianza
amortigua la llama que pudiera
obligar con amar lo deseado;
mas nunca tuve por dichoso estado
amar bienes posibles,
sino aquéllos que son más imposibles.
A éstos ha de amar un alma osada;
pues para más alteza fue criada
30 que la que el mundo enseña;
y así quiero hacer una reseña
de amor dificultoso,
que sin pensar desvela mi reposo,
amando a quien no veo y me lastima:
ved qué extraños contrarios,
venidos de otro mundo y de otro clima.

Al fin en éste, donde el sur me esconde,
oí, Belardo, tus conceptos bellos,
tu dulzura y estilo milagroso;

40 vi con cuánto favor te corresponde
　　el que vio de su Dafne los cabellos[1]
　　trocados de su daño en lauro umbroso
　　y admirando tu ingenio portentoso,
　　no puedo reportarme
　　de descubrirme a ti, y a mí dañarme.
　　Mas, ¿qué daño podrá nadie hacerme
　　que tu valer no pueda defenderme?
　　Y tendré gran disculpa,
　　si el amarte sin verte, fuere culpa,
50 que el mismo, que lo hace,
　　probó primero el lazo en que me enlace,
　　durando para siempre las memorias
　　de los sucesos tristes,
　　que en su vergüenza cuentan las historias.

　　Oí tu voz, Belardo: mas ¿que digo?
　　no Belardo, milagro han de llamarte,
　　éste es tu nombre, el cielo te le ha dado,
　　y Amor, que nunca tuvo paz conmigo,
　　te me representó parte por parte,
60 en ti más que en sus fuerzas confiado:
　　mostróse en esta empresa más osado,
　　por ser el artificio
　　peregrino en la traza y el oficio,
　　otras puertas del alma quebrantando,
　　no por los ojos míos, que velando
　　están en gran pureza:
　　mas por oídos, cuya fortaleza
　　ha sido y es tan fuerte,
　　que por ellos no entró sombra de muerte,
70 que tales son palabras desmandadas,
　　si vírgenes las oyen,
　　que a Dios han sido y son sacrificadas.

　　　Con gran razón a tu valor inmenso
　　consagran mil Deidades su labores,
　　cuando manijan perlas en sus faldas:
　　todo ese mundo allá te paga censo,
　　y éste de acá mediante tus favores,
　　crece en riqueza de oro y esmeraldas.
　　Potosí, que sustenta en sus espaldas,

---

[1] La referencia es a Apolo, dios protector de las Artes, las Letras y la Medicina, quien favorece a «Belardo» (Lope de Vega).

```
 80    entre el invierno crudo,
       aquel peso, que Atlante ya no pudo:
       confiesa que su fama te la debe;
       y quien del claro Lima el agua bebe
       sus primicias te ofrece,
       después que con tus dones se engrandece,
       acrecentando ofrendas
       a tus excelsas y admirables prendas:
       yo, que aquestas grandezas voy mirando,
       y entretenido en ellas,
 90    las voy en mis entrañas celebrando.
           En tu patria, Belardo, mas no es tuya,
       no sientas mucho verte peregrino,
       plegue a Dios no se enoje el Manzanares[2],
       por más que haga de tu fama suya;
       que otro origen tuviste más divino,
       y otra gloria mayor, si la buscares.
       ¡Oh, cuánto acertaras, si imaginares
       que es patria tuya el cielo,
       y que eres peregrino acá en el suelo!
100    Porque no hallo en él quien igualarte
       pueda, no sólo en todo, mas ni en parte,
       que eres único y solo
       en cuanto miran uno y otro polo.
       Pues, peregrino mío,
       vuelve a tu natural, póngate brío,
       no las murallas que ha hecho tu canto
       en Tebas engañosas,
       mas las eternas, que te importan tanto.
           Allá deseo en santo amor gozarte,
110    pues acá es imposible poder verte,
       y temo tus peligros y mis faltas;
       tabla tiene el naufragio, y escaparte
       puedes en ella de la eterna muerte,
       si del bien frágil al divino saltas,
       las singulares gracias, con que esmaltas
       tus soberanas obras,
       con que fama inmortal contino cobras,
       empléalas de hoy más con versos lindos
       en soberanos y divinos Pindos[3]:
```

---

[2] Río madrileño.
[3] Cordillera de Tesalia dedicada a las musas.

120 tus divinos concetos
     allí serán más dulces y perfetos;
     que el mundo a quien lo sigue,
     en vez de premio al bienhechor persigue,
     y contra la virtud apresta el arco
     con ponzoñosas flechas
     de la maligna aljaba de Aristarco[4].

     Quiero, pues, comenzar a darte cuenta
     de mis padres y patria y de mi estado
     porque sepas quién te ama y quién te escribe
130 bien que ya la memoria me atormenta,
     renovando el dolor, que aunque llorado,
     está presente y en el alma vive:
     no quiera Dios que en presunción estribe
     lo que aquí te dijere,
     ni que fábula alguna compusiere,
     que suelen causas propias engañarnos,
     y en referir grandezas alargarnos,
     que la filaucia engaña
     más que no la verdad nos desengaña,
140 especialmente cuando
     vamos en honras vanas estribando;
     de éstas pudiera bien decirte muchas,
     pues atento contemplo que me escuchas.

     En este imperio oculto, que el Sur baña,
     más de Baco pisadas que de Alcides[5]
     entre un trópico frío y otro ardiente,
     adonde fuerzas ínclitas de España
     con varios casos y continuas lides
     fama inmortal ganaron a su gente,
150 donde Neptuno engasta su tridente
     en nácar y oro fino;
     cuando Pizarro con su flota vino,
     fundó ciudades y dejó memorias,
     que eternas quedarán en las historias:
     a quien un valle ameno,
     de tantos bienes y delicias lleno,
     que siempre es primavera,

---

[4] Crítico griego del siglo II a. de J. C. famoso por sus justos y severos juicios.

[5] O sea, más inclinado a la vida regalada representada por Baco, dios del vino, que a lo esforzado y trabajoso simbolizado por Alcides (Hercúles).

merced del dueño de la cuarta esfera,
la ciudad de León fue edificada,
160 y con hado dichoso,
quedó de héroes fortísimos poblada.
   Es frontera de bárbaros y ha sido
terror de los tiranos, que intentaron
contra su rey enarbolar bandera[6]:
al que en Jauja por ellos fue rendido,
su atrevido estandarte le arrastraron,
y volvieron al Reino cuyo era.
Bien pudiera, Belardo, si quisiera
en gracia de los cielos,
170 decir hazañas de mis dos abuelos
que aqueste nuevo mundo conquistaron
y esta ciudad también edificaron,
do vasallos tuvieron,
y por su Rey su vida y sangre dieron:
mas es discurso largo,
que la fama ha tomado ya a su cargo,
si acaso la desgracia de esta tierra,
que corre en este tiempo,
tanto ilustres méritos no entierra.

180   De padres nobles dos hermanas fuimos,
que nos dejaron en temprana muerte,
aún no desnudas de pueriles paños.
El cielo y una tía que tuvimos,
suplió la soledad de nuestra suerte:
con el amparo suyo algunos años
huïmos siempre de sabrosos daños:
y así nos inclinamos
a virtudes heroicas, que heredamos:
de la beldad, que el cielo acá reparte,
190 nos cupo, según dicen, mucha parte,
con otras muchas prendas:
no son poco bastantes las haciendas
al continuo sustento;
y estamos juntas, con tan gran contento,
que una alma a entrambas rige y nos gobierna,
sin que haya tuyo y mío,
sino paz amorosa, dulce y tierna.

---

[6] Alusión a las guerras civiles del Perú y a Gonzalo Pizarro (1502?-1548), uno de los líderes del movimiento rebelde contra la autoridad de la Corona española, ejecutado en Jauja (Junín).

　　　　　Ha sido mi Belisa celebrada,
　　　　que ése es su nombre, y Amarilis, mío,
200　　entrambas de afición favorecidas:
　　　　yo he sido a dulces Musas inclinada;
　　　　mi hermana, aunque menor, tiene más brío,
　　　　y partes, por quien es, muy conocida;
　　　　al fin todas han sido merecidas
　　　　con alegre himeneo
　　　　de un joven venturoso, que en trofeo
　　　　a su fortuna vencedora palma
　　　　alegre la rindió prendas del alma.
　　　　Yo siguiendo otro trato.
210　　contenta vivo en limpio celibato,
　　　　con virginal estado
　　　　a Dios con grande afecto consagrado,
　　　　y espero en su bondad y en su grandeza
　　　　me tendrá de su mano,
　　　　guardando inmaculada mi pureza.

　　　　　De mis cosas te he dicho en breve suma
　　　　todo cuanto quisieras preguntarme,
　　　　y de las tuyas muchas he leído:
　　　　temerosa y cobarde está mi pluma,
220　　si en alabanzas tuyas emplearme
　　　　con singular contento he pretendido:
　　　　si cuanto quiero das por recibido.
　　　　¡Oh, qué de ello me debes!
　　　　y porque esta verdad ausente pruebes,
　　　　corresponde en recíproco cuidado
　　　　al amor, que en mí está depositado.
　　　　Celia no se desdeñe
　　　　por ver que en esto mi valor se empeñe,
　　　　que ofendido en sus quiebras
230　　su nombre todavía al fin celebras;
　　　　y aunque milagros su firmeza haga,
　　　　te son muy bien debidos,
　　　　y aun no sé si con esto tu fe paga.

　　　　　No seremos por esto dos rivales,
　　　　que trópicos y zonas nos dividen,
　　　　sin dejarnos asir de los cabellos,
　　　　ni a sus méritos pueden ser iguales:
　　　　cuantos al mundo el cetro y honor piden,
　　　　de trenzas de oro, cejas y ojos bellos,
240　　cuando enredado te hallaste en ellos,
　　　　bien supiste estimarlos

y en ese mundo y éste celebrarlos,
y en persona de Angélica pintaste
cuando de su lindeza contemplaste
mas estoyme riendo
de ver que creo aquello que no entiendo
por ser dificultosos
para mí los sucesos amorosos,
y tener puesto el gusto y el consuelo,
250 no en trajes semejantes,
sino en dulces coloquios con el cielo.

    Finalmente, Belardo, yo te ofrezco
una alma pura a tu valor rendida:
acepta el don, que puedes estimarlo;
y dándome por fe lo que merezco,
quedará mi intención favorecida,
de la cual hablo poco y mucho callo,
y para darte más, no sé ni hallo.
Déte el cielo favores,
260 las dos Arabias bálsamo y olores,
Cambaya[7] sus diamantes, Tibar[8] oro,
marfil Cefala[9], Persia su tesoro,
perlas los Orientales,
el Rojo mar finísimos corales,
balajes[10] los Ceylanes[11],
áloe[12] precioso Sarnaos[13] y Campanes[14],
rubíes Pegugamba y Nubia[15] algalia[16],

---

[7] Ciudad de la India (Bombay), puerto situado en el golfo del mismo nombre.
[8] ¿Una de las islas Molucas antes denominadas Islas de las Especias?
[9] Sofala, puerto en la costa este de Africa, en el actual país de Mozambique.
[10] *Balajes:* plural de balaj o balaje, rubí de color morado.
[11] Probable referencia a Ceilán y Malasia, pues ambos eran denominados Taprobana en mapas antiguos.
[12] *Áloe:* planta de cuyas hojas se extrae un jugo amargo usado medicinalmente.
[13] Sarnat, la antigua Isipatana, ruinas próximas a Benarés (India), ciudad sagrada y centro intelectual.
[14] Probablemente la ciudad de Khamman, en el sudeste del estado de Haidarabad (India).
[15] Región de Africa, al norte de Sudán.
[16] *Algalia:* sustancia untuosa con la consistencia de la miel, olor fuerte y sabor acre, empleada en perfumería.

amatistas Rarsinga[17]
y prósperos sucesos Acidalia[18].

270 Esto mi voluntad te da y ofrece,
y ojalá yo pudiera con mis obras
hacerte ofrendas de mayor estima:
mas donde tanto junto se merece,
de nadie no recibes, sino cobras
lo que te debe el mundo en prosa y rima.
He querido, pues viéndote en la cima
del alcázar de Apolo,
como su propio dueño, único y solo,
pedirte un don, que te agradezca el cielo,
280 para bien de tu alma y mi consuelo.
No te alborotes, tente,
que te aseguro bien que te contente,
cuando vieres mi intento,
y sé que lo harás con gran contento,
que al liberal no importa para asirle,
significar pobrezas,
pues con que más se agrada es con pedirle.

Yo y mi hermana, una santa celebramos,
cuya vida de nadie ha sido escrita,
290 como empresa que muchos han tenido:
el verla de tu mano deseamos;
tu dulce Musa alienta y resucita,
y ponla con estilo tan subido
que sea dondequiera conocido,
y agradecido sea
de nuestra santa virgen Dorotea.
¡Oh, qué sujeto, mi Belardo, tienes
con que de lauro coronar tus sienes,
podrás, si no emperezas,
300 contando de esta virgen mil grandezas,
que reconoce el cielo,
y respeta y adora todo el suelo:
de esta divina y admirable Santa
su santidad refiere,
y dulcemente su martirio canta!

Ya veo que tendrás por cosa nueva
no que te ofrezca censo un mundo nuevo,
que a ti cien mil que hubiera te le dieran;

---

[17] Bisnagar, ciudad de la India cerca de la costa este de Coromandel.
[18] Otro nombre dado a Venus.

mas que mi Musa rústica se atreva
310 a emprender el asunto a que me atrevo,
hazaña que cien Tassos no emprendieran,
ellos, al fin, son hombres y temieran:
mas la mujer, que es fuerte,
no teme alguna vez la misma muerte.
Pero si he parecídote atrevida,
a lo menos parézcate rendida,
que fines desiguales
Amor los hace con su fuerza iguales;
y quédote debiendo
320 no que me sufras, mas que estés oyendo
con singular paciencia mis simplezas,
ocupado contino
en tantas excelencias y grandezas.

Versos cansados, ¿qué furor os lleva
a ser sujetos de simpleza indiana,
y a poneros en manos de Belardo?
Al fin, aunque amarguéis, por fruta nueva,
os vendrán a probar, aunque sin gana,
y verán vuestro gusto bronco y tardo;
330 el ingenio gallardo,
en cuya mesa habéis de ser honrados,
hará vuestros intentos disculpados:
navegad, buen viaje, haced la vela
guiad un alma, que sin alas vuela.

De Lope de Vega, *La Filomena con otras diversas rimas, prosas y versos* (1621), en *El apogeo de la literatura colonial*, cit. en bibliografía.

BIBLIOGRAFÍA. **Obras:** *El apogeo de la literatura colonial*, Biblioteca de Cultura Peruana, la Serie, núm. 5, ed. Ventura García Calderón, París, Desclée de Brouwer, 1938. Alejandro Romualdo y Sebastián Salazar Bondy, eds., *Antología general de la poesía peruana*, Lima, Librería Internacional del Perú, 1957. **Estudios:** MARTÍN ADAN [Rafael de la Fuente Benavides], «Amarilis», *Mercurio Peruano*, XXI, Año XIV, núm. 148, 1939, pp. 185-193. ELLA DUNBAR TEMPLE, *Curso de literatura femenina a través del periodo colonial*, Lima, Colección Tres, 1974. IRVING A. LEONARD, «More Conjectures regarding the Identity of Lope de Vega's Amarilis Indiana», *Hispania*, XX, 1937, pp. 113-120. ALBERTO TAURO. *Amarilis indiana*, Lima, Ediciones Palabra. 1946.

Luis de Tejeda
(Córdoba, Argentina, 1604-1680)

La ciudad de Córdoba, en el noroeste del actual territorio de la Argentina, se perfiló en el siglo XVII como importante centro cultural en la región de Tucumán y del Río de la Plata. Allí nació y se educó Luis José de Tejeda y Guzmán, descendiente de una influyente familia de conquistadores, fundadores de esa ciudad. Estudió Luis de Tejeda en el colegio Máximo de la Compañía de Jesús y, antes de los diecisiete años, obtuvo los títulos de bachiller, licenciado y maestro en artes. Después de finalizar su educación, Tejeda fue alférez de cabildo en Córdoba y capitán de las milicias provinciales que socorrieron a Buenos Aires en su lucha contra piratas holandeses (1652). También ocupó varios cargos en el gobierno de su ciudad natal y luchó contra los indios calchaquíes, pero su actuación en estas campañas le trajo más quebraderos de cabeza que fama y honra. En 1662 el autor ingresó al Convento de Santo Domingo en Córdoba donde se dedicó a la religión y a la literatura. Para algunos críticos la vida azarosa de este cordobés compendia los avatares de los diveros grupos integrantes de la sociedad colonial, pues fue Tejeda letrado, funcionario, terrateniente, militar y fraile.

La obra de Tejeda se ha conservado en el manuscrito autógrafo titulado Libro de varios tratados y noticias, fechado por manos ajenas en 1663, aunque incluye composiciones anteriores y posteriores a ese año. Esta compilación presenta dos modalidades: 1), la autobiográfica, donde se ubica «El peregrino en Babilonia»; y 2), la religiosa, constituida por un importante núcleo de poemas cuyo motivo central es la alabanza a la Virgen María. Como el autor intentó formar con sus versos «coronas» para la Virgen, recordando la especial devoción de los dominicos al Rosario y sus misterios, a mucha de esta parte se la conoce con el título de «Coronas líricas». Vale notar que en «El peregrino en Babilonia», Tejeda, como muchos otros conquistadores y colonizadores, narra su vida. Esta composición en romances octosílabos no sólo destaca la trayectoria y final arrepentimiento del pecador así como las andanzas de Tejeda, sino que recoge también el relato de las conquistas amorosas del autor, los nombres poéticos de sus amantes, Anarda y Lucinda, y el recuerdo de su linajuda y casta esposa, Francisca de Vera y Aragón, fallecida en 1661. O sea, se encuentra aquí la metabiografía que, como en el caso de Rosas de Oquendo, disminuye persona y hechos. El poeta cordobés debe su modesta fama literaria a las composiciones religiosas que revelan lecturas bíblicas y de autores místicos muchos de ellos citados en fragmentos en prosa intercalados entre los versos. En estos poemas es evidente la huella de Góngora, de Lope de Vega, del conceptismo. Sin embargo, dentro de la riqueza de la poesía religiosa española, los aportes de Tejeda se desvanecen, pues sus composiciones utilizan temas, vocabulario y esquemas ajenos para contribuir poco en material original. Con todo, su obra importa por representar el interés y el cultivo en América de la poesía de temática religiosa, desarrollada con tanta brillantez en la Península.

A Santa Rosa de Lima[1]

Nace en provincia verde y espinosa,
tierno cogollo, apenas engendrado
entre las rosas, sol es ya del prado,
crepúsculo de olor, rayo de rosa.

De los llantos del alba apenas goza
cuando es del dueño singular cuidado,
temiendo se le tronche, o rudo arado
o se le aje mano artificiosa.

Mas que del cairel[2] desaprisiona
la virgen hoja, previniendo engaños,
la corta y pone en su guirnalda o zona.

Así esta virgen tierna, en verdes años
cortó su Autor, y puso en su corona.
¡Oh, bien anticipados desengaños!

Redondillas

Hoy la América se goza
de ver trocada en estrella,
luciente del cielo y bella
la que en sus campos fue Rosa.

Soliloquio primero

Belén, portal dichoso,
casa de pan, que ciñes
aquel cándido trigo
nacido en tierra virgen,

---

[1] El papa Clemente IX beatificó a esta virgen el 12 de febrero de 1668. Córdoba festejó el suceso el 23 de mayo de 1670. Posteriormente fue canonizada (1671); es patrona de Lima, América y Filipinas. Su fiesta se celebra el 30 de agosto.

[2] *Cairel:* cerco de cabellera que imita al pelo natural y lo suple.

deja que a tus umbrales,
no palacios sublimes,
no edificios soberbios
de Babilonia envidie.
Deja que tu pesebre
10 sellos mis labios frisen,
fuentes mis ojos rieguen,
ojos el alma mire.
En tu inmensa estrechura
lo grande miro humilde,
lo incircunscrito breve,
postrado lo terrible.
(Quien es de tierra y cielo
compasador Euclides[3]
a una cuna de pajas
20 se proporciona y mide.)
El calor se le niega,
la nieve le corrige,
y a quien da nieve y lana
no hay hoy pañal que abrigue.
¡Oh, cómo está la Madre
agradeciendo humilde
el abrigo a las bestias
que el hombre le prohibe!
Mece la jumentilla
30 los pajizos cojines
y el buey, con tardo aliento,
de brasero le sirve.
Llorad, ojos, un rato,
que cuando el hombre aflige
a Dios, de rudas bestias
asistir se permite.
Aquella bella Aurora
por quien los campos ríen
de la eterna y triunfante
40 Jerusalén insigne,
llora sobre las pajas
y en sus hilos humildes
(torzales[4] de oro) ensarta

---

[3] Matemático griego, maestro en Alejandría durante el reinado de Ptolomeo I (s. III a. de J. C.). Su obra, *Elementos*, es el fundamento de la actual geometría plana.

[4] *Torzales:* cordoncillo largo.

aljófares sutiles.
Y así le dice al Niño:
«Esta cuna infelice,
hijo, te pronostica
alguna tumba triste,
y siendo tan estrecha
50   desde agora me dice
que en las pajas te ensayas
para en la cruz bullirte.
Sus agudas aristas
manos y pies te afligen
y los tres pronostican
de acero agudos linces.
Las que tus tiernas sienes
punzan sobre sutiles
hebras, de su cabeza
60   la corona me dicen.
Al vestido encarnado
que de mi tela hiciste,
raso triste y pajizo
de entretela le sirve».
Entre pucheros tiernos
ya llora, ya se ríe
el Niño con la Madre,
y ella llorando dice:
«Si tu desnudez lloras,
70   dime por qué saliste
dejando mis entrañas,
que eran pañales firmes.
Mas ya me estás diciendo
mientras lloras y ríes:
—salgo a buscar ingratos,
pues por ingratos vine—.
No llores, pues, bien mío,
si a tanto te atreviste
que a tu Padre dejaste
80   y a tu Madre despides.»

En *Libro de varios tratados y noticias*, cit, en bibliografía.

BIBLIOGRAFÍA: **Obras:** *Libro de varios tratados y noticias*, ed. Jorge M. Furt, Buenos Aires, Coni, 1947. **Estudios:** EMILIO CARILLA, «Sobre Tejeda y el soneto a Santa Rosa de Lima». *F.*, III, núms. 1-2, 1951, pp. 111-114. EMILIO CARILLA, «Tres estudios sobre Tejeda», *Estudios de literatura argentina. Siglos XVI y XVIII*, Tucumán, 1968, pp. 55-79. EMILIO CARILLA, «Luis de Tejeda», *Literatura argentina. Palabra e imagen*, Buenos Aires, Editorial Universitaria de Buenos aires, 1969, I, pp. 65-74. DANIEL DEVOTO, «Escolio sobre Tejeda», *Revista de Estudios Clásicos* (Mendoza), III, 1946, pp. 93-132. GRACIELA MATURO, *Luis de Tejeda y su «Peregrino místico»*, Buenos Aires, Universidad de Buenos Aires, Facultad de Filosofía y Letras, 1971.

Hernando Domínguez Camargo

(Santa Fe de Bogotá, 1606-Tunja, Colombia, 1659)

Es la figura más importante del barroco colombiano y una de las más representativas de este estilo en Hispanoamérica. Esta posición la tiene merecida, sobre todo, por su poema heroico San Ignacio de Loyola *(Madrid, 1666), largo texto inconcluso escrito en octavas del cual el autor terminó cinco libros y veinticuatro cantos con cerca de diez mil versos. El poema parte de un propuesto objetivo, bastante frecuente en la literatura religiosa de la contrarreforma y el barroco: la narración de la vida del fundador de la Compañía de Jesús, orden a la que perteneció Domínguez Camargo antes de pasar al clero secular. De la secuencia biográfica del santo, glosada en prosa como título explicativo de cada canto, y para lo cual el autor debió aprovecharse de la* Vida de San Ignacio *compuesta por el padre Pedro de Ribadeneyra en 1653, el poeta se proyecta en evasión continua hacia un mundo irreal de belleza pura y aristocrática buscado con las consabidas fórmulas culteranas de la época: metáforas complicadas de gran calidad plástica y colorista, riquezas melódicas logradas dentro del molde fijo del endecasílabo, latinismos y cultismos de léxico, mitologías, hipérbatos, aliteraciones, perífrasis y bimembraciones. Gerardo Diego, cuando incluyó algunas de estas octavas en su* Antología poética en honor de Góngora *(1927), consideró a Domínguez Camargo el poeta más ceñidamente adicto a Góngora que diera el mundo hispánico.*

Más claras y accesibles son las otras muestras de su lírica conservadas en el Ramillete de varias flores poéticas *(1675) recopilado por el ecuatoriano Jacinto de Evia. En todo momento, Domínguez Camargo se revela seguro versificador así como dueño de una fértil capacidad imaginativa, pero sometido, en total y voluntaria dependencia, a Góngora. Esta sumisión deslustra sus escritos, de modo que ellos se convierten en una elaboración incesante de imágenes y abstracciones que ocasionalmente deslumbran sin producir emoción. Joaquín Antonio Peñalosa, uno de los más devotos estudiosos de este poeta santafereño, ha definido así su estilo: «En constante lucha por la forma expresiva, y ávida insatisfacción de conquistar la pura belleza, Domínguez Camargo transforma lo nimio, lo cotidiano y lo prosaico en un juego de metáforas, que es el cauce normal por donde vierte su poesía.» Dentro de esta voluntad artística, alcanza instantes poéticos de acabada perfección, como el tan citado y reproducido romance «A un salto, por donde se despeña el arroyo de Chillo», de justa fama. En este poema desarrolla con acierto y minuciosidad la identificación metafórica arroyo = potro, nada extraña en la mecánica imaginativa del barroco pero aquí convertida en la absoluta estructura de todo el texto poético.*

A un salto, por donde se despeña el arroyo de Chillo

Corre arrogante un arroyo
por entre peñas y riscos,
que enjaezado de perlas
es un potro cristalino.
Es el pelo de su cuerpo
de aljófar, tan claro y limpio,
que, por cogerle los pelos,
le almohazan[1] verdes mirtos.
Cíñele el pecho un pretal[2]
de cascabeles tan ricos,
que si no son cisnes de oro,
son ruiseñores de vidrio.
Bátenle el ijar sudante
los acicates de espinos,
y es él tan arrebatado
que da a cada paso brincos.
Danle sofrenadas peñas,
para mitigar sus bríos,
y es hacer que labre espumas
de mil esponjosos grifos.
Estrellas suda de aljófar
en que se suda a sí mismo,
y atropellando sus olas,
da cristalinos relinchos.
Bufando cogollos de agua,
desbocado corre el río,
tan colérico, que arroja
a los jinetes alisos[3].
Hace calle entre el espeso
vulgo de árboles vecino,
que irritan más con sus varas

---

[1] *Almohazan:* de almohaza, instrumento de hierro utilizado para limpiar las caballerías.
[2] *Pretal:* correa que rodea el pecho de las cabalgaduras.
[3] *Alisos:* árbol de la familia de las betuláceas, de diez a doce metros de altura. Es de color rosáceo y tiene flores blancas y rosadas.

al caballo al precipicio.
Un corcovo dio soberbio,
y a estrellarse ciego vino,
en las crestas de un escollo,
gallo de montes altivo.
Dio con la frente en sus puntas,
y de ancas en un abismo,
vertiendo, sesos de perlas,
por entre adelfas y pinos.
Escarmiento es de arroyuelos
que se alteran fugitivos,
porque así amansan las peñas
a los potros cristalinos.

En *Obras*, cit. en bibliografía.

BIBLIOGRAFÍA: **Obras:** *Obras*, ed. de Rafael Torres Quintero, estudios de Alfonso Méndez Plancarte, Joaquín Antonio Peñalosa y Guillermo Hernández de Alba, Bogotá, Instituto Caro y Cuervo, 1960. *Antología poética*, pról., sel. y n. de Eduardo Mendoza Varela, Medellín, Editorial Bedout, 1969. **Estudios:** FERNANDO ARBELÁEZ, «La obra poética de Hernando Domínguez Camargo», en Domínguez Camargo, «*San Ignacio de Loyola, fundador de la Compañía de Jesús*»; *poema heroico*, Bogotá, Editorial ABC, 1956, pp. 9-48. EMILIO CARILLA, *Hernando Domínguez Camargo. Estudio y selección*, Buenos Aires, R. Medina, 1948. OSWALDO DÍAZ DÍAZ, «Nuevos datos sobre Domínguez Camargo», *Boletín de Historia y Antigüedades* (Bogotá), XVI, núms. 531, 532, 533; 1959, pp. 87-90. GERARDO DIEGO, «Hernando Domínguez Camargo», en *Antología poética en honor de Góngora*. Madrid, Revista de Occidente, 1927. GERARDO DIEGO, «La poesía de Hernando Domínguez Camargo en nuevas vísperas», *B.I.C.C.*, XVI, núm. 2, 1961, pp. 283-310. AURELIO ESPINOSA POLIT, «Una cuestión de historia literaria colombiana», *Revista Javeriana* (Bogotá), LI, 253, 1959, pp. 120-143. RICARDO LATCHAM, «Hernando Domínguez Camargo y el tema ignaciano», *Mito* (Bogotá), I, núm. 6, 1956, pp. 457-467. JUAN LOVELUCK, «Lectura de un texto barroco: un romance de Domínguez Camargo», *Memorias* [...]. *El barroco en América*, cit. I, pp. 288-295. GIOVANNI MEO-ZILIO, *Estudio sobre Hernando Domínguez y su «San Ignacio de Loyola». Poema Heroyco*, Florencia, 1967.

Matías de Bocanegra
(Puebla de los Ángeles, México, 1612-1688)

De la biografía del sacerdote Matías de Bocanegra, aparte del lugar y fechas de nacimiento y muerte, se conservan pocos datos. Se sabe con certeza que en 1628 ingresó a la Compañía de Jesús y después participó en un notorio proceso inquisitorial en México. Uno de sus coetáneos, el músico y poeta Ambrosio de Solís Aguirre, lo elogia por sus virtudes de orador sagrado y lo llama «el Cicerón Cristiano, Boca de Oro...» Publicó este jesuita varios trabajos, Viaje por tierra y mar [...] del Marqués de Villena *(1640)*, Teatro jerárquico de la luz [...] que la ciudad de México erigió [...] al conde de Salvatierra *(1642)*, sermones, dictámenes, elogios, aprobaciones y censuras. Aunque éstos carecen de interés hoy día, no así su Comedia de San Francisco de Borja *(1641)*, dada a conocer en 1953 por José J. Arrom. Temáticamente muy ligada a ella está la obra que le ha otorgado fama a Bocanegra, «Canción a la vista de un desengaño», cuya fecha exacta de composición y edición primitiva aún se desconocen a pesar de que en los siglos XVII y XVIII el poema alcanzó gran difusión en numerosas reimpresiones e imitaciones. Antonio Castro Leal ha ubicado esta composición entre las cien mejores poesías mexicanas. También Octavio Paz la ha incluido en traducción al inglés en su Anthology of Mexican Poetry *(1958)*. Menéndez Pelayo la juzga «obra no despreciable, así por la fluidez de los versos como por la delicadeza del sentido místico». Para Méndez Plancarte esta canción descriptivo-alegórica tiene antecedentes en la del jilguerillo de Mira de Amescua y, al mismo tiempo, ha sido influida en cuanto a imágenes y temática por Góngora y Calderón. Efectivamente, sus temas, el engaño de las apariencias, la fragilidad de la vida y la inevitabilidad de la muerte, fueron favoritos de barroco, escuela tan gustada en México.

Canción a la vista de un desengaño

    Una tarde en que el Mayo
de competencias quiso hacer ensayo,
retratando en el suelo
las bizarrías de que se viste el cielo,
sin recelar cobarde
que en semejante alarde
pudiera ser vencido,
rico, soberbio, ufano y presumido;
cuando el Sol al poniente
10 con luz incandescente
rodaba al horizonte
—despeñado Faetonte[1]
de su ardiente carroza—
a sepultarse en túmulos de rosa,
sale a vistas un Prado
de flores estrellado
con tanta lozanía,
que reta y desafía
a competir con ellas
20 a cuantas brillan en el globo estrellas.

    Por centinela agrega
aquesta hermosa vega
un Monte, de esmeralda
desde la cima a la espaciosa falda:
cual Argos[2] se introduce
con blancas azucenas con que luce:
arriscado gigante,
del Cielo inculto Atlante[3],
Polifemo[4] eminente
30 que las nubes abolla con la frente,

---

[1] *Faetonte:* de Faetón, hijo de Apolo que dejó desbocarse los corceles del carro del Sol y después él cayó precipitado en el Eridano (Poo).
[2] Mitológico vigilante de cien ojos decapitado por Mercurio.
[3] O Atlas, dios griego, condenado a sostener el mundo sobre sus hombros.
[4] Uno de los Cíclopes: en *La Odisea*, Ulises, a quien había encerrado en una cueva cerca del Etna, le reventó su único ojo.

en cuya cresta altiva
nace una Fuente viva.
Y no hallando descanso
en la estrecha prisión de su remanso,
la Fuente cristalina
sus arenas transmina
y astuta se desata
en hilos de cristal, venas de plata,
hasta que despechada
40 —la cárcel quebrantada—
desde la altiva peña
cual Ícaro[5] de nieve se despeña,
corriendo a poco trecho
—sierpe de vidrio— al Monte por el pecho.
Llega a la falda hermosa,
y jueguetón retoza
con mirtos y alhelíes,
recamando de perlas sus rubíes;
y el Prado, que bebe
50 en líquidos cristales tanta nieve,
con más flores se enriza,
más vario se matiza,
tributándole en flores
cuantos al Río le bebió licores.

Esta riqueza viste
el Prado, cuando triste
—de miedos abrumado,
el corazón en ansias anegado—
a un mirador salía
60 un Religioso que ya no podía
a sí mismo sufrirse,
según siente de penas combatirse:
los ojos arrastrados,
los pulsos ahogados,
pausados los alientos
y en tumulto civil los pensamientos.
Al monte y la campiña
la vista extiende, a ver cómo se aliña,
por ver si así sosiega
70 de sus discursos la interior refriega.
Suspensos los sentidos,

---

[5] Hijo de Dédalo que voló tan cerca del sol con sus alas de cera que éstas fueron derretidas por el calor, se desprendieron y él se precipitó al Egeo.

del todo embebecidos,
de lo que mira el Religioso vive;
porque allí no percibe
otra cosa que el monte y la campaña
que dulcemente su dolor engaña,
—cesando los tropeles
y aflojando a la pena los cordeles,
cuando el viento se calma
80 que levantó la tempestad del alma—
hasta que le despierta
de aquella vida muerta
un músico Jilguero,
de su quietud agüero.

    Sentóse en un pimpollo
de un sauce —verde escollo—,
y en alto contrapunto,
tomando por asunto
sus amores y celos,
90 suspendió con su música a los Cielos.
Calle la melodía
con que el Tracio[6] las fieras suspendía;
allánese el acento
con que a las piedras daba movimiento
el de Anfión[7] süave;
cese el concento grave
con que Arión[8] cantaba
y a los ariscos peces enlazaba:
que el Jilguero pudiera
100 detener a Faetón en su carrera,
si del flamante azote los traquidos
le permitieran concederle oídos.
Las flores, que le vieron,
común aplauso hicieron,
a su voz se callaron
y algunas para verle se empinaron;
el arroyo ruidoso
se detuvo impetuoso,

---

[6] Orfeo, arrastraba a todos con su música.
[7] Su lira tocaba tan maravillosos sonidos que cuando se construyeron las murallas de Tebas, las piedras al escucharlos se colocaban unas sobre las otras por sí mismas.
[8] Poeta y músico de Lesbos, salvado de un asesinato mientras viajaba en barco por el delfín que atrajo su cítara.

dejó atrás su corriente
110 —si animado cristal, hielo viviente—,
y a sus pasos veloces
fue rémora el oír tan dulces voces.

Interpolaba el canto
el músico Jilguero, y entre tanto,
libre, gozoso y rico,
las alas se peinaba con el pico:
eriza como espuma
la matizada pluma,
en cuyos tornasoles
120 envidia tuvo el sol a muchos soles.
Segunda vez entona
la voz de que blasona,
dejando sus canciones
al hemisferio todo en suspensiones,
y más que suspendido
al lloroso afligido,
cuya infelice suerte
esquiva, le convierte
toda aquella dulzura
130 en venenoso cáliz de amargura.
Y así, con un despecho
el corazón deshecho
en lágrimas fervientes
que manan de sus ojos las dos fuentes,
Al jilguero mirando
—su libertad dichosa contemplando—
de esta suerte le dice:

«Avecilla felice
que dulcemente cantas
140 en alcándaras de esas verdes plantas:
yo peno, tú te ríes,
yo me quebranto cuando tú te engríes;
por eso tú te ríes y yo peno,
porque estás de mis penas muy ajeno,
porque tengo en esposas
la libertad, Jilguero, que tú gozas.
¡Ah, libertad amada,
en mis floridos años malograda!
A fe, amigo Jilguero,
150 que en la jaula no fueras tan parlero,
pues sus penas atroces
anudaran tus voces;

prisionero, lloraras
la libertad perdida, y no cantaras.
Afuera confusiones;
del alma cesen ya las turbaciones:
¿de qué me asusta el miedo,
si en el siglo también salvarme puedo?
«Si en cuna de cristales
160　nace el Arroyo, y busca sus raudales,
hallando su destino
entre riscos camino,
a despecho de peñas y ribazos,
buscando libertad hecho pedazos;
si del verde capullo
rompe la Rosa con vistoso orgullo
la trinchera espinosa,
por salir a campear la más hermosa,
aunque el nacer temprana
170　le sea presagio de morir mañana;
si el Pez, sin viento alguno
entre las crespas ondas de Neptuno,
su gusto no le impide
la tempestad que sus espacios mide,
de orilla a orilla aporta
y —escamado bajel— los mares corta:
¿cómo yo en cautiverio
tengo mi libertad, siendo mi imperio
tan libre, que no hay fuerza
180　que lo limite o tuerza?
Cielos, ¿en qué ley cabe
que el Arroyo, la Rosa, el Pez y el Ave,
que sujetos nacieron,
gocen la libertad que no les dieron,
y yo (¡qué desvarío!)
naciendo libre, esté sin albedrío?»
　　　Aquesto discurría,
y ya se resolvía
—ciego y desesperado—
190　a renunciar el religioso estado,
cuando vio que volando,
los aires fatigando,
un Neblí[9] se presenta,

---

[9] *Neblí:* ave de rapiña originaria de los países del norte de Europa. Era muy estimada por su valor y rápido vuelo en la caza.

  —Pirata que de robos se sustenta,
emplumada saeta,
errante exhalación, veloz cometa—.
De garras bien armado,
el alfanje de pico acicalado,
pone a su curso espuelas
200 desplegando del cuerpo las dos velas.
Bajel de pluma, sube
hasta las nubes por fingirse nube,
desde donde —mirando
al Jilguero cantando
gustoso y descuidado,
de riesgos olvidado—
el Neblí se prepara
y rayo de las nubes se dispara,
con tan sordo tronido
210 que sólo fue sentido
del Ave, que asustada
se vido entre sus garras destrozada
tan impensadamente,
que acabó juntamente
la canción y la vida,
dando el último acento por la herida,
dejando con su muerte tan funesta
de mil asombros llena la floresta,
que llora lastimada
220 su inocencia ofendida y agraviada.

  Aquí, lleno de horrores
y de nuevos temores,
confuso el Religioso,
penitente, lloroso,
con el suceso extraño
conociendo la causa de su daño,
y en lágrimas bañado
que del dolor la fuerza le ha sacado,
desiste de su intento
230 —alumbrado de Dios su entendimiento—,
y para prepararse,
de esta suerte comienza a predicarse:

  «Contempla la libertad,
Alma, que ciega apeteces,
porque en negocio tan grave
no es bien de ignorancia peques.

En un difunto Jilguero
tus desengaños advierte,
y pues te engañó su vida,
240 desengáñete su muerte.

Si en la prisión de una jaula
el pajarillo estuviese,
aunque le viera, no osara
el Gerifalte[10] prenderle.

Muere porque libre vive;
luego la razón es fuerte:
cautiva el Ave se gana,
luego por libre se pierde.

Que si en el campo el Arroyo
250 libre no anduviera siempre,
no probara el precipicio
a donde van sus corrientes;

y si del mar las anchuras
libre no midiera el Pece,
tampoco incauto perdiera
la libertad en las redes.

Que aunque en la vega la Rosa
libre de espinas campee,
o de la mano atrevida
260 o del bruto bien se teme;

y a tantos riesgos sujeta
se mira el Ave, aunque vuele,
cuantos Corsarios astutos
la asaltan y la acometen.

Si el Arroyo, el Pez, el Ave,
la Rosa, por libres mueren,
en Pez, en Ave, en Arroyo
y en Rosa es bien que escarmientes.

Que si preso me gano,
270 de voluntad a la prisión me allano;
y si libre me pierdo,
no quiero libertad tan sin acuerdo!»

En *Poetas novohispanos*, cit. en bibliografía.

---

[10] *Gerifalte*: el halcón mayor muy estimado como ave de caza.

BIBLIOGRAFÍA. **Obras:** *Poetas novohispanos. Segundo siglo (1621-1721). Parte primera*, Estudio, sel. y n. de Alfonso Méndez Plancarte. México, U.N.A.M., 1944, II. **Estudios:** JOSÉ J. ARROM, «Una desconocida comedia mexicana del siglo XVII», *R.I.*, XIX, núm. 37, 1953, pp. 79-103. LUIS GONZÁLEZ OBREGÓN, D. *Guillén de Lampart, la Inquisición y la Independencia en el siglo XVII*, México, 1908. MARCELINO MENÉNDEZ PELAYO, *Historia de la poesía hispanoamericana*, Madrid, C.S.I.C., 1948, I, pp. 62-64. FRANCISCO ZAMBRANO, *La Compañía de Jesús en Mexico*, México, 1939.

Juan del Valle Caviedes
(Andalucía, 1625-Lima, 1698?)

La partida de matrimonio y el testamento (ca. 1683) de Juan del Valle Caviedes desmienten la biografía del poeta dada a conocer por Ricardo Palma y hallada, a decir del tradicionista, entre sus manuscritos. Por la primera se sabe con certeza que Caviedes nació en Porcuna, pasó a Lima cuando tenía pocos años y allí contrajo matrimonio en 1671 con doña Beatriz de Godoy Ponce de León; en el segundo, el poeta se queja de su fortuna adversa a la vez que menciona a su esposa, hijos y a un primo suyo, don Tomás Berjón de Caviedes, fiscal de la Audiencia de Lima. En un romance dedicado a sor Juana Inés de la Cruz, el poeta explica haberse criado «entre peñas de minas», detalle que ha hecho suponer a los críticos que en sus años mozos Caviedes trabajó en las minas peruanas. En esta composición, además, alardea de su formación autodidacta.

Los escritos de Caviedes están constituidos por unos trescientos poemas y tres piezas dramáticas de menor importancia. Su colección más conocida es Diente del Parnaso, *que trata diversas materias contra médicos, de amores, a lo divino, pinturas y retratos, terminada alrededor de 1689. Como Caviedes en sus versos criticó a importantes funcionarios coloniales y usó un lenguaje soez para reírse de sus coetáneos —especialmente de médicos y prostitutas— sus poemas circularon mayormente en forma manuscrita. No es hasta el siglo XIX cuando Ricardo Palma y Manuel Odriozola editaron con numerosas e innecesarias correcciones ciento cuarenta poemas suyos, que la obra del controvertido bardo se hace asequible. Es también defectuosa por la omisión de pasajes juzgados de mal gusto por el compilador, la edición a cargo de Rubén Vargas Ugarte (1947). De ahí la importancia de la edición crítica auspiciada por la Biblioteca Ayacucho (Caracas, Venezuela) a cargo de Daniel R. Reedy donde el investigador norteamericano ha compulsado los diversos manuscritos disponibles.*

Los poemas más conocidos de Caviedes son los incluidos en Diente del Parnaso. *A través de ellos se propone divertir a sus lectores pero también criticar a la sociedad peruana. Aunque son famosos sus denuestos contra los médicos, aquí también Caviedes condena a los clérigos, las mujeres de mal vivir, los abogados y los sastres. Siguiendo la estética barroca, y más específicamente a Quevedo, el poeta hace hincapié en lo feo, lo grotesco y lo inmoral para ridiculizar a sus enemigos. Como Rosas de Oquendo anteriormente, el vate novocastellano imita la manera de hablar de los indios y también utiliza un lenguaje repleto de americanismos cuya nota predominante es la oralidad. A través de él desmitifica a la sociedad colonial y expone virtudes y vicios. Pero sería injusto resaltar únicamente la vena satírica de su obra, pues también escribió Caviedes poesía amorosa, religiosa y de temática variada. La mayoría de los poemas amorosos están dirigidos a Lisi, Filis y Catalina, nombres ocultadores del verdadero. Al contrario de las incluidas en* Diente del Parnaso, *la mayoría de estas composiciones son refinadas y exquisitas; en ellas abundan las escenas bucólicas así como los sentidos lamentos del amante desdichado y no correspondido en sus empeños. La poesía religiosa suya es de corte tradicional y se ocupa de temas bien conocidos como la Ascensión, la Crucifixión, la Inmaculada Concepción o la reverencia a Cristo, la Virgen y otros santos. Con todo, dentro de esta variada producción literaria sobresalen los poemas satíricos. Ellos retoman la veta popular ya anunciada por anónimos romances de la conquista y por la obra de Mateo Rosas de Oquendo. Aunque esta tendencia hacia lo popular, hacia el destaque de lo feo y grotesco, fue nutrida por la estética barroca, en Caviedes el uso del humor, la burla, el chiste, lo escatológico, deviene diferente al ser marcado por el genio criollo, producto en América de razas y civilizaciones diversas que hallaron en este lenguaje vivamente signado por la oralidad, un vehículo de resistencia a la cultura hegemónica.*

A Cristo crucificado

Vos, para darme vida, Señor, muerto
y yo mirándoos muerto tengo vida,
atrozmente parece endurecida
o el que la tengo no parece cierto.
   Vos, clavado a una cruz, desnudo y yerto,
con el cruel rigor de tanta herida,
y viviendo el que fue vuestro homicida,
ingratitud notable y desacierto.
   Y puesto que en matarme os desagrado,
mis culpas mueran y locos apetitos,
muera el mundo y la carne en el pecado,
   que homicida he de ser de mis delitos,
porque viva el que tanto os ha costado
de penas y dolores infinitos.

En la muerte de mi esposa

¡Ay de mí! solo quedo,
mas no, si me acompaño
con penas, que son siempre
compañía infeliz del desdichado.
No me aneguéis, tormentos,
que no hacéis dos fracasos,
si le sobra a una vida
muchos golfos que aniegan con su llanto.
Con esperanzas muertas,
ni aun el mayor aguardo,
porque los daños huyen
de quien busca remedios en los daños.
No digan que suspiros
conducen al descanso,
que un usurpado aliento
tan sólo dará alientos usurpados.
De mí aprendan las rocas
que no toleran tanto,
que en resistir los males
puedo vencerlas y también llorarlos.

Fallece Febo[1] y queda
el mundo deslumbrado.
¡Mi sol! ¡Mi sol ha muerto!
Me faltan luces y me faltan rayos.
Si al morir una vida
le corresponde al tanto,
logro soy de la muerte,
pues cobra en una réditos tiranos.

Para ser caballero

Para ser caballero de accidentes,
te has de vestir en voces y mesura,
sacando el pecho, derecha la estatura,
hablando de hidalguías y parientes,
  despreciando linajes entre dientes,
andando a espacio grave y con tersura,
y aunque venga o no venga, a la ventura
usarás de las cláusulas siguientes:
  el punto, el garbo, la razón de estado,
etiquetas, usía, obligaciones,
continencias, vuecencias, mi criado,
  mis méritos, mis tardas intenciones,
y caballero quedas entablado
desde la coronilla a los talones.

Para labrarse fortuna en los palacios

  Para hallar en Palacio estimaciones
se ha de tener un poco de embustero,
poco y medio de infame lisonjero
y dos pocos cavales de bufones.
  Tres pocos y un poquito de soplones
y cuatro de alcahuetes recaderos,
cinco pocos y un mucho de parleros,
las obras censurando y las acciones.
  Será un amén continuo a cuanto hablare
el señor o el Virrey a quien sirviere
y cuanto más el tal disparatare
  aplaudir con más fuerza se requiere,
y si con esta ganga continuare
en Palacio tendrá cuanto quisiere.

---

[1] Otro nombre dado al Sol.

Lo que son riquezas del Perú

La plata de estos reinos anhelada
adquirida con logros y con daños,
a polvo se reduce en pocos años,
en seda rota y lana apolillada.
   Ya tan grande tesoro paró en nada,
los cambrayes, las telas y los paños,
anzuelos de enemigos y de extraños,
muladares aumentan, que son nada.
   En muladar pararon los desvelos
de los logros, insultos y avaricias,
¿qué habrá en ellos de infamias y de anhelos
   de robos, tiranías y injusticias,
de que claman los pobres a los cielos,
mártires de miserias y codicias?

Salvedades

   No niego que cuantos hoy obtienen
las cátedras que tienen
de méritos no estén calificados,
para tan corto ascenso muy sobrados;
y con aquesta salva, a todos pido
me digan si el ascenso que han tenido
por sus méritos sólo han alcanzado,
porque el mérito a nadie ha gradüado.
Pues si el gran Salomón resucitara,
toda su ciencia infusa malograra,
si con solo las letras se opusiera,
y este infame camino no anduviera,
porque es ciencia el saber introducciones,
y el que mejor hiciere estas lecciones,
haciendo a la virtud notable agravio
es docto-necio e ignorante-sabio.

COLOQUIO QUE TUVO CON LA MUERTE UN MÉDICO
ESTANDO ENFERMO DE RIESGO

Décimas

    El mundo todo es testigo,
Muerte de mi corazón,
que no has tenido razón
de portarte así conmigo.
Repara que soy tu amigo,
y que de tus tiros tuertos
en mí tienes los aciertos;
excúsame la partida,
que por cada mes de vida
10 te daré treinta y un muertos.

    ¡Muerte! Si los labradores
dejan siempre qué sembrar
¿cómo quieres agotar
la semilla de doctores?
Frutos te damos mayores;
pues, con purgas y con untos,
damos a tu hoz asuntos
para que llenes los trojes,
y por cada doctor coges
20 diez fanegas de difuntos.

    No seas desconocida
ni contigo uses rigores,
pues la muerte, sin doctores
no es muerte, que es media vida.
Pobre, ociosa y desvalida
quedarás en esta suerte,
sin que tu aljaba[2] concierte,
siendo en tan grande mancilla
una pobre muertecilla
30 o Muerte de mala muerte.

    Muerte sin médico es llano
que será por lo que infiero,
mosquete sin mosquetero,
espada o puñal sin mano.
Este concepto no es vano:

---

[2] *Aljaba:* o carcaj, caja portátil para las flechas.

porque aunque la muerte sea
tal que todo cuanto vea
se lo lleve por delante,
que a nadie mata es constante
40 si el doctor no la menea.
¡Muerte injusta! Tú también
me tiras por la tetilla;
mas ya sé no es maravilla
pagar mal el servir bien.
Por Galeno[3] juro, a quien
venero, que si el rigor
no conviertes en amor
sanándome de repente,
y muero de este accidente,
50 que no he de ser más doctor.
Mira que en estos afanes,
si así a los médicos tratas,
han de andar después a gatas
los curas y sacristanes.
Porque soles ni desmanes,
la suegra y suegro peor,
fruta y nieve[4] sin licor,
bala, estocadas y canto,
no matan al año tanto
60 como el médico mejor.

....

A UNA VIEJA DEL CUZCO, GRANDE
ALCAHUETA Y REVENDEDORA DE
DOS HIJAS, MESTIZAS COMO ELLA,
LE ESCRIBIÓ ESTE ROMANCE

Una mestiza consejos
estaba dando a sus hijas,
que hay de mestizas consejos
como hay el Consejo de Indias.
Al diablo se estaban dando
todas en cosas distintas,

---

[3] Claudio Galeno (¿131-201?), médico griego que escribió numerosos tratados en su campo.
[4] Se traía la nieve de los Andes a la capital (Lima) para enfriar las bebidas.

la vieja se da por tercios
por cuartos se dan las niñas.
Cuando era dama, muchachas,
10 dijo la vieja maldita,
cualquier galán me soplaba
aunque con todos comía.
Nunca tengan fe con uno
que las damas unitivas
ayunan luego al instante
que llega la primer riña.
Tened siete que otros tantos
tiene la semana días
y al que no da, sea el suyo
20 de viernes o de vigilia.
Caballeros no queráis
tan solo por hidalguía,
que en vuestro trato tenéis
sobra de caballería.
A nadie admitáis por versos,
porque es todo chilindrina[5],
pues más vale un real en prosa
que en versos todas las Indias.
Por valiente a ningún jaque[6]
30 habéis de dar ni un mi vida,
que es de poco acuchilladas
el querer por valentías.
Peje o trasca[7], a la capacha[8],
sin elección, hijas mías,
que a más mozos, más ganancia
y a más amantes, más ricas.

....

Privilegios del pobre

El pobre es tonto, si calla;
y si habla es un majadero;
si sabe, es un hablador;
y si afable, es embustero;
si es cortés, entrometido;

---

[5] *Chilindrina:* algo de poca importancia.
[6] *Jaque:* valentón, perdonavidas.
[7] *Trasca:* cerda que después de haber criado se engorda para la matanza.
[8] *Capacha:* receptáculo hecho de tejido de palma u otra fibra utilizado para llevar frutas y otras cosas no muy pesadas.

cuando no sufre, soberbio;
cobarde, cuando es humilde;
y loco, cuando es resuelto;
si valiente, es temerario;
10　presumido, si es discreto;
adulador, si obedece;
y si se excusa, grosero;
si pretende, es atrevido;
si merece, es sin aprecio;
su nobleza es nada vista,
y su gala, sin aseo;
si trabaja, es codicioso,
y por el contrario extremo
un perdido, si descansa...
20　¡Miren si son privilegios!

En *Obras*, intr. y n. de Rubén Vargas Ugarte, S. J., cit. en bibliografía.

BIBLIOGRAFÍA. **Obras:** *Obras*, Intr. y n. de Rubén Vargas Ugarte S. J., Lima, Talleres Gráficos de la Tipografía Peruana, 1947. *Obras completas*, ed. Daniel R. Reedy, Caracas, Biblioteca Ayacucho, en prensa. **Estudios:** GIUSEPPE BELLINI, «Actualidad de Juan del Valle y Caviedes», *Cahiers du Monde Hispanique et Luso-Brésilien. Caravelle*, VII, 1966, pp. 153-165. RAÚL BUENO CHÁVEZ, «Algunas formas del lenguaje satírico de Juan del Valle Caviedes», *Literatura de la Emancipación hispanoamericana y otros ensayos. Memoria del XV Congreso del Instituto Internacional de Literatura Iberoamericana*, Lima, Universidad Nacional Mayor de San Marcos, 1972, pp. 349-355. MARÍA LETICIA CÁCERES, *Voces y giros del habla colonial peruana registrados en los códices de la obra de D. Juan del Valle y Caviedes (s. XVII)*, Arequipa, 1974. MARÍA LETICIA CÁCERES, *La personalidad y obra de D. Juan del Valle y Caviedes*, Arequipa, 1975. WÁSHINGTON DELGADO, «Perfil humano y vena lírica de Caviedes», *Revista de la Universidad Católica* (Lima), núms. 11-12, 1982, pp. 53-69. GLEN L. KOLB, *Juan del Valle y Caviedes. A Study of the Life, Times and Poetry of a Spanish Colonial Satirists*, New London, Connecticut, Connecticut College, 1959. GUILLERMO LOHMANN VILLENA, «Dos documentos inéditos sobre don Juan del Valle y Caviedes», *Revista Histórica* (Lima), IX, 1937, pp. 277-283. JUANA MARTÍNEZ GÓMEZ, «Visión barroca de la mujer en Caviedes», *Memorias* [...] t. I, pp. 269-280. DANIEL R. REEDY, «Poesías inéditas de Juan del Valle Caviedes», *R.I.*, XXIX, 1963, pp. 157-190. DANIEL R. REEDY «Signs and Symbols of Doctors in the *Diente del Parnaso*», *H.*, XLVII, núm. 4, 1964, pp. 705-710. DANIEL R. REEDY *The Poetic Art of Juan del Valle Caviedes*, Chapel Hill, The University of North Carolina Press, 1964. DANIEL R. REEDY, «Juan del Valle Caviedes». *Historia* [...] *colonial*, cit., t. I, pp. 295-330. LUIS ALBERTO SÁNCHEZ, «Un villón criollo», *R.I.*, II, 1940, pp. 79-86.

Jacinto de Evia
(Guayaquil, Ecuador, 1629-?)

El maestro Jacinto de Evia, jesuita de Guayaquil, publicó en Madrid su Ramillete de varias flores poéticas recogidas y cultivadas en los primeros abriles de sus años *(1675). En este florilegio, tan del gusto del siglo XVII, incluye el compilador creaciones suyas, así como otras del santafereño Hernando Domínguez Camargo y del jesuita sevillano Antonio de Bastidas, maestro de Evia también radicado en Guayaquil. Las composiciones allí reunidas se agrupan en fúnebres, heroicas, sagradas, panegíricas, amorosas y burlescas; tal variedad anuncia cómo degeneró el barroco cuando era utilizado como modelo por versificadores de poca originalidad. Evia sucumbe a la imitación mecánica y exagerada del culteranismo y del conceptismo. Por esto es necesario buscar al poeta en aquellos momentos en que, liberado un tanto de ese peso formalista, ofrece un verso más claro y fluido. Pero aun así, cae con frecuencia en aquella línea del barroco a la cual aspiraba de manera consciente: la recreación culta de ritmos y acentos presuntamente populares. Esto determina que ni siquiera entonces pueda prescindir del cultivo de temas considerados tópicos en la lírica del siglo XVII y del uso de una gastada técnica de ornamentación metafórica. No es posible entonces descubrir en Evia una voz auténtica o personal. Por ello, en un recuento antológico, de él sólo merecen rescatarse aquellas composiciones que exhiben una evidente facilidad rítmica y una cierta delicadeza de expresión.*

Flores amorosas

Estribillo

Cupido que rindes las almas,
decidle a Belisa, decidle por mí,
como vive mi amor todo en ella,
después que a sus ojos mi vida rendí.

Glosa

Entre esperanza y temor
vive dudosa mi suerte,
el desdén me da la muerte,
pero la vida el amor;
y aunque es grande mi dolor
buscar alivio procura;
hallarálo mi ventura
si constante pido así:
    Cupidillo que rindes...

Ansioso cual ciervo herido
del harpón de una beldad,
de su fuente a la piedad
amante me ha conducido:
mas mi dolor ha crecido
con el cristal que ha gustado,
y en vez amorosa al prado
mis tristes quejas le dí:
    Cupidillo que rindes...

A un jilguero enamorado
mis penas dije constante,
por ver si hallo en un amante
remedios a mi cuidado;
compasivo me ha escuchado,
más que Belisa a quien ruego,
templando mi dulce fuego
con los gorjeos que oí:
    Cupidillo que rindes...

La yedra en brazo amoroso,
del olmo los brazos goza;

la tortolilla retoza
con su consorte gustoso;
sólo yo vivo envidioso
por ver que una planta y ave
en unión vivan süave
cuando me lamento así:
  Cupidillo que rindes...

AL NIÑO JESÚS

  Dame una limosnita,
Niño bendito,
dame las buenas pascuas
en que has nacido:
Niño de rosas,
dale a la gitanilla
pago de glorias.
  Si me das la mano,
Infante divino,
la buena ventura
verás que te digo.
Miro aquí la raya
que muestra que, aun niño,
verterás tu sangre,
baño a mis delitos
serás de tres reyes.
A los treinta y tres
¡oh, con qué prodigios!
dejarás la vida,
de amores rendido.

Rey reconocido,
y a este mismo tiempo
de un rey perseguido.
En tu propia patria,
con ser el Rey mismo,
vivirás humilde,
vivirás mendigo.
  Miro esotra raya,
que es de tu martirio;
morirás en Libra,
si naciste en Virgo.

Tendrás corta suerte
aun de los amigos,
pues de un paniaguado
te verás vendido.

Si el cruzado leño
fuere tu cuchillo,
cuchillo de palo
cortará tus bríos.

A LA ROSA

    Sol purpúreo de este prado,
que en los rayos de tus hojas,
si das envidia al sol,
ofreces lustre a la aurora;
los jilgueros de este valle
festejan tu hermosa pompa,
y admirando tu beldad,
por dulce objeto te rondan.
Todos tu carmín nevado
labios de coral los nombran,
y el rocío que te esmalta
dientes que guarda tu boca.
Uno entre otros lisonjero
o se te atreve o te toca,
queriendo beber el ámbar
y el rocío de tus hojas,
si fiado, ignoro, en sus alas
o en favores que le otorgas,
por descanso de su vuelo
escoge tu airosa copa.
¡Oh, qué requiebros te dice!
y aun con ellos enamora
una azucena, que al lado
te acompañaba gustosa.
No sé si a su dulce acento
fuistes insensible o sorda
o a sus impetuosos silbos
como a los vientos la roca.
Mas no, ingrata; bien lo oíste:
¡Oh, cuántos celos me ahogan!
Pues espinas que se guardan
no se esquivaron honrosas.

¡Oh, qué escarmientos me enseña
esa tu inconstancia loca!
No pienso prender el alma
de otra flor ni de otra rosa.
¡Qué mal se guarda belleza
que en campo se ostenta hermosa,
que como muchos la miran
su beldad alguno logra!
Ya la cítara que en tiempo
te celebraba gustosa,
como está triste su dueño,
gime también ella ronca.
Mas ya la pienso quebrar
de mi firmeza en la roca,
y pues ya no pienso amar,
tampoco cantar me importa.

En *Los dos primeros poetas* [...], cit. en bibliografía.

BIBLIOGRAFÍA. **Obras:** *Ramillete de varias flores poéticas* (1675), en Hernando Domínguez Camargo, *San Ignacio de Loyola*, Bogotá, Editorial ABC, 1956. *Los dos primeros poetas coloniales ecuatorianos (Siglos XVII y XVIII). Antonio de Bastidas y Juan Bautista Agüirre*, ed. Aurelio Espinosa Polit, Puebla, México, Editorial J. M. Cajica Jr., 1959. **Estudios:** ISAAC J. BARRERA, *Historia de la literatura ecuatoriana, Siglos XVI y XVII*, Quito, Editorial Ecuatoriana, 1944, pp. 198-214. MODESTO CHÁVEZ FRANCO, *Biografías olvidadas*, Guayaquil, Imprenta y Talleres Municipales, 1940. JOSÉ MARÍA VARGAS, *La cultura de Quito colonial*, Quito, Editorial «Santo Domingo», 1941.

Luis de Sandoval Zapata
(México, mediados del siglo XVII?)

El empobrecido Luis de Sandoval Zapata nació en México en el seno de una familia noble de antiguos conquistadores. Don Luis entró en el Seminario de San Ildefonso en su ciudad natal en 1634. Fue juzgado por sus coetáneos «excelente filósofo, teólogo, historiador y político, y de un espíritu poético tan alto, que pudo, si no exceder, igualar a los mayores de sus edad». Debe el poeta su renombre a un soneto dedicado a la Virgen de Guadalupe donde en bellas imágenes, las rosas, al morir en la tilma del indio, renacen para trocarse en «aliento racional», en la Rosa de Tepeyac. Gracias a los esfuerzos de Alfonso Méndez Plancarte, quien en 1937 dio a conocer veintinueve sonetos de Sandoval, es posible estudiar y evaluar con cierta exactitud la obra del vate mexicano. Lamentablemente, sus poesías no han sido recogidas en volumen, y todavía permanece manuscrito su ensayo «Panegírico de la paciencia».

Destaca la lírica de Sandoval por su elevación de lo cotidiano y trivial y por su magia expresiva tal como se evidencia en «A una cómica difunta», emulación de un soneto de Lope, o en «A un balcón de ocaso», poema de tono amatorio. Uno de los temas más frecuentes en su poesía es el de las flores efímeras. La concentrada energía conceptual y verbal desplegada en sus versos, su gusto por las metáforas extrañas, así como la armonía visual que de ellos se desprende, lo ligan a Quevedo más que a Góngora. Para Octavio Paz, Sandoval Zapata representa el apogeo del barroco mexicano.

A la transubstanciación admirable de las Rosas
    en la peregrina
Imagen de N. Sra. de Guadalupe... Vencen
        las Rosas al Fénix

El Astro de los Pájaros expira,
aquella alada eternidad del viento,
y entre la exhalación del monumento
víctima arde olorosa de la pira.
    En grande hoy metamórfosis se admira
mortaja, a cada flor más lucimiento:
vive en el Lienzo racional aliento
el ámbar vegetable que respira.
    Retratan a María sus colores;
corre, cuando la luz del sol las hiere,
de aquestas sombras envidioso el día.
    Más dichosas que el Fénix morís, Flores:
que él, para nacer pluma, polvo muere;
pero vosotras, para ser María.

A una cómica difunta

Aquí yace la púrpura dormida;
aquí el garbo, el gracejo, la hermosura,
la voz de aquel clarín de la dulzura
donde templó sus números la vida.
    Trompa de amor, ya no a la lid convida
el clarín de su música blandura;
hoy aprisiona en la tiniebla obscura
tantas sonoras almas una herida.
    La representación, la vida airosa
te debieron los versos y más cierta.
Tan bien fingiste —amante, helada, esquiva—,
    que hasta la Muerte se quedó dudosa
si la representaste como muerta
o si la padeciste como viva.

En *Poetas novohispanos. Segundo siglo (1621-1721). Parte primera*, cit. en bibliografía.

BIBLIOGRAFÍA. **Obras:** *Poetas novohispanos. Segundo siglo (1621-1721). Parte primera*, estudio, sel. y n. de Alfonso Méndez Plancarte, México, U.N.A.M., 1944, II. **Estudios:** OCTAVIO PAZ. «Una literatura trasplantada», en *Sor Juana Inés de la Cruz o las trampas de la fe*, México, F.C.E., 1982, pp. 67-86. ALFONSO REYES, «Virreinato de filigrana (XVII-XVIII)», *Obras completas*, México, F.C.E., 1960, XII, pp. 348-374.

Sor Juana Inés de la Cruz
(San Miguel de Nepantla, 1651-México, 1695)

La figura cimera de la literatura hispanoamericana colonial es sor Juana Inés de la Cruz, hija ilegítima de un militar español de probable origen vasco, Pedro Manuel de Asbaje y Vargas Machuca, y de una criolla mexicana, doña Isabel Ramírez de Santillana. Por la Respuesta a sor Filotea de la Cruz *(1691), documento autobiográfico donde sor Juana defiende el derecho de sus congéneres y el suyo a la pesquisa intelectual, sabemos que cuando tenía tres años engañó a la maestra de su hermana para que la enseñara a leer. Con una insaciable sed de saber, la niña, a pesar de su predilección por el queso, se privaba de esta golosina, pues creía que hacía «rudos»* —entorpecía— *a quienes la comían; también se cortaba el pelo si no aprendía lo que se había propuesto en el plazo fijado por ella. Más tarde le pidió a su madre que la vistiera de hombre para así poder asistir a la universidad en la capital novohispana. Pero la precoz Juana tuvo que conformarse con leer y estudiar los libros de la biblioteca de su abuelo materno en una hacienda de Panoayán. Alrededor de los ocho años se la envió a México, a cargo de unos parientes en cuya casa comenzó a «deprender gramática». La fama de la inteligente niña pronto llegó a la corte novohispana y allí fue llevada por los virreyes marqueses de Mancera, don Antonio Sebastián de Toledo Molina y Salazar y doña Leonor Carreto, más tarde la Laura mencionada en tantos poemas de sor Juana. También allí la joven fue sometida a examen por cuarenta estudiosos y especialistas en diversas materias y, para realce propio y de sus protectores, salió airosa de esta prueba.*

Las circunstancias que rodean la toma del velo por la hermosa e inteligente mujer han dado motivo a múltiples especulaciones, la mayoría de ellas infundadas. Vale por eso recordar la explicación de la autora en la Respuesta: *«Entréme religiosa, porque aunque conocía que tenía el estado cosas (de las accesorias hablo, no de las formales) muchas repugnantes a mi genio, con todo, para la total negación que tenía al matrimonio, era lo menos desproporcionado y lo más decente que podía elegir en materia de la seguridad que deseaba de mi salvación...» Así, ingresó en el aristocrático convento de las Carmelitas para abandonarlo tres meses más tarde, bien por lo severo de la regla o por el rechazo hacia la joven criolla, bastarda y pobre. Un año y algunos meses después (24 de febrero de 1669), profesó en el convento de San Jerónimo. Desde su celda y bajo el nombre de sor Juana Inés de la Cruz continuó el diálogo intelectual con sobresalien-*

tes escritores y pensadores de la época entre los cuales se destaca el erudito ensayista y científico Carlos de Sigüenza y Góngora (1645-1700), que en el sepelio de la Décima Musa pronunciaría la hoy perdida oración fúnebre. Desde los claustros continuó escribiendo poemas, autos sacramentales y villancicos, para celebraciones y agasajos laicos y religiosos. Su simpatía e inteligencia le ganaron a sor Juana el afecto de los nuevos virreyes marqueses de la Laguna, y especialmente de la virreina. Efectivamente, gracias a los empeños de la condesa de Paredes, la Fili, Lisi o Lisida de muchos poemas de sor Juana, apareció en Madrid la primera edición de una porción de la obra de la mexicana, Inundación castálida (1689). En contraste con otros escritores coloniales, la obra de sor Juana alcanzó gran difusión durante su vida; su fama llegó tanto a Madrid como a Lima desde donde el satírico Juan del Valle Caviedes le dedicó una curiosa epístola, «Carta que escribió el autor a la monja de México habiéndole ésta enviado pedir algunas obras de sus versos, siendo ella en esto y en todo el mayor ingenio de estos siglos», nunca contestada por la Décima Musa. Los varios tomos de su obra tuvieron numerosas ediciones; por ejemplo, Inundación castálida fue reimpreso en nueve ocasiones. Sor Juana, quien a lo largo de su vida tuvo que defender incesantemente su derecho a estudiar, a saber, a diferir, en una sociedad donde tales privilegios se reservaban para los varones, pagó un alto precio por este desafío. A raíz de la difusión de la Carta atenagórica (1691), de la reprimenda del arzobispo de Puebla bajo el seudónimo de sor Filotea de la Cruz, y de la valiente Respuesta de la monja, seguramente acrecentaron las críticas y la envidia. Se la instó entonces a ocuparse de la salvación de su alma y a abandonar los asuntos profanos. No se sabe si sor Juana se deshizo de su biblioteca e instrumentos científicos y musicales por voluntad propia o porque cedió a presiones eclesiásticas. Lo cierto es que después de 1692, a excepción de una petición causídica y protestas de fe «rubricadas con su sangre», la monja no escribió más. ¿Reconciliación lograda por el sometimiento a la Iglesia como ha sostenido Octavio Paz? ¿El triunfo de la fe sobre la razón? La Décima Musa murió pocos años después cuidando a sus hermanas religiosas contagiadas de la peste que asoló a México en 1695. Sin lugar a dudas, las constantes de su vida fueron el amor al saber y una inclaudicable defensa del derecho de las mujeres a la educación.

Sor Juana cultivó diversos géneros literarios. Sus maestros fueron Lope de Vega, Quevedo, Góngora, Calderón, Gracián, Trillo y Figueroa, Salazar y Torres. Pero la abundante obra de la monja no es simple reelaboración de modelos peninsulares. Los escritos de la mexicana, siempre dentro de las corrientes culteranas y conceptistas del barroco, son innovadores tanto por las modificaciones métricas y el uso de americanismos como por la profundidad intelectual y el *frescor de una pasión contradictoriamente desbordante y contenida. Dominó sor Juana la técnica del verso hasta un punto de virtuosismo sólo comparable al de Lope de Vega, uno de sus más prominentes modelos. Su obra poética ha sido editada por el erudito jesuita mexicano Alfonso Méndez Plancarte, quien la ordenó de acuerdo al siguiente esquema: romances, endechas, redondillas, décimas, glosas, sonetos, liras y ovillejos. Los temas, aunque variados, son los propios del barroco (filosófico-morales, amorosos, mitológicos, satírico-burlescos y ocasionales o de circunstancia). En su obra el estilo se encauza mediante recursos conceptistas, y por eso abundan los paralelismos y correlaciones, las antítesis y paradojas, los juegos de palabras y el énfasis en lo ingenioso. No es poesía coloreada únicamente por la fantasía sino nacida de una fuerte urgencia intelectual. En sus momentos extremos es lógica rimada, rigor silogístico del pensamiento, tendencias presentes en la mayoría de sus más popularizantes versos. Cuando sor Juana toca el tema amoroso alcanza su acento más personal y fresco y, así mismo, logra altísimas cualidades poéticas. Sobresalen también los aciertos expresivos de sus villancicos con la impronta popular ya sea afromexicana, mestiza, india o criolla, así como la honda religiosidad de los pasajes de inspiración bíblica que se encuentra en el mejor de sus autos sacramentales,* El Divino Narciso *(1690).*

La obra más importante de sor Juana, Primero sueño *(1692), es un poema de novecientos setenta y cinco versos escritos en silvas y ligado a la poesía de técnica gongorina.* Primero sueño, *una de las más notables creaciones poéticas del siglo XVII, está fundamentada en amplias y diversas tradiciones literarias remontadas al* Somnium Scipionis, *de Cicerón, la tragedia de Séneca* Hércules furens *y al poema* Somnus *de Estacio, y, a su vez, posteriormente desarrolladas y ampliadas en el Renacimiento y el Siglo de Oro. Es también evidente que cuando la monja escribió esta obra de madurez intelectual estaba familiarizada con los escritos del jesuita Atanasio Kircher basados fundamentalmente en la tradición hermética. En este poema donde la Décima Musa hace gala de su sabiduría, se desarrolla la vieja idea del sueño con una finalidad dogmática o cognoscitiva: el alma se propone, a través del sueño, llegar a la intuición total del universo. Desengañada, reconoce su impotencia y comienza a recorrer modestamente las escalas del conocimiento metódico. Si bien el alma fracasa cuando asume las limitaciones del intelecto y, por tanto, la imposibilidad de comprender el universo, la autora concluye aceptando esta derrota para destacar la importancia de emprender, el camino, de seguir adelante, de atreverse a aceptar el desafío aun a riesgo de caer. Y por eso Faetón es admirado modelo. Octavio Paz ha destacado cómo en* Primero sueño *sor Juana confronta alma y universo para resaltar la soledad y el desvanecimiento del mundo sobrenatural; este enfrenta-*

miento es para Paz «el eje espiritual de la poesía de Occidente» desde el romanticismo en adelante, y de ahí el vínculo de sor Juana con la modernidad. Para expresar tales conceptos la Décima Musa utiliza un lenguaje encrespado mediante el despliegue de instrumentos expresivos culteranos —hipérbatos, metáforas, cultismos, perífrasis— donde son evidentes los ecos formales de Góngora, uno de sus modelos más sobresalientes. Como bien ha resumido Georgina Sabat de Rivers, «esta problemática del ser, de tipo genérico e individual, se borda, en el Sueño, con las brillantes gemas conceptuosas y formales de una larga tradición hispánica. Todo lo que representaba lo más granado de la riqueza cultural europea de la época, se dio cita en una humilde celdita del Nuevo Mundo americano.»

ROMANCES

Acusa la hidropesía de mucha ciencia, que teme inútil aun para saber y nociva para vivir.

    Finjamos que soy feliz,
triste Pensamiento, un rato;
quizá podréis persuadirme,
aunque yo sé lo contrario:
    que pues sólo en la aprehensión
dicen que estriban los daños,
si os imagináis dichoso
no seréis tan desdichado.
    Sírvame el entendimiento
10 alguna vez de descanso,
y no siempre esté el ingenio
con el provecho encontrado.
    Todo el mundo es opiniones
de pareceres tan varios,
que lo que el uno que es negro,
el otro prueba que es blanco.
    A unos sirve de atractivo
lo que otro concibe enfado;
y lo que éste por alivio,
20 aquél tiene por trabajo.
    El que está triste, censura
al alegre de liviano;
y el que está alegre, se burla
de ver al triste penando.
    Los dos filósofos Griegos[1]
bien esta verdad probaron;
pues lo que en el uno risa,
causaba en el otro llanto.
    Célebre su oposición
30 ha sido por siglos tantos,
sin que cuál acertó, esté
hasta agora averiguado;

---

[1] Heráclito y Demócrito. Como actitud ante la vida, Heráclito proponía el llanto mientras Demócrito defendía la risa.

antes, en sus dos banderas
el mundo todo alistado,
conforme el humor le dicta,
sigue cada cual el bando.
Uno dice que de risa
sólo es digno el mundo vario;
y otro, que sus infortunios
40 son sólo para llorados.
Para todo se halla prueba
y razón en que fundarlo;
y no hay razón para nada,
de haber razón para tanto.
Todos son iguales jueces;
y siendo iguales y varios,
no hay quien pueda decidir
cuál es lo más acertado.
Pues, si no hay quien lo sentencie,
50 ¿por qué pensáis, vos, errado,
que os cometió Dios a vos
la decisión de los casos?
¿O por qué, contra vos mismo,
severamente inhumano,
entre lo amargo y lo dulce,
queréis elegir lo amargo?
Si es mío mi entendimiento
¿por qué siempre he de encontrarlo
tan torpe para el alivio,
60 tan agudo para el daño?
El discurso es un acero
que sirve por ambos cabos:
de dar muerte, por la punta;
por el pomo, de resguardo.
Si vos, sabiendo el peligro,
queréis por la punta usarlo,
¿qué culpa tiene el acero
del mal uso de la mano?
No es saber, saber hacer
70 discursos sutiles, vanos;
que el saber consiste sólo
en elegir lo más sano.
Especular las desdichas
y examinar los presagios,
sólo sirve de que el mal
crezca con anticiparlo.
En los trabajos futuros,

la atención, sutilizando,
más formidable que el riesgo
80 suele fingir el amago.
¡Qué feliz es la ignorancia
del que, indoctamente sabio,
halla de lo que padece,
en lo que ignora, sagrado!
No siempre suben seguros
vuelos del ingenio osados,
que buscan trono en el fuego
y hallan sepulcro en el llanto.
También es vicio el saber:
90 que si no se va atajando,
cuando menos se conoce
es más nocivo el estrago;
y si el vuelo no le abaten,
en sutilezas cebado,
por cuidar de lo curioso
olvida lo necesario.
Si culta mano no impide
crecer al árbol copado,
quita la substancia al fruto
100 la locura de los ramos.
Si andar a nave ligera
no estorba lastre pesado,
sirve el vuelo de que sea
el precipicio más alto.
En amenidad inútil,
¿qué importa al florido campo,
si no halla fruto el Otoño,
que ostente flores el Mayo?
¿De qué le sirve al ingenio
110 el producir muchos partos,
si a la multitud se sigue
el malogro de abortarlos?
Y a esta desdicha por fuerza
ha de seguirse el fracaso
de quedar el que produce,
si no muerto, lastimado.
El ingenio es como el fuego:
que, con la materia ingrato,
tanto la consume más
120 cuanto él se ostenta más claro.
Es de su propio Señor
tan rebelado vasallo,

que convierte en sus ofensas
las armas de su resguardo.
Este pésimo ejercicio,
este duro afán pesado,
a los hijos de los hombres
dio Dios para ejercitarlos.
¿Qué loca ambición nos lleva
130 de nosotros olvidados?
Si es para vivir tan poco,
¿de qué sirve saber tanto?
¡Oh, si como hay de saber,
hubiera algún seminario
o escuela donde a ignorar
se enseñaran los trabajos!
¡Qué felizmente viviera
el que, flojamente cauto,
burlara las amenazas
140 del influjo de los astros!
Aprendamos a ignorar,
Pensamiento, pues hallamos
que cuanto añado al discurso,
tanto le usurpo a los años.

Con que, en sentidos afectos, prelude al dolor de una ausencia

Ya que para despedirme,
dulce idolatrado dueño,
ni me da licencia el llanto
ni me da lugar el tiempo,
    háblente los tristes rasgos,
entre lastimosos ecos,
de mi triste pluma, nunca
con más justa causa negros.
    Y aun ésta te hablará torpe
10 con las lágrimas que vierto,
porque va borrando el agua
lo que va dictando el fuego.
    Hablar me impiden mis ojos;
y es que se anticipan ellos,
viendo lo que he de decirte,
a decírtelo primero.
    Oye la elocuencia muda
que hay en mi dolor, sirviendo

los suspiros, de palabras,
20 las lágrimas, de conceptos.
   Mira la fiera borrasca
   que pasa en el mar del pecho,
   donde zozobran, turbados,
   mis confusos pensamientos.
   Mira cómo ya el vivir
   me sirve de afán grosero;
   que se avengüenza la vida
   de durarme tanto tiempo.
   Mira la muerte, que esquiva
30 huye porque la deseo;
   que aun la muerte, si es buscada,
   se quiere subir de precio.
   Mira cómo el cuerpo amante,
   rendido a tanto tormento,
   siendo en lo demás cadáver,
   sólo en el sentir es cuerpo.
   Mirá cómo el alma misma
   aun teme, en su ser exento,
   que quiera el dolor violar
40 la inmunidad de lo eterno.
   En lágrimas y suspiros
   alma y corazón a un tiempo,
   aquél se convierte en agua,
   y ésta se resuelve en viento.
   Ya no me sirve de vida
   esta vida que poseo,
   sino de condición sola
   necesaria al sentimiento.
   Mas ¿por qué gasto razones
50 en contar mi pena, y dejo
   de decir lo que es preciso,
   por decir lo que estás viendo?
   En fin, te vas. ¡Ay de mí!
   Dudosamente lo pienso:
   pues si es verdad, no estoy viva,
   y si viva, no lo creo.
   ¿Posible es que ha de haber día
   tan infausto, tan funesto,
   en que sin ver yo las tuyas
60 esparza sus luces Febo?
   ¿Posible es que ha de llegar
   el rigor a tan severo,
   que no ha de darles tu vista

a mis pesares aliento?
¿Que no he de ver tu semblante,
que no he de escuchar tus ecos,
que no he de gozar tus brazos
ni me ha de animar tu aliento?
    ¡Ay, mi bien, ay prenda mía,
70 dulce fin de mis deseos!
¿Por qué me llevas el alma,
dejándome el sentimiento?
    Mira que es contradicción
que no cabe en un sujeto,
tanta muerte en una vida,
tanto dolor en un muerto.
    Mas ya que es preciso, ¡ay triste!,
en mi infelice suceso,
ni vivir con la esperanza
80 ni morir con el tormento,
    dáme algún consuelo tú
en el dolor que padezco;
y quien en el suyo muere,
viva siquiera en tu pecho.
    No te olvides que te adoro,
y sírvante de recuerdo
las finezas que me debes,
si no las prendas que tengo.
    Acuérdate que mi amor,
90 haciendo gala del riesgo,
sólo por atropellarlo
se alegraba de tenerlo.
    Y si mi amor no es bastante,
el tuyo mismo te acuerdo,
que no es poco empeño haber
empezado ya en empeño.
    Acuérdate, señor mío,
de tus nobles juramentos;
y lo que juró tu boca
100 no lo desmientan tus hechos.
    Y perdona si en temer
mi agravio, mi bien, te ofendo,
que no es dolor, el dolor
que se contiene en lo atento.
    Y a Dios; que, con el ahogo
que me embarga los alientos,
ni sé ya lo que te digo
ni lo que te escribo leo.

REDONDILLAS

En que describe racionalmente los efectos
irracionales del amor.

      Este amoroso tormento
que en mi corazón se ve,
sé que lo siento, y no sé
la causa porque lo siento.
      Siento una grave agonía
por lograr un devaneo,
que empieza como deseo
y para en melancolía.
      Y cuando con más terneza
10 mi infeliz estado lloro,
sé que estoy triste e ignoro
la causa de mi tristeza.
      Siento un anhelo tirano
por la ocasión a que aspiro,
y cuando cerca la miro
yo misma aparto la mano.
      Porque, si acaso se ofrece,
después de tanto desvelo,
la desazona el recelo
20 o el susto la desvanece.
      Y si alguna vez sin susto
consigo tal posesión,
cualquiera leve ocasión
me malogra todo el gusto.
      Siento mal del mismo bien
con receloso temor,
y me obliga el mismo amor
tal vez a mostrar desdén.
      Cualquier leve ocasión labra
30 en mi pecho, de manera,
que el que imposibles venciera
se irrita de una palabra.
      Con poca causa ofendida,
suelo, en mitad de mi amor,
negar un leve favor
a quien le diera la vida.
      Ya sufrida, ya irritada,
con contrarias penas lucho:

que por él sufriré mucho,
40 y con él sufriré nada.
   No sé en qué lógica cabe
el que tal cuestión se pruebe:
que por él lo grave es leve,
y con él lo leve es grave.
   Sin bastantes fundamentos
forman mis tristes cuidados,
de conceptos engañados,
un monte de sentimientos;
   y en aquel fiero conjunto
50 hallo, cuando se derriba,
que aquella máquina altiva
sólo estribaba en un punto.
   Tal vez el dolor me engaña
y presumo, sin razón,
que no habrá satisfacción
que pueda templar mi saña;
   y cuando a averiguar llego
el agravio porque riño,
es como espanto de niño
60 que para en burlas y juego.
   Y aunque el desengaño toco,
con la misma pena lucho,
de ver que padezco mucho
padeciendo por tan poco.
   A vengarse se abalanza
tal vez el alma ofendida;
y después, arrepentida,
toma de mí otra venganza.
   Y si al desdén satisfago,
70 es con tan ambiguo error,
que yo pienso que es rigor
y se remata en halago.
   Hasta el labio desatento
suele, equívoco, tal vez,
por usar de la altivez
encontrar el rendimiento.
   Cuando por soñada culpa
con más enojo me incito,
yo le acrimino el delito
80 y le busco la disculpa.
   No huyo el mal ni busco el bien:
porque, en mi confuso error,
ni me asegura el amor
ni me despecha el desdén.

En mi ciego devaneo,
bien hallada con mi engaño,
solicito el desengaño
y no encontrarlo deseo.
    Si alguno mis quejas oye,
90 más a decirlas me obliga
porque me las contradiga,
que no porque las apoye.
    Porque si con la pasión
algo contra mi amor digo,
es mi mayor enemigo
quien me concede razón.
    Y si acaso en mi provecho
hallo la razón propicia,
me embaraza la justicia
100 y ando cediendo el derecho.
    Nunca hallo gusto cumplido,
porque, entre alivio y dolor,
hallo culpa en el amor
y disculpa en el olvido.
    Esto de mi pena dura
es algo del dolor fiero;
y mucho más no refiero
porque pasa de locura.
    Si acaso me contradigo
110 en este confuso error,
aquél que tuviere amor
entenderá lo que digo.

Arguye de inconsecuentes el gusto y la censura de los hombres que en las mujeres acusan lo que causan

Hombres necios que acusáis
a la mujer sin razón,
sin ver que sois la ocasión
de lo mismo que culpáis:
    si con ansia sin igual
solicitáis su desdén,
¿por qué queréis que obren bien
si las incitáis al mal?
    Combatís su resistencia
10 y luego, con gravedad,

decís que fue liviandad
lo que hizo la diligencia.
　　Parecer quiere el denuedo
de vuestro parecer loco,
al niño que pone el coco
y luego le tiene miedo.
　　Queréis, con presunción necia,
hallar a la que buscáis,
para pretendida, Thais[2],
20　y en la posesión, Lucrecia[3].
　　¿Qué humor puede ser más raro
que el que, falto de consejo,
él mismo empaña el espejo,
y siente que no esté claro?
　　Con el favor y el desdén
tenéis condición igual,
quejándoos, si os tratan mal,
burlándoos, si os quieren bien.
　　Opinión, ninguna gana;
30　pues la que más se recata,
si no os admite, es ingrata,
y si os admite, es liviana.
　　Siempre tan necios andáis
que, con desigual nivel,
a una culpáis por crüel
y a otra por fácil culpáis.
　　¿Pues cómo ha de estar templada
la que vuestro amor pretende,
si la que es ingrata, ofende,
40　y la que es fácil, enfada?
　　Mas, entre el enfado y pena
que vuestro gusto refiere,
bien haya la que no os quiere
y quejaos en hora buena.
　　Dan vuestras amantes penas
a sus libertades alas,
y después de hacerlas malas
las queréis hallar muy buenas.
　　¿Cuál mayor culpa ha tenido
50　en una pasión errada:
la que cae de rogada,
o el que ruega de caído?

---

[2] Famosa cortesana griega.
[3] Dama romana, sinónimo de la mujer virtuosa.

¿O cuál es más de culpar,
aunque cualquiera mal haga:
la que peca por la paga,
o el que paga por pecar?
   Pues ¿para qué os espantáis
de la culpa que tenéis?
Queredlas cual las hacéis
60 o hacedlas cual las buscáis.
   Dejad de solicitar,
y después, con más razón,
acusaréis la afición
de la que os fuere a rogar.
   Bien con muchas armas fundo
que lidia vuestra arrogancia,
pues en promesa e instancia
juntáis diablo, carne y mundo.

DÉCIMAS

Que demuestran decoroso esfuerzo de la razón contra la vil tiranía de un amor violento

Dime, vencedor rapaz,
vencido de mi constancia,
¿qué ha sacado tu arrogancia
de alterar mi firme paz?
Que aunque de vencer capaz
es la punta de tu arpón
el más duro corazón,
¿qué importa el tiro violento,
si a pesar del vencimiento
10 queda viva la razón?
   Tienes grande señorío;
pero tu jurisdicción
domina la inclinación,
mas no pasa al albedrío.
Y así librarme confío
de tu loco atrevimiento,
pues aunque rendida siento
y presa la libertad,
se rinde la voluntad
20 pero no el consentimiento.

En dos partes dividida
tengo el alma en confusión:
una, esclava a la pasión,
y otra, a la razón medida.
Guerra civil, encendida,
aflige el pecho importuna:
quiere vencer cada una,
y entre fortunas tan varias,
morirán ambas contrarias
30 pero vencerá ninguna.
    Cuando fuera, Amor, te vía[4],
no merecí de ti palma;
y hoy, que estás dentro del alma,
es resistir valentía.
Córrase, pues, tu porfía,
de los triunfos que te gano:
pues cuando ocupas, tirano,
el alma, sin resistillo[5],
tienes vencido el Castillo
40 e invencible el Castellano.
    Invicta razón alienta
armas contra tu vil saña,
y el pecho es corta campaña
a batalla tan sangrienta.
Y así, Amor, en vano intenta
tu esfuerzo loco ofenderme:
pues podré decir, al verme
expirar sin entregarme,
que conseguiste matarme
50 más no pudiste vencerme.

Esmera su respetuoso amor hablando a un Retrato

Copia divina, en quien veo
desvanecido al pincel,
de ver que ha llegado él
donde no pudo el deseo;
alto, soberano empleo
de más que humano talento;
exenta de atrevimiento,
pues tu beldad increíble,

---

[4] *Vía:* veía.
[5] *Resistillo:* resistirlo.

      como excede a lo posible,
10   no la alcanza el pensamiento.
      ¿Qué pincel tan soberano
      fue a copiarte suficiente?
      ¿Qué numen movió la mente?
      ¿Qué virtud rigió la mano?
      No se alabe el Arte, vano,
      que te formó peregrino:
      pues en tu beldad convino,
      para formar un portento,
      fuese humano el instrumento,
20   pero el impulso, divino.
      Tan espíritu te admiro,
      que cuando deidad te creo,
      hallo el alma que no veo,
      y dudo el cuerpo que miro.
      Todo el discurso retiro,
      admirada en tu beldad:
      que muestra con realidad,
      dejando el sentido en calma,
      que puede copiarse el alma,
30   que es visible la deidad.
      Mirando perfección tal
      cual la que en ti llego a ver,
      apenas puedo creer
      que puedes tener igual;
      y a no haber Original
      de cuya perfección rara
      la que hay en ti se copiara,
      perdida por tu afición,
      segundo Pigmalión[6],
40   la animación te impetrara.
      Toco, por ver si escondido
      lo viviente en ti parece:
      ¿posible es, que de él carece
      quien roba todo el sentido?
      ¿Posible es, que no has sentido
      esta mano que te toca,
      y a que atiendas te provoca
      a mis rendidos despojos?
      ¿Que no hay luz en esos ojos?
50   ¿Que no hay voz en esa boca?

---

[6] Escultor célebre de la antigüedad; se enamoró de la estatua de Galatea que acababa de hacer y se casó con ella cuando Venus la convirtió en mujer.

         Bien puedo formar querella,
         cuando me dejas en calma,
         de que me robas el alma
         y no te animas con ella;
         y cuando altivo atropella
         tu rigor, mi rendimiento,
         apurando el sufrimiento,
         tanto tu piedad se aleja,
         que se me pierde la queja
    60   y se me logra el tormento.
         Tal vez, pienso que piadoso
         respondes a mi afición;
         y otras, teme el corazón
         que te esquivas desdeñoso.
         Ya alienta el pecho, dichoso,
         ya infeliz al rigor muere;
         pero, como quiera, adquiere
         la dicha de poseer,
         porque al fin, en mi poder
    70   serás lo que yo quisiere.
         Y aunque ostentes el rigor
         de tu Original, fiel,
         a mí me ha dado el pincel
         lo que no puede el amor.
         Dichosa vivo al favor
         que me ofrece un bronce frío:
         pues aunque muestres desvío,
         podrás, cuando más terrible,
         decir que eres impasible,
    80   pero no que no eres mío.

SONETOS

Procura desmentir los elogios que a un retrato de la
  Poetisa inscribió la verdad, que llama pasión

         Este, que ves, engaño colorido,
      que del arte ostentando los primores,
      con falsos silogismos de colores
      es cauteloso engaño del sentido;
         éste, en quien la lisonja ha pretendido
      excusar de los años los horrores,

y venciendo del tiempo los rigores
triunfar de la vejez y del olvido,
  es un vano artificio del cuidado,
  es una flor al viento delicada,
  es un resguardo inútil para el hado:
es una necia diligencia errada,
es un afán caduco y, bien mirado,
es cadáver, es polvo, es sombra, es nada.

Quéjase de la suerte: insinúa su aversión a los vicios, y justifica su divertimiento a las Musas

  En perseguirme, Mundo, ¿qué interesas?
¿En qué te ofendo, cuando sólo intento
poner bellezas en mi entendimiento
y no mi entendimiento en las bellezas?
  Yo no estimo tesoros ni riquezas;
y así, siempre me causa más contento
poner riquezas en mi pensamiento
que no mi pensamiento en las riquezas.
  Y no estimo hermosura que, vencida,
es despojo civil de las edades,
ni riqueza me agrada fementida,
  teniendo por mejor, en mis verdades,
consumir vanidades de la vida
que consumir la vida en vanidades.

En que satisface un recelo con la retórica del llanto

  Esta tarde, mi bien, cuando te hablaba,
como en tu rostro y tus acciones vía
que con palabras no te persuadía,
que el corazón me vieses deseaba;
  y Amor, que mis intentos ayudaba,
venció lo que imposible parecía:
pues entre el llanto, que el dolor vertía,
el corazón deshecho destilaba.
  Baste ya de rigores, mi bien, baste;
no te atormenten más celos tiranos,
ni el vil recelo tu quietud contraste
  con sombras necias, con indicios vanos,
pues ya en líquido humor viste y tocaste
mi corazón deshecho entre tus manos.

Que contiene una fantasía contenta con amor decente

Detente, sombra de mi bien esquivo,
imagen del hechizo que más quiero,
bella ilusión por quien alegre muero,
dulce ficción por quien penosa vivo.
 Si al imán de tus gracias, atractivo,
sirve mi pecho de obediente acero,
¿para qué me enamoras lisonjero
si has de burlarme luego fugitivo?
 Mas blasonar no puedes, satisfecho,
de que triunfa de mí tu tiranía:
que aunque dejas burlado el lazo estrecho
 que tu forma fantástica ceñía,
poco importa burlar brazos y pecho
si te labra prisión mi fantasía.

Resuelve la cuestión de cuál sea pesar más molesto en encontradas correspondencias, amar o aborrecer

Que no me quiera Fabio, al verse amado,
es dolor sin igual en mí sentido;
mas que me quiera Silvio, aborrecido,
es menor mal, más no menos enfado.
 ¿Qué sufrimiento no estará cansado
si siempre le resuenan al oído
tras la vana arrogancia de un querido
el cansado gemir de un desdeñado?
 Si de Silvio me cansa el rendimiento,
a Fabio canso con estar rendida;
si de éste busco el agradecimiento,
 a mí me busca el otro agradecida:
por activa y pasiva es mi tormento,
pues padezco en querer y en ser querida.

Continúa el mismo asunto y aun le expresa con más viva elegancia

Feliciano me adora y le aborrezco;
Lisardo me aborrece y yo le adoro;
por quien no me apetece ingrato, lloro,
y al que me llora tierno, no apetezco.

A quien más me desdora, el alma ofrezco;
a quien me ofrece víctimas, desdoro;
desprecio al que enriquece mi decoro,
y al que le hace desprecios, enriquezco.
  Si con mi ofensa al uno reconvengo,
me reconviene el otro a mí, ofendido;
y a padecer de todos modos vengo,
  pues ambos atormentan mi sentido:
aquéste, con pedir lo que no tengo;
y aquél, con no tener lo que le pido.

PROSIGUE EL MISMO ASUNTO,
Y DETERMINA QUE PREVALEZCA
LA RAZÓN CONTRA EL GUSTO

  Al que ingrato me deja, busco amante;
al que amante me sigue, dejo ingrata;
constante adoro a quien mi amor maltrata;
maltrato a quien mi amor busca constante.
  Al que trato de amor, hallo diamante,
y soy diamante al que de amor me trata;
triunfante quiero ver al que me mata,
y mato al que me quiere ver triunfante.
  Si a éste pago, padece mi deseo;
si ruego a aquél, mi pundonor enojo:
de entrambos modos infeliz me veo.
  Pero yo, por mejor partido, escojo
de quien no quiero, ser violento empleo,
que, de quien no me quiere, vil despojo.

LIRAS

QUE EXPRESAN SENTIMIENTOS DE AUSENTE

  Amado dueño mío,
escucha un rato mis cansadas quejas,
pues del viento las fío,
que breve las conduzca a tus orejas,
si no se desvanece el triste acento
como mis esperanzas en el viento.
  Óyeme con los ojos,
ya que están tan distantes los oídos,
y de ausentes enojos

10 en ecos, de mi pluma mis gemidos;
    y ya que a ti no llega mi voz ruda,
    óyeme sordo, pues me quejo muda.
        Si del campo te agradas,
    goza de sus frescuras venturosas,
    sin que aquestas cansadas
    lágrimas te detengan, enfadosas;
    que en él verás, si atento te entretienes,
    ejemplos de mis males y mis bienes.
        Si al arroyo parlero
20 ves, galán de las flores en el prado,
    que, amante lisonjero,
    a cuantas mira intima su cuidado,
    en su corriente mi dolor te avisa
    que a costa de mi llanto tiene risa.
        Si ves que triste llora
    su esperanza marchita, en ramo verde,
    tórtola gemidora,
    en él y en ella mi dolor te acuerde,
    que imitan, con verdor y con lamento,
30 él mi esperanza y ella mi tormento.
        Si la flor delicada,
    si la peña, que altiva no consiente
    del tiempo ser hollada,
    ambas me imitan, aunque variamente,
    ya con fragilidad, ya con dureza,
    mi dicha aquélla y ésta mi firmeza.
        Si ves el ciervo herido
    que baja por el monte, acelerado,
    buscando, dolorido,
40 alivio al mal en un arroyo helado,
    y sediento al cristal se precipita,
    no en el alivio, en el dolor me imita.
        Si la liebre encogida
    huye medrosa de los galgos fieros,
    y por salvar la vida
    no deja estampa de los pies ligeros,
    tal mi esperanza, en dudas y recelos,
    se ve acosada de villanos celos.
        Si ves el cielo claro,
50 tal es la sencillez del alma mía;
    y si, de luz avaro,
    de tinieblas se emboza el claro día,
    es con su obscuridad y su inclemencia,
    imagen de mi vida en esta ausencia.

Así que, Fabio amado,
saber puedes mis males sin costarte
la noticia cuidado,
pues puedes de los campos informarte;
y pues yo a todo mi dolor ajusto,
60   saber mi pena sin dejar tu gusto.
    Mas ¿cuándo, ¡ay gloria mía!,
mereceré gozar tu luz serena?
¿Cuándo llegará el día
que pongas dulce fin a tanta pena?
¿Cuándo veré tus ojos, dulce encanto,
y de los míos quitarás el llanto?
    ¿Cuándo tu voz sonora
herirá mis oídos, delicada,
y el alma que te adora,
70   de inundación de gozos anegada,
a recibirte con amante prisa
saldrá a los ojos desatada en risa?
    ¿Cuándo tu luz hermosa
revestirá de gloria mis sentidos?
¿Y cuándo yo, dichosa,
mis suspiros daré por bien perdidos,
teniendo en poco el precio de mi llanto,
que tanto ha de penar quien goza tanto?
    ¿Cuándo de tu apacible
80   rostro alegre veré el semblante afable,
y aquel bien indecible
a toda humana pluma inexplicable,
que mal se ceñirá a lo definido
lo que no cabe en todo lo sentido?
    Ven, pues, mi prenda amada:
que ya fallece mi cansada vida
de esta ausencia pesada;
ven, pues: que mientras tarda tu venida,
aunque me cueste su verdor enojos,
90   regaré mi esperanza con mis ojos.

QUE DAN ENCARECIDA SATISFACCIÓN A UNOS CELOS

    Pues estoy condenada,
Fabio, a la muerte, por decreto tuyo,
y la sentencia airada
ni la apelo, resisto ni la huyo,

óyeme, que no hay reo tan culpado
a quien el confesar le sea negado.
   Porque te han informado,
dices, de que mi pecho te ha ofendido,
me has, fiero, condenado.
10 ¿Y pueden, en tu pecho endurecido,
más la noticia incierta, que no es ciencia,
que de tantas verdades la experiencia?
   Si a otros crédito has dado,
Fabio, ¿por qué a tus ojos se lo niegas,
y el sentido trocado
de la ley, al cordel mi cuello entregas,
pues liberal me amplías los rigores
y avaro me restringes los favores?
   Si a otros ojos he visto,
20 mátenme, Fabio, tus airados ojos;
si a otro cariño asisto,
asístanme implacables tus enojos;
y si otro amor del tuyo me divierte,
tú, que has sido mi vida, me des muerte.
   Si a otro, alegre, he mirado,
nunca alegre me mires ni te vea;
si le hablé con agrado,
eterno desagrado en ti posea;
y si otro amor inquieta mi sentido,
30 sáquesme el alma tú, que mi alma has sido.
   Mas, supuesto que muero,
sin resistir a mi infelice suerte,
que me des sólo quiero
licencia de que escoja yo mi muerte;
deja la muerte a mi elección medida,
pues en la tuya pongo yo la vida.
   No muera de rigores,
Fabio, cuando morir de amores puedo;
pues con morir de amores
40 tú acreditado y yo bien puesta quedo:
que morir por amor, no de culpada,
no es menos muerte, pero es más honrada.
   Perdón, en fin, te pido
de las muchas ofensas que te he hecho
en haberte querido:
que ofensas son, pues son a tu despecho;
y con razón te ofendes de mi trato,
pues que yo, con quererte, te hago ingrato.

EL SUEÑO (1692)

Primero sueño, que así intituló y compuso
la Madre Juana Inés de la Cruz,
imitando a Góngora

    Piramidal, funesta, de la tierra
nacida sombra, al Cielo encaminaba
de vanos obeliscos punta altiva,
escalar pretendiendo las Estrellas;
si bien sus luces bellas
—exentas siempre, siempre rutilantes—
la tenebrosa guerra
que con negros vapores le intimaba
la pavorosa sombra fugitiva
10 burlaban tan distantes,
que su atezado ceño
al superior convexo aun no llegaba
del orbe de la Diosa[7]
que tres veces hermosa
con tres hermosos rostros ser ostenta,
quedando sólo dueño
del aire que empañaba
con el aliento denso que exhalaba;
y en la quietud contenta
20 del imperio silencioso,
sumisas sólo voces consentía
de las nocturnas aves,
tan obscuras, tan graves,
que aun el silencio no se interumpía.
    Con tardo vuelo y canto, del oído
mal, y aun peor del ánimo admitido,
la avergonzada Nictimene[8] acecha
de las sagradas puertas los resquicios,
o de las claraboyas eminentes
30 los huecos más propicios
que capaz a su intento le abren brecha,
y sacrílega llega a los lucientes

---

    [7] Se refiere a Diana o la Luna, de tres rostros según Virgilio: Luna en el cielo, Diana en la tierra, Proserpina en el infierno.
    [8] Hija de Epopeo, rey de Lesbia, que tuvo amores incestuosos con su padre y, avergonzada de su pecaso, huyó a esconderse en los bosques.

faroles sacros de perenne llama
que extingue, si no infama,
en licor claro la materia crasa
consumiendo, que el árbol de Minerva[9]
de su fruto, de prensas agravado,
congojoso sudó y rindió forzado.
    Y aquellas que su casa
40 campo vieron volver sus telas hierba[10],
a la deidad de Baco inobedientes
—ya no historias contando diferentes,
en forma sí afrentosa transformadas—,
segunda forman niebla,
ser vistas aun temiendo en la tiniebla,
aves sin pluma aladas[11]:
aquellas tres oficiosas, digo,
atrevidas Hermanas,
que el tremendo castigo
50 de desnudas les dio pardas membranas
alas tan mal dispuestas
que escarnio son aun de las más funestas:
éstas, con el parlero
ministro de Plutón[12] un tiempo, ahora
supersticioso indicio al agorero,
solos la no canora
componían capilla pavorosa,
máximas, negras, longas, entonando,
y pausas más que voces, esperando
60 a la torpe mensura perezosa
de mayor proporción tal vez, que el viento
con flemático echaba movimiento,
de tan tardo compás, tan detenido,
que en medio se quedó tal vez dormido.

---

[9] Se refiere al olivo. Minerva y Poseidón querían la posesión de Atenas. Los dioses decidieron que la ciudad sería de quien creara lo más útil a los hombres. Poseidón creó el caballo, necesario para la guerra, y Minerva el olivo, símbolo de la paz.

[10] Trata de las tres Mineidas, hijas de Minias; ellas se negaron a rendir culto a Baco y se quedaron en sus casas, trabajando en los telares. Baco hizo brotar vino de sus telares, transformó las telas en hojas y vid y las convirtió a las tres en murciélagos.

[11] Murciélagos.

[12] Ascáfalo, a quien Proserpina convirtió en búho, considerado un ave de mal agüero.

Este, pues, triste son intercadente
de la asombrada turba temerosa,
menos a la atención solicitaba
que al sueño persuadía;
antes sí, lentamente,
70   su obtusa consonancia espacïosa
al sosiego inducía
y al reposo los miembros convidaba
—el silencio intimando a los vivientes,
uno y otro sellando labio obscuro
con indicante dedo,
Harpócrates[13], la noche, silencioso;
a cuyo, aunque no duro,
si bien imperïoso
precepto, todos fueron obedientes—.
80   El viento sosegado, el can dormido,
éste yace, aquél quedo
los átomos no mueve,
con el susurro hacer temiendo leve,
aunque poco, sacrílego rüido,
violador del silencio sosegado.
el mar, no ya alterado,
ni aun la instable mecía
cerúlea cuna donde el Sol dormía;
y los dormidos, siempre mudos, peces,
90   en los lechos lamosos
de sus obscuros senos cavernosos,
mudos eran dos veces;
y entre ellos, la engañosa encantadora
Alcione[14], a los que antes
en peces transformó, simples amantes,
transformada también, vengaba ahora.
   En los del monte senos escondidos,
cóncavos de peñascos mal formados
—de su aspereza menos defendidos
100 que de su obscuridad asegurados—,
cuya mansión sombría
ser puede noche en la mitad del día,
incógnita aun al cierto
montaraz pie del cazador experto

---

[13] Dios del silencio.
[14] Hija de Eolo, mujer de Ceico, rey tracio, transformada en alción, ave fabulosa.

—depuesta la fiereza
de unos, y de otros el temor depuesto—
yacía el vulgo bruto,
a la Naturaleza
el de su potestad pagando impuesto,
110 universal tributo;
y el Rey, que vigilancia afectaba,
aun con abiertos ojos no velaba.
    El de sus mismos perros acosado,
monarca en otros tiempo esclarecido,
tímido ya venado,
con vigilante oído,
del sosegado ambiente
al menor perceptible movimiento
que los átomos muda,
120 la oreja alterna aguda
y el leve rumor siente
que aun lo altera dormido.
    Y en la quietud del nido,
que de brozas y lodo instable hamaca
formó en la más opaca
parte del árbol, duerme recogida
la leve turba, descansando el viento
del que le corta, alado movimiento.
    De Júpiter[15] el ave generosa
130 —como al fin reina—, por no darse entera
al descanso, que vicio considera
si de preciso pasa, cuidadosa
de no incurrir de omisa en el exceso,
a un solo pie librada fía el peso,
y en otro guarda el cálculo pequeño
—despertador reloj del leve sueño—,
porque, si necesario fue admitido,
no pueda dilatarse continuado,
antes interrumpido
140 del regio sea pastoral cuidado.
¡Oh de la Majestad pensión gravosa,
que aun el menor descuido no perdona!
Causa, quizá, que ha hecho misteriosa,
circular, denotando, la corona,
en círculo dorado,
que el afán es no menos continuado.

---

[15] O Zeus, el padre de los dioses entre los griegos y los romanos. El ave de Júpiter es el águila.

El sueño todo, en fin, lo poseía;
todo, en fin, el silencio lo ocupaba:
aun el ladrón dormía;
150 aun el amante no se desvelaba.
El conticinio[16] casi ya pasando
iba, y la sombra dimidiaba[17], cuando
de las diurnas tareas fatigados
—y no sólo oprimidos
del afán ponderoso
del corporal trabajo, mas cansados
del deleite también (que también cansa
objeto continuado a los sentidos
aun siendo deleitoso:
160 que la Naturaleza siempre alterna
ya una, ya otra balanza,
distribuyendo varios ejercicios,
ya al ocio, ya al trabajo destinados,
en el fiel infiel con que gobierna
la aparatosa máquina del mundo)—;
así, pues, de profundo
sueño dulce los miembros ocupados,
quedaron los sentidos
del que ejercicio tienen ordinario
170 —trabajo, en fin pero trabajo amado,
si hay amable trabajo—,
si privados no, al menos suspendidos,
y cediendo al retrato del contrario
de la vida[18], que —lentamente armado—
cobarde embiste y vence perezoso
con armas soñolientas,
desde el cayado humilde al cetro altivo,
sin que haya distintivo
que el sayal de la púrpura discierna:
180 pues su nivel, en todo poderoso,
gradúa por exentas
a ningunas personas,
desde la de a quien tres forman coronas
soberana tiara[19],
hasta la que pajiza vive choza;

---

[16] *Conticinio:* la hora de la noche en que todo está en silencio.
[17] *Dimidiaba:* cumplir la mitad del tiempo.
[18] Lo contrario de la vida es la muerte, y el retrato de ésta es el sueño.
[19] Se refiere a la tiara papal.

desde la que el Danubio undoso dora,
a la que junco humilde, humilde mora;
y con siempre igual vara
(como, en efecto, imagen poderosa
190 de la muerte) Morfeo[20]
el sayal mide igual con el brocado.
    El alma, pues, suspensa
del exterior gobierno —en que ocupada
en material empleo,
o bien o mal da el día por gastado—,
solamente dispensa
remota, si del todo separada
no, a los de muerte temporal opresos
lánguidos miembros, sosegados huesos,
200 los gajes del calor vegetativo,
el cuerpo siendo, en sosegada calma,
un cadáver con alma,
muerto a la vida y a la muerte vivo,
de lo segundo dando tardas señas
el del reloj humano[21]
vital volante que, si no con mano,
con arterial concierto, unas pequeñas
muestras, pulsando, manifiesta lento
de su bien regulado movimiento.
210   Este, pues, miembro rey y centro vivo
de espíritus vitales,
con su asociado respirante fuelle
—pulmón, que imán del viento es atractivo,
que en movimientos nunca desiguales
o comprimiendo ya, o ya dilatando
el musculoso, claro arcaduz blando,
hace que en él resuelle
el que lo circunscribe fresco ambiente
que impele ya caliente,
220 y él venga su expulsión haciendo activo
pequeños robos al calor nativo,
algún tiempo llorados,
nunca recuperados,
si ahora no sentidos de su dueño,
que, repetido, no hay robo pequeño—;
éstos, pues, de mayor, como ya digo,

---

[20] El sueño; dios de los ensueños, hijo de la Noche y del Sueño.
[21] El corazón.

excepción, uno y otro fiel testigo,
la vida aseguraban,
mientras con mudas voces impugnaban
230 la información, callados, los sentidos
—con no replicar sólo defendidos—,
y la lengua que, torpe, enmudecía,
con no poder hablar los desmentía.
  Y aquella del calor más competente
científica oficina[22],
próvida de los miembros despensera,
que avara nunca y siempre diligente,
ni a la parte prefiere más vecina
ni olvida a la remora,
240 y en ajustado natural cuadrante
las cuantidades nota
que a cada cuál tocarle considera,
del que alambicó quilo el incesante
calor, en el manjar que —medianero
piadoso— entre él y el húmedo interpuso
su inocente substancia,
pagando por entero
la que, ya piedad sea, o ya arrogancia,
al contrario voraz, necia, lo expuso
250 —merecido castigo, aunque se excuse,
al que en pendencia ajena se introduce—;
ésta, pues, si no fragua de Vulcano[23],
templada hoguera del calor humano,
al cerebro envïaba
húmedos, mas tan claros los vapores
de los atemperados cuatro humores[24],
que con ellos no sólo no empañaba
los simulacros[25] que la estimativa[26]
dio a la imaginativa
260 y aquésta, por custodia más segura,
en forma ya más pura
entregó a la memoria que, oficiosa,

---

[22] El estómago, que convierte los alimentos en sustancias nutritivas repartidas después por todo el cuerpo.
[23] Dios del fuego y del metal, hijo de Júpiter y Juno.
[24] Los cuatro humores: sangre, flema, bilis o humor seco y atrabilis o humor húmedo.
[25] Imágenes.
[26] Se refiere a las cuatro facultades de la sensibilidad interna: estimativa, imaginativa, memoria y fantasía.

grabó tenaz y guarda cuidadosa,
sino que daban a la fantasía
lugar de que formase
imágenes diversas.
　　　　Y del modo
que en tersa superficie, que de Faro[27]
cristalino portento, asilo raro
270　fue, en distancia longísima se vían
(sin que ésta le estorbase)
del reino casi de Neptuno todo
las que distantes lo surcaban naves
—viéndose claramente
en su azogada luna
el número, el tamaño y la fortuna
que en la instable campaña transparente
arresgadas tenían,
mientras aguas y vientos dividían
280　sus velas leves y sus quillas graves—:
así ella, sosegada, iba copiando
las imágenes todas de las cosas,
y el pincel invisible iba formando
de mentales, sin luz, siempre vistosas
colores, las figuras
no sólo ya de todas las criaturas
sublunares, mas aun también de aquéllas
que intelectuales claras son Estrellas,
y en el modo posible
290　que concebirse puede lo invisible,
en sí, mañosa, las representaba
y el alma las mostraba.
　　　　La cual, en tanto, toda convertida
a su inmaterial ser y esencia bella,
aquella contemplaba,
participada de alto Ser, centella
que con similitud en sí gozaba;
y juzgándose casi dividida
de aquella que impedida
300　siempre la tiene, corporal cadena[28],
que grosera embaraza y torpe impide
el vuelo intelectual con que ya mide

---

[27] El faro de la isla de Pharos, en el puerto de Alejandría.
[28] La idea de que la materia impide al alma su libre vuelo y el ejercicio de sus más altas facultades.

　　　　la cuantidad inmensa de la Esfera,
　　　　ya el curso considera
　　　　regular, con que giran desiguales
　　　　los cuerpos celestiales
　　　　—culpa si grave, merecida pena
　　　　(torcedor del sosiego, riguroso)
　　　　de estudio vanamente judicioso[29]—,
310　　puesta, a su parecer, en la eminente
　　　　cumbre de un monte a quien el mismo Atlante[30]
　　　　que preside gigante
　　　　a los demás enano obedecía,
　　　　y Olimpo[31], cuya sosegada frente,
　　　　nunca de aura agitada
　　　　consistió ser violada,
　　　　aun falda suya ser no merecía:
　　　　pues las nubes —que opaca son corona
　　　　de la más elevada corpulencia,
320　　del volcán más soberbio que en la tierra
　　　　gigante erguido intima al cielo guerra—,
　　　　apenas densa zona
　　　　de su altiva eminencia,
　　　　o a su vasta cintura
　　　　cíngulo tosco son, que —mal ceñido—
　　　　o el viento lo desata sacudido,
　　　　o vecino el calor del sol lo apura.
　　　　　A la región primera de su altura
　　　　(ínfima parte, digo, dividiendo
330　　en tres su continuado cuerpo horrendo),
　　　　el rápido no pudo, el veloz vuelo
　　　　del águila —que puntas hace al Cielo
　　　　y al Sol bebe los rayos pretendiendo
　　　　entre sus luces colocar su nido—
　　　　llegar; bien que esforzando
　　　　más que nunca el impulso, ya batiendo
　　　　las dos plumadas velas, ya peinando
　　　　con las garras el aire, ha pretendido,

---

[29] Se refiere a los estudios de astrología y la influencia de los astros sobre el destino del hombre.
[30] O Atlas, rey fabuloso de Mauritania, hijo de Júpiter. Después de negar hospitalidad a Perseo, éste hizo aparecer ante sus ojos la cabeza de Medusa y lo metamorfoseó en una montaña muy elevada, identificada por algunos con los montes del norte de África, que serían los sostenes del cielo.
[31] Montaña de Grecia entre Macedonia y Tesalia, donde vivían los dioses.

tejiendo de los átomos escalas,
340 que su inmunidad rompan sus dos alas.
Las Pirámides dos —ostentaciones
de Menfis[32] vano, y de la Arquitectura
último esmero, si ya no pendones
fijos, no tremolantes—, cuya altura
coronada de bárbaros trofeos
tumba y bandera fue a los Ptolomeos[33],
que al viento, que a las nubes publicaba
(si ya también al Cielo no decía)
de su grande, su siempre vencedora
350 ciudad —ya Cairo ahora—
las que, porque a su copia enmudecía,
la Fama[34] no cantaba
Gitanas glorias, Ménficas proezas,
aun en el viento, aun en el Cielo impresas:
éstas —que en nivelada simetría
su estatura crecía
con tal diminución, con arte tanto,
que (cuanto más al Cielo caminaba)
a la vista, que lince[35] la miraba,
360 entre los vientos se desparecía,
sin permitir mirar la sutil punta
que al primer Orbe finge que se junta,
hasta que fatigada del espanto,
no descendida, sino despeñada
se hallaba al pie de la espaciosa basa,
tarde o mal recobrada
del desvanecimiento
que pena fue no escasa
del visüal alado atrevimiento—,
370 cuyos cuerpos opacos
no al Sol opuestos, antes avenidos
con sus luces, si no confederados
con él (como, en efecto, confinantes),
tan del todo bañados

---

[32] Las dos pirámides de Khefrén y Cheops, cerca de Menfis, antigua capital de Egipto.
[33] Dinastía de reyes egipcios.
[34] Diosa alegórica, mensajera de Júpiter. Es representada como una mujer alada, que lleva una trompeta con la que anuncia los hechos de los hombres.
[35] *Lince:* de visión muy penetrante.

de su resplandor eran, que —lucidos—
nunca de calorosos caminantes
al fatigado aliento, a los pies flacos,
ofrecieron alfombra
aun de pequeña, aun de señal de sombra:
380   éstas, que glorias ya sean Gitanas,
o elaciones[36] profanas,
bárbaros jeroglíficos de ciego
error, según el Griego
ciego también, dulcísimo Poeta[37]
—si ya, por las que escribe
Aquileyas[38] proezas
o marciales de Ulises[39] sutilezas,
la unión no lo recibe
de los Historiadores, o lo acepta
390   (cuando entre su catálogo lo cuente)
que gloria más que número le aumente—,
de cuya dulce serie numerosa
fuera más fácil cosa
al temido Tonante
el rayo fulminante
quitar, o la pesada
a Alcides[40] clava herrada,
que un hemistiquio solo
de los que le dictó propicio Apolo[41]:
400   según de Homero, digo, la sentencia,
las Pirámides fueron materiales
tipos solos, señales exteriores
de las que, dimensiones interiores,
especies son del alma intencionales:
que como sube en piramidal punta
al Cielo la ambiciosa llama ardiente,
así la humana mente
su figura trasunta,
y a la Causa Primera siempre aspira

---

[36] *Elaciones:* soberbia, presunción, altivez.
[37] Se refiere a Homero representado por la tradición como viejo y ciego, errando de ciudad en ciudad.
[38] Alude a Aquiles, el más famoso de los héroes griegos, protagonista de *La Ilíada*.
[39] Protagonista de *La Odisea* de Homero.
[40] Hijo de Júpiter y de Alcmena, más conocido por Hercúles.
[41] Dios griego y romano de los oráculos, de la medicina, de la poesía, de las artes, de los rebaños, del día y del sol. Tenía un oráculo en Delfos.

410 —céntrico punto donde recta tira
la línea, si ya no circunferencia,
que contiene, infinita, toda esencia—.
Estos, pues, Montes dos artificiales
(bien maravillas, bien milagros sean),
y aun aquella blasfema altiva Torre[42]
de quien hoy dolorosas son señales
—no en piedras, sino en lenguas desiguales,
porque voraz el tiempo no las borre—
los idiomas diversos que escasean
420 el socïable trato de las gentes
(haciendo que parezcan diferentes
los que unos hizo la Naturaleza,
de la lengua por sólo la extrañeza),
si fueran comparados
a la mental pirámide elevada
donde —sin saber cómo— colocada
el Alma se miró, tan atrasados
se hallaran, que cualquiera
gradüara su cima por Esfera:
430 pues su ambicioso anhelo,
haciendo cumbre de su propio vuelo,
en la más eminente
la encumbró parte de su propia mente,
de sí tan remontada, que creía
que a otra nueva región de sí salía.
En cuya casi elevación inmensa,
gozosa mas suspensa,
suspensa pero ufana,
y atónita aunque ufana, la suprema
440 de lo sublunar Reina soberana[43],
la vista perspicaz, libre de anteojos,
de sus intelectuales bellos ojos
(sin que distancia tema
ni de obstáculo opaco se recele,
de que interpuesto algún objeto cele),
libre tendió por todo lo crïado:
cuyo inmenso agregado,
cúmulo incomprehensible,
aunque a la vista quiso manifiesto
450 dar señas de posible,

---

[42] Alude a la torre de Babel.
[43] El alma.

a la comprehensión no, que —entorpecida
con la sobra de objetos, y excedida
de la grandeza de ellos su potencia—
retrocedió cobarde.
Tanto no, del osado presupuesto,
revocó la intención, arrepentida,
la vista que intentó descomedida
en vano hacer alarde
contra objeto que excede en excelencia
las líneas visüales
460 —contra el Sol, digo, cuerpo luminoso,
cuyos rayos castigo son fogoso,
que fuerzas desiguales
despreciando, castigan rayo a rayo
el confiado, antes atrevido
y ya llorado ensayo
(necia experiencia que costosa tanto
fue, que Ícaro[44] ya, su propio llanto
lo anegó enternecido)—,
como el entendimiento, aquí vencido
470 no menos de la inmensa muchedumbre
de tanta maquinosa pesadumbre
(de diversas especies conglobado
esférico compuesto),
que de las cualidades
de cada cual, cedió: tan asombrado,
que —entre la copia puesto,
pobre con ella en las neutralidades
de un mar de asombros, la elección confusa—,
equívoco las ondas zozobraba;
480 y por mirarlo todo, nada vía,
ni discernir podía
(bota la facultad intelectiva
en tanta, tan difusa
incomprehensible especie que miraba
desde el un eje en que librada estriba
la máquina voluble de la Esfera,
al contrapuesto polo)

---

[44] Hijo de Dédalo, se fugó con él del laberinto de Creta con unas alas de cera emplumada con las cuales pretendió volar tan alto que el Sol, como castigo a su osadía, las derritió y el imprudente cayó al mar. En lengua literaria se compara a Ícaro con quienes tienen proyectos demasiado ambiciosos.

las partes, ya no sólo,
que al universo todo considera
490 serle perfeccionantes,
a su ornato, no más, pertenecientes;
mas ni aun las que integrantes
miembros son de su cuerpo dilatado,
proporcionadamente competentes.
Mas como al que ha usurpado[45]
diuturna[46] obscuridad, de los objetos
visibles los colores,
si súbitos le asaltan resplandores,
con la sobra de luz queda más ciego
500 —que el exceso contrarios hace efectos
en la torpe potencia, que la lumbre
del Sol admitir luego
no puede por la falta de costumbre—,
y a la tiniebla misma, que antes era
tenebroso a la vista impedimento,
de los agravios de la luz apela,
y una vez y otra con la mano cela
de los débiles ojos deslumbrados
los rayos vacilantes,
510 sirviendo ya —piadosa medianera—
la sombra de instrumento
para que recobrados
por grados se habiliten,
porque después constantes
su operación más firmes ejerciten
—recurso natural, innata ciencia
que confirmada ya de la experiencia,
maestro quizá mudo,
retórico ejemplar, inducir pudo
520 a uno y otro Galeno[47]
para que del mortífero veneno,
en bien proporcionadas cantidades
escrupulosamente regulando
las ocultas nocivas cualidades,
ya por sobrado exceso
de cálidas o frías,
o ya por ignoradas simpatías

---

[45] Se refiere al ojo humano.
[46] *Diuturna:* que ha durado mucho tiempo.
[47] Célebre médico griego; utilizado como sinónimo de médico.

o antipatías con que van obrando
las causas naturales su progreso
530 (a la admiración dando, suspendida,
efecto cierto en causa no sabida,
con prolijo desvelo y remirada
empírica atención, examinada
en la bruta experiencia,
por menos peligrosa),
la confección hicieran provechosa,
último afán de la Apolínea ciencia[48],
de admirable tr̈iaca,
¡que así del mal el bien tal vez se saca!—:
540 no de otra suerte el Alma, que asombrada
de la vista quedó de objeto tanto,
la atención recogió, que derramada
en diversidad tanta, aun no sabía
recobrarse a sí misma del espanto
que portentoso había
su discurso[49] calmado,
permitiéndole apenas
de un concepto confuso
el informe embr̈ión que, mal formado,
550 inordinado[50] caos retrataba
de confusas especies que abrazaba
—sin orden avenidas,
sin orden separadas,
que cuanto más se implican combinadas
tanto más se disuelven desunidas,
de diversidad llenas—,
ciñendo con violencia lo difuso
de objeto tanto, a tan pequeño vaso
(aun al más bajo, aun al menor, escaso).
560   Las velas, en efecto, recogidas,
que fio inadvertidas
traidor al mar, al viento ventilante
—buscando, desatento,
al mar fidelidad, constancia al viento—,
mal le hizo de su grado
en la mental orilla
dar fondo, destrozado,

---

[48] La medicina.
[49] Parece aludir aquí a nuestra facultad racional.
[50] *Inordinado:* sin orden.

al timón roto, a la quebrada entena[51]
besando arena a arena
570 de la playa el bajel, astilla a astilla,
donde —ya recobrado—
el lugar usurpó de la carena
cuerda refleja, reportado aviso
de dictamen remiso:
que, en su operación misma reportado,
más juzgó conveniente
a singular asunto reducirse,
o separadamente
una por una discurrir las cosas
580 que vienen a ceñirse
en las que artificiosas
dos veces cinco son Categorías[52]:
   reducción metafísica que enseña
(los entes concibiendo generales
en sólo unas mentales fantasías
donde de la materia se desdeña
el discurso abstraído)
ciencia a formar de los universales,
reparando, advertido,
590 con el arte el defecto
de no poder con un intüitivo
conocer acto todo lo crïado,
sino que, haciendo escala, de un concepto
en otro va ascendiendo grado a grado,
y el de comprender orden relativo
sigue, necesitado
del del entendimiento
limitado vigor, que a sucesivo
discurso fía su aprovechamiento:
600   cuyas débiles fuerzas, la doctrina
con doctos alimentos va esforzando,
y el prolijo, si blando,
continuo curso de la disciplina,
robustos le va alientos infundiendo,
con que más animoso
al palio glorïoso

---

[51] *Entena:* vara larga a la que se le pone la vela triangular de las embarcaciones pequeñas.
[52] Trata de las diez categorías aristotélicas: sustancia, cantidad, cualidad, relación, acción, pasión, lugar, tiempo, posesión y manera de ser.

del empeño más arduo, altivo aspira,
los altos escalones ascendiendo
—en una ya, ya en otra cultivado
610 facultad—, hasta que insensiblemente
la honrosa cumbre mira
término dulce de su afán pesado
(de amarga siembra, fruto al gusto grato,
que aun a largas fatigas fue barato),
y con planta valiente
la cima huella de su altiva frente.
    De esta serie seguir mi entendimiento
el método quería,
o del ínfimo grado
620 del ser inanimado
(menos favorecido,
si no más desvalido,
de la segunda causa productiva)[53],
pasar a la más noble jerarquía
que, en vegetable aliento,
primogénito es, aunque grosero,
de Thetis[54] —el primero
que a sus fértiles pechos maternales,
con virtud atractiva,
630 los dulces apoyó manantïales
de humor terrestre, que a su nutrimiento
natural es dulcísimo alimento—,
y de cuatro adornada operaciones[55]
de contrarias acciones,
ya atrae, ya segrega diligente
lo que no serle juzga conveniente,
ya lo superfluo expele, y de la copia
la substancia más útil hace propia;
    y —ésta ya investigada—
640 forma inculcar más bella
(de sentido adornada,
y aun más que de sentido, de aprehensiva
fuerza imaginativa),
que justa puede ocasionar querella

---

[53] Alude a la naturaleza, creada por Dios, que es la causa primera.
[54] Diosa del mar, esposa del Océano y madre de los Ríos y las Oceánidas.
[55] Se refiere a las operaciones de la vida vegetativa que cita más adelante: atraer, segregar, seleccionar y hacer propio lo útil.

—cuando afrenta no sea—
de la que más lucida centellea
inanimada Estrella,
bien que soberbios brille resplandores
—que hasta a los Astros puede superiores,
650 aun la menor criatura, aun la más baja,
ocasionar envidia, hacer ventaja—;
    y de este corporal conocimiento
haciendo, bien que escaso, fundamento,
al supremo pasar maravilloso
compuesto triplicado,
de tres acordes líneas ordenado
y de las formas todas inferiores
compendio misterioso:
bisagra engazadora
660 de la que más se eleva entronizada
Naturaleza pura
y de la que, criatura
menos noble, se ve más abatida:
no de las cinco solas adornada
sensibles facultades,
mas de las interiores
que tres rectrices son, ennoblecida
—que para ser señora
de las demás, no en vano
670 la adornó Sabia Poderosa Mano—:
fin de Sus obras, círculo que cierra
la Esfera con la tierra,
última perfección de lo crïado
y último de su Eterno Autor agrado,
en quien con satisfecha complacencia
Su inmensa descansó magnificencia:
    fábrica portentosa
que, cuanto más altiva al Cielo toca,
sella el polvo la boca
680 —de quien ser pudo imagen misteriosa
la que Águila Evangélica[56], sagrada
visión en Patmos[57] vio, que las Estrellas
midió y el suelo con iguales huellas,
o la estatua eminente
que del metal mostraba más preciado

---

[56] El apóstol San Juan.
[57] Una de las islas Espórades, donde escribió San Juan su Apocalipsis.

la rica altiva frente,
y en el más desechado
material, flaco fundamento hacía,
con que a leve vaivén se deshacía—:
690 el Hombre, digo, en fin, mayor portento
que discurre el humano entendimiento;
compendio que absoluto
parece al Ángel, a la planta, al bruto;
cuya altiva bajeza
toda participó Naturaleza.
¿Por qué? Quizá porque más venturosa
que todas, encumbrada
a merced de amorosa
Unión sería. ¡Oh, aunque repetida,
700 nunca bastantemente bien sabida
merced, pues ignorada
en lo poco apreciada
parece, o en lo mal correspondida!
Estos, pues, grados discurrir quería
unas veces. Pero otras, disentía,
excesivo juzgando atrevimiento
el discurrirlo todo,
quien aun la más pequeña,
aun la más fácil parte no entendía
710 de los más manüales
efectos naturales;
quien de la fuente no alcanzó risueña
el ignorado modo
con que el curso dirige cristalino
deteniendo en ambages su camino
—los horrorosos senos
de Plutón, las cavernas pavorosas
del abismo tremendo,
las campañas hermosas,
720 los Elíseos[58] amenos,
tálamo ya de su triforme esposa,
clara pesquisidora registrando
(útil curiosidad, aunque prolija,
que de su no cobrada bella hija
noticia cierta dio a la rubia Diosa,
cuando montes y selvas trastornando,

---

[58] Morada fabulosa, el paraíso de los griegos y romanos. Allí acababan los sufrimientos y los pesares; se olvidaban todos los males de la vida.

cuando prados y bosques inquiriendo,
su vida iba buscando
y del dolor su vida iba perdiendo)—;
730   quien de la breve flor aun no sabía
por qué ebúrnea figura
circunscribe su frágil hermosura:
mixtos, por qué, colores
—confundiendo la grana en los albores—
fragrante le son gala:
ámbares por qué exhala,
y el leve, si más bello
ropaje al viento explica,
que en una y otra fresca multiplica
740   hija, formando pompa escarolada
de dorados perfiles cairelada,
que —roto del capillo el blanco sello—
de dulce herida de la Cipria diosa[59]
los despojos ostenta jactanciosa,
si ya el que la colora,
candor al alba, púrpura al aurora
no le usurpó y, mezclado,
purpúreo es ampo, rosicler nevado:
tornasol que concita
750   los que del prado aplausos solicita:
preceptor quizá vano
—si no ejemplo profano—
de industria femenil[60] que el más activo
veneno, hace dos veces ser nocivo
en el velo aparente
de la que finge tez resplandeciente.
    Pues si a un objeto solo —repetía
tímido el pensamiento—
huye el conocimiento
760   y cobarde el discurso se desvía;
si a especie segregada
—como de las demás independiente,
como sin relación considerada—
da las espaldas el entendimiento,
y asombrado el discurso se espeluza
del difícil certamen que rehusa

---

[59] La sangre de Venus; la diosa era honrada en la isla de Chipre.
[60] La industria femenil alude a la preparación de polvos, cosméticos y ungüentos.

acometer valiente,
porque teme —cobarde—
comprehenderlo o mal, o nunca, o tarde,
770 ¿cómo en tan espantosa
máquina inmensa discurrir pudiera,
cuyo terrible incomportable peso
—si ya en su centro mismo no estribara—
de Atlante[61] a las espaldas agobiara,
de Alcides[62] a las fuerzas excediera;
y el que fue de la Esfera
bastante contrapeso,
pesada menos, menos ponderosa
su máquina juzgara, que la empresa
780 de investigar a la Naturaleza?
  Otras —más esforzado—,
demasiada acusaba cobardía
el lauro antes ceder, que en la lid dura
haber siquiera entrado;
y al ejemplar osado
del claro joven[63] la atención volvía
—auriga altivo del ardiente carro—,
y el, si infeliz, bizarro
alto impulso, el espíritu encendía:
790 donde el ánimo halla
—más que el temor ejemplos de escarmiento—
abiertas sendas al atrevimiento,
que una ya vez trilladas, no hay castigo
que intento baste a remover segundo
(segunda ambición, digo).
  Ni el panteón profundo
—cerúlea tumba a su infeliz ceniza—,
ni el vengativo rayo fulminante
mueve, por más que avisa,
800 al ánimo arrogante
que, el vivir despreciando, determina
su nombre eternizar en su rüina.
Tipo es, antes, modelo:
ejemplar pernicioso
que alas engendra a repetido vuelo,

---

[61] El gigante Atlas lleva sobre sus hombros toda la bóveda celestial.
[62] Se dice que Alcides (Hércules) ayudó a Atlas durante cierto tiempo a sostener el cielo.
[63] Alude a Faetón, hijo del Sol y Climea.

del ánimo ambicioso
que —del mismo terror haciendo halago
que al valor lisonjea—,
las glorias deletrea
810   entre los caracteres del estrago.
O el castigo jamás se publicara,
porque nunca el delito se intentara:
político silencio antes rompiera
los autos del proceso
—circunspecto estadista—;
o en fingida ignorancia simulara
o con secreta pena castigara
el insolente exceso,
sin que a popular vista
820   el ejemplar nocivo propusiera:
que del mayor delito la malicia
peligra en la noticia,
contagio dilatado trascendiendo;
porque singular culpa sólo siendo,
dejara más remota a lo ignorado
su ejecución, que no a lo escarmentado.
    Mas mientras entre escollos zozobraba
confusa la elección, sirtes[64] tocando
de imposibles, en cuantos intentaba
830   rumbos seguir —no hallando
materia en que cebarse
el calor ya, pues su templada llama
(llama al fin, aunque más templada sea,
que si su activa emplea
operación, consume, si no inflama)
sin poder excusarse
había lentamente
el manjar trasformado,
propia substancia de la ajena haciendo:
840   y el que hervor resultaba bullicioso
de la unión entre el húmedo y ardiente,
en el maravilloso
natural vaso[65], había ya cesado
(faltando el medio)[66] y consiguientemente

---

    [64] *Sirtes:* peñascos envueltos en bancos de arena que hacen difícil la navegación.
    [65] El estómago.
    [66] Faltando el alimento.

los que de él ascendiendo
soporíferos, húmedos vapores[67]
el trono racional embarazaban
(desde donde a los miembros derramaban
dulce entorpecimiento),
850 a los suaves ardores
del calor consumidos
las cadenas del sueño desataban:
y la falta sintiendo de alimento
los miembros extenuados,
del descanso cansados,
ni del todo despiertos ni dormidos,
muestras de apetecer el movimiento
con tardos esperezos
ya daban, extendiendo
860 los nervios, poco a poco, entumecidos,
y los cansados huesos
(aun sin entero arbitrio de su dueño)
volviendo al otro lado—,
a cobrar empezaron los sentidos,
dulcemente impedidos
del natural beleño,
su operación, los ojos entreabriendo.
    Y del cerebro, ya desocupado,
las fantasmas huyeron[68],
870 y —como de vapor leve formadas—
en fácil humo, en viento convertidas,
su forma resolvieron.
    Así linterna mágica, pintadas
representa fingidas
en la blanca pared varias figuras,
de la sombra no menos ayudadas
que de la luz: que en trémulos reflejos
los competentes lejos
guardando de la docta perspectiva,
880 en sus ciertas mensuras
de varias experiencies aprobadas,
la sombra fugitiva,
que en el mismo esplendor se desvanece,
cuerpo finge formado,

---

[67] En la antigüedad se creía que los vapores de la digestión, al subir al cerebro, producían el sopor y el sueño.
[68] Los fantasmas que significan las imágenes creadas por la fantasía.

de todas dimensiones adornado,
cuando aun ser superficie no merece.
En tanto, el Padre de la Luz ardiente[69],
de acercarse al Oriente
ya el término prefijo conocía,
890 y al antípoda opuesto despedía
con transmontantes rayos:
que —de su luz en trémulos desmayos—
en el punto hace mismo su Occidente,
que nuestro Oriente ilustra luminoso.
Pero de Venus, antes, el hermoso
apacible lucero
rompió el albor primero,
y del viejo Tithón la bella esposa[70]
—amazona de luces mil vestida,
900 contra la noche armada,
hermosa si atrevida,
valiente aunque llorosa—,
su frente mostró hermosa
de matutinas luces coronada,
aunque tierno preludio, ya animoso
del Planeta fogoso,
que venía las tropas reclutando
de bisoñas vislumbres
—las más robustas, veteranas lumbres
910 para la retaguardia reservando—,
contra la que, tirana usurpadora
del imperio del día,
negro laurel de sombras mil ceñía
y con nocturno cetro pavoroso
las sombras gobernaba,
de quien aun ella misma se espantaba.
Pero apenas la bella precursora
signífera del Sol, el luminoso
en el Oriente tremoló estandarte,
920 tocando el arma todos los süaves
si bélicos clarines de las aves
(diestros, aunque sin arte,
trompetas sonorosos),
cuando —como tirana al fin, cobarde,
de recelos medrosos

---

[69] El Sol.
[70] La Aurora.

embarazada, bien que hacer alarde
intentó de sus fuerzas, oponiendo
de su funesta capa los reparos,
breves en ella de los tajos claros
930 heridas recibiendo
(bien que mal satisfecho su denuedo,
pretexto mal formado fue del miedo,
su débil resistencia conociendo)—,
a la fuga ya casi cometiendo
más que a la fuerza, el medio de salvarse,
ronca tocó bocina
a recoger los negros escuadrones
para poder en orden retirarse,
cuando de más vecina
940 plenitud de reflejos fue asaltada,
que la punta rayó más encumbrada
de los del Mundo erguidos torreones.
    Llegó, en efecto, el Sol cerrando el giro
que esculpió de oro sobre azul zafiro:
de mil multiplicados
mil veces puntos, flujos mil dorados
—líneas, digo, de luz clara— salían
de su circunferencia luminosa,
pautando al Cielo la cerúlea plana;
950 y a la que antes funesta fue tirana[71]
de su imperio, atropadas embestían:
que sin concierto huyendo presurosa
—en sus mismos horrores tropezando—
su sombra iba pisando,
y llegar al Ocaso pretendía
con el (sin orden ya) desbaratado
ejército de sombras, acosado
de la luz que el alcance le seguía.
    Consiguió, al fin, la vista del Ocaso
960 el fugitivo paso,
y —en su mismo despeño recobrada
esforzando el aliento en la rüina—
en la mitad del globo que ha dejado
el Sol desamparada,
segunda vez rebelde determina
mirarse coronada,
mientras nuestro Hemisferio la dorada

---

[71] La Noche.

ilustraba del Sol madeja hermosa,
que con luz judiciosa
970 de orden distributivo, repartiendo
a las cosas visibles sus colores
iba, y restituyendo
entera a los sentidos exteriores
su operación, quedando a luz más cierta
el Mundo iluminado, y yo despierta.

En *Obras completas,* ed. A. Méndez Plancarte, cit. en bibliografía.

BIBLIOGRAFÍA. **Obras:** *Obras completas,* ed. Alfonso Méndez Plancarte, México, F.C.E., 1951-1957, 4 vols. *Obras completas,* pról. de Francisco Monterde, México, Editorial Porrúa, 1977[4]. *Obras escogidas,* sel., pról. y n. de Juan Carlos Merlo, Madrid, Bruguera, 1979. *Sor Juana Inés de la Cruz. Obras selectas,* eds. Georgina Sabat de Rivers y Elías Rivers, Barcelona, Noguer, 1976. **Estudios:** MIRTA AGUIRRE, *Del encausto a la sangre: Sor Juana Inés de la Cruz,* La Habana, Casa de las Américas, 1975. ANITA ARROYO, *Razón y pasión de Sor Juana,* México, Porrúa, 1971[2]. GUISEPPE BELLINI, *L'opera letteraria di Sor Juana Inés de la Cruz,* Milano, Istituto Editoriale Cisalpino, 1964. MARIE-CÉCILE BÉNASSY-BERLING, «Sor Juana y el problema del derecho de las mujeres a la enseñanza», *La mujer en el teatro y la novela del siglo XVII: Actas del II Coloquio del grupo de estudios sobre teatro español,* Toulouse-Le Mirail, U. de Toulouse-Le Mirail, 1979, pp. 89-93. MARIE-CÉCILE BÉNASSY-BERLING, *Humanisme et religion chez Sor Juana Inés de la Cruz. La femme et la culture au XVIIe siècle,* París, Editions Hispaniques/Publications de la Sorbonne, 1982. CARLOS BLANCO AGUINAGA, «Dos sonetos del siglo XVII: amor-locura en Quevedo y Sor Juana», *Modern Language Notes,* LXXII, 1962, pp. 145-162. EMILIO CARILLA, «Sor Juana: ciencia y poesía», *R.F.E.,* XXXVI, 1952, pp. 284-307. RAQUEL CHANG-RODRÍGUEZ, «Mayorías y minorías en la cultura virreinal», *University of Dayton Review,* XVI, núm. 2, 1983, pp.23-34. MANUEL DURÁN «Hermetic Traditions in Sor Juana's *Primero sueño*», *University of Dayton Review,* XVI, núm. 2, 1983, pp. 107-115. ROBERTO ECHAVARREN, «Trasposiciones: un romance epistolar de Sor Juana», *R.I.,* núm. 120-121, 1982, pp. 621-646. GERARD FLYNN, «A Revision of the Philosophy of Sor Juana Inés de la Cruz», *H.,* XLIII, 1960, pp. 515-520. GERARD FLYNN, *Sor Juana Inés de la Cruz,* New York, Twayne Publishers, 1971. FINA GARCÍA MARRUZ, «La mexicanía de Sor Juana Inés de la Cruz», *Sin Nombre,* III, 1976, pp. 6-36. Irving A. Leonard, «The encontradas correspondencias of Sor Juana: An interpretation», *H.R.,* XXII, 1955, pp. 33-47. IRVING A. LEONARD «Una poetisa barroca», *La época barroca en el México colonial,* trad. Agustín Escurdia, México, F.C.E., 1974. GERARDO LUZURIAGA, «Sigüenza y Góngora y Sor Juana: disidentes de la cultura oficial», *C.A.,* XLI, núm. 3, 1982, pp. 140-162. TOMÁS

Navarro Tomás, «Los versos de Sor Juana», *Romance Philologhy*, VII, 1953, pp. 44-50. Rosa Perelmuter Pérez, «Los cultismos herrerianos en el *Primero sueño* de Sor Juana Inés de la Cruz», *B.H.*, LXXXIII, núms. 3-4, 1981, pp. 439-446. Rosa Perelmuter Pérez *Noche intelectual: la oscuridad idiomática en el «Primero sueño»*, México, U.N.A.M., 1982. Rosa Perelmuter Pérez, «La hipérbasis en el *Primero sueño*». *R.I.*, núm. 120-121, 1982, pp. 715-725. Alexander A. Parker, «The Calderonian Sources of *El divino Narciso* y Sor Juana Inés de la Cruz», *Romanistiches Jahrbuch*, XIX, 1968, pp. 257-274. Octavio Paz, *Sor Juana Inés de la Cruz o las trampas de la fe*, México, F.C.E., 1982. Dario Puccini, *Sor Juana Inés de la Cruz, la sua vita e il suo tempo. Studio d'una personalitá del barroco messicano*, Roma, Edizioni dell'Ateneo di Roma, 1967. Robert Ricard, *Une poétesse mexicaine du XVIIe siècle: Sor Juana Inés de la Cruz*, París, C.D.U., 1954. Georgina Sabat de Rivers, «Sor Juana y su *Sueño*: antecedentes científicos en la poesía española del Siglo de Oro». *C.H.*, CCCX, 1976, pp. 186-204. Georgina Sabat de Rivers, *El «Sueño» de Sor Juana Inés de la Cruz: tradiciones literarias y originalidad*, Londres, Támesis, 1977. Georgina Sabat de Rivers, «Sor Juana Inés de la Cruz», *Historia [...] colonial*, cit., I, pp. 275-293. Georgina Sabat de Rivers, «Sor Juana: diálogo de retratos», *R.I.*, núms. 120-121, 1982, pp. 703-713. Dorothy Schons, «Some Obscure Points in the Life of Sor Juana Inés de la Cruz», *Modern Philologhy*, XXIV, 1926, pp. 141-162. *Sor Juana Inés de la Cruz ante la historia (Biografías antiguas. La «Fama» de 1970. Noticias de 1667 a 1892)*, recopilación de Francisco de la Maza, revisión de Elías Trabulse, México, U.N.A.M., 1980. Arthur Terry, «Human and Divine Love in the Poetry of Sor Juana Inés de la Cruz», *Studies in Spanish Literature of the Golden Age. Presented to Edward M. Wilson.*, ed. R. O. Jones, Londres, Támesis, 1973, pp. 297-313. Elías Trabulse, *El hermetismo y Sor Juana Inés de la Cruz. Orígenes e interpretación*, México, 1980. Karl Vossler, *Die zehnte Muse von Mexico*, Munich, 1934.

EL SIGLO XVIII (1701-1808)

Pedro de Peralta Barnuevo
(Lima, 1664-1743)

Este políglota limeño tres veces rector de la Universidad de San Marcos (1715, 1716, 1717), profesor principal en su cátedra de Prima de Matemáticas (1709), Cosmógrafo Mayor del Reino y escritor de cuenta en la Academia palaciega del virrey Castell-dos-Rius (1707-1710), fue uno de los ingenios más sobresalientes de la época colonial. Corresponsal del parco Feijoo, quien lo elogia generosamente en su Teatro crítico universal, *el ilustre erudito sufrió las burlas de sus colegas por su falta de dientes, calvicie, baja estatura y evidente enfatuación cuando deseaba deslumbrar a los oyentes con su sabiduría. También fue atacado por la Inquisición que, dudosa de su catolicismo y sospechosa de su biblioteca rica en libros franceses, lo acusó de escribir sobre materia religiosa en lengua vulgar y sin ser doctor en Teología —lo era en Cánones— cuando Peralta Barnuevo publicó* Pasión y triunfo de Cristo *(1738). Gracias a su inteligente defensa, avanzada edad y el apoyo del virrey, las autoridades del Santo Oficio no persistieron en el intento.*

Además de científico más cercano al escolasticismo que a la ilustración, Peralta Barnuevo fue acendrado defensor de los derechos de los criollos y de la igualdad entre peninsulares y americanos. Escritor polifacético, hizo incursiones en diversos géneros sin sobresalir en ninguno y publicó cerca de cincuenta libros en prosa y verso. Aunque sus obras teatrales siguen modelos establecidos dentro de la comedia mitológica, la Rodoguna *(c. 1720), paráfrasis de la* Rodogune *de Corneille, ha despertado el interés de la crítica por el esfuerzo de adaptación evidente en la figura del gracioso y la trama de enredo amoroso, típicas de la comedia barroca española. De su obra en prosa vale mencionar* Historia de España vindicada *(1730), a pesar de que se le ha reprochado el estilo afectado. A juicio de Luis Alberto Sánchez esta última y el poema* Lima fundada o conquista del Perú *(1732) constituyen la obra mayor del sabio limeño.* Lima fundada *es un poema épico-histórico dividido en diez cantos y muy cercano a* La Eneida *de Virgilio en su estructura e influencia. En él Peralta detalla la historia del Perú hasta su época y describe minuciosamente el triunfo de Pizarro sobre Manco II y Almagro el Viejo para concluir la conquista del Perú y la fundación española de Lima. El largo poema ha merecido severos juicios de, entre otros, Ricardo Palma, quien lo ha llamado «centón indigesto». Con todo, a contrapelo de desigualdades y prosaísmos, la erudición enciclopédica del autor se abre paso en las copiosas e interesantes notas históricas y genealógicas intercaladas en el poema. A pesar de los juicios adversos, la obra de este sabio limeño tan citado y admirado en su época, bien merece un reexamen.*

Lima fundada (1732)

(Fragmento, Octavas I al XV del Canto Octavo)

Ora mi voz, Calíope[1] sonora,
con nuevo aliento el plectro[2] te merece:
que desde donde el Sol su tumba dora
se oiga hasta donde en rosas amanece,
atienda tu armonía hoy más canora
cuanta zona se alumbra o se oscurece;
y ya sea en Lima el nombre solo
simulacro elevado en cada polo.

Donde Apolo[3] el zenit más refulgente
10 de Acuario en los confines ilumina,
y desde el Ecuador indeficiente
espiras doce al austro determina,
valle yace a Pomona[4] tan frecuente
de Vertumno[5] mansión tan peregrina,
que, fija al giro de las estaciones,
verde es constelación de las regiones.

En su horizonte el Sol todo es aurora,
eterna el tiempo toda es primavera;
sólo es risa del Cielo cada hora;
20 cada mes sólo es cuenta de la espera;
son cada viento un hálito de Flora[6];
cada arroyo una musa lisonjera;
y los vergeles que al confín le debe,
nubes fragantes con que al cielo llueve.

Sobre sus tierras Jove[7] no es tonante;
Eolo[8] allí no impera proceloso;

---

[1] Musa de la poesía épica y de la elocuencia.
[2] Inspiración, estilo.
[3] Dios griego y romano de los oráculos, la medicina, la poesía, las artes, los rebaños, el día y el sol; también se le llamó Febo.
[4] Deidad de los frutos y de los jardines.
[5] Dios romano de origen etrusco que presidía las estaciones del año.
[6] Diosa de las flores y de los jardines, amante de Céfiro y madre de la Primavera.
[7] Otro nombre para Júpiter.
[8] Dios de los vientos que desencadenaba las tempestades.

Trueno no las asusta fulminante;
Tifón no las molesta impetuoso:
el río que las corra resonante
30   Argénteo es corazón del valle undoso;
Nilo mejor, pues tenue ya o creciente,
inundación es siempre floreciente.

Sólo aquí por favor de la ribera
son los rocíos que destila el Cielo,
al aire vago, al cuerpo de la esfera,
átomos de cristal, sudor de hielo:
pues la nube, bajel de la atmósfera,
menos pesada, no naufraga al suelo,
si no teniendo quien la estreche altiva,
40   se extiende inflada, dominante priva.

Néptuno[9], a quien fatídico el destino
vaticinó que al Rímac[10] algún día
obediente, del orbe cristalino
daría la cerúlea[11] monarquía,
al náutico gobierno le previno
tan plácida, tan cómoda bahía,
que a no ser, porque así mejor reinara,
ni aun lo líquido al golfo le dejara.

El medio ocupa de la costa inmensa,
50   que desde el istmo al clima valdiviano
en leguas casi mil se admira extensa;
próvido asiento al corazón peruano:
así del reino a la marcial defensa,
así atienda al naval comercio hispano;
pues es el mar en la terráquea esfera
la patria del poder para el que impera.

Aquí en acentos dísonos frecuente
del Rímac el oráculo, locuaces
prestaba a la infeliz bárbara gente
60   torpes preceptos, cláusulas falaces:
así dio el nombre a la feliz corriente,
que fecunda sus márgenes feraces;
y éste a Lima elocuente trasladado,
se formó de invertido mejorado.

---

[9] Dios del mar.
[10] Río vecino a Lima.
[11] Azul celeste.

Después de siglos quince el Sol medía
lustros siete al feliz natal divino,
cuando porque habitar no convenía
las fundaciones del primer destino,
al Tello, al Díaz el héroe envía,
70   al Don Benito, a que en el fiel más fino
pasen el sitio; porque en su alabanza,
antes que el pueblo, funde su esperanza.

Van los de esta del Cielo prometida
feliz fecunda tierra exploradores:
de la campaña inculcan extendida
aires, aguas, boscajes, frutos, flores:
en la orilla que dejan ya inquirida,
de ondas y vientos notan los favores;
y si su ardor pudiese, allá subiera
80   a indagar las estrellas en la esfera.

Así el Gran Valle prefirió el dictamen
del héroe, a quien grato el Cielo infunde
del noble sitio la elección y examen,
en que la grande capital se funde:
diestros ordena artífices se llamen,
el primer pueblo al nuevo se trasfunde;
y en las glorias que el ánimo le inspira
en vez de cuerdas vaticinios tira.

En el día después, en que el primero
90   del redentor Vicario Soberano
fundando a Roma en Roma, el verdadero
imperio estableció del ser humano.
Pisando el valle el inmortal guerrero,
comienza la erección sabio y ufano:
pues al formarle Pedro los indicios,
le da toda la Iglesia los auspicios.

A los que guió el lucero al Sacro Oriente
de Oriente regios soles tutelares
nombra de Lima el Adalid prudente
100 que influyan con tres dones mil altares:
nombre, que aprueba el César más valiente,
cuyo escudo honrará sus nobles lares;
porque así, Hieroglífico en dos zonas,
de sus tres reinos son sus tres coronas.

No como Delfos se consagra a Apolo,
no a Palas, como Atenas se dedica:
del alto Empíreo al Sol la ofrece solo:

a más sacra inerva el pueblo aplica:
de su esfera son uno y otro polo
110 su edificio la llama, y tierno explica
una confianza, un voto, una fe, un celo
que más no ardiera si fundara un ciclo.

Así fue a construir trono eminente,
cátedra ilustre donde se enseñase
a la hasta allí infeliz bárbara gente
la ley que con su ejemplo confirmase:
dictó su celo el título elocuente,
porque a dos mundos la erección constase;
y escribiendo la fama el instrumento,
120 le dio a la Eternidad por monumento.
[...]

En Alejandro Romualdo y Sebastián Salazar Bondy, eds., *Antología general de la poesía peruana*, Lima, Librería Internacional del Perú, 1957.

BIBLIOGRAFÍA. **Obras:** *Lima fundada o conquista del Perú*, Documentos literarios del Perú, ed. Manuel de Odrizola, Lima, 1863. *Pasión y triunfo de Cristo*, Lima, 1738. *Obras dramáticas y un apéndice de poemas inéditos*, ed., intr. y n. de Irving A. Leonard, Santiago de Chile, Imprenta Universitaria, 1937. *Los místicos*, Biblioteca de Cultura Peruana, la Serie, núm. 7, ed. Ventura García Calderón, París, Desclée de Brouwer, 1938. **Estudios:** IRVING A. LEONARD, «Don Pedro de Peralta Barnuevo». *Revista Histórica* (Lima), X, núm. 1, 1936, pp. 44-71. IRVING A. LEONARD, «Algunos documentos de Peralta Barnuevo», *Boletín Bibliográfico de la Biblioteca Central de la Universidad de San Marcos*, VII, núms. 1-2, 1937, pp. 3-11. IRVING A. LEONARD, «A Great Savant of Colonial Perú: Don Pedro de Peralta», *Philological Quarterly*, XII, 1933, pp. 54-72 (versión abreviada en *History of Latin American Civilization*, ed. Lewis Hanke, Boston, Little, Brown & Co., 1967, I. pp. 387-394. IRVING A. LEONARD, «Pedro de Peralta Barnuevo: Peruvian Polygraph (1664-1734)», *R.H.M.*, Año 34, núms. 3-4, 1968, pp. 690-699. AURELIO MIRÓ QUESADA, «Ideas Peruanas en Peralta Barnuevo», *Cahiers du Monde Hispanique et Luso-Brésilien. Caravelle*, núm. 7, 1966, pp. 145-152. ESTUARDO NÚÑEZ, «Notas a la obra y vida de don Pedro de Peralta», *Letras* (Lima), núms. 72-73 (1964), pp. 86-98, LUIS ALBERTO SÁNCHEZ, *El doctor Océano, estudios sobre don Pedro de Peralta Barnuevo*, Lima, Universidad Nacional Mayor de San Marcos, 1967.

La Madre Castillo
(Tunja, Colombia, 1671-1742)

Nacida en el seno de una familia acomodada y extremadamente religiosa, poseyó Francisca Josefa de la Concepción del Castillo «una gran inclinación al retiro y la soledad». La enfermiza y sensitiva niña se educó en casa; su amor por un primo le trajo las reconvenciones del padre y poco después de este incidente decidió profesar en el convento de Santa Clara. A la vez que desempeñó allí diversos puestos, aprendió latín y leyó a los místicos españoles para así poder instruir a sus hermanas religiosas. Estos trabajos fueron reconocidos y premiados, pues la esforzada monja llegó a ser superiora de su convento.

Tal y como ella ha contado, la madre Castillo llevó una existencia retirada pero espiritualmente intensa, y así lo atestigua su obra en prosa de intención confesional y mística. Al primero de estos propósitos corresponde la biografía de la monja, Vida de la venerable madre Francisca de la Concepción escrita por ella misma, publicada por primera vez en Filadelfia en 1817 y cuyo título trae el recuerdo de Santa Teresa de Jesús. La obra parece haber sido redactada por la autora siguiendo indicaciones de sus confesores. Dentro del segundo objetivo, el místico, caen los Afectos espirituales, colección de pequeños «ensayos» en los cuales describe con prolijidad las íntimas experiencias religiosas sufridas por ella a lo largo de muchos años. La Vida y los Afectos espirituales se ayudan mutuamente y nos descubren un espíritu altamente sensible, casi hipersensitivo, en choque con las circunstancias de un medio tan limitado. Particularmente los Afectos revelan un profundo conocimiento de los textos bíblicos, de donde proceden la mayor parte de las alusiones a veces bastante crípticas, y las metáforas con que la autora adornaba su prosa.

A pesar de que su producción refleja un temple poético, en la lírica su puesto es menos sobresaliente. Dotada de gran habilidad en el manejo del verso, la madre Castillo sintió preferencia, sin embargo, por los metros sencillos y menores. Con todo, no pudo librarse totalmente de artificiosos y poco originales juegos verbales aunque en algún momento alcanzó una dicción limpia y delicada. Sirva de ejemplo el conocido «Afecto 45», el único de aquéllos escrito en verso, donde recrea motivos y lugares poéticos del Cantar de los cantares y del Cántico espiritual de San Juan de la Cruz. Los temas de sus otras poesías auténticas —algunas de las atribuidas a ella pertenecen en verdad a sor Juana Inés de la Cruz, con la cual se la ha comparado sin razón— fueron estrictamente religiosos, es decir, los propios de la lírica sagrada tradicional.

Afecto 45

Deliquios[1] del Divino Amor
en el corazón de la criatura
y en las agonías del Huerto

I

El habla delicada
del Amante que estimo,
y miel y leche destila
entre rosas y lirios.

Su meliflua palabra
corta como rocío,
y con ella florece
el corazón marchito.

Tan suave se introduce
su delicado silbo,
que duda el corazón
si es el corazón mismo.

Tan eficaz persuade,
que, cual fuego encendido,
derrite como cera
los montes y los riscos.

Tan fuerte y tan sonoro
es su aliento divino,
que resucita muertos
y despierta dormidos.

Tan dulce y tan süave
se percibe al oído,
que alegra de los huesos
aun lo más escondido.

---

[1] *Deliquios:* desmayo, desfallecimiento, éxtasis.

II

Al monte de la mirra
he de hacer mi camino,
con tan ligeros pasos,
que iguale al cervatillo.

Mas, ¡ay Dios!, que mi amado
al huerto ha descendido,
y como árbol de mirra
suda el licor más primo.

De bálsamo es mi amado,
apretado racimo
de las viñas de Engadi[2]
el amor le ha cogido.

De su cabeza el pelo,
aunque ella es oro fino,
difusamente baja
de penas a un abismo.

El rigor de la noche
le da el color sombrío,
y gotas de su hielo
le llenan de rocío.

¿Quién pudo hacer, ¡ay Cielo!,
temer a mi querido?
Que huye el aliento y queda
en un mortal deliquio.

Rotas las azucenas
de sus labios divinos,
mirra amarga destilan
en su color, marchitos.

Huye áquilo[3], ven austro[4],
sopla en el huerto mío;
las eras de las flores
den su olor escogido.

---

[2] *Engadi:* ciudad de Palestina, en el mar Muerto, cerca del río Jordán, famosa por sus palmeras y viñas.
[3] *Áquilo:* viento violento del norte.
[4] *Austro:* viento del sur.

Sopla más favorable,
amado ventecillo;
den su olor las aromas,
las rosas y los lirios.

Mas ¡ay! que si sus luces
de fuego y llamas hizo,
hará dejar su aliento
el corazón herido.

Villancico al nacimiento del Redentor

Todo el aliño del campo
era un hermoso clavel
sin que el rigor de la escarcha
pueda quitarle el arder.

Quien ha visto hermosa flor
tanto abrazar, por querer
lucir acá, entre las sombras
todo el cielo es un clavel.

Como hay sol entre las sombras
venid pastores a ver,
cómo el fuego ya está al hielo
y el hielo abrasar se ve.

Cómo nace el Niño amor
siendo gigante en poder
rendir tantos albedríos
al fuego de su querer.

Cómo nace por amar,
cómo muere por querer;
como que tiene en sus manos
como el morir el nacer.

Oda al Santísimo Sacramento

Feliz el alma se abrasa
del Sacramento al ardor
para que muriendo así
reviva a tan dulce sol.

Cante la gloria si muere,
pues en tal dulce dolor

descansa en paz, en quien es
centro ya del corazón.

Publique su muerte al mundo
el silencio de su voz,
la memoria que murió
para que viva en olvido.

Cerró los ojos el alma
a los rayos de este sol,
y ya vive a mejor luz
después que desfalleció.

Hacen clamor los sentidos,
sentidos de su dolor,
porque ellos pierden la vida
que ella muriendo ganó.

En *Obras completas*, cit. en bibliografía.

BIBLIOGRAFÍA: **Obras:** *Mi vida*, Bogotá, Imprenta Nacional, 1942. *Afectos espirituales*, Bogotá, Ministerio de Educación Nacional, 1956, 2 vols. *Obras completas*, intr., n. e índices por Darío Achury Valenzuela, Bogotá, Talleres Gráficos del Banco de la República, 1968, 2 vols. **Estudios:** DARÍO ACHURY VALENZUELA, «La venerable Madre Castillo y su obra», *Revista Nacional de Cultura* (Caracas), XX, 1958, pp. 108-120. DARÍO ACHURY VALENZUELA, «Sor Juana Inés de la Cruz y Sor Francisca de la Concepción: "Simpatías y diferencias"», *Revista del Colegio Mayor de Nuestra Señora del Rosario* (Bogotá), LXVII, núm. 476, 1967, pp. 228-232. DARÍO ACHURY VALENZUELA. *Análisis crítico de los «Afectos espirituales» de sor Francisca Josefa de la Concepción Castillo*, Bogotá, Imp. Nacional, 1962. ANTONIO GÓMEZ RESTREPO «La Madre Castillo», *Anuario de la Academia Colombiana* (Bogotá), VIII, 1941, pp. 21-66. MARÍA TERESA MORALES BARRERO, *La Madre Castillo: su espiritualidad y su estilo*, Bogotá, Instituto Caro y Cuervo, 1968. GUSTAVO OTERO MUÑOZ, «Santa Teresa y la Madre Castillo», *Revista de las Indias* (Bogotá), 2.ª época, XIV, núm. 43, 1942, pp. 162-168. GUSTAVO OTERO MUÑOZ, *Semblanzas colombianas*, Bogotá, Biblioteca de Historia Nacional, 1938, I, pp. 101-111. DANIEL SAMPER ORTEGA. «La Madre Castillo», *Al galope*, Bogotá, Editorial Minerva, 1930, pp. 41-75. DANIEL SAMPER ORTEGA. «La Madre Castillo», *Anuario de la Academia Colombiana* (Bogotá), X, 1943, pp. 330-350. LUIS ALBERTO SÁNCHEZ «La Madre Castillo», *Escritores representativos de América*, cit., t. I, pp. 140-148.

Francisco del Castillo
(Lima, 1714?-1770)

Figura legendaria de la Lima colonial es Francisco del Castillo, conocido también como el Ciego de la Merced. Aunque sobre él se han tejido numerosas leyendas, sí se sabe que ingresó a la Orden Mercedaria cuando tenía alrededor de catorce años y después de haber legado sus bienes al convento. Sin embargo, se desconoce si era ciego de nacimiento, perdió la vista después o era miope. En la Ciudad de los Reyes de mediados del siglo XVIII, este curioso vate era una verdadera institución. En la puerta de la Iglesia de la Merced o en cualquier portal, el popular repentista componía versos basándose en datos proporcionados por amigos y caminantes para entonarlos después acompañado de la vihuela, instrumento que tocaba con maestría. Por su tono burlón y apicarado estas composiciones circularon oralmente o en forma manuscrita, como antes las de Caviedes. Además de estas improvisaciones, el Ciego de la Merced escribió una lírica más seria en diversos metros y obras dramáticas de corte tradicional entre las que sobresale por su tema la comedia histórico-legendaria La conquista del Perú *(c. 1749). Fue fray Francisco del Castillo versificador polifacético cuyas composiciones muestran el dominio de un amplio registro lírico donde predomina la preferencia por lo popular.*

Décimas con pie forzado

I

Pasa por sentencia
del rico la necedad,
la mentira por verdad
y por juicio la demencia.
También se ve con frecuencia
que la discreción de un pobre
es escoria, es barro, es cobre,
por lo que en tan duro azar,
calle quien no puede hablar
aunque la razón le sobre.

II

De un sacerdote prolijo
la misa vengo de oír,
que bien se pudo imprimir
en el tiempo que la dijo;
mas no por esto me aflijo
ni digo estuve impaciente
en acto tan reverente,
pues, en el tiempo que echó,
no sólo a Dios consumió,
sino también a la gente.

A un doctor Morales, elegido rector de la Universidad

Morales, a la verdad,
estoy viendo, de hito en hito,
que hoy has puesto un sambenito
en esta Universidad.
Dios nos mire con piedad,
porque si tu calavera

por más tiempo persevera
en el cargo de rector,
se graduará de doctor
toda mula calesera.

A UNO QUE SE APELLIDABA PANIAGUA

Un fortunón desmedido
en su nombre lleva usted,
pues para el hambre y la sed
le basta con su apellido.

A UNO QUE SOLICITABA PLAZA DE ABANDERADO EN UN REGIMIENTO

Pretendes una bandera
y es cosa que me da risa,
pues quien no tiene camisa
no ha menester lavandera.

En Ricardo Palma, «El Ciego de la Merced», *Tradiciones peruanas completas*, cit. en bibliografía.

BIBLIOGRAFÍA. **Obras:** *Obras*, intr. y n. de Rubén Vargas Ugarte, Lima, Clásicos Peruanoa, 1948. **Estudios:** RICARDO PALMA, «El Ciego de la Merced», *Tradiciones peruanas completas*, Edición y prólogo de Edith Palma, Madrid, Aguilar, 1957, pp. 603-608.

Pablo de Olavide Jáuregui
(Lima, 1725-Baeza, 1803)

Distinguido alumno de la Universidad Mayor de San Marcos, donde se doctoró a los diecisiete años, ocupó Olavide los puestos de Oidor de la Real Audiencia y Auditor General del virreinato de Nueva Castilla antes de cumplir veintiún años de edad. A raíz del devastador terremoto de 1746 en Lima, fue llamado a la Corte para responder a ciertas acusaciones sobre la mala administración de fondos. Su matrimonio en Madrid con una viuda rica le permitió sostener en su casa una brillante y nutrida tertulia; pronto se destacó el limeño entre los intelectuales de avanzada, muy influidos por las ideas ilustradas francesas. Olavide se hizo notar por el poderoso conde de Aranda, quien lo llamó a ocupar puestos importantes. Entre los proyectos más novedosos del inquieto autor sobresale el de colonización y repoblación de la Sierra Morena. Sin duda la caída de su protector así como las ideas afrancesadas ostentadas por Olavide contribuyeron a que la Inquisición lo acusara y condenara como hereje en 1778. Fue exilado al monasterio de Sahagún y allí completó una paráfrasis del Miserere *titulada en las copias manuscritas* «Ecos de Olavide» *e incluida después en su traducción de los* Salmos (Salterio español, *1800); a decir de Menéndez Pelayo éstos son los únicos versos suyos no enteramente prosaicos. El limeño no resistió la soledad del claustro religioso y en 1780 huyó a Francia donde, acogido con deferencia, se le otorgó el título de «ciudadano adoptivo de la República francesa». Su suerte cambió, sin embargo, y en 1784 la casa de Olavide fue asaltada y el conde de Pilos, supuesto título asumido por él, fue hecho prisionero. Pronto comenzó en España un movimiento en favor suyo. Arrepentido de sus acciones y credo y perdonado por el rey, quien le asignó una pensión y le restituyó sus honores, retornó en 1798 para establecerse en Baeza. A esta época corresponde la mayor parte de su producción literaria.*

La obra más conocida del ilustrado escritor, El Evangelio en triunfo *(1797), está dividida en dos partes: la primera expone las bases del cristianismo; la segunda presenta los avatares de la Revolución francesa con especial atención a sus fallas y excesos. Muy popular en su época, ella muestra la «conversión» de su autor, adalid del ideario iluminista y después uno de sus más feroces detractores. Traductor de obras dramáticas francesas y autor de una zarzuela en un solo acto,* El celoso burlado *(1764), gracias a las investigaciones de Estuardo Núñez hoy se sabe que Olavide también escribió novelas publicadas póstumamente en Nueva York (1828). En el campo estrictamente lírico ha dejado, además de sus traducciones de los Salmos y el ya mencionado «Ecos...», unos mediocres* Poemas cristianos *(1797) donde incide en ideas ofrecidas en* El Evangelio en triunfo. *Las composiciones religiosas de Olavide interesan más por ser testimonio de instancias biográficas que por su calidad. Quedarían muy desfavorecidas si se las comparara con muestras de la lírica religiosa española e, inclusive, con los modestos poemas del vate de Córdoba del Tucumán, Luis de Tejeda.*

ECOS DE OLAVIDE

Salmo L

Miserere mei deus, secundum magnam
misericordiam tuam

*David en este Salmo se acusa de su adulterio con Bethsabé,
y del homicidio de Urías. Implora la misericordia de Dios,
y le ofrece hacer penitencia.*

    Señor, ¡misericordia! a tus pies llega
el mayor pecador; mas ya contrito,
que a tu infinita paternal clemencia
pide humilde perdón de sus delitos.

    Perdónale, Señor, oye piadoso
el doliente clamor de mis gemidos,
según la multitud de tus piedades
lava las manchas de mis muchos vicios.

    Lávalas más, Señor, haz que tu sangre
10 borre y no deje más de mis delirios
que tu gloria de haberlos perdonado,
y mi dolor de haberlos cometido.

    Conozco mi maldad, veo que es grande,
que no puedo ocultármela a mí mismo,
y sé que si tu sangre no la borra,
ha de ser para siempre mi suplicio.

    Pequé, pequé, mi Dios, en tu presencia
osado te insulté, fui tu enemigo,
mas perdón, justifica tus promesas,
20 y venza la piedad en tus jüicios.

    Sé que soy delincuente, ¿mas qué mucho?
si vengo de un origen tan indigno,
si nací de mi madre en el pecado,
y de un semen infecto y corrompido.

    Mas tú que la verdad amas piadoso,
te has dignado mostrarme compasivo

de tu sabiduría los decretos,
y de la confesión el beneficio.

Allí me rociarás con el hisopo,
30 con la sangre preciosa de tu Hijo
me lavarás, y quedaré con ella
más blanco que la nieve y el armiño.

A mi oído también darás entonces
con tu perdón consuelo y regocijo,
y mis huesos exánimes y yertos
serán ya de tu cuerpo miembros vivos.

Aparta pues tu vista de mis culpas,
vuelvan tus ojos a mirar a Cristo,
y lávame, Señor, con esa sangre,
40 que pródigo derramas hilo a hilo.

Un puro corazón cría en mi pecho,
y tan puro, que sea de ti digno;
mi espíritu renueva, y haz que sea
tan recto como injusto fue el antiguo.

No me arrojes, Señor, de tu presencia
que eres nuestra salud, guía y camino,
alúmbreme tu luz, y no me quites
de tu Espíritu Santo el dulce auxilio.

Vuélveme a la alegría de tu gracia,
50 vuelve a reconocerme por tu hijo,
confírmame en tu amor, y que ya siempre
te sirva fervoroso y sometido.

Tu santo nombre alabarán las gentes,
tus sendas mostraré yo a los inicuos,
y admirando tu gran misericordia,
se te han de convertir aun los impíos.

Oh Dios de mi salud, Dios de clemencia,
líbrame del mortífero atractivo
de la carne y la sangre, y tu alabanza
60 mi lengua entonará todos los siglos.

Tú, Señor, abrirás mi torpe labio,
este labio, que tanto te ha ofendido,
mas ya ferviente cantará tu gloria
con cánticos amantes, gratos himnos.

Porque si tú quisieras otra ofrenda,
ninguna te negará el ardor mío;

pero no quieres tú más holocausto
que un puro amor, un ánimo sumiso.
    Un espíritu fiel y atribulado
70 para ti es el más digno sacrificio,
y nunca has despreciado los clamores
de un corazón humilde y compungido.
    Señor, pues amas y deseas tanto
salvar a tu Sión, dispón benigno,
que en la inmortal Jerusalén de mi alma
se labre de tu amor el edificio.
    Aceptarás entonces las ofrendas,
los holocaustos que te son debidos,
y de tu altar mi corazón pendiente,
80 arderá en incesante sacrificio.

(Salterio Español.)

La esperanza

¡Oh día grande de la luz eterna!
día sin fin, la noche en ti no alterna,
quizá va a despuntar tu primer rayo,
yo te espero sin ansia ni desmayo;
se acabarán mis males pasajeros,
y empezarán los bienes verdaderos.
Yo aspiro a un trono de inmortal grandeza,
trono que nunca acaba, cuando empieza,
y debo con mis méritos ganarlo;
yo he sido delincuente, debo expiarlo.
Yo me dirijo a celestial destino,
fuerza es sufrir las penas del camino.
¿Que importa que esta vida deleznable
se pase en la amargura,
si de vida mejor y perdurable
puedo ganar con ella la dulzura?
El mal dura muy poco, y con la muerte
en corona de gloria se convierte.

(Poemas Cristianos.)

En *Los místicos*, cit. en bibliografía.

ANTOLOGÍA 311

BIBLIOGRAFÍA. **Obras:** *Los místicos,* Biblioteca de Cultura Peruana, 1.ª Serie, núm. 7, ed. Ventura García Calderón, París, Desclée de Brouwer, 1938. **Estudios:** CAYETANO ALCÁZAR MOLINA, *Los hombres del reinado de Carlos III: Don Pablo de Olavide, el colonizador de Sierra Morena,* Madrid, Editorial Voluntad, 1927. MARCELIN DEFOURNEAUX, *Pablo de Olavide ou L'Afrancesado,* París, Presses Universitaires, 1959. GUILLERMO LOHMANN VILLENA, *Pedro de Peralta. Pablo de Olavide.* Lima, Editorial Universitaria, 1964. ESTUARDO NÚÑEZ, *El nuevo Olavide,* Lima, P. L. Villanueva, 1970. ESTUARDO NÚÑEZ, «Estudio Preliminar» a Pablo de Olavide, *Obras narrativas desconocidas,* Lima, Biblioteca Nacional del Perú, 1971, pp. IX-XXXII. ESTUARDO NÚÑEZ, «Estudio Preliminar» a Pablo de Olavide, *Obras dramáticas desconocidas,* Lima, Biblioteca Nacional del Perú, 1971, pp. IX-XXXIII. LUIS ALBERTO SÁNCHEZ, «Pablo de Olavide y Jáuregui», *Revista Iberoamericana,* XXXVIII, núm. 81 (1972), pp. 569-584.

Juan Bautista Aguirre
(Daule, Ecuador, 1725-Tívoli, Italia, 1786)

Los últimos años del jesuita Juan Bautista Aguirre, como los de tantos otros miembros de la Compañía de Jesús, transcurren en Italia después de la orden de expulsión dictada contra ésta en 1767. De Aguirre se han conservado varios trabajos en prosa y una reducida producción lírica. Pero mientras aquéllos manifiestan el gusto por la expresión sencilla y racional, orientada por la influencia francesa en el siglo XVIII, en su poesía persiste el barroquismo hispánico. A pesar de lo exiguo de su obra, cultivó Aguirre temas variadísimos: filosófico-morales, religiosos, descriptivos, polémicos, humorísticos, satíricos y hasta un impersonal erotismo teórico, cercano al rococó. Manejó también, y con gran seguridad de oficio, un amplio registro de formas estróficas: sonetos, décimas, romances, liras, octavas, cuartetas, etc. Todo ello nos habla del artífice que se mueve entre la gravedad reflexiva y el juego poético. Más que emocionado descubridor de verdades nuevas, en sus momentos meditativos se le siente como un retórico que repite con alguna fortuna expresiva los lugares comunes del pensamiento poético coetáneo.

Acertó en la creación de metáforas primorosas y en el uso de un léxico de gran prestigio, lo cual tampoco implica gran novedad pues no es más que la asimilación feliz de la línea estetizante que va de Góngora a Calderón, cuya obra Aguirre conocía muy bien. Por otra parte, en el tratamiento de sus temas se descubre un desarrollo casi ultralógico de la composición basado en conocidas fórmulas estructurales del conceptismo —anáforas, paralelismos, antítesis, dispersiones, recapitulaciones— incluidas las obligadas paradojas e ingeniosidades. En la dirección satírica no vacila en el empleo de crudezas y de la deformación hiperbólica y aun escatológica de la realidad, seguidor aquí de las huellas de Quevedo y del limeño Valle Caviedes. Esta oscilación de temas y actitudes estéticas muestra la carencia de una auténtica individualidad lírica. Representa por ello un caso extremo de la absoluta tiranía de los modelos literarios impuestos por su época aunque estaba dotado de un indiscutible virtuosismo técnico. Muchos críticos lo consideran como uno de los poetas más notables del siglo XVIII hispanoamericano.

A UNOS OJOS HERMOSOS

Ojos cuyas niñas bellas
esmaltan mil arreboles,
muchos sois para ser soles,
pocos para ser estrellas.

No soles, aunque abrasáis
al que por veros se encumbra,
que el sol todo el mundo alumbra
y vosotros le cegáis.

No estrellas, aunque serena
luz mostráis en tanta copia,
que en vosotros hay luz propia
y en las estrellas ajena.

No sois lunas a mi ver,
que belleza tan sin par
ni es posible en sí menguar,
ni de otras luces crecer.

No sois ricos donde estáis,
ni pobres donde yo os canto;
pobres no, pues podéis tanto,
ricos no, pues que robáis.

No sois muerte, rigorosos,
ni vida cuando alegráis;
vida no, pues que matáis,
muerte no, que sois hermosos.

No sois fuego, aunque os adula
la bella luz que gozáis,
pues con rayos no abrasáis
a la nieve que os circula.

No sois agua, ojos traidores,
que me robáis el sosiego,
pues nunca apagáis mi fuego
y me causáis siempre ardores.

No sois cielos, ojos raros,
ni infierno de desconsuelos,
pues sois negros para cielos,
y para infierno sois claros.

Y aunque ángeles parecéis,
no merecéis tales nombres,
que ellos guardan a los hombres
y vosotros los perdéis.

No sois diablos, aunque andáis
dando pena a los que os vieron,
que ellos del cielo cayeron,
vosotros en él estáis.

No sois dioses, aunque os deben
adoración mil dichosos,
pues en nada sois piadosos,
ni justos ruegos os mueven.

Y en haceros de este modo
naturaleza echó el resto
que, no siendo nada de esto,
parece que lo sois todo.

Sonetos a una rosa

I

En catre de esmeraldas nace altiva
la bella rosa, vanidad de Flora,
y cuanto en perlas le bebió a la aurora
cobra en rubís del sol la luz activa.

De nacarado incendio es llama viva
que al prado ilustra en fe de que la adora;
la luz la enciende, el sol sus hojas dora
con bello nácar de que al fin la priva.

Rosas escarmentad: no presurosas
anheléis a este ardor; que si autoriza,
aniquila también el sol ¡oh rosas!

Naced y vivid lentas; o en la prisa
os consumáis, floridas mariposas,
que es anhelar arder, buscar ceniza.

II

De púrpura vestida ha madrugado
con presunción de sol la rosa bella,
siendo sólo una luz, purpúrea huella
del matutino pie de astro nevado.

Más y más se enrojece con cuidado
de brillar más que la encendió su estrella,
y esto la eclipsa, sin ser ya centella
la que golfo de luz inundó al prado.

¿No te bastaba, oh rosa, tu hermosura?
Pague eclipsada, pues, tu gentileza
el mendigarle al sol la llama pura;

y escarmiente la humana en tu belleza,
que si el nativo resplandor se apura,
la que luz deslumbró para en pavesa.

A UNA TÓRTOLA QUE LLORABA
LA AUSENCIA DE SU AMANTE

¿Por qué, tórtola, en cítara doliente
haces que el aire gima con tu canto?
Si alivios buscas en ajeno llanto
mi dolor te lo ofrece; aquí detente.

Al verte sola de tu amante ausente,
publicas triste en ayes tu quebranto;
yo también ¡ay dolor! suspiro tanto
por no poder gozar mi bien presente.

Pero cese ya, oh tórtola, el gemido,
que aunque es inmenso tu infeliz desvelo,
mayor sin duda mi tormento ha sido,

pues tú perdiste un terrenal consuelo
en tu consorte, pero yo he perdido
en mi adorado bien la luz del cielo.

SONETOS MORALES

I

No tienes ya del tiempo malogrado
en el prolijo afán de tus pasiones,

sino una sombra, envuelta en confusiones,
que imprime en tu memoria tu pecado.

Pasó el deleite, el tiempo arrebatado
aun su imagen borró; las desazones
de tu inquieta conciencia son pensiones
que has de pagar perpetuas al cuidado.

Mas si el tiempo dejó para tu daño
su huella errante, y sombras al olvido
del que fue gusto y hoy te sobresalta,

para el futuro estudia el desengaño
en la imagen del tiempo que has vivido,
que ella dirá lo poco que te falta.

II

¡Basta ya, pecador! No tu malicia
ejercite más tiempo mi paciencia:
harto lugar te da a la penitencia
mi bondad despreciada por propicia.

Hoy mi amor con ternura te acaricia,
hoy disimula y sufre tu insolencia;
mas podrá ser que en breve esta clemencia
se convierta en rigores de justicia.

Ea, no tardes más en el pecado;
y si al ver del castigo la tardanza
hoy mi misma paciencia te ha obstinado,

adviertan tu descuido y confianza
que, mientras más retiro el brazo airado,
voy doblando el impulso a la venganza.

Afectos de un amante perseguido

Minuet[1]

Socorro, cielos,
dioses, favor,
que ya en la tierra
no hay compasión,
pues todos son homicidas
de dos inocentes vidas,

---

[1] *Minuet:* minué (fr. *menuet*), baile francés elegante y grave, de moda en el siglo XVIII.

que se enlazaron
en una las dos.

Cuatro elementos
piadosas hoy
os solicita
mi triste voz,
para contaros mis penas,
de humano favor ajenas,
trágica historia
de envidiado amor.

Fieras del bosque
de quien huyó
comercio humano,
dadme atención,
pues busco en otra fiereza
la humana naturaleza,
que entre los hombres
la envidia borró.

A UNA DAMA IMAGINARIA

Romance

Qué linda cara que tienes,
válgate Dios por muchacha,
que si te miro, me rindes
y si me miras, me matas.

Esos tus hermosos ojos
son en ti, divina ingrata,
harpones cuando los flechas,
puñales cuando los clavas.

Esa tu boca traviesa,
brinda entre coral y nácar,
un veneno que da vida
y una dulzura que mata.

En ella las gracias viven;
novedad privilegiada,
que haya en tu boca hermosura
sin que haya en ella desgracia.

Primores y agrados hay
en tu talle y en tu cara

todo tu cuerpo es aliento,
y todo tu aliento es alma.

El licencioso cabello
airosamente declara,
que hay en lo negro hermosura,
y en lo desairado hay gala.

Arco de amor son tus cejas,
de cuyas flechas tiranas,
ni quien se defiende es cuerdo,
ni dichoso quien se escapa.

¡Qué desdeñosa te burlas!
y ¡qué traidora te ufanas,
a tantas fatigas firme,
y a tantas finezas falsa!

¡Qué mal imitas al cielo
pródigo contigo en gracias,
pues no sabes hacer una
cuando sabes tener tantas!

En *Los dos primeros poetas coloniales ecuatorianos*, cit. en bibliografía.

BIBLIOGRAFÍA. **Obras:** *Poesías y obras oratorias*, eds. Gonzalo Zaldumbide y Aurelio Espinosa Polit, Quito, Imprenta del Ministerio de Educación, 1943. *Los dos primeros poetas coloniales ecuatorianos (siglos XVII y XVIII: Antonio de Bastidas y J. Bautista Aguirre)*, ed. Aurelio Espinosa Polit. Puebla, México, J. M. Cajica Jr., 1959. **Estudios:** MIGUEL BATLLORI, *La cultura hispano-italiana de los jesuitas expulsos*, Madrid, Gredos, 1966. EMILIO CARILLA, *Un olvidado poeta colonial*, Buenos Aires, Imprenta de la Universidad, 1943. JUAN MARÍA GUTIÉRREZ, *Escritores coloniales americanos*, Buenos Aires, Editorial Raigal, 1957, pp. 385-413. RICARDO A. LATCHMAN, «San Ignacio de Loyola en los poemas mayores de inspiración jesuítica», *Finis Terrae* (Santiago de Chile), III, 1956, pp. 3-13. LUIS ALBERTO SÁNCHEZ, «Juan Bautista Aguirre», *Escritores representativos de América*. cit., I, pp. 149-160. GONZALO ZALDUMBIDE, *Cuatro clásicos americanos*, Madrid, Ediciones de Cultura Hispánica, 1951, pp. 221-269.

Manuel José de Lavardén
(Buenos Aires, 1754-Colonia del Sacramento, Uruguay, 1809?)

Nació Manuel José de Lavardén en Buenos Aires (1754), hijo de un funcionario español destinado a esa capital. El joven estudió en su ciudad natal y en Chuquisaca (Sucre) y después pasó a España para completar la carrera de derecho. Regresó a la capital rioplatense en 1778 a raíz del fallecimiento de su padre y allí se vinculó a la actividad ganadera y gozó de la protección del virrey Vértiz. Lavardén fue uno de los más ardientes sostenedores de la «Sociedad Patriótica, Literaria y Económica» y del periódico Telégrafo Mercantil, Rural, Político, Económico e Historiógrafo del Río de la Plata *cuya creación fue auspiciada por Francisco A. Cabello Mesa en 1801. Aunque la participación del poeta en las protestas contra las invasiones inglesas de 1806 no se ha documentado con precisión, sí se puede afirmar que posteriormente su vida transcurrió entre Buenos Aires y la Banda Oriental (Uruguay), hasta su muerte probablemente ocurrida en 1809, o sea, antes de la Revolución de Mayo, cuando Buenos Aires proclamó su independencia de la metrópoli.*

La producción literaria de Lavardén es escasa. Su fama descansa en tres obras: la Sátira *(1786), en la que con ingenio y dominio lingüístico contrapone Buenos Aires a Lima, en beneficio de su ciudad natal; el* Siripo *(1787?), tragedia estrenada en el Teatro de la Ranchería de Buenos Aires en 1789 y de la cual hoy se conserva un acto en verso endecasílabo y cuya atribución al poeta ha sido cuestionada por la crítica; y la «Oda al Paraná» (1801), poema de corte neoclásico donde destaca la belleza y utilidad de este río. La «Oda» describe cómo una bajante del Paraná afecta a sus riberas; el hecho se realza poéticamente con diversos elementos entre los que Lavardén inserta la descripción verista de la naturaleza americana, aunque tocada por el gusto neoclásico, para contraponerla a los beneficios que ella puede otorgar. Así, el desarrollo poético se alterna con copiosas notas donde el autor destaca la utilidad del río. Como con frecuencia la «Oda al Paraná» se reproduce sin estas acotaciones, es difícil apreciar su signo neoclásico tanto como la integración de la naturaleza local. Aunque en los versos del rioplatense no hay ni muchas primicias ni indicios revolucionarios, su producción artística es representativa de los últimos años coloniales. Según ha notado Emilio Carilla, la obra de Lavardén «ayuda, si no con abundancia con precisión, a conocer este especial momento de postrimerías» dentro de la larga época colonial.*

Oda al majestuoso río Paraná (1801)

Augusto Paraná, sagrado río*,
primogénito ilustre del Océano,
que en el carro de nácar[1] refulgente
tirado de caimanes, recamados
de verde y oro, vas de clima en clima,
de región en región, vertiendo franco
suave frescor y pródiga abundancia,
tan grato al portugués como al hispano,
si el aspecto sañudo de Mavorte,
10 si de Albión los insultos temerarios[2]
asombrando tu cándido carácter
retroceder[3] te hicieron asustado
a la gruta distante que decoran
perlas nevadas[4], ígneos topacios,
y en que tienes volcada la urna de oro[5]
de ondas de plata[6] siempre rebosando:
si las sencillas ninfas argentinas
contigo temerosas profugaron
y el peine de carey allí escondieron
20 con que pulsan y sacan sones blandos
en liras de cristal, de cuerdas de oro,

---

* Las notas a este poema son de su autor, M. J. DE LAVARDÉN, y no de los antólogos de este volumen.

[1] Hay en el Paraná multitud de conchas, que fácilmente se descascaran; muestran un bruñido nácar que puede ser un ramo de la industria. Los paraguayos las emplean en embutidos.
[2] Bloqueo de los ingleses.
[3] No deben olvidar los Amigos del País el raro fenómeno de haberse echado de menos en los cinco años pasados el ordinario crecimiento del Paraná, y las grandes resultas de este acontecimiento con respecto al comercio interior y cría de ganados. De semejante suceso no hay noticia y se ignora su causa. El año precedente volvió a su ordinario transborde.
[4] La laguna Apuper, después Santa Ana, hoy de las Perlas, las ha dado pequeñas en su orilla. El fondo no se ha reconocido.
[5] Nace el Paraná en las minas de oro de los portugueses.
[6] Se alude al nombre del Río de la Plata, que le dio el genovés Gabol impropiamente, no criándose este metal en sus provincias, por que debieron mantener el nombre de Río Solís, del descubridor.

que os envidian las Deas del Parnaso:
desciende ya, dejando la corona
de juncos retorcidos, y dejando
la banda de silvestre *camalote*[7]
pues que ya el ardimiento provocado
del heroico español, cambiando el oro
por el bronce marcial[8] te allana el paso,
y para el arduo, intrépido combate
30 *Carlos* presta el valor, *Jove* los rayos.
Cerquen tu augusta frente alegres lirios
y coronen la popa de tu carro;
las ninfas te acompañen adornadas
de guirnaldas, de aromas y amaranto;
y altos himnos entonen, con que avisen
tu tránsito a los dioses tributarios.
El *Paraguay*, el *Uruguay* lo sepan,
y se apresuren próvidos y urbanos
a salirte al camino, y a porfía
40 te paren en distancia los caballos
que del mar patagónico[9] trajeron;
los que ya zambullendo, ya nadando,
ostentan su vigor, que, mientras llegan,
lindos céfiros tengan enfrenado.
Baja con majestad, reconociendo
de tus playas los bosques y los antros.
extiéndete anchuroso, y tus vertientes,
dando socorros[10] a sedientos campos,
den idea cabal de tu grandeza.
50 No quede seno que a tu excelsa mano
deudor no se confiese. Tú las sales

---

[7] El camalote es un conocido yerbazo que se cría en los remansos del Paraná.

[8] Prontes navales del Superior Gobierno y Real Consulado de Comercio contra los corsarios ingleses.

[9] Hállase en la costa patagónica un marisco que tiene, en su pequeño tamaño, que será de cuatro pulgadas, la bizarra figura de los caballos del carro de Neptuno. Ignoramos si en otras partes los hay de más bulto, o si lo deben a la fecundidad griega. Su cabeza remeda con propiedad la del caballo, y la cola torcida acaba en alas, como se pinta frecuentemente.

[10] La Sociedad Económica tenga por objeto, aunque sea único, indagar el nivel de los terrenos, para proporcionar el regadío a nuestros campos, cueste lo que cueste; si no puede ser por ahora, para de aquí a dos siglos. El terreno, sin una piedra, se brinda. Conseguido esto, véase aquí el pueblo escogido.

derrites, y tú elevas los extractos
de fecundos aceites; tú[11] introduces
el humor nutritivo, y suavizando
al árido terrón, haces que admita
de calor y humedad fermentos caros.
Ceres[12] de confesar no se desdeña
que a tu grandeza debe sus ornatos.
No el ronco caracol, la cornucopia,
60   sirviendo de clarín, venga anunciando
tu llegada feliz. Acá tus hijos,
hijos en que te gozas, y que a cargo
pusiste de unos genios tutelares
que por divisa la bondad tomaron,
céfiros halagüeños[13] por honrarte
bullen y te preparan sin descanso
perfumados altares en que brilla
la industria popular, triunfales arcos
en que las artes populares lucen[14],
70   y enjambre vistosísimo de naos
de incorruptible leño[15], que es don tuyo,
con banderolas de colores varios
aguardándote está. Tú, con la pala[16]
de plata, las arenas dispersando,
su curso facilita. La gran corte
en grande escala espera. Ya los sabios
de tu dichoso arribo se prometen
muchos conocimientos más exactos
de la admirable historia de tus reinos[17]
80   y los laureados jóvenes, con cantos
dulcísonos de pura poesía[18],
que tus melifluas ninfas enseñaron,

---

[11] Indícase los objetos del periódico y la Sociedad.
[12] Agricultura.
[13] Buenos Aires.
[14] Industrias, artes, navegación.
[15] No se sabe adónde llega la riqueza de madera que poseemos. Cada vez que se registran los montes, se tropieza con un portento. Acaba de probarse para curvas el tortuoso tarané; madera muy dura, tenaz, del clavo, muy ligera y que no arde.
[16] Debe pensarse seriamente en cerrar a las arenas la entrada de los puertos de este río.
[17] Historia natural.
[18] Últimamente, la poesía que todo lo anima y hace llevaderas las tareas más estériles.

aspiran a grabar tu excelso nombre
para siempre del Pindo en los peñascos,
donde de hoy más se canten tus virtudes
y no las iras del furioso Janto.
Ven, sacro río, para dar impulso
al inspirado ardor: bajo tu amparo
corran, como tus aguas, nuestros versos.
90 No quedarás sin premio (¡premio santo!).
Llevarás guarnecidos de diamantes
y de rojos rubíes, dos retratos,
dos rostros divinales, que conmueven:
uno de *Luisa* es, otro de *Carlos*.
Ves ahí, que tan magnífico ornamento
transformará en un templo tu palacio;
ves ahí para las ninfas argentinas,
y su dulce cantar, asuntos gratos.

En Emilio Carilla, *Literatura argentina. Palabra e imagen*, cit. en bibliografía.

BIBLIOGRAFÍA. **Obras:** *Antología de poetas argentinos*, ed. de Juan de la Cruz Puig, Buenos Aires, 1910, II, 3-60. **Estudios:** MARIANO G. BOSCH, *Manuel de Lavardén, poeta y filósofo*, Buenos Aires, Talleres Gráficos de Guillermo Kraft Ltda., 1944. EMILIO CARILLA, *La «Sátira» de Lavardén*. Buenos Aires, 1949[2]. EMILIO CARILLA. *Literatura argentina. Palabra e imagen*, Buenos Aires, Editorial Universitaria de Buenos Aires, 1969, I, pp. 125-147. JUAN MARÍA GUTIÉRREZ, *Estudios biográficos y críticos sobre algunos poetas sudamericanos anteriores al siglo XIX*, Buenos Aires, 1865, I, pp. 35-128. JOSÉ E. RODÓ *Ensayos históricos rioplatenses*, Montevideo, Imprenta Nacional, Coni, 1918, II, pp. 430-455. LUIS ALBERTO SÁNCHEZ, «Manuel José de Lavardén», *Escritores representativos de América*, cit., I, pp. 169-176.

Manuel de Zequeira Arango
(La Habana, 1764-1846)

Descendiente de una familia noble y rica, Manuel de Zequeira Arango ingresó en el prestigioso seminario de San Carlos en la ciudad de La Habana para estudiar historia y literatura. Optó después por la carrera de las armas y llegó a ocupar importantes cargos militares en Cuba y América del Sur. En 1821, en el apogeo de su carrera, perdió la razón. Su locura consistía en creerse miembro de la familia de los Borbones; también pensaba que, al tocarse el sombrero, se hacía invisible.

Principalmente Zequeira ha sido considerado como poeta épico-heroico, aunque convencional y artificioso. La mayor parte de sus composiciones se publicaron primeramente en El Papel Periódico *de La Habana y en otros periódicos y folletos de la época. La primera edición de sus* Poesías *la imprimió en Nueva York (1829) el escritor y maestro cubano Félix Varela. En 1852 su hijo publicó en La Habana una segunda edición de esta obra en la que se cambiaron algunos versos por motivos políticos. Zequeira, como otros poetas neoclásicos, incluye en su obra poemas didácticos, heroicos y satíricos. En sus composiciones se puede señalar una entonación fuerte y grandilocuente así como una preferencia por el cultivo de la oda heroica más que por el de la poesía moral y filosófica. De todos sus poemas el más conocido es la oda bucólica «A la piña», que ofrece una biografía de la fruta, desde su nacimiento hasta su llegada al Olimpo para triunfar y ser elogiada por los dioses. En su tributo a esta fruta y el suelo donde se da, Zequeira muestra el amor patrio aunque, como muchos cubanos de aquellos años, se sentía también muy ligado a España. Tan arraigada lealtad es evidente en el poema en octavas reales la «Batalla naval de Cortés en la laguna de México», y también en los cantos al «Dos de mayo» y al «Primer sitio de Zaragoza». Bien señaló Menéndez Pelayo que, «de todos los cubanos anteriores a Heredia es, sin duda, [Zequeira Arango] el más poeta».*

A LA PIÑA

Del seno fértil de la Madre Vesta[1],
en actitud erguida se levanta
la airosa piña de esplendor vestida,
llena de ricas galas.

Desde que nace, liberal Pomona[2]
con la muy verde túnica la ampara,
hasta que Ceres[3] borda su vestido
con estrellas doradas.

          Aun antes de existir, su augusta madre
10 el vegetal imperio le prepara,
y por regio blasón la gran diadema
la ciñe de esmeraldas.

Como suele gentil alguna ninfa,
que allá entre sus domésticas resalta;
el pomposo penacho que la cubre
brilla entre frutas varias.

Es su presencia honor de los jardines,
y obelisco rural que se levanta
en el florido templo de Amaltea[4],
20 para ilustrar sus aras.

Los olorosos jugos de las flores,
las esencias, los bálsamos de Arabia,
y todos los aromas, la Natura
congela en sus entrañas.

A nuestros campos desde el sacro olimpo,
el copero de Júpiter se lanza;
y con la fruta vuelve que los dioses
para el festín aguardan.

En la empírea mansión fue recibida
30 con júbilo común, y al despojarla

---

[1] Diosa del fuego del hogar entre los romanos.
[2] Diosa romana de los frutos.
[3] Diosa latina de la agricultura.
[4] Cabra que crió a Júpiter; uno de sus cuernos vino a ser el cuerno de la abundancia.

de su real vestidura, el firmamento
perfumó con el ámbar.

En la sagrada copa la ambrosía
su mérito perdió, y con la fragancia
del dulce zumo del sorbete indiano
los Númenes[5] se inflaman.

Después que lo libró el divino Orfeo[6],
al compás de la lira bien templada,
hinchendo con su música el empireo,
40 cantó sus alabanzas.

La madre Venus[7] cuando el labio rojo
su néctar aplicó, quedó embriagada
de lúbrico placer, y en voz festiva
a Ganimedes[8] llama.

«La piña, dijo, la fragante piña,
en mis pensiles sea cultivada
por mano de mis ninfas; sí, que con
su bálsamo en Idalia».

¡Salve, suelo feliz, donde prodiga
50 Madre Naturaleza en abundancia
la odorífera planta fumigable!
¡Salve feliz Habana!

La bella flor en tu región ardiente
recogiendo odoríferas sustancias,
templa de Cáncer la calor estiva
con las frescas Ananas[9].

Coronada de flor la primavera,
el rico otoño, y las benignas auras
en mil trinados y festivos coros
60 su mérito proclaman.

Todos los dones, las delicias todas
que la Natura en sus talleres labra,

---

[5] Cualquiera de los dioses fabulosos adorados por los gentiles; inspiración.
[6] Poeta y músico griego; al sonido de su voz y de su lira los ríos suspendían su curso y las fieras se amansaban.
[7] Diosa del amor en todas sus manifestaciones.
[8] Príncipe troyano; Zeus lo hizo copero de dioses.
[9] *Ananas:* sinónimo de piña.

en el meloso néctar de la piña
se ven recopiladas.

¡Salve divino fruto! y con el óleo
de su esencia mis labios embalsama:
haz que mi musa de tu elogio digna
publique tu fragancia.

Así el clemente, el poderoso Jove[10],
70 jamás permita que de nube parda
veloz centella que tronando vibra,
sobre tu copa caiga.

Así en tu rededor jamás Belona[11]
tiña los campos con la sangre humana,
ni algún tirano asolador derribe
tu trono con su espada.

Así el céfiro blando en tu contorno
jamás se canse de batir sus alas,
de ti apartando el corruptor insecto
80 y el aquilón que brama.

Y así la aurora con divino aliento
brotando perlas que en su seno cuaja,
conserve tu esplendor, para que seas
la pompa de mi Patria.

El motivo de mis versos

Canta el forzado en su fatal tormento,
y al son del remo el marinero canta;
cantando, al sueño el pescador espanta,
y el cautivo cantando está contento.

Al artesano en su entretenimiento
le divierte la voz de su garganta;
canta el herrero que el metal quebranta,
y canta el desvalido macilento.

El más infortunado entre sus penas
con la armónica voz mitiga el llanto,
y el peso de sus bárbaras cadenas.

---

[10] Otro nombre de Júpiter.
[11] Diosa de la guerra entre los romanos.

Pues si el dulce cantar consuela tanto
al mísero mortal en sus faenas,
yo por burlar mis desventuras canto.

A LA VIDA

Vida, que sin cesar huyes de suerte
que no eres de ningún bien merecedora,
¿por qué quieres llevarme encantadora
con alegre esperanza hasta la muerte?

Si el tiempo que risueña te divierte
es el mismo al fin que te devora,
¿por qué te he de apreciar si a cada hora
se me acerca el momento de perderte?

¿Mas, qué pierdo en perderte?; la vil parte
de la miseria humana, el cuerpo indigno
que debieras más bien del alejarte.

Si a más vida, más males imagino
ya me puedes dejar, que yo en dejarte
harto que agradecer tengo al destino.

LOS PESARES DE LA AUSENCIA

De dos tiernas amantes tortolillas,
cautivé con mis lazos una de ellas,
y la otra repitiendo sus querellas,
batió en mi seguimiento sus alillas.

Cansada se volvió a las florecillas
donde antes disfrutaron horas bellas,
y acusando en su canto a las estrellas
no picaba la flor, ni las semillas.

Apiadado de verla en tal tristura
llevando su dolor de rama en rama,
a la otra desaté la ligadura.

Con que si de esta suerte, Nise, exclama
la tortolilla a quien ausencia apura,
¿Qué hará sin verte el racional que te ama?

Al mismo asunto

Sumar la cuenta del total tesoro,
ver si están los talegos bien cabales,
aquí poner los pesos, allí los reales,
y de la plata separar el oro.

Advertir cuál doblón es más sonoro,
calcular los escudos por quintales,
distribuirlos en filas bien iguales
fundado en esto su mayor decoro.

Ver de cerca y de lejos este objeto,
notar si el oro es más subido o claro,
registrar de las onzas el secreto,

y en fin sonarlas con deleite raro.
Todo esto es describir en un soneto
la vida miserable del avaro.

En *Poesías*, La Habana, Comisión Nacional Cubana de la UNESCO, 1964.

BIBLIOGRAFÍA. **Obras:** *Poesías*, ed. Félix Varela, Nueva York, 1829. *Poesías*, 2.ª ed. corregida y aumentada por Manuel de Zequeira Caro, La Habana, 1852. *Poesías*, La Habana, Comisión Nacional Cubana de la UNESCO, 1964 (incluye poemas de Zequeira y de Manuel Justo de Rubalcava). **Estudios:** José J. ARROM, «Cuba, polaridades de su imagen poética», *Acta Litteraria Academiae Scientiarum Hungaricae* (Budapest), XVIII, 1975, pp. 3-41. MIGUEL BELAÚNDE SAN PEDRO, «Manuel de Zequeira y Arango», *Revista de la Facultad de Letras y Ciencias* (La Habana), XXXIV, núms. 3-4, 1924, pp. 326-345; XXV, núms. 1-2 1925, pp. 1-31. SERGIO CUEVAS ZEQUEIRA, *Manuel de Zequeira y los albores de la literatura cubana*, Biblioteca de las Antillas, III, La Habana, 1923, PEDRO JOSÉ GUITERAS, «Vida de poetas cubanos». *Cuba Contemporánea* (La Habana), XLIV, 1927, pp. 124-132. MAX HENRÌQUEZ UREÑA, *Panorama histórico de la literatura cubana*, La Habana, Editorial Arte y Literatura, 1978, I, pp. 99-103. GLADYS ZALDÍVAR, «El carácter fundador de la poesía de Manuel de Zequeira y Arango», *Festschrift José Cid Pérez*. eds. Alberto Gutiérrez de la Solana y Elio Alba Buffill, Nueva York, Senda Nueva de Editores, 1981, pp. 187-192.

Rafael García Goyena
(Guayaquil, Ecuador, 1766-Ciudad Guatemala, 1823)

El didactismo moralista del ilustrado siglo XVIII permeó todas las manifestaciones literarias; en poesía ayudó al reflorecimiento de un antiguo género, la fábula. Entre los fabulistas hispanoamericanos que hacia fines de aquel siglo lograron cierta nombradía destaca Rafael García Goyena. Nacido en Guayaquil se trasladó de niño a Guatemala. Allí estudió leyes hasta que, en contra de los deseos paternos, contrajo matrimonio. Su enfurecido padre lo encarceló en el Colegio de Cristo y en castigo envió después a la joven pareja a Cuba. Pero nunca llegaron a La Habana pues en el puerto guatemalteco de Omoa despertaron las sospechas de las autoridades y los encarcelaron durante varios meses. A la muerte de su padre, el poeta heredó una cuantiosa fortuna prontamente gastada en compras y regalos extravagantes. García Goyena vivió y escribió en Guatemala toda su obra literaria.

Este escritor ha dejado alrededor de treinta fábulas o apólogos publicados después de su muerte; por su tema y tono muestran su conocimiento de las fábulas morales de Tomás de Iriarte y de las literarias de Félix María Samaniego, los dos autores españoles que tanto habían hecho por el desarrollo de esta pragmática forma menor de la poesía. Se valió García Goyena de los metros menores y los tipos estróficos comunes en el género: romances, romancillos, décimas, redondillas; pero no pudo librarse de la frialdad y el prosaísmo inherentes a esta modalidad lírica. Con todo, el poeta realizó una significativa labor cuando hizo circular en verso, casi por primera vez en América, las conocidas ideas neoclásicas: la necesidad de la educación y del influjo del arte sobre la tosca e imperfecta naturaleza; la crítica de los falsos valores de la sociedad tanto como de la literatura «pura»; la exaltación de la constancia y el esfuerzo; la convicción de que el hombre sólo se realiza plenamente en el trabajo útil y provechoso a la sociedad. En fin, la filosofía utilitaria de la época puesta en versos de poco aliento, pero de gran claridad y didactismo, tal y como se proponía el autor y lo exigía la moda. No falta en sus composiciones, sin embargo, la nota americana dada por la inclusión de nombres de ciudades del Nuevo Mundo (La Habana, Guatemala) y de aves de la zona tropical donde vivió el poeta. No se le escapó tampoco a García Goyena alguna alusión crítica, aunque por obvias razones indirecta, al larguísimo régimen colonial, sostenido sólo por la fuerza y ya francamente intolerable para los americanos.

FÁBULAS

Fábula VI

Una yegua y un buey

En un soberbio caballo
por el campo se pasea
un joven haciendo alarde
de su garbo y gentileza.

El diestro jinete pone
su docilidad en prueba,
y él corresponde obediente
al manejo de la rienda.

Ya sofrenado reprime
10 contra el pecho la cabeza,
formando del cuello un arco
de largas, lustrosas cerdas.

Tasca el espumoso freno:
las manos con pausa alterna,
todo el cuerpo equilibrado
sobre las partes traseras.

Bufa, y la hinchada nariz
con el resoplido suena;
su larga tendida cola
20 en el movimiento ondea.

Ya soltándole la brida,
y aplicándole la espuela,
tiende el cuerpo, y se dispone
a la rápida carrera.

Con ambas manos a un tiempo
el suelo hiere, y con ellas,
y los pies horizontales,
describe una línea recta.

Pero al más ligero impulso
30 del brazo que lo gobierna,
suspende el curso violento,
y para haciendo corvetas.

Entre otras que allí pacían,
alzó a mirarlo una yegua,
y dando un grande relincho,
dijo a un buey que estaba cerca:

—Ese potro tan bizarro
que tanto al hombre deleita
es hijo de mis entrañas,
40 y bien sus obras lo muestran.

¡Qué docilidad! ¡qué brío!
¡qué índole tan noble y bella!
¡qué paso tan asentado!
¡qué bien hecho! ¡qué presencia!

De su generosa estirpe
un ápice no discrepa:
bien empleados los desvelos
que tuve en su edad primera—.

El buey entretanto estaba
50 rumiándole la respuesta,
y así que acabó, le dijo
con voz reposada y seria:

—Aunque ese potro gallardo
el nacimiento te deba,
tú no tienes parte alguna
en sus adquiridas prendas.

Tú sólo alumbraste un bruto
en su física existencia,
que el arte y la industria debe
60 los lucimientos que aprecias.

El derecho que te asiste
es ser madre de una fiera,
indómita por carácter,
cerril por naturaleza.

Yo soy testigo de vista
de cuánto al hombre le cuesta
haber domado su furia
y adiestrado su rudeza—.

Así, padres de familia,
70 la república pudiera
responder por muchos hijos
que su población aumentan.

El hombre sin las costumbres
que la educación engendra,
en lo político toca
a la clase de las bestias.

La mariposa y la abeja

La mariposa brillante,
matizada de colores,
visita y liba las flores
con vuelo y gusto inconstante.

A un fresco alhelí se inclina,
y apenas lo gusta, inquieta,
pasa luego a una violeta,
después a una clavellina.

Sin tocar a la verbena
10 sobre un tomillo aletea,
percibe su aura sabea
y descansa en la azucena.

De allí con rápido vuelo
en otro cuadro distinto,
da círculos a un jacinto
y se remonta hasta el cielo.

Vuelve con el mismo afán
sobre un clavel encarnado;
en cuanto lo hubo gustado
20 se traslada a un tulipán.

Atraída de su belleza,
en una temprana rosa
por un momento reposa
y el dorado cáliz besa.

Ya gira sobre un jazmín,
ya sobre el lirio, de modo,
que corre el ámbito todo
del espacioso jardín.

Sobre un alto girasol
30 por último toma asiento
y en continuo movimiento
brillan sus alas al sol.

Haciendo de bachillera
le dirige la palabra
a cierta abeja que labra
dulce miel y blanda cera.

Y le dice: —Vaya, hermana,
¡qué carácter tan paciente!
Te tuve por diligente,
40   pero eres grande haragana.

De una en una he repasado
las flores; tú, en una sola,
en una simple amapola
media mañana has gastado.

Nuestra frágil vida imita
a la flor que se apetece;
aquélla en su flor perece,
y ésta en botón se marchita.

No malogres de esa suerte
50   un tiempo tan mal seguro;
goza del deleite puro
antes que pruebes la muerte—.

La abeja entonces contesta
(sin divertir su atención
de su actual ocupación)
con la siguiente respuesta:

—Tú en las flores sólo miras
aquel jugo delicado
a tu gusto acomodado,
60   único objeto a que aspiras.

Yo bajo con constancia
en la flor que me acomoda
hasta que le extraigo toda
la preciosa útil substancia.

No consulto a mi provecho,
sino al de la sociedad
y pública utilidad
en el fruto que cosecho.

Sigue tu genio ligero
70   en pos de lo deleitable,
porque lo útil y lo estable
pide un afán tesonero—.

De este modo, amigo, piensa
una abeja, y tú pensaras
como ella, si censuraras
los escritos de la prensa.
Si unas con otras cotejas
las obras de los autores,
verás que liban las flores
80   más mariposas que abejas.

El pavo real, el guarda[1] y el loro

Un soberbio pavo real
de pluma tersa y dorada
con brillantez adornada
se paseaba en su corral.
El petulante animal
con aire de señorío
miraba el rico atavío
de su pluma; pero mudo,
aun en su elogio no pudo
10   decir: «Este pico es mío.»
Mientras tanto tomó asiento
allí cerca, un pobre guarda,
de estos de la pluma parda
que no tienen lucimiento;
pero con melífluo acento
abre la dulce garganta,
y de tal manera canta,
con voz delicada y suave,
que aun el pavón que no sabe
20   admiró dulzura tanta.
Necio entonces y orgulloso,
al mismo tanto que rico,
quiere imitarle, abre el pico,
y da un graznido espantoso.
Mi loro, que es malicioso,
con una falsa risilla
dijo: —¡Bravo, qué bien brilla

---

[1] *Guarda:* abreviatura de guardabarranco, ave canora de Guatemala.

      con el resplandor del oro!
      Mas no tiene lo canoro
30 de esa discreta avecilla—.

      Dime musa, si has sabido
      los misterios de los hados,
      ¿por qué están enemistados
      lo rico con lo entendido?
      Bajo un humilde vestido
      vive el sabio en menosprecio,
      mientras el soberbio necio,
      lleno de oro y de arrogancia,
      en medio de la ignorancia
40 merece el común aprecio.

Las golondrinas y los barqueros

      Unas golondrinas
      desde Guatemala,
      quisieron hacer
      un viaje a La Habana.

      Y dando principio
      a su caminata
      volaron diez días
      haciendo mil pausas.

      Llegan a Trujillo,
10 y estando en la playa
      en vez de temer
      resuelven la marcha.

      Una de prudencia
      entre ellas estaba,
      y les dijo: —Amigas,
      mirad tantas aguas.

      No nos expongamos
      a morir ahogadas,
      si a medio camino
20 las fuerzas nos faltan.

      Mejor es pedir
      en aquella barca
      un lugar pequeño
      que tal vez no falta—.

Apenas había
dicho estas palabras,
cuando respondieron
con gran petulancia:

—Barca no queremos,
30 pues con nuestras alas
tenemos de sobra
para ir hasta España—.

Los barqueros todos
oyendo esto estaban
y también reían
de tal petulancia.

Pasada la noche,
en la madrugada,
alzaron el vuelo
40 con gran algazara.

También los barqueros
hicieron su marcha
con la ligereza
que andan los piratas.

Y apenas dos leguas
llevaban andadas,
cuando ven llegar
las aves cansadas.

Con súplicas mil
50 todas desmayadas,
amparo pedían
a los de las barcas.

Mas ellos entonces
riendo a carcajadas,
sólo les decían:—
—¿Pues no tenéis alas?—

Al fin perecieron
nuestras camaradas,
y así los barqueros
60 tomaron venganza.

Esta fabulilla
se llama la capa,
vístala el lector
si acaso le entalla.

El coyote y la oveja

Dizque un hambriento coyote
se estuvo una noche entera,
dando vueltas al redil
de una manada de ovejas,
sin que pudiera pillar
ni hacer presa de una de ellas;
viendo inútil su trabajo,
sus vueltas y diligencias,
lo que no pudo por mal
10 pretende lograr a buenas.

Con halagüeñas palabras,
escondiendo su fiereza,
llégase astuto a la cerca,
y llamando a la más tierna
entabla conversación,
diciéndola: —Dulce prenda,
si vieras cuanto yo siento
el veros tan abatida
a ti, y a tus compañeras,
20 siempre encerradas y presas,
sujetas sólo al capricho
del pastor que las gobierna,
sin que puedan disfrutar
su libertad, y franqueza
para saltar por los montes
y pasearse por las breñas.

No lo creyeras, mi bien;
mas te digo con franqueza
que no se encuentra otra dicha
30 que se le asemeje a ésta.

Mira, toma mi consejo:
mañana por la mañana
luego que os abran la puerta
y al prado el zagal os lleve,
escápate de su vista
corriendo al bosque ligera;
que yo allí te aguardaré,
y con esto lograrás
salir una vez de penas—.

40 Engañada la infeliz
creyó a la inhumana fiera.
Luego que al campo salió,
de su rebaño se aleja
hasta llegar donde estaba
el infame que aconseja.

Y entonces ¿qué sucedió?
Lo que era muy natural:
que al instante se la almuerza
y da fin a su maldad.

50 Consejeros de esta especie
hay muchos que con pretexto,
de libertad y de dicha,
encubren un fin perverso.

En *Fábulas*, cit. en Bibliografía.

BIBLIOGRAFÍA. **Obras:** *Fábulas*, Pról., bibliografía y n. de Carlos Samayoa Chinchilla, Guatemala, Ediciones del Gobierno de Guatemala, 1950. **Estudios:** RAFAEL ARÉVALO MARTÍNEZ, «Poetas de Guatemala». *Boletín de la Biblioteca Nacional*, núm. 4, enero de 1937. ISAAC J. BARRERA *Historia de la literatura ecuatoriana. Siglo XVIII*, Quito, Editorial Ecuatoriana, 1944, II, pp. 218-225. MODESTO CHÁVEZ FRANCO, *Biografías olvidadas*, Guayaquil, 1940. DANIEL VELA, *Literatura guatemalteca*, Guatemala, Tipografía Nacional, 1944.

Esteban de Terralla Landa
(Andalucía, 17??-Lima, 1797?)

Entre los viajeros que visitaron Lima y escribieron sobre esa ciudad en el siglo XVIII, sobresale Esteban de Terralla Landa. Éste, después de una estancia en México sobre la cual se ignoran detalles, llegó a la Ciudad de los Reyes, en 1787. Allí fue protegido por el virrey Teodoro de Croix (1785-1790). En la capital novocastellana escribió varias composiciones en prosa y verso entre las cuales destaca «El sol en el mediodía [,] año feliz y júbilo particular» (1790) donde celebra la coronación de Carlos IV y retrata los diferentes barrios y tipos de los alrededores de Lima dando pruebas de su preferencia por lo popular, el chiste y las descripciones coloristas. Por su más famosa composición, Lima por dentro y fuera (1792), se deduce que el autor se ocupó algún tiempo en la minería, pero, a pesar de sus esfuerzos, nunca alcanzó la prosperidad anhelada.

Lima por dentro y fuera está integrada por un prólogo, dieciocho romances o «descansos» y un testamento «otorgado por el autor». En ella predomina la vena satírica ya vista en los poemas de Mateo Rosas de Oquendo y Juan del Valle Caviedes. El escritor utiliza el seudónimo «Simón Ayanque» para ridiculizar a la capital novocastellana y dar cuenta detallada de las faltas de sus habitantes, muy en especial de la liviandad y materialismo de sus mujeres. La filiación satírica y americana de la obra se ve incluso en el falso nombre del autor: para algunos «ayanque» es un pez parecido a la corbina, muy frecuente en aguas peruanas; otros han destacado el origen marinero del vocablo y subrayan que fue adoptado en alusión al desprecio sentido por los limeños hacia quienes venían por mar, o sea, a los peninsulares. Por otro lado, «sol de los muertos, sol de los gentiles, sol de ayanque», según consignó Juan de Arona [Pedro Paz Soldán y Unanue] en su Diccionario de peruanismos (1783-1784), es la postrera luz arrojada por el astro cuando parece haberse puesto. Quien escribió «El sol en el mediodía...» dio de modo simbólico su último reflejo en este abarcante y procaz ataque.

Lima por dentro y fuera sigue muy de cerca la estructura de «El mundo por de dentro» (1612), uno de los Sueños de Quevedo. Si en la conocida obra quevediana, «El Desengaño» conduce al autor por la calle de la «Hipocresía», aquí «Simón Ayanque» sirve de guía y consejero a un amigo que desea abandonar México y pasar a Lima. En jocosas cuartetas octosilábicas el narrador señala los defectos de la ciudad y sus pobladores y en el último «descanso» da «consejos saludables para quien pretenda vivir con tranquilidad» allí. «El mundo *por de dentro»*, El diablo cojuelo *de Vélez de Guevara y la obra de Terralla tienen como remoto ascendiente el* laudes civitatum, *pues las tres subrayan el horrible estado de un lugar para apuntar que esta apariencia desastrosa es superada únicamente por el peor vivir de sus ciudadanos. Vale notar que si bien el autor muestra las desavenencias entre criollos y peninsulares, su obra no propone un cambio. En contraste con otros escritores de esta misma centuria, Terralla se manifiesta pesimista en sus juicios y no ofrece soluciones saludables. Su obra vale por presentar una divertida e informativa visión de tipos y problemas limeños durante los últimos años coloniales. Sin duda, ella muestra la persistencia del barroco tanto en los recursos conceptuosos empleados por el autor, como en la atmósfera de desengaño que la tiñe.*

LIMA POR DENTRO Y FUERA (1792)

Romance XI. Lo que ocurre en los matrimonios, y dotes que se contratan. Carrera que dan a los hijos. Odios que hay entre criollos y europeos. Contrariedad de sus charlatanerías cuando se ofrece sacar a luz la ascendencia

Escucha, amigo, el más grave
punto del asunto nuestro,
en que está el punto del hombre,
y se funda el punto mesmo.
Con toda atención escucha
punto que es de casamientos,
aunque en casamientos punto
es punto que no lo veo.
Muchas casadas de honor
10   verás allí, no lo niego,
pero también verás más
que en su vida lo tuvieron.
Verás casadas a algunas
con los hombres europeos
porque saben trabajar,
mas no porque los quisieron;
verás los pobres maridos
hechos de carga un jumento,
a un mostrador reducidos
20   o perdidos en extremo;
verás que están en ayunas
hasta las dos a lo menos
y si quieren desayuno
van a la fonda a tenerlo;
verás que si acaso llaman
temprano a la puerta, luego
el marido sale a abrir
aunque haya de negras ciento —
pues porque no las dé el aire
30   la mujer quiere primero,
como no caiga la negra,
que caiga el marido enfermo;
verás el mucho cuidado,
el conato y el esmero
con que en una enfermedad

cuidan al zambo y al negro
mas no por misericordia,
que hasta ahí no llega el extremo,
sino porque no se pierda
40 de su valor el dinero;
verás si enferma el marido
con qué poquísimo apego
lo mira allí su familia,
aunque maneje dinero —
pero si enferma el mulato,
la china, el zambo o el negro,
no se apartan de la cama
con sustancia de puchero.
La esclava come gallina,
50 pollo, dulce y bizcochuelos,
y el marido la escamocha[1]
que le sobra a los conventos.
Verás que si acaso es pobre
al hospital va corriendo:
si murió *gratias agamus*[2]
y si no murió *pax tecum*[3],
verás el ningún amor
y aquel fatal tratamiento,
pues no saben más palabras
60 que «el chapetón[4] pezuñento»,
«el indigno», «el hediondo»,
«desfondacubiertas», «perro»,
«el puerco», «culiembreado»[5],
«el traposo» y «el hambriento».
Verás como no distinguen
de personas ni sujetos,
de cultura, de crianza,
de lustre ni nacimiento;
que le llaman «don Fulano»
70 al hidalgo y caballero,
pero «señor don fulano»
a un ordinario plebeyo;
que es lo mismo un coronel

---

[1] *Escamocha:* escamocho, sobras de la comida.
[2] *Gratias agamus:* latín, demos las gracias.
[3] *Pax tecum:* latín, que la paz sea contigo.
[4] *Chapetón:* europeo recién llegado a América; peyorativo.
[5] Apodos despectivos dados a quienes llegaban al Perú por la vía marítima, o sea, a los peninsulares.

que un pito de un regimiento,
y aun el pito es mucho más
si les pita más dinero.
Verás que cuando proponen
mujer para casamiento
suelen ofrecer de dote
80   catorce o quince mil pesos,
y después de celebrado
se reducen a doscientos,
y si en la espalda no son
puede quedar satisfecho.
Se otorga carga dotal
en la que apuntan por cierto
un camapé[6] y cuatro sillas
en mil y quinientos pesos
una saya en otro tanto,
un volador[7] en cien pesos,
y una calesa *ab initio*[8]
90   aún en más que un coche nuevo.
Verás en cuenta del dote
medias y zapatos viejos,
y otros muebles inmovibles
por los que se mueven pleitos,
que arreglado a tasación,
a avalúo y justiprecio
asciende a la cantidad
de los quince mil completos.
Mas si lo vas a vender,
100   por verte en algún aprieto,
por más que el precio le subas
todo no vale diez pesos,
y a cualquiera friolera
saldrá tu mujer diciendo:
—«¡Daca el dote! ¡Toma el dote!
Y a mi dote ¿qué le has hecho?
¡Maldita sea la hora
que me metí en casamiento
con este fardo cerrado[9]
110   que será de los infiernos!»
Si tienes hijos en ella

---

[6] *Camapé:* canapé o sofá.
[7] *Volador:* cinta para adornar los vestidos.
[8] *Ab initio:* latín, desde el comienzo; significa aquí muy antiguo.
[9] *Cerrado:* inútil.

se han de poner en colegio
aunque no tengas calzones
ni esperanza de tenerlos.
Si a la madre le preguntan
por qué en otros ministerios
no los ocupa, responde
que ella se sabe su cuento.
Pues del colegio saldrán
120　para abogados lo menos,
para curas, provinciales
u otro honorífico empleo—
y luego vienen a parar
en un truán sempiterno,
vagabundo, jugador,
alcahuete y petardero[10];
que lo tiene a más honor
que ser artesano bueno,
porque aun el más noble oficio
130　envilece al caballero.
La propiedad más laudable
que saca el niño en efecto
es ser mortal enemigo
de cualquier hombre europeo,
con tal implacable odio
y tanto aborecimiento
que le brota la ojeriza,
el rencor, encono y tedio,
de forma que no se exime
140　de aquel rencoroso afecto
ni el mismo que le dio el ser
ni tampoco sus abuelos.
Pues a cada instante dice:
—«Si yo supiera de cierto
la vena por donde corre
sangre de españoles, luego
sin duda me la sacara
por no tener sangre de ellos,
pues me afrenta el descender
150　de un hombre indigno europeo.»
Mas si se ofrece alegar
sobre lustre y nacimiento
no se le escucha otra cosa que:
—«Mi padre fue gallego;

---

[10] *Petardero:* o petardista, quien siempre está pidiendo dinero prestado.

mi madre nació en España;
fue andaluz mi bisabuelo;
mi abuelo de las Montañas[11];
de Asturias mi entroncamiento;
mi tío está en Zaragoza,
160 en Barcelona mis deudos;
mi ascendencia está en Madrid
y mucha parte en Toledo;
tengo un tío cardenal;
otro tengo consejero
y otro mariscal de campo
que me escribió este correo.
No tengo más de criollo
que haber nacido en el Reino,
pero soy más español
170 que los mismos europeos.»
¿Has visto, amigo, mayores
contradicciones de genios?
¿Has visto cosas más raras
ni más contrarios efectos?
¡Oh divina Providencia
del incomprensible y recto
Ente divino, admirable
Hacedor del universo,
cómo parecen acasos
180 muchas veces los sucesos!
Pues es aquesta aversión
la conservación del Reino;
y así, hablando cuerdamente
un político discreto,
funda en esta oposición
la subsistencia que vemos,
lo mismo que la que hay
entre los indios y negros,
quienes siempre se profesan
190 total aborrecimiento.
Esto es pues lo que acontece
en hijos y casamientos.
Pero el siguiente descanso
escúchame, amigo, atento.

---

[11] Del norte de Castilla la Vieja, asiento de las familias más antiguas y linajudas.

Romance XIII. Muerte de los magnates y ficciones
de que usan las mujeres para adornarse

  Aunque de tanto observar
muy cansado te contemplo,
no te canses de escuchar
que mucho irás aprendiendo,
porque si feliz se llama
el que en peligro ajeno
se hizo cauto, feliz tú
que aprendes con mi escarmiento.
Muy varias cosas has visto
10 que te servirán de espejo,
mas no has visto, amigo, nada
según otras irás viendo.
Verás si muere un magnate
que por rico lo tuvieron —
con más drogas que milagros
hacen los santos del cielo —
cómo se excede la pompa,
el boato, el lucimiento,
lo espléndido en la comida,
20 lo ostentoso en el entierro,
lo magnífico en las honras,
suntuosidad en el duelo,
los lutos en los esclavos
y los parientes sin ellos;
verás que precisamente
se han de enlutar aun aquellos
que sirvieron en la casa,
aunque ya no estén sirviendo,
a toda zamba y mulata,
30 toda negra y todo negro
que en servicio de la casa
se ocupaba en otro tiempo,
todas las amas de leche
de sus padres, sus abuelos,
sus madres, suegras y tías,
sus padrastros y sus yernos;
verás que hasta las campanas
lisonjean a los muertos,
si son ricos, sin que cesen
40 ni paren en un momento;
verás pues con qué tesón

los dobles doblan por ellos,
queriendo con las campanas
sacarles de donde fueron,
de suerte que el que ignora
quién murió, juzga al estruendo
que falleció algún monarca
o algún príncipe nuestro.
¿Y quién fue quien falleció?
50 Un Diocleciano sangriento,
un Atila y un Nerón,
un Dionisio[12] y Mahometo,
un filósofo Timón[13],
aborrecedor perpetuo
de nuestra naturaleza
y de todo el universo,
uno que causando daños
fue el mismo aborrecimiento,
pues, aborreciendo a todos,
60 a él también le aborrecieron.
Y dicen interiormente
cuando va pasando el cuerpo:
—«Ya se murió este tirano,
gracias a Dios. ¡Qué bien muerto!»
Pues el hombre que nació
para sí solo, es muy cierto,
para los demás no muere,
que para sí solo ha muerto.
Verás que si un pobre muere
70 jamás suena ni un cencerro,
y será más que dichoso
si halla dos velas de sebo;
verás que grande vigilia
le cantan sin duda luego
a aquel rico que en vigilia
tuvo a parientes y deudos;
verás pues qué ostentación
para el que jamás dio medio,
y Dios sabe si estará
80 de huésped en el infierno;
verás muchos albaceas
que se hacen los herederos,
siendo herederos forzosos

---

[12] Tirano (430-367 a. de J. C.), rey de Siracusa.
[13] Filósofo ateniense del siglo V a. de J. C.

porque ellos mismos se hicieron;
verás mil obras crueles
en inicuos testamentos,
porque no pueden ser pías
con los caudales ajenos;
verás pues a un poderoso
90   que muere teniendo deudos
y a un rico extraño instituye
de universal heredero;
verás a un rico que ofrece
edificar un convento
porque Dios le dé salud
hallándose padeciendo,
pero apenas se ve sano
y está ya del todo bueno
cuando ni nombre de santo
100   le quedó en el pensamiento;
verás cómo en los más ricos
miras los más cicateros[14]
faltos de misericordia
y de la avaricia ciegos;
verás cómo las señoras
se usurpan todo el derecho
que en el mecanismo[15] adquieren
los libres bozales negros,
pues, con sombra de guardarlo
110   y servirles de respeto,
mueren los pobres y queda
en ellas todo el dinero;
verás por el interés
niñas casadas con viejos
y muchas viejas con mozos
porque les dan alimentos;
verás barrigas postizas
en viejas de siglo y medio
que fingen estar preñadas
120   por ir la edad encubriendo;
verás cómo se va en sangre
la que sólo tiene huesos,
y aparentando un aborto
fuera un aborto creerlo;
verás a muchos maridos

---

[14] *Cicatero:* tacaño, mezquino.
[15] *Mecanismo:* por las leyes, a través de la «maquinaria» legal.

que están mentiras creyendo,
y son irrisión de las gentes
porque creen tales cuentos;
verás muchos albayaldes[16],
130 dientes postizos y pelos,
cejas de aceite de moscas[17]
y de tizne de un caldero,
pantorrillas de algodón,
de la misma especie pechos,
los zapatos embutidos
y los carrillos rellenos,
algodón bajo la hebilla
en las espaldas y el cuello,
y en la cadera un postizo
140 de lienzo y de junco seco;
verás los labios teñidos,
el sombrerito bien puesto
y, para salir de noche,
más abultado el culero[18];
verás y qué fácilmente
mudan de traje y de cuerpo,
cambian de faldellín
con el mismo al revés puesto
pues metida en un zaguán
150 va en un instante saliendo
con todo el traje mudado
con la brevedad que el genio;
verás a muchas de noche
que van de capa y sombrero,
montadas de varios modos,
porque montaron primero;
verás pues que si las capas
que las prestaron por ruegos
las están largas, al punto
160 las cortan para sus cuerpos,
y la respuesta que dan,
si las van reconviniendo:
«¡Qué!» (si la estaba muy larga)
«¿No había que cortarla luego?»
Verás después por la calle

---

[16] *Albayaldes:* carbonato de plomo de color blanco usado en pintura y también para blanquearse la piel.
[17] *Cejas de aceite de moscas:* cejas pintadas con un aceite barato.
[18] *Culero:* relleno en la parte posterior de la vestimenta femenina.

muchos que se van cayendo,
si unos de necesidad,
otros de espíritu llenos;
verás que el que allí no bebe
170 le suelen tener por menos,
con que así el que bebe más
es más que todos en esto;
verás pues las mujeres
tiran mucho más al cuello
que lo que a la cincha tiran
muchos caballos chilenos;
verás mil tranquilidades,
mas no de las del sosiego
sino de espíritu puro
180 de la uva de Pisco nieto[19];
verás a muchos hinchados
pero no por ser circunspectos
sino por la limonada
mezclada con blanquimento[20];
y por último verás
lo que en Méjico no vemos,
que es mucha gente mezquina
que llora por solo un peso.
Lo que falta que observar
190 luego después lo irás viendo,
que tanto como hay que ver
no se puede en poco tiempo.

En *Lima por dentro y fuera*, cit. en bibliografía.

BIBLIOGRAFÍA. **Obras:** *Lima por dentro y fuera*, ed. Alan Soons, Exeter, Exeter University Printing Unit, 1978. *Costumbristas y satíricos*, Biblioteca de Cultura Peruana, ed. Ventura García Calderon, París, Desclée de Brouwer, 1938. **Estudios:** Thomas C. Meehan y John T. Cull, «"El poeta de las adivinanzas": Estellan de Terralla y Landa», *Revista de Crítica Literaria Latinoamericana*, núm. 19, 1984, pp. 127-157. RICARDO PALMA, «El poeta de las adivinanzas», *Tradiciones peruanas completas*, cit., pp. 711-724. LUIS ALBERTO SÁNCHEZ, *La literatura peruana. Derrotero para una historia cultural del Perú*, ed. definitiva, Lima, P. L. Villanueva, s. f. [1975?], II, pp. 660-665.

---

[19] Brandy hecho del vino de la ciudad y puerto peruano de Pisco; por su antigüedad es «nieto» de las uvas.
[20] *Blanquimento:* blanquimiento, ácido usado en la limpieza de objetos de metal.

Mariano Melgar

(Arequipa, 1790-Huamachiri, Perú, 1815)

Estudioso de la literatura clásica y traductor de Virgilio y Ovidio, Mariano Melgar fue alumno y docente aventajado del Seminario de San Jerónimo en su ciudad natal. Cerca de los veinte años, después de haber sido tonsurado a los siete y haber recibido las órdenes menores, se enamoró perdidamente de una joven de trece años, María Santos Corrales, la «Silvia» cantada en tantos poemas suyos. En ruta a Lima, donde fue enviado por su familia a estudiar Derecho y a olvidarse de la joven, «descubre» el océano Pacífico y le dedica una oda. En la capital virreinal el arequipeño se puso al tanto de los dictados de las Cortes de Cádiz (1812) y escribió poemas patrióticos. Marcado por el fervor liberal, regresa a Arequipa; encuentra el rechazo de «Silvia» y después se une a la sublevación independentista dirigida por el brigadier indio Mateo García Pumacahua. Derrotada la insurrección, Melgar, quien se conjetura había sido asesor jurídico y artillero de los rebeldes, es fusilado en el pueblo serrano de Huamachiri, a los veinticuatro años y medio de edad.

La obra literaria del vate arequipeño es diversa y representativa de varios estilos y gustos. Por un lado están las fábulas de corte neoclásico; por otro, se recuerdan sus desesperadas poesías amorosas y sus cantos a la libertad, precursores del romanticismo peruano. Sin embargo, la porción más distintiva y desafiante de su producción la constituyen los yaravíes, breves canciones amorosas surgidas de un antiguo molde andino donde es evidente el amestizamiento y la influencia de la poesía culta peninsular. Se actualiza así un modelo poético prehispánico perfilado dentro de la literatura popular por su carácter oral —poesía para ser cantada— y su aceptación y divulgación entre las clases desposeídas. La proliferación del ciclo del yaraví en tanto los movimientos de liberación indígenas mostraron posibilidades de éxito y su posterior decaimiento con el triunfo de la república criolla, confirma su raigambre popular. El ciclo yaraviísta, como acertadamente destacó Antonio Cornejo Polar, «supone un momento histórico en el que algunos hombres deciden plasmar sus afectos en una nueva forma: ya no la española, tal vez sentida ajena e impostada, sino otra que, a través de sus resonancias remotas pero actuantes, restauraba una tradición por largo tiempo sepultada y revaloraba el modo popular del canto hecho para uno y para todos». Vista así la obra de Mariano Melgar se ofrece como continuidad y disyunción: su *poesía patriótica y amatoria se ubica dentro del tránsito del neoclasicismo al romanticismo; sus yaravíes remiten a lo popular, a lo indígena, a una realidad social pluricultural, pluriétnica y conflictiva, soslayada por intentos de presentar una visión excesivamente uniforme, y por tanto, deformante de la literatura hispanoamericana.*

¡OH SUEÑO DELEITOSO...![1]

¡Oh sueño deleitoso,
imagen apacible
del eterno reposo!

Por ti un pecho sensible
halla consuelo en medio
de cualquier mal temible.

En ti el dolor o el tedio
que me asalta entre día
tiene fin y remedio.

10 Por ti es, que cuando impía
se enoja Silvia hermosa
y mata mi alegría,

mi alma entonces penosa
goza por un momento
lo que en vela no goza.

Mil veces mi tormento
así se ha mitigado
y ha huido el mal que siento.

Que Silvia con enfado
20 me muestre duro ceño
en día desgraciado,

vendrá mi dulce sueño
y el gozo ha de volverme
su semblante risueño.

Que el destino tenerme
procure lejos de ella
por solo entristecerme,

---

[1] Como la mayoría de los poemas de Melgar, a excepción de la «Carta a Silvia», las traducciones y las fábulas, han recibido títulos diferentes en los diversos manuscritos y publicaciones, la comisión de redacción de las *Poesías completas* del bardo arequipeño de la Academia Peruana de la Lengua, cuya edición se utiliza en esta recopilación, optó por identificar las composiciones por su primer verso. Para facilitar su reconocimiento hemos consignado en notas los títulos con los cuales se conocen algunos de los poemas. Así, esta composición también se conoce como «Al sueño».

a pesar de mi estrella
mi sueño hará entre tanto
30   que vea su faz bella.

Despierto será el llanto,
pero, por fin, dormido
gozaré de su encanto.

En vela, perseguido
me veré del recelo,
de su ira o de su olvido;

y acabado el desvelo,
su cariño constante
me volverá el consuelo;

40   y el dolor penetrante
de su ira despiadada,
descansará un instante.

Así no temo nada,
y es mi dicha segura
aunque sea soñada.

Que en sintiendo dulzura,
no averiguo si es día
o estoy en noche oscura.

Con igual alegría
50   recuerdo el bien soñado
y el que en vela tenía.

Ya que un igual enfado
causa el mal en despierto,
que en sueño fatigado;

y que en el curso incierto
del bien nada nos queda
sea soñado o cierto.

Con que si el tiempo veda
después que el bien se ha ido,
60   que gozársele pueda:

El que en sueño ha venido
y el que real se presente,
si igualmente es perdido,
gocémosle igualmente.

Ya llegó el dulce momento[2]

Ya llegó el dulce momento
en que es feliz Arequipa,
ya en mi suelo se disipa
el despotismo feroz:
ya se puede a boca llena
gritar: que la Patria viva,
que la libertad reciba
que triunfe nuestra Nación.

10 Cayó el monstruo detestable
que en nuestra cerviz sentado
trescientos años ha hollado
la justicia y la razón:
y en su lugar se levanta
la oliva de la victoria,
que borrará la memoria
de los siglos de opresión.

Levantad pues hijos bellos
del Perú siempre oprimido,
incrementad el partido
20 de esta grande Redención:
ved que el Cielo nos protege
y que salen los efectos
mayores que los proyectos
que el patriotismo formó.

No se encuentre un hombre solo
que no empuñe aguda espada,
y arroje a su negra nada
al tiránico español;
pues las heridas gloriosas
30 que en el campo se reciban
harán que sus nombres vivan
muerto el déspota escuadrón.

Suene en fin en todas partes
con las voces y los hechos,
que no vivan nuestros pechos,

---

[2] También se conoce como «Marcha patriótica».

si no logran este honor:
viva, viva eternamente,
el patriotismo peruano,
viva el suelo americano,
40   viva su libertador.

¿POR QUÉ A VERTE VOLVÍ, SILVIA QUERIDA?[3]

¿Por qué a verte volví, Silvia querida?
¡Ay triste! ¿para qué? ¡Para trocarse
mi dolor en más triste despedida!

Quiere en mi mal mi suerte deleitarse;
me presenta más dulce el bien que pierdo:
¡Ay! ¡Bien que va tan pronto a disiparse!

¡Oh, memoria infeliz! ¡Triste recuerdo!
Te vi... ¡qué gloria! pero ¡dura pena!
Ya sufro el daño de que no hice acuerdo.

10   Mi amor ansioso, mi fatal cadena,
a ti me trajo con influjo fuerte.
Dije: «Ya soy feliz, mi dicha es plena».

Pero ¡ay! de ti me arranca cruda suerte;
éste es mi gran dolor, éste es mi duelo;
en verte busqué vida y hallo muerte.

Mejor hubiera sido que este cielo
no volviera a mirar y sólo el llanto
fuese en mi ausencia todo mi consuelo.

Cerca del ancho mar, ya mi quebranto
20   en lágrimas deshizo el triste pecho;
ya pené, ya gemí, ya lloré tanto...

¿Para qué, pues, por verme satisfecho
vine a hacer más agudos mis dolores
y a herir de nuevo el corazón deshecho?

De mi ciego deseo los ardores
volcánicos crecieron, de manera
que víctima soy ya de sus furores.

---

[3] Cuando Melgar iba de camino a Lima para estudiar Derecho y olvidar a Silvia obedeciendo consejos familiares, en Quilca, ciudad donde por primera vez vio el mar, decidió regresar a Arequipa. Allí su padre lo obligó a retornar a Lima; el segundo viaje a la capital le inspiró esta elegía.

¡Encumbradas montañas! ¿Quién me diera
la dicha de que al lado de mi dueño,
30   cual vosotras inmóvil, subsistiera?

¡Triste de mí! Torrentes, con mal ceño
romped todos los pasos de la tierra,
¡piadosos acabad mi ansioso empeño!

Acaba, bravo mar, tu fuerte guerra;
isla sin puerto vuelve las ciudades;
y en una sola a mí con Silvia encierra.

¡Favor tinieblas, vientos, tempestades!
Pero vil globo, profanado suelo,
¿es imposible que de mí te apiades?

40   ¡Silvia! Silvia, tú, dime ¿a quién apelo?
No puede ser cruel quien todo cría;
pongamos nuestras quejas en el cielo.

El solo queda en tan horrible día,
único asilo nuestro en tal tormento,
él solo nos miró sin tiranía.

Si es necesario que el fatal momento
llegue... ¡Piadoso Cielo! en mi partida
benigno mitigad mi sentimiento.

Lloro... no puedo más... Silvia querida,
50   déjame que en torrentes de amargura
saque del pecho mío el alma herida.

El negro luto de la noche oscura
sea en mi llanto el solo compañero,
ya que no resta más a mi ternura.

Tú, Cielo Santo, que mi amor sincero
miras y mi dolor, dame esperanza
de que veré otra vez el bien que quiero.

En sola tu piedad tiene confianza
mi perseguido amor... Silvia amorosa,
60   el Cielo nuestras dichas afianza.

Lloro, sí, pero mi alma así llorosa,
unida a ti con plácida cadena,
en la dulce esperanza se reposa,
y ya presiente el fin de nuestra pena.

No nació la mujer para querida[4]

No nació la mujer para querida,
por esquiva, por falsa y por mudable;
y porque es bella, débil, miserable,
no nació para ser aborrecida.

No nació para verse sometida,
porque tiene carácter indomable;
y pues prudencia en ella nunca es dable,
no nació para ser obedecida.

Porque es flaca no puede ser soltera,
porque es infiel no puede ser casada,
por mudable no es fácil que bien quiera.

Si no es, pues, para amar o ser amada,
sola o casada, súbdita o primera,
la mujer no ha nacido para nada.

Cielos, lo que bien se quiso

Cielos, lo que bien se quiso
no se olvida presto, no;
que donde cenizas quedan
si no hay llamas hay calor.

Si una vez se llegó a amar,
morir o amar es preciso,
porque olvidar no es posible,
cielos, lo que bien se quiso.

Si algún objeto en el pecho
firme lugar ocupó,
por más que olvidarse quiera,
no se olvida presto, no.

Aunque el fuego de amor no arda
siempre cenizas conserva
y nunca más dura el fuego
que donde cenizas quedan.

---

[4] Conocido como «La mujer».

Al fin, si es yerro querer
que se extinga un fino amor,
porque en la hoguera del pecho
si no hay llamas, hay calor.

¡Ay, (Yaraví,) amor! dulce veneno[5]

¡Ay, amor! dulce veneno,
¡ay, tema de mi delirio,
solicitado martirio
y de todos males lleno.

¡Ay, amor! lleno de insultos,
centro de angustias mortales,
donde los bienes son males
y los placeres tumultos.

¡Ay, amor! ladrón casero
de la quietud más estable.
¡Ay, amor, falso y mudable!
¡Ay, que por tu causa muero!

¡Ay, amor! glorioso infierno
y de infernales injurias,
león de celosas furias,
disfrazado de cordero.

¡Ay, amor!, pero ¿qué digo,
que conociendo quién eres,
abandonando placeres,
soy yo quien a ti te sigo?

Vuelve, (Yaraví), que ya no puedo[6]

Vuelve, que ya no puedo
vivir sin tus cariños;
vuelve mi palomita,
vuelve a tu dulce nido.

Mira que hay cazadores
que con intento inícuo
te pondrán en sus redes

---

[5] Conocido como «Ay, amor».
[6] Conocido también como «La paloma ingrata».

mortales atractivos;
y cuando te hagan presa
10 te darán cruel martirio:
no sea que te cacen;
huye tanto peligro.
Vuelve mi palomita,
vuelve a tu dulce nido.

Ninguno ha de quererte
como yo te he querido,
te engañas si pretendes
hallar amor más fino.
habrá otros nidos de oro,
20 pero no como el mío:
por quien vertió tu pecho
sus primeros gemidos.
Vuelve mi palomita,
vuelve a tu dulce nido.

Bien sabes que yo, siempre
en tu amor embebido,
jamás toqué tus plumas,
ni ajé tu albor divino;
si otro puede tocarlas
30 y disipar su brillo,
salva tu mejor prenda,
ven al seguro asilo.
Vuelve mi palomita,
vuelve a tu dulce nido.

¿Por qué, dime, te alejas?
¿Por qué con odio impío
dejas un dueño amante
por buscar precipicios?
¿Así abandonar quieres
40 tu asiento tan antiguo?
¿Con que así ha de quedarse
mi corazón vacío?
Vuelve mi palomita,
vuelve a tu dulce nido.

No pienses que haya entrado
aquí otro pajarillo:
no, palomita mía,
nadie toca este sitio.
Tuyo es mi pecho entero,
50 tuyo es este albedrío;

y por ti sola clamo
con amantes suspiros.
Vuelve mi palomita,
vuelve a tu dulce nido.

Yo solo reconozco
tus bellos coloridos,
yo solo sabré darles
su aprecio merecido,
yo solo así merezco
60   gozar de tu cariño;
y tú sólo en mí puedes
gozar días tranquilos.
Vuelve mi palomita,
vuelve a tu dulce nido.

No seas, pues, tirana:
haz ya paces conmigo:
ya de llorar cansado
me tiene tu capricho.
no vuelvas más, no sigas
70   tus desviados giros;
tus alitas doradas
revuelvan, que ya expiro.
Vuelve, que ya no puedo
vivir sin tus cariños;
vuelve mi palomita,
vuelve a tu dulce nido.

Los gatos

Una gata parió varios gatitos,
uno blanco, uno negro, otro manchado;
luego que ellos quedaron huerfanitos
los perseguía un perro endemoniado;
y para dar el golpe a su enemigo
no había más remedio que juntarse,
y que la dulce unión fuese su abrigo.

Van pues a reunirse, y al tratarse
sobre quién de ellos deba ser cabeza,
maullando el blanco dijo: «A mí me toca
por mi blancura, indicio de nobleza.»
El negro contestó: «Calla la boca;
el más diestro y valiente mandar debe.»

«Malo», dijo el manchado, «si esto dura
temo que todo el Diablo se lo lleve.
Unión, y mande el digno». «Eso es locura»,
gritó el blanco; y el negro le replica.
Se dividen por fin en dos partidos;
la ira y la turbación se multiplican,
se arañan, gritan, y a sus alaridos
acude mi buen perro y los destroza.
Si a los gatos al fin nos parecemos,
paisanos, ¿esperamos otra cosa?
¿Tendremos libertad? Ya lo veremos...

Las cotorras y el zorro

Más de cien cotorras,
haciendo gran ruido,
a robar volaban
a cierto sembrío.
El que lo cuidaba
no estaba muy listo,
pero acudió luego,
porque oyó los gritos;
y ni un grano cogen
los animalitos.

«Si son muy salvajes»,
impaciente dijo
un zorro que estaba
por allí escondido.
«Yo robo mis pollos,
pero despacito;
los gritos despiertan
al fiero enemigo;
sólo con silencio
se logra buen tiro».

Dijo bien el zorro;
yo también lo digo.

En *Poesías completas*, cit. en bibliografía.

BIBLIOGRAFÍA. **Obras:** *Poesías completas,* ed. crítica de Aurelio Miró Quesada y col., Lima, Academia Peruana de la Lengua, 1971. *Antología,* sel. y pról. de Edmundo Cornejo U[billus], 2.ª ed. aumentada, Lima 1972. **Estudios:** JUAN GUILLERMO CARPIO MUÑOZ, *El yaraví arequipeño; un estudio histórico social.* Arequipa, La Colmena, 1976. LUIS JAIME CISNEROS, *Mariano Melgar. José Gálvez,* Lima. Ed. Universitaria, 1965. ANTONIO CORNEJO POLAR, «La poesía tradicional y el yaraví», *Letras* (Lima), núms. 76-78, 1965-1966, pp. 103-125. ANTONIO CORNEJO POLAR. «Sobre la literatura de la emancipación en el Perú.» *R.I.,* XLVII, núms. 114-115, 1981, pp. 83-93. JORGE CORNEJO POLAR, «Melgar y la emancipación», *Literatura de la emáncipación hispanoamericana y otros ensayos. Memoria del XV Congreso del Instituto Internacional de Literatura Iberoamericana,* Lima, Universidad Nacional Mayor de San Marcos, 1972, pp. 56-59. AURELIO MIRÓ QUESADA, *Historia y leyenda de Mariano Melgar,* Madrid, Ediciones de Cultura Hispánica, 1978. PEDRO JOSÉ RADA Y GAMIO, *Mariano Melgar y apuntes para la historia de Arequipa,* Lima, Imprenta Casa Nacional de Moneda, 1950. EVARISTO SAN CRISTÓBAL, *Poeta y héroe: Mariano Melgar,* Lima, Cía. de Impresiones y Publicidad, 1944[2].

ÍNDICE DE AUTORES Y POEMAS

LA LÍRICA PRECOLOMBINA

Páginas

Poesía maya 51
«El canto del juglar», 53. «Canción de la danza del arquero flechador», 54. «Cantar sin título», II, 55.

Poesía náhuatl 57
«Lo comprende mi corazón», 59. «No acabarán mis flores», 59. «Yo le pregunto», 59. «Valor del sacrificio», 60. «La amistad», 60. «Después de la derrota», 60.

Poesía quechua 63
«Viracocha», 65. «Con regocijada boca», 66. «Harawi», 67.

EL SIGLO XVI (1492-1598)

Juan de Castellanos 69
Elegía de varones ilustres de Indias, 71.

Francisco de Terrazas 80
«Dejad las hebras de oro ensortijado», 82. «A una dama que despabiló una vela con los dedos», 82. «Soñé que de una peña me arrojaba», 83. «Royendo están dos cabras de un nudoso», 83.

Alonso de Ercilla y Zúñiga 85
La Araucana, 87.

Fernán González de Eslava 118
«Lira glosando su propio soneto "Columna de cristal"», 120. «Canción a Nuestra Señora», 121.

Páginas

La sátira: sonetos anónimos mexicanos 123
«Minas sin plata, sin verdad mineros», 124. «Niños soldados, mozos capitanes», 124. «Viene de España por el mar salobre», 125.

Mateo Rosas de Oquendo 126
«Soneto a Lima», 128. «Sátira a las cosas que pasan en el Perú», 128. «Indiano volcán famoso», 133.

EL SIGLO XVII (1598-1701)

Discurso en loor de la poesía 135

Bernardo de Balbuena 143
«Grandeza mexicana», 144.

Silvestre de Balboa Troya 155
«Espejo de paciencia», 157.

Pedro de Oña 163
«Arauco domado», 165.

Diego de Hojeda 179
«La Cristiada», 181.

Amarilis 195
«Epístola a Belardo», 196.

Luis de Tejeda 205
«A Santa Rosa de Lima», 207. «Soliloquio primero», 207.

Hernando Domínguez Camargo 211
«A un salto por donde se despeña el arroyo de Chillo», 213.

Matías de Bocanegra 215
«Canción a la vista de un desengaño», 216

Juan del Valle Caviedes 224
«A Cristo Crucificado», 226. «En la muerte de mi esposa», 226. «Para ser caballero», 227. «Para labrarse fortuna en los palacios», 227. «Lo que son riquezas del Perú», 228. «Salvedades», 228. «Coloquio que tuvo con la muerte un médico», 229. «A una vieja del Cuzco», 230. «Privilegios del pobre», 231.

ÍNDICE DE AUTORES Y POEMAS

Páginas

Jacinto de Evia 233
«Flores amorosas», 234. «Al Niño Jesús», 235. «A la rosa», 236.

Luis de Sandoval Zapata 238
«A la transubstanciación admirable de las rosas», 239. «A una cómica difunta», 239.

Sor Juana Inés de la Cruz 241
Romances: «Finjamos que soy feliz», 245. «Ya que para despedirme», 248. Redondillas: «Este amoroso tormento», 251. «Hombres necios que acusáis», 253. Décimas: «Dime, vencedor rapaz», 255. «Copia divina, en quien veo», 256. Sonetos: «Este que ves, engaño colorido», 258. «En perseguirme, Mundo, ¿qué interesas?», 259. «Esta tarde, mi bien cuando te hablaba», 259. «Detente, sombra de mi bien esquivo», 260. «Que no me quiera Fabio, al verse amado», 260. «Feliciano me adora y le aborrezco», 260. «Al que ingrato me deja, busco amante», 261. Liras: «Amado dueño mío», 261. «Pues estoy condenada», 263. «El sueño», 265.

EL SIGLO XVIII (1701-1808)

Pedro de Peralta Barnuevo 292
«Lima fundada», 294.

La Madre Castillo 298
«Afecto 45» («Deliquios del Divino Amor»), 299. «Villancico al Nacimiento del Redentor», 301. «Oda al Santísimo Sacramento», 301.

Francisco del Castillo 303
«Décimas con pie forzado», 304. «A un doctor Morales», 304. «A uno que se apellidaba Paniagua», 305. «A uno que solicitaba plaza de abanderado», 305.

Pablo de Olavide Jáuregui 306
«Ecos de Olavide», 308. «La esperanza», 310.

Juan Bautista Aguirre 312
«A unos ojos hermosos», 313. «Sonetos a una rosa», 314. «A una tórtola que lloraba», 315. «Sonetos morales», 315. «Afectos de un amante perseguido», 316. «A una dama imaginaria», 317.

Manuel José de Lavardén 319
«Oda al majestuoso río Paraná», 320.

Páginas

Manuel de Zequeira Arango 324
«A la piña», 325. «El motivo de mis versos», 327. «A la vida», 328. «Los pesares de la ausencia», 328. «Al mismo asunto», 329.

Rafael García Goyena 330
«Una yegua y un buey», 331. «La mariposa y la abeja», 333. «El pavo real, el guarda y el loro», 335. «Las golondrinas y los barqueros», 336. «El coyote y la oveja», 338.

Esteban de Terralla Landa 340
«Lima por dentro y fuera», 342.

Mariano Melgar 352
«¡Oh sueño deleitoso!», 354. «Ya llegó el dulce momento», 356. «¿Por qué a verte volví, Silvia querida», 357. «No nació la mujer para querida», 359. «Cielos, lo que bien se quiso», 359. «¡Ay, amor! dulce veneno», 360. «Vuelve, que ya no puedo», 360. «Los gatos», 362. «Las cotorras y el zorro», 363.

OTROS TÍTULOS

Colección CLÁSICOS

Núm. 1
Miguel Hernández
Perito en lunas.
El rayo que no cesa
Edición, estudio y notas:
Agustín Sánchez Vidal

Núm. 2
Juan de Mena
Laberinto de Fortuna
Edición, estudio y notas:
Louise Vasvari Fainberg

Núm. 3
Juan del Encina
Teatro
(Segunda producción dramática)
Edición, estudio y notas:
Rosalie Gimeno

Núm. 4
Juan Valera
Pepita Jiménez
Edición, estudio y notas:
Luciano García Lorenzo

Núm. 5
Alejandro Sawa
Iluminaciones en la sombra
Edición, estudio y notas:
Iris M. Zavala

Núm. 6
José M.ª de Pereda
Sotileza
Edición, estudio y notas:
Enrique Miralles

Núms. 7 y 8
Pero López de Ayala
Libro rimado del Palaçio
Edición, estudio y notas:
Jacques Joset

Núm. 9
Antonio García Gutiérrez
El Trovador.
Los hijos del tío Tronera
Edición, estudio y notas:
Jean-Louis Picoche y
colaboradores

Núm. 10
Juan Meléndez Valdés
Poesías
Edición, estudio y notas:
Emilio Palacios

Núms. 11 y 12
Miguel de Cervantes
Don Quijote de la Mancha
Edición, estudio y notas:
Juan Bautista Avalle-Arce

Núm. 13
León Felipe
Versos y oraciones de caminante
(I y II). Drop a Star
Edición, estudio y notas:
José Paulino Ayuso

Núm. 14
Juan de Mena
Obra lírica
Edición, estudio y notas:
Miguel Ángel Pérez Priego

Núm. 15
San Juan de la Cruz
Cántico espiritual. Poesías
Edición, estudio y notas:
Cristóbal Cuevas García

Núm. 16
Juan Eugenio Hartzenbusch
Los amantes de Teruel
Edición, estudio y notas:
Jean-Louis Picoche

Núm. 17
Pedro Calderón de la Barca
La vida es sueño
Edición, estudio y notas:
Enrique Rull

Núm. 18
Pedro Calderón de la Barca
El gran teatro del mundo
Edición, estudio y notas:
Domingo Ynduráin

Núm. 19
Lope de Vega
El caballero de Olmedo
Edición, estudio y notas:
María Grazia Profeti

Núm. 20
Poesía española contemporánea
Edición, estudio y notas:
Fanny Rubio y José Luis Falcó

Núm. 21
Don Juan Manuel
Libro del Conde Lucanor
Edición, estudio y notas:
Reinaldo Ayerbe-Chaux

Núm. 22
Romancero
Edición, estudio y notas:
Michelle Débax

Núm. 23
Tirso de Molina
El burlador de Sevilla y convidado de piedra
Edición, estudio y notas:
Xavier A. Fernández

Núm. 24
Mariano José de Larra
Artículos sociales, políticos y de crítica literaria
Edición, estudio y notas:
Juan Cano Ballesta

Núm. 25
Marqués de Santillana
Poesías completas, I
Edición, estudio y notas:
Miguel Ángel Pérez Priego

Núm. 26
Jorge Manrique
Cancionero
Edición, estudio y notas:
Antonio Serrano de Haro

Núm. 28
Antología de la lírica gallego-portuguesa
Edición, estudio y notas:
Carlos Alvar y Vicente Beltrán

Núm. 29
Poesía hispanoamericana colonial
Edición, estudio y notas:
Antonio R. de la Campa y
Raquel Chang-Rodríguez

Colección CLÁSICOS MODERNIZADOS

Núm. 1
Juan Ruiz Arcipreste de Hita
Libro de buen amor
Edición, estudio y notas:
Nicasio Salvador Miguel

Núm. 2
Don Juan Manuel
Libro del Conde Lucanor
Estudio preliminar:
Alan Deyermond
Edición y notas:
Reinaldo Ayerbe-Chaux

Núm. 3
Gonzalo de Berceo
Milagros de Nuestra Señora
Edición, estudio y notas:
Vicente Beltrán Pepió

Núm. 4
Anónimo
Cantar de mio Cid
Edición, estudio y notas:
Francisco Marcos Marín

Colección A. J.

Núm. 1
Gustavo A. Bécquer
Antología
Ed. de M. P. Díez Taboada

Núm. 2
Antología del cuento literario
Ed. de M. Díaz Rodríguez

Núm. 3
F. de Quevedo
La vida del buscón llamado don Pablos
Ed. de Gutiérrez Díaz-Bernardo

Núm. 7
Lope de Vega
Fuente Ovejuna
Ed. de J. Sánchez Lobato

Núm. 8
L. F. de Moratín
El sí de las niñas
Ed. de J. Satorre Grau

Núm. 11
L. de Góngora
Antología poética
Ed. de A. del Rey Briones

Núm. 12
Pedro A. de Alarcón
El sombrero de tres picos
Ed. de J. B. Montes Bordajandi

Colección ESTUDIOS

Núm. 1
Isabel Paraíso de Leal
**Juan Ramón Jiménez.
Vivencia y palabra**

Núm. 2
Luis López Jiménez
**El Naturalismo y España.
Valera frente a Zola**

Núm. 3
Nicasio Salvador Miguel
**La poesía cancioneril
(El «Cancionero de Estúñiga»)**

Núm. 4
Joseph Perez
Los movimientos precursores de la emancipación en Hispanoamerica

Núm. 5
Vicente Cantarino
**Entre monjes y musulmanes.
El conflicto que fue España**

Núms. 6 y 7
Santos Sanz Villanueva
Historia de la novela social española (1942-1975)

Núm. 8
Antonio Risco
Azorín y la ruptura con la novela tradicional

Núm. 9
Antonio Prieto
**Coherencia y relevancia textual.
De Berceo a Baroja**

Núm. 10
Joaquín Arce
La poesía del siglo ilustrado

Núm. 12
Ignacio Soldevila
La novela desde 1936

Núm. 15
Erich von Richthofen
Sincretismo literario

Núm. 16
Peter Dronke
**La individualidad poética
en la Edad Media**

Núm. 17
Luis Gil Fernández
**Panorama social del Humanismo
español (1500-1800)**

Núm. 18
Michel Garcia
**Obra y personalidad
del Canciller Ayala**

Núm. 19
Alessandro Martinengo
**La astrología en la obra de
Quevedo: una clave de lectura**

Núm. 20
Francisco Marcos Marín
**Metodología del español como
lengua segunda**

Núm. 21
C. Rossman y A. W. Friedman
**Mario Vargas Llosa.
Estudios críticos**

Núm. 22
Jesús Lázaro Serrano
La novelística de Juan Goytisolo

Núm. 23
Francisco Ruiz Ramón
Calderón y la tragedia